KB272281

몰락의 아모르파티

몰락의 아모르파티

최정원 장편소설집

canon publisher

차례

원무과에서 수납한 후 퇴원증을 받았을 때는 오전 열한 시 경이었다. 기사가 차 문을 열어준 순간 조심조심 뒷좌석으로 들어갔다. 잠시 후 윙 하는 전기 소리를 내며 밴에서 시동이 걸렸다. 밴이 서서히 움직이기 시작하자 혈관 속에서 아드레날린이 과다 분비되는지 갑자기 심장이 콩콩거리기 시작했다.

시야를 가리고 있던 검은색 승용차가 빠져나간 순간, 수위실 앞에 서 있던 Y가 얼굴에 쓸쓸한 미소를 지어 보이며 손을 흔들어 보였다. Y가 손을 흔들어 보이고 있을 때 그녀가 입고 있는 핑크빛 환의에 새로 얹힌 노란색 줄무늬가 햇빛에 반사돼 사방으로 퍼져나갔다. 그 모습을 보는 순간 가슴이 아려오는 듯한 감정을 억누르고 미소 띤 얼굴을 드러내 보이며 나도 같이 손을 흔들어 보였다.

밴이 회색 블록 담장을 돌고 있을 때 붉은색으로 'S 재활병원'이라고 써놓은 흰색 아크릴 간판을 보았다. 그것은 정확히 구 개월 전과 똑같은 모습을 하고 전봇대 허리에 살짝 기운 채 매달려 있었다. 낡은 건물을 둘러싸고 있는 회색 블록 담장이 기차 레일처럼 이어져 있어서 끝이 보이지 않았다. 저 회색 블록 담장 너머에 자리한 낡은 건물 안에서 구 개월 넘게 보냈다고 생각하니 꿈만 같았다.

기사 옆자리엔 신 여사가 타고 있었고 나는 홀로 뒷좌석에 앉게 되었다. 뒷좌석이 주는 뜻밖의 안락감이 나른함을 선사해 준 덕에 잠시 눈을 감았다. 하지만 잠이 올 정도로 나른한 건 아니었다. 결국 한 손으로 앞 좌석 등받이 위를 움켜잡고 눈은 창밖으로 보내고 있었다.

저만치 아스콘 포장길까지 이어진 시멘트 길은 군데군데 면이 고르지 못했다. 밴이 바닥 면이 고르지 못한 곳을 지날 때는 엉덩이가 조금 덜컹거렸다. 시멘트로 된 길이 끝나는 지점에서 국도와 연결되는 삼거리가 나타났다.

차창 밖으로 햇빛이 찬란한 오월의 풍경을 보게 된 순간 불현듯 지난 삼 년 동안 재활 난민 신세가 되어 어느 한 곳에도 정착하지 못하고 이곳저곳을 떠돌다가 마지막엔 경기도에 자리한 이 S 재활병원까지 오게 되었다고 생각하니 만감이 교차했다. 불완전 마비 상태의 몸을 하고 매번 낯선 환경에 노출될 때면 물 위를 떠다니는 부초처럼 어디에도 마음 둘 곳이 없었던 것이 사실이었다. 그러나 이제 만족할 정도는 아니지만 일단 재활 난민 신세를 면하게 되었다고 생각하니 한결 마음이 가벼워졌다.

갑자기 밴이 멈춰서더니 기사가 말했다.

"참, 애들도 별스럽군. 죽으려면 무슨 짓을 못 해. *쯔쯔쯔*."

기사는 킥보드를 탄 십 대 소년 셋이서 신나게 찻길을 가로지르자 혀를 끌끌 찼다. 나도 눈길을 돌려 그 소년들을 바라보다 문득 저 아이들의 부모들이 저 모습을 보게 되면 얼마나 당황해할까 싶었다.

흰색 바지에 감색 티셔츠를 입고 갈색 선글라스를 쓴 키가 훤칠한 기사는 부리부리한 눈과 오뚝한 코, 약간 각이 진 턱, 두툼한 입술, 숱이 풍성한 머리를 짧게 깎고 있었는데 그 모습은 기사라기보다는 패션모델을 연상케 했다. 늘 입고 있던 청바지와 헐렁한 티셔츠를 벗어버리고 노란 꽃무늬가 박힌 감색 원피스를 입고 있는 신 여사는 모처럼 밖으로 나오니 기분이 좋은 모양이었다. 연신 미소 띤 얼굴을 드러내 보이며 차창 밖을 바라보고 있었다. 나 역시 오랫동안 입고 있던 환의를 벗어버리고 모처럼 청바지에 감색과 흰색이 섞인 스트라이프 티셔츠 차림을 하고 파릇파릇한 나뭇잎을 달고 서 있는 가로수를 바라보고 있으니 기분이 상쾌해졌다.

그때 신 여사가 미소 띤 얼굴을 하고 기사를 힐끗 쳐다보며 말했다.

"기사님, 서울까지 얼마나 걸릴 것 같아요?"

"예. 밀리지만 않으면 한 시간 반… 그러나 밀리면 예측 불갑니다. 허허허."

기사의 굵직한 목소리가 차 안을 울리고 있었다.

신 여사가 또 말했다.

"기사님, 저기 보이는 강둑에는 낚시꾼이 하나도 보이지 않네요. 강폭이 넓어서 물고기도 많을 것 같은데."

"언제부턴가 한강 사업본부 측에서 낚시 금지구역을 정해 놓은 바람에 금지구역에서 낚시하다가 적발되면 상당한 금액의 과태료가 부과된다고 들었습니다. 아무래도 그 영향이….”

“아, 그렇군요.”

기사가 자신의 이마 위에 부착된 룸미러에 나타난 내 얼굴을 힐끗 쳐다보고 나서 말했다.

“두 분은 자매는 아닌 것 같고.”

“네, 저는 간병인입니다. 호호호.”

“아, 그러시군요. 우리 누님도 얼마 전에 요양보호사 자격증을 땄다고 들었어요.”

기사와 신 여사는 오래전부터 아는 사이처럼 끊임없이 대화를 주고받고 있었다. 나도 모르게 룸미러에 나타난 기사의 얼굴을 보게 되었다. 다시 봐도 그의 얼굴은 기사 같지 않고 패션모델 같아 보인다는 생각을 지울 수 없었다.

마침내 밴이 아스콘으로 포장된 길로 접어들게 되었다. 아스콘으로 포장된 길로 들어서면서부터 밴의 덜커덩거림이 덜해졌다. 밴의 덜커덩거림이 덜하고 더한 것을 나는 엉덩이로 느끼고 있었다. 별안간 밴이 속도를 높이기 시작했다. 강과 산 사이로 뱀처럼 미끄러지듯이 빠져나가기도 하고 또 어느 땐 가볍게 불어오는 강바람 따라 흔들리는 잔물결이 붕어 비늘처럼 반짝이는 강가를 지나가기도 했다. 어느 순간 구름을 헤치고 모습을 드러낸 태양은 흡사 빗줄기를 쏟아붓듯이 아스콘 도로 위로 빛을 쏟아붓고 있었다. 인도 옆 자전거 전용도로에는 자전거와 킥보드를 타고 지나가는 젊은이들의 모습이 평화로워 보였다.

갑자기 모래를 싣고 앞에서 달리고 있던 덤프트럭이 비상

등도 켜지 않은 채 멈추어 버렸다. 밴도 따라 멈춰 서게 되었다. 그때 덤프트럭 기사가 차에서 내린 후 덤프트럭 주위를 왔다가갔다가 하면서 유심히 살피고 있었다. 잠시 후 안 되겠다고 생각되었던지 기사가 덤프트럭을 천천히 몰아 갓길에 세웠다. 밴도 따라 멈춰 서게 되었다. 갓길에는 연분홍 꽃이 활짝 피어 있는 철쭉 화분이 줄지어 놓여 있었고 그 위로 분주히 날고 있는 것은 잠자리가 아닌 밑들이 같아 보였다. 밑들이의 모습을 보게 된 순간 뜬금없이 남편과 둘이서 청계천을 따라 눈꽃 같은 하얀 꽃들이 피어난 이팝나무 아래를 걷던 생각이 어두운 밤하늘에 뜬 별빛처럼 반짝이며 머릿속에서 떠올랐다.

그날 남편이 잠자리와 밑들이를 양손에 쥐고 둘의 차이점을 자세하게 설명해 주었다. 잠자리는 몸이 가늘고 날개가 길며 주로 물가나 습지에서 활동하는 반면 밑들이는 몸이 비교적 통통하고 파리류와 비슷하다고 말했던 것 같다.

어느새 덤프트럭이 저만치 달리고 있었고 밴도 속력을 내기 시작했다. 차 안이 조용하다고 생각된 순간 신 여사의 코 고는 소리가 들려왔다. 코 고는 소리는 점점 강도가 높아졌다. 잠깐 망설이다가 기사에게 부탁했다.

"기사님 우리 여사님 어깨를 손으로 살짝 건드려 주세요."

기사가 한 손으로 신 여사 어깨를 살짝 건드리자 곧 코 고는 소리가 멈춰졌다. 신 여사는 비염이 있어서 잠잘 때면 숨쉬기도 불편해했던 것이었다. 평소에도 그녀는 비염 말고도 변비, 소화 장애 등의 증상을 호소하곤 했다. 또 어느 땐 만성 비염 탓에 손가락으로 콧구멍을 후비곤 했는데 그 모습을 보게 되면 솔직히 기분이 썩 좋지는 않았다. 그런 부분을 제외하면 장점도 많은 사람이었다. 우선 그녀는 마음이 착할 뿐만 아니라 환자인 내게 늘 웃는 얼굴을 하고 대해 주곤 했다. 오랫동안 집을 떠나 낯선 병원 생활을 해오면서 마음이 착한 신 여사를 만나게 된 건 다행이란 생각을 했다.

그 생각 끝에 이어진 것은 몸이 불편한 나 자신이 그동안 간병인 때문에 마음고생을 하게 되었던 기억이었다. 삼 년 전 나 자신이 난생처음으로 H 대학 부속병원에서 아홉 시간에 걸쳐 시행된 대수술을 받고 나서 처음으로 찾게 된 곳이 K 재활병원이었다. 태어나서 처음으로 낯선 병원에 입원한 지 불과 열흘 만이었다. 하필이면 그날 아침 육십 대 간병인이 간이 침대에서 일어나려고 하다가 갑자기 그 자리에 쓰러지고 말았다. 그 모습을 본 순간 당황한 내가 소리쳤다.

"여사님! 여사님! 어디가 아프세요?"

"아, 나도 잘…."

그녀는 말소리까지 어눌해졌다. 떨리는 손으로 급히 비상벨을 눌렀다. 제일 먼저 간호사가 달려왔고 잠시 후 의사도 모습을 드러냈다. 간병인을 유심히 살펴본 의사가 말했다.

"저혈당 쇼크가 온 것 같습니다. 빨리 응급실로…."

곧 간병인이 들것에 실려 병실에서 나가게 되었다.

그날 오후 한 젊은 여자가 트렁크를 끌고 병실에 들어오면서 말했다.

"협회에서 급히 연락이 온 바람에 택시를 타고 왔습니다. 호호호."

그녀는 자신이 중국 연변에서 온 조선족이라고 했다. 그녀를 보자마자 건강 상태를 물어볼 수밖에 없었다.

"어디 아픈 데는 없으세요?"

방긋 웃어 보이며 그녀가 말했다.

"네. 저는 건강해요."

그녀를 쳐다보며 내가 또 말했다.

"사람을 보자마자 건강 상태부터 물을 수밖에 없었던 이유는 오늘 갑자기 간병인이 쓰러져서 병원으로 실려 갔거든요."

"네, 걱정 안 하셔도 됩니다. 저는 아직 젊잖아요. 호호호."

"몇 살이에요?"

"올해 마흔 둘입니다."

그녀는 한국말을 잘했다. 그녀가 조선족이라고 밝히지 않았더라면 아마도 한국인인 줄 알 았을 정도였다.

"근데 교포 신분인데 한국말을 참 잘하시네요."

"아, 제가 말하지 않으면 다들 내가 조선족인 걸 모르더라고요. 호호호."

"경상도 분인 줄 알았어요."

"맞아요. 우리 할아버지와 할머니가 경북 안동에서 태어나 그곳에서 사시다가 중국 흑룡강성으로 옮겨 왔다고 하더군요. 한국을 떠나올 당시 친가, 외가를 합해서 약 백여 집이 흑룡강성에서 군락을 이루고 살게 되었다고 해요. 그러다 보니 가족 모두 자연 경상도 말씨를 쓰게 되었어요."

열흘 가까이 함께 지내다 보니 그녀는 인상도 선해 보였지만 성격도 자상한 듯했다. 내 표정이 조금 어두워 보이기라도 하면, 어디가 아프냐고 물어오기도 하고 휴일이면 밖에 나가서 좋은 공기를 마시고 돌아오자는 말도 잊지 않았다.

새 간병인이 온 지 보름 정도 되었을 때 미소 띤 얼굴을 하고 내가 물었다.

"내가 퇴원할 때까지 나랑 함께 하는 게 어때요?"

환하게 웃는 얼굴을 드러내 보이며 그녀가 말했다.

"그럼 저야 좋지요. 호호호."

함께 지낸 지 한 달이 되었을 무렵 웃는 얼굴을 하고 내가 말했다.

"동생 같기도 하고 얼굴도 예뻐서 이쁜이라고 부르고 싶은데."

그녀는 잠깐 수줍은 미소를 지어 보이더니 고개를 끄덕여 보였다. 그날부터 나는 그녀를 이쁜이라고 부르게 되었다.

이쁜이는 이름값을 했다. 아침을 먹고 났을 때 첫 치료 시간까지는 한 시간 정도 여유가 있었다. 그때마다 이쁜이는 나를 휠체어에 태우고 밖으로 나갔다. 답답한 병실을 벗어나 사방이 숲으로 우거진 공원으로 가서 상쾌한 공기를 마시고 나면 기분도 좋았다. 또 매일 치료가 끝나면 곧장 욕실로 데려가 샤워시켜주는 일도 빠트리지 않았다. 그뿐만 아니었다. 환의도 일일이 손세탁해 햇볕 좋은 옥상에다 말리곤 했다.

이쁜이가 온 지 석 달쯤 되었을 때였다. 어느 날 저녁 이쁜이가 어디서 걸려온 전화를 받더니 갑자기 밖으로 뛰쳐나갔다. 얼마 후 돌아온 이쁜이 얼굴에는 눈물로 범벅 돼 있는 것이었다. 놀란 눈을 하고 내가 물었다.

"이쁜이 무슨 일 있어요?"

어깨를 들썩이며 이쁜이가 말했다.

"엄마가 돌아가셨다고…."

당장 낼 아침 일찍 중국으로 가야겠다고 이쁜이가 울먹이며 말했다. 나는 간병인 협회에 전화해 대체 근무자를 부탁했다. 이튿날 아침, 이쁜이는 한 달 후 다시 돌아오겠다는 말을 남기고 트렁크를 들고 병실을 나갔다. 이쁜이가 돌아올 때까지 한 달간 나를 도와줄 간병인은 박 여사라고 했다. 박 여사 역시 중국 교포였다. 그녀는 이쁜이보다 체격도 크고 성격도 시원시원해 보였다. 처음 며칠간은 미소 띤 얼굴을 드러내 보이며 말투까지도 상냥한 편이었다. 그러다가 일주일 정도 지나자 갑자기 태도가 돌변했다. 새벽녘에 잠에서 깬 순간 화장실에 가려고 "박 여사님!" 하고 몇 차례 불렀는데도 못 들은 척했다. 처음에는 잠이 들어서 듣지 못한 모양이라고 이해했다. 그런데 그게 아니었다. 분명 내가 하는 말을 듣고도 못 들은 척하는 것이었다. 그뿐만 아니었다. 치료가 끝나고 병실로 돌아오면서 나 자신이 잠깐 복도 벽에 설치된 바를 잡고 서는 훈련을 하고 싶다고 말했을 때도 얼굴에 귀찮아하는 표정이 역력했다. 저녁을 먹고 나서 샤워하고 싶다고 말했을 때도 그녀는 얼굴에 주름을 만들어 보이며 내가 탄 휠체어를 거칠게 밀고는 욕실로 향하는 것이었다. 그런 박 여사와 함께 보내는 하루는 열흘 같았다. 그렇더라도 이쁜이가 올 때까지 참고 견뎌야만 했다.

마침내 이쁜이한테서 전화가 걸려 왔다.

“저 지금 인천공항에 도착했어요. 낼 아침 아홉 시까지 갈게요.”

전화를 끊고 나서 박 여사에게 말했다.

“우리 이쁜이가 낼 아침 아홉 시까지 온다네요.”

“우리 이쁜이라뇨? 그게 누군데요?”

그렇게 말하는 박 여사의 말투가 어찌나 퉁명스러운지 속으로 놀랐으나 겉으로 내색하지는 않았다.

이튿날 여덟 시 오십 분경 이쁜이가 트렁크를 끌고 병실에 나타났다. 그러나 박 여사는 간이침대에 누운 상태에서 꼼짝도 하지 않는 것이었다. 잠시 후 그녀가 어이없는 말을 했다.

“저 안 가요. 포크레인으로 끌어내도 안 가요.”

침착한 어조로 내가 또 말했다.

“농담 그만하시고 어서 자리를 비켜주세요.”

“농담 아니에요. 진짜 안 간다니까요.”

열 개나 되는 병실 사람들의 눈초리가 이쪽으로 쏠렸다. 이쁜이 역시 어이없는 표정을 하고 멍하니 서 있기만 했다.

“박 여사님, 어서 자리를 비켜주세요. 그래야 이쁜이도 짐을 정리하지요.”

박 여사는 두 시간 가까이 버티다가 마지못해 트렁크를 끌고 병실을 나갔다. 나중에 알게 된 일이지만 두 딸이 병실에 올 때마다 빵이나 과일을 들고 와서는 박 여사에게 건네주기도 하고 또 어느 땐 “우리 엄마 잘 부탁드립니다.”하고 말하며 얼마의 용돈이 든 봉투까지 넌지시 건넨 사실도 알게 되었다.

엄마를 장사 지내고 돌아온 이쁜이는 몹시 야위어 보였다.

둥글게 보이던 볼은 광대뼈가 나와 있었고 턱도 뾰족해지고 눈은 움푹 패어 있었다. 이쁜이는 며칠째 잠을 이루지 못하는 듯했다. 그날 밤 자정이 다 되었을 때 별안간 울먹이는 소리가 들려왔다. 안쓰러운 마음에 낮은 목소리로 묻게 되었다.

"이쁜이, 엄마 생각에 잠이 안 오는 모양인가 봐."

"네. 제가 중국에 도착했을 때 엄마가 눈을 감지 못하고 계시더라고요. 그래서 내가 엄마 손을 꼭 잡으며 말했어요. 엄마! 엄마! 이제 제가 왔으니 편히 눈을 감으세요. 라고 했더니 글쎄 엄마가 곧 눈을 감으시더라고요. 그 모습이 자꾸 눈앞에…."

"이쁜이, 시간이 필요할 거야. 나도 그랬으니까."

그날 밤 모처럼 이쁜이가 코를 색색 골며 잠이 든 듯 보였다. 나는 이상하게 잠이 오지 않았다. 창밖의 가로등 빛이 차일을 통해 스며들었다. 어느 순간 가로등 빛의 흩어진 한 줄기가 이쁜이 얼굴을 가로질렀다. 그때 이쁜이 표정이 웃는 것처럼 보였다. 나는 이쁜이가 잠이 깰까 해서 숨을 죽이고 누워있었다.

이쁜이가 다시 돌아온 지 한 달 정도 됐을 때였다. 그날 밤 우연히 전에 없이 어두운 표정을 한 이쁜이의 얼굴을 보게 되었다. 어디가 아프냐고 물으려던 참이었는데 이쁜이가 먼저 말을 했다.

"아직 안 주무시는 것 같아서 말씀드릴까 하는데."

"좋아요. 뭐든."

"이제부터 저한테 이쁜이라고 부르지 마세요."

순간 나는 내 귀를 의심했다. 놀라 하는 내 얼굴을 바라보며 이쁜이가 또 말했다.

"한국에서는 이쁜이라는 이름은 천한 사람을 가리켜 부른다고 들었어요."

뜻밖의 말을 듣게 된 순간 놀란 눈을 하고 내가 말했다.

"어머나! 어디서 그런 말을… 그건 잘못된 정보야. 내 휴대폰에 막내딸 이름 대신 이쁜이라고 저장해두었는데. 자, 이걸 한번 봐요."

그러나 이미 마음이 떠난 이쁜이는 내가 하는 말을 믿으려 하지 않았다. 무엇보다 안타까운 일은 이쁜이가 내 말은 믿지 않고 다른 사람이 한 잘못된 말만 믿고 있는 것이었다. 그렇더라도 나는 낮은 목소리로 이쁜이를 설득하며 내 말을 믿어주길 바랐다. 하지만 이쁜이는 끝내 머리를 저었다. 이튿날 이쁜이는 기어이 트렁크를 끌고 병실을 나가버렸다. 잠시 후 앞자리 환자를 맡아보고 있던 간병인이 내게로 다가와서는 이상한 말을 했다.

"마침 우리 환자가 오늘 퇴원해요. 제가 돌봐드리면 안 될까요? 환자분은 발을 땅에 딛기도 하니까 일당 만 원을 깎아드릴게요. 발을 땅에 딛지 못하는 환자는 온전히 안아서 침대에 올렸다가 내렸다가 해야 하니까 너무 힘이 들거든요."

나는 그제야 그 간병인이 이쁜이를 밀어내고 대신 자신이 이쁜이 자리를 차지하려고 수작을 부린 사실을 알게 되었다. 그날 오후 이쁜이 대신 새로 온 간병인 이름은 신○○였다. 그녀는 보통 체격에 성격도 밝아 보였다. 그런데 신 여사의 한쪽 눈이 이상해 보였다. 눈동자가 움직이지 않고 있어서 살아

있는 사람의 눈이라기보다는 마치 정물화를 보고 있는 느낌이 들기도 했다.

며칠 후 신 여사가 먼저 자신의 눈에 대해 털어놓기 시작했다.

"제 한쪽 눈에 대해 궁금하시지요? 제가 속 시원하게 말씀 드릴게요. 제가 어릴 적 대학에서 분석화학을 전공한 오빠가 좁은 방에서 무슨 실험을 하던 중이었는데 갑자기 그것이 폭발한 바람에 그만 제 눈 하나를 잃게 되고 말았지요. 결국 안구가 없는 한쪽에는 유리알 안구를 끼울 수밖에 없었어요."

그렇게 말하고 나서 신 여사가 엷게 웃어 보였다. 솔직히 신 여사와 마주하고 있게 되면 어느 땐 유리알 눈은 엉뚱한 곳에 고정되어 있었고 진짜 눈만 나를 바라보곤 했다. 또 거리가 좀 떨어진 곳에서 마주 보게 되었을 땐 유리알 눈은 사납게 보이기까지 했다. 그런데 시간이 지나게 되면서 사납게 보이던 유리알 눈에 대한 편견도 사라지고 신 여사와 호흡이 잘 맞는 것 같아서 기분이 좋아졌다. 그녀는 몸이 불편한 내게 자신이 무엇을 도와줘야 할지 고민할 뿐만 아니라 환자인 나를 대하는 눈길도 따뜻했다. 솔직히 처음부터 신 여사와 호흡이 잘 맞았던 건 아니었다. 역시 사람은 오래 지내봐야 그 사람이 지닌 장단점을 파악할 수 있는 것 같았다. 처음 한동안은 그녀가 잠을 잘 때 이빨을 가는 것이나 코를 심하게 고는 바람에 신경이 거슬렸던 것도 사실이었다. 신 여사 자신도 그런 사실을 알았던지 어느 날 갑자기 대리 근무할 사람을 불러놓고 치과에 다녀오겠다고 했다.

이튿날 돌아온 신 여사가 말했다.

“치과에 가서 마우스피스 나이트가드를 착용하고 코골이 방지용 테이프도 코에 붙이고 나니 이를 가는 것도 코골이 증상도 좋아진 것 같아요. 호호호.”

그러나 내가 보기엔 어느 땐 좋아진 것도 같다가 또 어느 땐 그렇지 않아 보이기도 했다.

그때까지 속력을 높여 일차 선에서 달리고 있던 밴이 갑자기 속도를 줄이더니 이 차선과 삼 차선을 넘고 나서 미사리 조정경기장 팻말을 따라 우회전해 들어갔다.

잠시 후 밴이 멈추었다. 밴이 멈춘 곳은 낯익은 장소였다. 오래전 나 자신이 운전 연수를 받느라 이 길을 여러 차례 오갔던 기억이 났다. 어색한 표정을 지어 보이며 기사가 말했다.

“집사람이 손수 만든 식혜 한 컵을 주는 걸 생각 없이 벌컥벌컥 다 마셨더니….”

기사는 주차장에 차를 세우고 화장실 푯말이 가리키는 방향을 따라 뛰어갔다. 신 여사도 급했던지 차 문을 열고 달려갔다. 이제 차 안에는 나밖에 없었다. 나는 차를 타고 가는 동안 행여나 화장실에 가게 될까 해서 일부러 아침에 국도 물도 마시지 않았다. 생각 없이 국이나 물을 벌컥벌컥 마셨다가는 차를 타고 가다가 행여 화장실에 가게 되면 보행이 자유롭지 않은 나 자신이 불편한 것은 물론이고 신 여사도 불편하고 기사까지 신경 쓰이게 될 것 같았기 때문이었다. 물 이야기가 나왔으니 말인데 나는 환자 신분이 된 이후부터 물은 하루에 필요한 양을 오후 세 시까지만 마셔왔다. 생각 없이 물을 벌컥벌컥

마셨다가는 한밤중에 화장실을 들락거리게 되기 마련이다. 그렇게 되면 나 자신이 불편한 것은 말할 것도 없고 나를 돌봐주는 간병인도 귀찮고 병실 사람한테도 피해를 주게 될 것이기 때문이었다.

그 생각을 하다가 차창 유리를 완전히 내리고 하늘을 쳐다보게 되었다. 그때 쪽빛 하늘에는 하얀 구름 몇 조각이 떠다녔다. 다시 눈길을 공원 쪽으로 보내고 있었다. 우거진 수목은 하나같이 밝은 초록에 눈부시게 화려한 꽃들로 수 놓아져 있었다. 저만치 바라보이는 강가에는 흰 모래가 깔려 있어서 보기만 해도 강물에 뛰어들고 싶은 충동을 느낄 지경이었다. 가까이는 이팝나무가 하얀 꽃을 피우고 있었고 그 옆으로 물푸레나무도 보였다. 물푸레나무꽃은 특이하게도 꽃받침은 있는데 꽃잎이 없는 특색 있는 꽃이란 사실을 맨 처음 알려준 사람은 남편이었다. 대학에서 산림 조경학을 전공한 남편은 나무에 대해 많은 것을 알고 있기도 했지만 나무에 관한 이야기도 자주 들려주곤 했다. “물푸레나무는 말이야 가지를 잘라 물에 담그면 물이 파랗게 물든다고 해서 이름이 물푸레나무라고 붙여졌다고 해. 물푸레나무는 단단해 예로부터 창 자루를 만드는 데 사용된 나무로 알려져 있을 뿐만 아니라 그리스로마 신화의 영웅 헤라클레스도 물푸레나무 몽둥이를 주 무기로 사용한 것으로 알려져 있어. 그런데 말이야. 물푸레나무는 지금도 가구와 의자, 식탁 등을 만드는 데 사용되고 있어.”

지금 사용하고 있는 우리 집 식탁 상판도 물푸레나무인데 그것을 선호한 사람 역시 남편이었다.

다시 밴이 달리기 시작했다. 볼을 스치는 오월의 바람은 무더운 여름날 목 안으로 넘어가는 아이스크림처럼 시원하면서도 부드러웠다. 멀리 드문드문 집들이 보이고 그 아래로 폭이 넓은 강도 보였다. 오월의 신선한 바람의 알갱이가 따사로운 햇살과 섞여 국도를 감싸고 있었다. 강가에서 불어오는 서늘한 바람과 반대편 산줄기에서 밀려오는 오월의 따뜻한 기류가 밴 주위를 교차해 흐르며, 마치 시원섭섭한 퇴원 길을 위로해 주는 듯했다.

02

지금부터 삼 년 전, 나 자신이 H 대학 부속병원에서 이 차 수술을 받고 나서 불완전 마비 상태의 몸을 하고 재활이란 희망을 가슴에 품은 채 재활 난민 신세가 되어 흘러가는 저 강물처럼 K 재활병원을 거쳐 B 재활병원으로 다음은 D 재활병원. 마지막으로 지난해 팔월 중순 이곳 경기도에 자리한 S 재활병원까지 흘러오게 된 이야기를 보태지도 빼지도 않고 있는 그대로를 이야기할 참이다.

나 자신이 S 재활병원에 입원한 날은 정확히 지난해 팔월 셋째 주 금요일이었다. 그날 내가 탄 자동차가 D 재활병원에서 출발할 때만 해도 검은 구름이 군데군데 하늘을 덮고 있어서 금방이라도 비가 쏟아질 것 같은 그런 날씨였다. 그러나 출발한 지 얼마 되지 않았을 때부터 구름 속에 몸을 숨기고 있던 태양이 거짓말처럼 모습을 드러냈다. 자동차가 판교를 벗어나 국도에 들어서게 되면서부터 태양은 열기를 뿜어내기 시작했다. 태양은 마치 달아오른 이불처럼 뜨거운 열기를 뿜어내며 하늘을 뒤덮고 있어서 그 열기에 달리는 자동차까지 녹아내릴 듯했다.

마침내 자동차가 S 재활병원에 도착하게 되었다. 하필이면 점심시간이어서 원무과에는 사람의 모습이 보이지 않았다. 원무과에 사람이 나타날 때까지 나는 신 여사가 밀어주는 휠체어를 타고 복도 쪽으로 가 보았다. 복도는 길게 이어졌다. 중간쯤 갔을 때 벽면에는 '70년 역사와 전통을 가진 S 재활병원'이라고 붓글씨로 쓴 액자가 걸려 있었고 액자 아래에는 '이사장실'이라고 적어 놓은 손바닥만 한 화살표가 보였다. 무심코 그 화살표를 따라가 보았다.

낡고 오래된 건물에 비해 널따란 통 유리문 안으로 보이는 이사장실은 궁전같이 꾸며져 있었다. 그곳 역시 점심시간이어서 그런지 안에는 사람의 모습이 보이지 않았다. 복도 천장에서 반사되는 불빛을 손으로 가리고 유리 안쪽을 들여다보았다. 낡은 병원 건물 분위기와는 어울리지 않는 둥근 천장과 아치가 서로 경쟁이라도 하듯 맞서 있었다. 둥근 천장과 아치 사이에는 유럽 레트로 감성을 떠올리게 하는 고급 크리스털 샹들리에 조명이 길게 드리워져 있었다. 큼직한 티크 책상은 한쪽 벽면에 붙여놓았다. 그 티크 책상을 보게 된 순간, 귓가에서 "티크 나무는 동남아시아 남아시아 원산의 열대 낙엽수로 매우 견고할 뿐만 아니라 습기와 벌레에도 강하고 수축과 팽창이 적어 뒤틀림이나 갈라짐도 없어서 가구용으로 아주 좋은 나무라고 할 수 있지." 하고 말해주던 남편의 목소리가 들려오는 듯했다.

책상 위에는 서류철과 사무용품 컴퓨터가 같이 올려져 있었고 책상 뒤로 보이는 벽에는 전자칠판과 디지타이저 펜이 같이 놓여 있었다. 책상 앞쪽으로는 십여 명 넘게 앉을 수 있는 상아색 고급 가죽 소파도 놓여 있었다. 소파가 놓인 좌측 벽에 걸려 있는 타원형 거울은 흰색 테두리에 금박 장식이 돼 있어서 고풍스럽고 화려해 보였다. 우측 벽에 걸어둔 몇 점의 그림은 이름만 대면 알 수 있는 유명 화가의 그림임을 알 수 있었다.

눈을 커다랗게 만들고 신 여사가 말했다.

"와! 굉장하게 꾸며 놓았네요."

가장 내 눈길을 끈 그림은 빈센트 반 고흐의 'Two Crabs' 같아 보였다. 내가 알기로는 그 그림의 소장처가 런던 갤러리로 알고 있는데 그 'Two Crabs' 그림이 진품인지 아닌지는 알 길이 없었다. 심리학을 전공한 나 자신이 그림에 대해 남다른 관심을 가지게 된 데에는 아마도 큰딸이 미술대학에서 서양화를 전공하기 때문일 것이다. 큰딸한테 들은 바에 의하면 이 그림에는 제목이 시사한 바와 같이 두 마리의 게가 묘사되고 있는데 거기에는 흥미로운 스토리가 담겨 있었다. 한 마리의 게는 바로 서 있는 데 반해 또 다른 한 마리는 바닥에 등을 대고 누운 모습이 상당히 무기력해 보이는 듯했다. 그래서 한 미술 평론가는 이 그림을 고흐의 회복 또는 자기 성찰의 상징으로 해석하기도 했다. 칼 융은, '예술가는 어느 시대나 그 자신이 속한 시대정신을 나타내는 도구이며 대변이다.'라고 말하기도 했다. 칼 융의 관점에서 보게 되면 의식적이든 무의식적이든 예술가는 그가 속한 시대의 성격과 가치관에 형태를 부여하고 반대로 그 시대의 성격과 가치관은 예술가를 형성한다고 볼 수 있을 것이다.

점심시간이 끝나려면 한참을 더 기다려야 했다. 다시 건물 밖으로 나오게 되었다. 잠시 후 지대가 조금 높은 곳으로 올라가서 휠체어에 앉아 있었다. 그때였다. 저만치 환의를 입고 몸이 한쪽으로 조금 기운 듯해 보이는 한 젊은 여자가 또래로 보이는 여자의 팔을 잡고 걸어가는 모습을 보게 되었다. 그 모습을 보는 순간 잠깐 Y가 아닐까 생각하게 되었다. 혹시 잘못 보지나 않았나 싶어 다시 쳐다보게 되었다. 하필이면 그때 짐을 높이 실은 트럭이 그들의 모습을 가로막은 채 꼼짝도 하지 않는 것이었다.

그때 신 여사가 큰 소리로 말했다.

"어, 빗방울이 떨어져요. 어서 안으로 들어가요."

재빨리 현관문을 열고 건물 안으로 들어가면서 속으로 생각했다. 비가 그치면 다시 밖으로 나가 봐야겠다고. 그러나 그런 내 생각을 비웃기라도 하듯이 빗방울은 점점 굵어졌고 쏟아지는 비는 멎을 기세가 아니었다. 비가 얼마나 거세게 퍼붓는지 쏟아지는 빗소리에 고막이 얼얼할 정도였다. 현관 안쪽에서 밖을 내다보았다. 어느새 수위실 앞쪽에는 물이 콸콸 넘쳐 물길 옆 둔덕을 넘실거리고 있어서 어디까지가 물길인지 구분할 수 없을 정도였다.

눈길을 로비 쪽으로 보냈을 때 원무과 맞은편에는 아담한 김밥가게가 보였다. 감색 제복을 입은 한 아저씨 말에 의하면 이곳은 본래 병원에 면회 오는 사람을 위한 장소였으나 언제부턴가 입원 환자까지 자주 드나들게 되었다고 했다. 그쪽으로 가 보았다. 벽면엔 커피, 김밥, 라면, 삶은 달걀이라고 적어 놓은 나무로 된 작고 귀여운 돼지머리 모양을 한 메뉴판이 걸려 있었다. 돼지머리 모양의 메뉴판을 보는 순간 잠깐 웃음이 나왔다. 솔직히 메뉴판이 돼지머리 모양을 한 것이 나를 웃게 만든 건 아니었다. 메뉴판에 적어 놓은 '삶은 달걀'이란 글자 중 '삶'자의 자음 'ㅁ'이 갈색을 띤 돼지머리 모양의 메뉴판에 드러난 검은색 옹이와 겹쳐 있어서 '살 달걀'로 읽혔기 때문이었다. 이어진 머릿속의 상상은 상상을 초월하는 상상이었다. '커피'에서 모음 'ㅡ'를 빼면 '키피'로 '김밥'에서 자음 'ㅁ'을 빼면 '기밥'으로 '라면'에서 짧은 가로선'ㅡ'를 빼면 '리면'으로 읽힌다는, 그야말로 효용 가치가 일도 없는 상상을 하게 된 것이었다.

지난 이 년 동안 재활 난민 신세가 되어 이 병원 저 병원을 돌아다니며 혹독한 재활 훈련을 받느라 웃음을 잊고 지냈던 나 자신이 메뉴판에 적힌 글자를 보고 엉뚱한 상상을 할 여유가 있었나 싶어 혼자 희미하게 웃다가 문득 이런 생각을 하게 되었다. 메뉴판에 적힌 단어를 가지고 실없는 상상을 하게 된 것은 어쩌면 내 안에 자리한 불안이라는 괴물을 퇴치해보려고 의식이 의도한 행동의 결과가 아니었을까 하고 말이다.

빅터 프랭클은 『죽음의 수용소』에서 인간은 극한의 불안과 고통 속에서도 의미를 재구성하는 능력을 추구한다는 점을 강조했다. 하이데거 역시 불안을 인간 실존의 본질적 정서로 보고 이를 통해 자아가 본성을 회복한다고 말한 바 있다. 칼 융도 불안이나 그림자(자신 안에 어두운 측면)와 대면을 통해 자아가 통합되고 성숙해진다고 설명했다. 즉 이들 모두는 불안을 부정적인 측면으로 보기보다는 자아를 재구성하는 계기가 된다고 본 것이었다. 그렇다고 한다면 나 자신이 재활 과정에서 겪게 되는 불안을 부정적인 측면으로만 볼 필요는 없을 것 같다는 생각에 잠시 위안을 얻게 되었다.

신 여사와 나는 각각 김밥 한 줄씩을 주문했다. 김밥이 나올 때까지 주위를 훑어봤다. 그때 눈앞에 등을 보이고 여자 셋이 앉아 있었다. 그들 중 둘은 하나같이 몸집도 뚱뚱한데다가 환의를 입고 머리까지 똑같이 꼬불꼬불한 파마를 하고 있어서 누가 누군지 구분이 어려울 정도였다. 그중 머리가 긴 한 여자는 하의는 환의를 입고 있었고 상의는 녹색 재킷을 걸치고 있었다. 그녀는 날씬한 몸매에 긴 머리를 어깨까지 늘어뜨리고 있었는데 그 모습은 어딘가 모르게 낯설지 않아 보였다.

그때 신 여사가 김밥을 들고 왔다. 김밥 하나를 입안에 밀어 넣었다. 값은 좀 비싼 편이었지만 질과 맛은 나쁘지 않았다. 김밥을 먹으면서도 내 눈길은 줄곧 녹색 가디건에 가 있었다. 김밥 하나를 다시 집어 입안에 밀어 넣는 순간 불현듯 머릿속에서 떠오른 어떤 기억이 그녀의 옆모습을 쳐다보지 않을 수 없도록 만들고 말았다. 그녀의 옆모습에는 내 기억을 환기시키는 것이 있었는데 그것은 그녀의 귀에 달고 있는 연꽃 모양의 귀고리였다. 연꽃 모양의 귀고리를 보게 된 순간 Y라고 나는 단정 지었다. 언젠가 Y로부터 자신의 친정어머니가 자신이 뇌졸중으로 쓰러졌을 때 연꽃 모양의 귀고리를 귀에 달아 주었다고 하는 소리를 들었던 것 같았다.

연꽃은 인도의 고대 신화에서부터 등장한다. 석가모니가 마야부인의 겨드랑이에서 태어난 순간 연꽃이 땅에서 솟아나고 있었다. 그 순간 석가모니가 사방으로 일곱 걸음을 걷게 되었는데 그 일곱 발자국마다 연꽃이 피어났다고 전한다. 그것은 연꽃이 곧 환생의 상징임을 말해주는 것이기도 했다. 아마도 불교 신자인 Y의 친정어머니는, 이제 겨우 서른 중반의 막내딸이 뇌졸중으로 쓰러졌던 그때도 진흙 속 연꽃처럼 다시 피어나길 바라는 마음을 놓지 않았을 것이다. 그런 그 마음이 고스란히 연꽃 귀고리에 옮겨져 딸의 귀에까지 전달된 것이라고 나는 생각했다.

그녀는 무엇에 쫓기는 사람처럼 주변의 시선 따위에는 관심이 없어 보였다. 오로지 고개를 숙인 채 앞에 놓인 김밥과 어묵 국물을 먹는 데만 집중하는 듯했다. 어느 순간 그녀가 뒤를 돌아보게 되면서 눈을 마주치게 되었다. Y였다. 그녀가 환하게 웃는 얼굴을 드러내 보이며 손을 흔들어 보였다. 나도 같이 손을 높이 들어 보였다. 곧 자리에서 일어난 Y가 한쪽으로 조금 기운 듯한 걸음을 하고 이쪽으로 왔다.

"이모! 이게 얼마 만이에요? 호호호."

Y의 목소리가 얼마나 컸던지 옆에 있던 두 여자가 돌아볼 정도였다. 그때 Y는 미소를 띠고는 있었으나 눈가에 드러난 잔주름엔 옹이 같은 아픔이 숨겨져 있는 듯 보였다. Y의 손을 잡으며 내가 말했다.

"이게 얼마 만이야. 아마도 우리가 헤어진 지 일 년 가까이 됐을걸. 그동안 잘 지냈어? 요즘 보행은 좀 어때?"

"조금씩 좋아지긴 해요. 이모는 어때요?"

"나도 마찬가지야. 조금씩 좋아지긴 하는데 오른쪽 다리는 아직 힘이 약해."

삼십 대 중반인 Y와는 B 재활병원에서 머물고 있을 때 일 년 가까이 같은 병실에서 보낸 적이 있었다. Y는 자신이 이곳 S 재활병원에 온 지 삼 개월 남짓 됐다고 했다. Y는 서른 살 때부터 자신의 언니가 운영하는 가게에서 고기 포장하는 일을 도왔다고 했다. 매일 밤 일과를 끝내고 나면 고기 안주를 곁들인 술 파티가 벌어졌고 그렇게 몇 년을 지내오다 어느 날 갑자기 뇌졸중으로 쓰러지고 만 것이었다. 신체 절반이 마비된 Y 역시 나와 똑같이 재활 난민 신세가 되어 이 병원 저 병원을 전전하고 있는 중이었다. Y는 남편이 오기로 했다며 먼저 자리에서 일어났다. 나도 따라 일어나게 되었다. 원무과 앞에서 잠시 걸음을 멈춘 후 Y가 말했다.

"참, 제 병실은 203호예요. 이모님 병실은 몇 호예요?"

"아직 몰라. 원무과에 사람이 없어서."

그때 원무과 직원이 나타났다. 원무과 직원으로부터 배당받게 된 병실은 102호였다. Y가 얼굴을 찡그려 보이며 낮은 목소리로 말했다.

"이모, 제가 이 병원에 있으면서 들은 소문에 의하면 102호 병실 분위기가 제일 안 좋다고 하던데 하필이면… 지내보시고 정 안 되겠다 싶으면 병실을 바꿔 달라고 하세요."

그렇게 말하고 나서 Y는 손을 흔들어 보이곤 멀어져 갔다.

일 년 전, B 재활병원에 있을 때 Y는 가장 심성이 고운 환자로 소문이 나 있었다. Y와 또래인 D 환자는 툭하면 자신을 돌봐주는 간병인은 물론이고 다른 환자와도 다투는 일이 잦았으나 Y는 한 번도 그런 모습을 보인 적이 없었다. 그녀는 자신의 몸이 불편한 상태에서도 자신을 돌봐주는 간병인은 물론이고 다른 환자와도 늘 상냥한 얼굴로 대하곤 했다. 그 무렵 나는 딱 한 차례 Y의 남편을 본 적이 있었다. 그날 나는 Y의 남편을 정면으로 보지는 못했으나 그의 머리가 엉망으로 헝클어져 있었고 찌든 티셔츠를 입고 있는 것을 알아보았다. 그때 Y의 남편은 바쁘다는 이유로 병실에 머문 시간은 고작 오 분 정도였던 것 같았다.

마흔 중반인 나 자신이 서른 중반의 Y와 가깝게 지내게 된 계기는 사실 Y보다는 그녀의 친정어머니 때문이었다. 어느 날 나는 D 환자로부터 우연히 Y의 친정어머니에 관한 이야기를 듣게 되었다. 하루건너 한 번씩 병실에 찾아오던 Y의 친정어머니는 꼽추처럼 등이 굽어 있어서 얼핏 보면 꼽추 같아 보였으나 꼽추는 아니었다. 알고 보니 성격이 난폭한 Y의 친정아버지가 술을 먹고 폭행을 일삼는 바람에 목뼈가 휘어져 등이 굽어지게 된 거라고 했다. 등이 굽은 Y의 친정어머니가 상추와 쑥갓, 파 등이 담긴 천으로 된 낡은 가방을 유모차에 싣고 이 골목 골목을 돌아다니며 팔아 겨우 생계를 유지한다고 하는 말을 D 환자로부터 듣고 알게 되었다. 그 말을 듣게 되는 순간 마음이 짠해진 나는 Y의 친정어머니가 꼬부라진 허리를 하고 밀고 온 유모차에 실어놓은 연꽃 모양의 수가 놓인 가방 안에다 만 원짜리 한 장을 돌돌 말아 몇 차례 슬그머니 넣어둔 적이 있었다.

어느 날 그 사실을 알게 된 Y의 친정어머니가 나를 찾아와
서 말했다.

"너무 감사합니다. 내가 해 드릴 수 있는 건 기도밖에 없어
서 매일 아침 부처님께 기도하는 중에 고마운 분을 위한 기도
도 같이 드리고 있습니다. 정말 고맙습니다."

그때부터 Y의 친정어머니는 나를 고마운 분이라고 부르곤
했다.

그날은 부처님 오신 날이었다. 해 질 녘 병실에 모습을 드러
낸 Y의 친정어머니가 슬며시 내 자리로 와서는 낮은 목소리로
말했다.

"오늘 아침엔 내가 종종 찾아가는 암자에 들러 고마운 분
이름과 우리 딸 이름으로 각각 연등 하나씩을 달아놓고 왔어
요. 고마운 분과 우리 딸이 하루빨리 건강을 되찾게 해 달라는
제 마음을 연등에 담았답니다."

그 무렵부터 Y와도 자연스럽게 가까워지게 되었다. Y와 헤
어지고 나서 원무과 직원이 알려준 102호 쪽으로 가게 되었
다. 102호는 복도 맨 끝에 있었다. 문을 열었을 때 병실은 텅
비어 있었다. 텅 빈 병실 천장에 붙어 있는 LED 조명은 수명
이 다 됐는지 불빛이 흐릿했다. 흐릿한 불빛 때문인지 왠지 모
르게 병실 안이 회색으로 채워진 듯한 느낌이었다. 그래서일
까. 말벌 둥지에서나 맡아질 법한 이상한 냄새까지 풍기고 있
었다. 이마를 찌푸리며 신 여사에게 창문부터 열자고 말했을
때 간호사가 나타났다. 간호사가 손으로 가리킨 침대는 서향
창 쪽 맨 구석진 곳에 자리하고 있어서 최소한의 쾌적함도 느

껴지지 않을 것 같아 보였다.

"그럼 짐 정리부터 하세요."

그렇게 말한 후 간호사는 이내 등을 보이며 병실 문을 열고 나가 버렸다. 다시 내 눈길이 병실 안을 두리번거리고 있었다. 먼지 낀 한쪽 벽면에는 출시된 지 이십 년은 족히 돼 보이는 텔레비전 한 대와 테두리 중간 중간에 밤색 칠이 벗겨져 있는 둥근 벽시계가 걸려 있었는데 신기하게도 시곗바늘은 째깍째깍 소리를 내고 있었다. 무심코 침대 난간을 잡는 순간 삐걱하는 소리가 났다. 삐걱거리는 침대가 놓인 벽면 역시 군데군데 흰색 페인트칠이 벗겨져 있을 뿐만 아니라 여기저기에 금이 간 곳도 눈에 들어왔다. 금 간 자리를 메우느라 페인트를 덕지덕지 칠해 놓아서 벽면은 피난민 소굴 같은 분위기가 풍길 지경이었다. 할 수만 있다면 병실을 통째로 대형 세탁기에 집어넣어 더러운 먼지와 때를 말끔히 씻어내고 싶은 심정이었다. 그때 내 눈길이 머문 곳은 텅 빈 옷장 안에 보이는 표지가 뜯겨나간 잡지였다.

지금까지 나 자신이 머물게 되었던 K 재활병원과 B 재활병원 그리고 D 병원 모두 병실 환경이 나름 나쁘지 않다고 느꼈던 것에 비하면 이곳 S 재활병원 102호는 말이 아니었다. 어떻게 하면 좋을까 생각하는데 문득 떠오르는 아이디어가 있었다. 그때 트렁크를 열어 놓고 짐 정리에 한창인 신 여사에게 조금 큰 소리로 내가 말했다.

"잠깐만요. 여사님, 짐 정리는 나중에 하고 우선 이것부터 해결합시다."

나는 잡지에 실린 화려한 유람선이 떠다니는 한강 모습 사진 몇 장을 가위로 오려서 신 여사에게 얼룩진 벽면에 붙여달라고 말했다. 하지만 그것만으로 얼룩진 벽면을 가리기에는 턱없이 부족했다. 이번에는 남산 케이블카가 담긴 사진을 비롯해 젊은 남녀 한 쌍이 비 오는 날 하나의 우산을 받쳐 들고 청계천 변을 걸어가는 사진까지 잘라 붙이고 나니 비로소 얼룩진 벽면이 어느 정도 가려졌다.

나는 또 한 차례 병실을 둘러보았다. 침대는 모두 여섯 개였다. 침대와 침대 사이 공간은 휠체어 한 대가 겨우 지날 정도로 좁아 보였다. 각각의 침대 앞쪽에는 서랍이 달린 옷장이 놓여 있었고 옷장 옆에는 미니 냉장고 한 대도 같이 놓여 있었다. 잠시 눈길을 창 쪽으로 보냈다. 창밖으로 보이는 건 풀이 우거진 공터뿐이었다. 병원 건물이 지대가 높은 곳에 자리 잡고 있어서 공터를 한눈에 볼 수 있었다. 갑자기 먼지가 끼어 희뿌연 유리창을 열고 싶어졌다. 그때 눈치 빠른 신 여사가 어느새 물티슈로 유리와 방충망에 낀 먼지를 닦았다. 잠시 후 손으로 창틀을 잡고 유리에 이마를 댄 채 밖을 내다보았다. 그때 제일 먼저 눈에 들어온 것은 공터 가득 자라고 있는 잡초들이었다. 쇠비름, 바랭이, 강아지풀, 뚝새풀, 토끼풀, 민들레, 맨드라미, 코스모스, 쑥에 이르기까지. 어떤 것은 자줏빛을 띤 꽃들을 작은 구슬처럼 달고 있었고 또 어떤 것은 잎보다는 줄기만 푸른색 끈처럼 길게 늘어져 있는 것도 보였다. 공터는 제초 작업을 하지 않아서 을씨년스럽기 짝이 없었다. 어릴 적 시골 외갓집에 갔을 때 마을과 좀 떨어져 있는 보리밭 한 모퉁이에 자리해 있던 을씨년스런 빈집 마당을 연상케 했다.

"병실이 많이 낡아 보이긴 하네요. 휴!"

풍선에 바람이 빠지듯 신 여사는 말끝을 흐렸다. 그때 사람들이 수다를 떨면서 한꺼번에 병실로 들어오고 있었다. 신 여사가 짐 정리를 하던 손을 멈추고 일어나서 그들을 향해 상냥한 목소리로 말했다.

"안녕하세요. 오늘 처음 왔어요. 잘 부탁합니다. 모르는 것 있으면 많이 가르쳐 주세요."

나 역시 웃는 얼굴을 하고 고개를 끄덕여 보이는 것으로 인사를 대신했다. 그러나 그들은 새로 온 환자나 간병인 따위에는 관심이 없어 보였다. 그들은 하나같이 등을 돌린 채 자기네끼리 무슨 이야기만 주고받고 있을 뿐이었다.

그들 중 머리가 하얀 환자는 칠십 대로 보였고 짧은 머리를 꼬불꼬불하게 파마한 환자는 깡말라 보여서 좀처럼 나이를 가늠할 수 없어 보였는데 자꾸 보니 육십 대 초반으로 보였다. 내 침대 바로 옆자리를 차지한 환자는 삼십 대 중반으로 보였는데 앞을 잘 보지 못하는 듯했다. 그녀는 키도 크고 얼굴도 예쁜 편이었는데 놀랍게도 목소리는 중년 여인 같았다. 그녀는 인상이 차갑게 보이는 육십 대 중반의 여자에게 어린아이처럼 연신 엄마! 엄마! 하고 부르곤 했다. 출입문 양옆에 놓인 침대 중 하나는 기껏해야 스무 살 정도로 보이는 아가씨 환자가 차지했고 반대쪽 침대는 텅 비어 있었다. 그 아가씨 환자를 돌보는 아주머니는 덩치가 엄청나게 커 보여서 좀처럼 나이를 가늠하기가 어려워 보였다. 그런데 가까이서 보니 기껏해야 오십 대 중반 정도로 보였다.

잠시 후 벽시계가 다섯 시 반을 가리키자 밥차가 복도에 나타났다. 신 여사가 달려 나가더니 식판을 들고 왔다. 그런데 S 재활병원에서 제공된 음식은 지금까지 나 자신이 거쳐 온 K 재활병원이나 B 재활병원, 잠깐 머물게 되었던 D 재활병원과는 사뭇 달랐다. 이들 병원에서 제공된 음식 대부분은 만족할 정도는 아니었지만 그런대로 먹을 만했다. 그런데 식판에 올라온 음식은 특이했다. 불고기는 특유의 수입 고기 냄새가 풍겼고 장조림에는 찝찔한 맛이 났고 물김치는 양상추가 풀어질 대로 풀어져 있어서 너덜거리는 행주 같아 보여 숟가락이 가지 않았다. 나는 몇 숟가락 뜨지 않은 채 식판을 물리고 말았다.

그날 밤 잠자리가 바뀌어서 그런지 좀처럼 잠이 오지 않았다. 전에도 잠자리를 옮기게 되면 잠을 못 이루곤 했다. 이미 102호 불은 꺼진 지 오래였다. 밖으로 나갈 수도 없어서 침대에 누운 채 눈은 창밖으로 보내고 있었다. 그때 캄캄한 밤하늘에 피어난 한 무더기 별꽃을 보게 되었다. 하늘에 뜬 하얀 별꽃을 보게 된 순간 별안간 땅에 피어난 별꽃이 생각났다.

남편은 해마다 봄이 되면 햇볕 잘 드는 베란다 한쪽에 작은 화분 몇 개를 놓아두고 별꽃 씨앗을 심고 물을 주곤했다. 별꽃은 작은 씨앗에서 시작해 햇빛과 적절한 수분, 온도를 받으며 싹이 트게 된다. 줄기가 자라게 되면서 작고 하얀 꽃잎이 하나둘씩 피어나기 시작하다 다섯 장으로 늘어나게 되면 마침내 별 모양이 되었다. 남편은 야화 종류도 화분에 심었는데 밤에 피는 달맞이꽃, 돈 디에고, 밤에 피는 나팔꽃 등이 꽃을 피우게 되면 밤하늘의 별꽃처럼 어두운 베란다에 별꽃을 환하게 피워주곤 했다.

하루는 남편에게 물었다.

"별꽃이 그렇게 좋아?"

내 말이 끝나자 빙그레 웃기만 하던 남편이 한참이 지나서야 말을 했다.

"당신 얼굴이 별꽃을 닮아서 그런가 봐. 하하하."

"고마워. 근데 당신은 왜 많고 많은 꽃 중에서 하필이면 별꽃을 좋아하는 건데?"

"눈으로 직접 보면 별은 대체로 그냥 하얗거나 살짝 노랗게 보이지만 사실 그 안에는 무지개 색을 다 갖고 있지. 그렇지 않은 별도 있지만. 당신 얼굴에도 무지개색이 다 들어있거든. 하하하."

그 생각을 떠올리다 깜빡 잠이 들었다가 다시 눈이 뜨였다. 그때 창을 통해 비치는 희미해진 별꽃이 새벽임을 알려주고 있었다. 불현듯 머릿속에서 "별꽃은 어두운 밤이 되어야 활짝 피어나지." 하고 말하며 활짝 웃던 남편의 얼굴이 캄캄한 밤하늘에 핀 별꽃처럼 눈앞에서 반짝였다.

별안간 나도 모르게 내 입에서 이런 말이 튀어나왔다.

'어두운 터널처럼 끝이 보이지 않은 재활 훈련도 계속하다 보면 언젠가는 재활의 별꽃도 활짝 피어나겠지.'

잠시 후 102호에 불이 환하게 켜졌다. 커튼 사이를 비집고 들어온 불빛이 침대와 난간을 미끄러지듯이 들어와 시트와 내 손등에 빛의 줄무늬를 만들고 있었다.

어느 병원이든 아침 일곱 시면 어김없이 밥차가 오기 마련이었다. 환자들은 화장실에 들렀다가 세수하고 머리 빗고 하려면 늦어도 여섯 시에는 일어나야 했다. 그날도 아침 식판에 올라온 반찬도 다르지 않았다. 어제저녁 식판에 올라왔던 찬과 다른 한 가지는 바지락을 넣고 끓인 된장국이었다. 바지락 된장국부터 먹어보았다. 인공 조미료 냄새가 비위를 상하게 하는 바람에 솔직히 먹고 싶은 생각이 사라졌다. 숟가락을 든 채 102호를 둘러보게 되었다. 그때였다. 습한 벽을 타고 오르내리는 회색빛이 도는 작은 벌레며 가느다란 발이 여러 개 달린 벌레들까지. 거기에 더해 어딘가 모르게 불만에 차 있는 듯한 사람들의 눈빛과 마주한 순간 나도 모르게 눈을 감아 버리고 말았다.

입안 가득 밥을 문 채 신 여사가 말했다.

"된장국 식기 전에 어서 드세요."

"네. 신 여사도 같이 먹읍시다."

억지로라도 밥은 먹어야만 했다. 밥을 먹지 않고는 혹독한 재활 훈련을 할 수 없다는 것을 나 자신이 너무도 잘 알고 있었다. 억지로 밥을 먹으면서 어제 치료실 사람이 건네준 치료 시간표를 확인했다. 첫 물리치료는 아홉 시 반에 있었다.

식판을 들고 병실을 나가면서 신 여사가 말했다.

"아이고! 이 하얀 쌀밥을… 아까워서 어떻게 해. 이 쌀밥 굶주린 북한 사람들한테 주었으면 좋겠구만. 쯔쯔쯔."

신 여사는 과거 자신이 연변에서 지낼 때 이따금 몰래 북한을 오가며 보따리 장사를 한 적이 있었다고 했다. 그때 자신이 만나게 된 북한 주민 대부분이 배불리 먹지 못해서 깡말라 있었다고 하는 이야기를 몇 차례 했던 것 같았다. 벽시계를 힐끗 쳐다봤다. 아홉 시 오 분이었다. 아홉 시 반까지 치료실에 도착하려면 서둘러야 했다. 잠시 후 나는 신 여사의 보호를 받으며 걸음마를 시작한 아기처럼 뒤뚱거리는 걸음을 하고 문 쪽을 향해 조심조심 걸어갔다. 그런 내 모습을 보게 된 깡마른 환자가 조금 큰 소리로 말했다.

"아이고, 저 환자는 지팡이도 안 잡고 걷네."

침착한 목소리로 신 여사가 말했다.

"겨우 발을 떼세요. 아직 오른쪽 다리에 힘이 약해서 많이 불안해하세요."

길게 이어진 복도를 따라 한참을 걸어서 치료실에 도착하게 되었다. 생각보다 치료실은 꽤 넓어 보였다. 그런데 조명이 너무 어둡게 느껴졌다. 그래서 그런지는 몰라도 왠지 치료사의 표정까지도 어두워 보이는 듯했다. 물리치료의 특성상 어디에서든 환자와 치료사 모두 신발을 벗고 치료 매트에 올라간 상태에서 치료가 진행되게 돼 있었다. 잠시 후 한 치료사가 내가 누워있는 매트 쪽으로 다가오더니 신발을 벗고 매트에 올라왔다. 얼핏 보니 치료사는 이십 대 중반쯤으로 보였는데 인상이 선해 보였다.

치료사와 눈이 마주친 순간 내가 먼저 인사했다.

"안녕하세요?"

그러나 치료사는 아무런 반응이 없었다. 치료사가 갑자기 내 팔을 당겨 팔 근육을 풀기 시작했다. 잠시 후 치료사가 나

와 마주 보고 앉고 나서 자신의 발로 내 발을 미는 동작을 시
도했다. 아마도 내 다리 근육 상태를 실험하는 모양이라고 생
각했다. 무심코 내 눈길이 짙은 회색 양말을 신고 있는 치료사
의 발바닥 쪽에 가 있었다. 그때 치료사가 신고 있는 회색 양말
은 양쪽 모두 뒤꿈치에 구멍이 뻥 뚫려 있는 것이었다. 그런데
치료사의 발뒤꿈치에 짙은 회색 때가 끼어 있어서 어느 것이
발뒤꿈치인지 회색 양말인지 구분이 어려울 정도였다. 치료가
끝날 때까지 내 머릿속에서 맴돈 것은 치료사의 실력 또한 그
가 신고 있는 뻥 뚫린 양말 구멍만큼이나 허술하다는 것이었
다. 어느 순간 치료사도 구멍 뚫린 양말을 의식하게 되었던지
갑자기 뻗고 있던 다리를 오므려 버리는 것이었다. 어쩌면 치
료사는 구멍이 뻥 뚫린 자신의 양말을 내가 보지 못했을 거라
고 믿고 있었을지 몰랐다. 하지만 나는 구멍이 뻥 뚫린 치료사
의 발뒤꿈치를 못 본 척하느라 얼굴을 벽 쪽으로 돌리고 있는
데 자꾸만 웃음이 나오려고 했다. 사실 구멍 난 양말이나 발뒤
꿈치에 낀 회색 때가 웃을 일은 아니었다. 그런데도 자꾸만 웃
음이 나오려고 하는 바람에 나는 입을 앙다물어야만 했다.

갑자기 치료 매트 위에 어색한 공기가 감돌고 있었다. 어색
한 공기를 녹이려고 내가 또 말을 건넸다.

"선생님은 고향이 어디세요?"

"전라도 광줍니다."

"아, 그럼 혼자 생활하시겠네요."

"네. 혼자 삽니다."

마침내 종료를 알리는 벨 소리가 울렸다. 어디든 하루에 주

어진 치료는 세 차례. 이곳 S 재활병원도 다르지 않았다. 한 시간 후 두 번째 시간에 만나게 될 치료사를 기대해 봐야겠다고 생각하면서 조심조심 긴 복도를 걸어 치료실에 도착하게 되었다. 두 번째 만나게 된 치료사는 삼십 대 초반으로 보였다. 그는 매트에 올라오면서부터 눈도 맞추지 않을 뿐만 아니라 한마디 말도 하지 않았다. 치료사의 태도가 그렇다고 할지라도 환자인 나라도 인사는 해야 할 것 같아서 웃는 얼굴을 하고 내가 말했다.

"안녕하세요. 선생님 잘 부탁드립니다."

그런데도 치료사는 아무런 반응이 없었다. 그는 손으로 내 다리를 번쩍 쳐들어 자신의 어깨에 올려놓았다. 치료사의 손길이 어찌나 거칠게 느껴지는지 속으론 불안했으나 겉으론 내색 하지 않았다. 한동안 어색한 침묵이 흘렀다. 잠시 후 나도 모르게 치료사를 힐끗 쳐다보게 되었다. 얼핏 보았을 땐 몰랐는데 자세히 보니 치료사의 얼굴과 목 그리고 손가락에 이르기까지 붉은 반점으로 뒤덮여 있는 것이었다. 내 쪽에서 치료사의 피부에 대해 어떤 것도 묻지 않았는데 눈이 마주친 순간 치료사가 갑자기 자신의 피부에 대해 장황하게 설명하기 시작했다.

"본래 제 피부가 이렇지는 않았는데 중학교 때부터 극심한 아토피…."

치료사는 말을 하다가 간간이 혀로 허옇게 껍질이 벗겨져 있는 입술에 침을 바르곤 했다. 잠시 후 그가 나를 매트에 앉게 한 후 어깨 근육을 풀기 시작하더니 낮은 목소리로 또 말했다.

"저의 이런 피부 때문에 불쾌하지 않으셨어요? 솔직히 환자 몇은 저의 치료를 거부한 적도 있었습니다. 저는 충분히 이해합니다."

그렇게 말한 후 치료사는 한 차례 한숨을 내쉬었다. 잠시 후 그는 무엇에 쫓기는 사람처럼 불안한 모습을 드러내 보이더니 갑자기 자신의 손을 탈탈 털기 시작했다. 목과 팔, 손등에 붉은 반점이 다닥다닥 붙어 있는 치료사의 모습을 보고 있으니 솔직히 기분이 썩 좋지는 않았다. 그렇다고 치료를 거부할 정도는 아니었다. 때마침 종료 벨이 울리자 희미하게 웃는 얼굴을 하고 그가 말했다.

"아쉽게도 만나자마자 이별이네요."

"그게 무슨?"

"제가 병원 치료도 열심히 받고는 있지만 좀처럼 차도가 없어서 외딴섬에 있는 작은 재활병원으로 가기로 했습니다. 만나 뵙게 돼 반가웠습니다. 제가 이곳 S 재활병원에 근무한 지 삼 개월 조금 지났는데 마지막 환자로 기억될 것입니다. 열심히 재활하셔서 좋은 결과 있으시길 빕니다."

치료사가 하는 말을 듣고도 나는 아무 말도 할 수 없었다. 병실로 돌아오고 있는데 세상에는 아픔이 없는 사람은 없구나 싶어서 기분이 우울해졌다.

마지막 치료 시간은 오후 세 시 반이었다. 치료실에 도착한 후 비어 있는 한 매트에 올라가 잠시 눈을 감고 앉아 있었다. 어느 순간 굵직한 목소리가 들려왔다.

"안녕하세요? 반갑습니다."

얼떨결에 나도 인사하게 되었다.

"네. 안녕하세요? 저도 반갑습니다."

"잠깐 누워 보실까요?"

치료사의 인상이 선해 보여서 일단 기분이 좋았다. 그래서 내 입에서 말이 쉽게 나오게 되었는지도 몰랐다.

"뵙자마자 죄송한데 한 가지 여쭤볼 게 있는데."

"네. 뭐든 말씀해 보세요."

"제가 가까스로 복도를 걸어오는데 왼발과는 달리 오른발이 땅에 잘 닿지 않은 것 같아서 무척 힘이 들었어요. 어째서 그렇지요?"

그는 내 질문에 대해 구체적인 이유를 설명하지 못했다. 순간 내색은 하지 않았으나 속으로 실망감을 느끼게 되었다. 하지만 그 실망감은 오래가지 않았다. 가만히 생각해보니 감각이라는 것은 온전히 개인의식에서 비롯되는 것이다 보니 의식 바깥에 존재하는 치료사가 환자의 내면까지 헤아리지 못하는 것은 당연한 일이었다. 치료사는 시종일관 어깨부터 시작해 팔과 다리, 엉덩이까지 빠뜨리지 않고 내 몸을 점검했다. 그런 다음 나를 엎드리게 한 후 엉덩이 근육을 풀기 시작하더니 차츰 다리를 지나 발목까지 내려왔다. 잠시 후 그가 손짓으로 내게 매트에서 일어나라고 했다. 그러더니 별안간 내가 벗어놓은 운동화를 신겨주면서 그가 말했다.

"너무 불안해하시지 말고 운동화를 신고 한번 걸어봅시다."

의외로 내 발은 겁도 없이 뚜벅뚜벅 앞으로 나갔다. 열 발짝 정도 떼었을 때 잠깐 오른쪽 다리가 휘청했다. 그는 당황하는 기색도 없이 다시 한번 자세를 잡아주고 나서 또 한 차례 걸어보라고 말하는 것이었다. 이번에도 발이 잘 나갔다. 나는 기뻤다. 너무 기쁜 나머지 속으로 이 정도의 실력을 갖춘 치료사 하나만 있어도 행운이란 생각까지 하게 되었다. 어느새 종료 벨이 울리고 있었다.

치료사가 엷은 미소를 지어 보이며 말했다.

"아쉽게 됐네요. 이 시간이 처음이자 마지막 치료가 되겠습니다."

놀란 눈을 하고서 내가 물었다.

"선생님 그게 무슨?"

"제가 다음 주 월요일부터 서울 쪽에 있는 한 재활병원에 출근하기로 돼 있습니다."

그 말을 듣게 된 순간 너무 실망한 나머지 몸에 힘이 쫙 빠지는 느낌이었다.

03

비가 내린다.

입원하던 날부터 내리기 시작한 비는 오다 말다 하면서 한 주 내내 멈추지 않고 있었다. 일요일 아침에도 창을 때리는 빗소리에 눈을 뜨게 되었다. 눈을 창 쪽으로 돌렸을 때 투명한 유리 위에 빗물이 줄을 그으며 흘러내렸다.

그날은 S 재활병원에 들어온 후 처음으로 맞게 되는 일요일이었다. 나는 침대에 누운 채 한동안 창밖의 빗소리에 귀를 기울이고 있었다. 잠에서 깨어난 지 한참이 지났으나 오늘따라 이상하게 일어나기가 싫어서 다시 눈을 감았다. 눈을 감은 채 빗소리를 듣고 있으니 세상이 온통 회색빛으로 침전되는 듯했다. 그때까지 102호는 고요했다. 신 여사 역시 잠이 든 듯 보이기에 살며시 침대에서 내려와 휠체어를 타고 복도로 나가려던 참이었다.

그때였다. 보조 침대에 누워있던 신 여사가 밝은 표정을 드러내 보이며 말했다.

"벌써 일어나셨네요."

신 여사의 볼 위에 불그스레한 빛이 빠르게 피어올랐다. 이제까지 나 자신의 뇌리에서 떠올려지고 있던 생각을 황급히 지워버리기라도 하려는 듯이 신 여사가 조금은 과장되게 웃었다. 그러곤 내가 앉아 있는 휠체어 바퀴에 희고 통통한 손을 얹으며 말했다.

"지금 밖에 나가시게요?"

"네. 좀 답답해서."

잠시 후 신 여사가 밀어주는 휠체어를 타고 복도를 지나 현관 쪽으로 가 보았다. 밖에는 여전히 비가 내리고 있어서 하는 수 없이 김밥 가게로 들어가게 되었다. 그러나 가게 안은 대단히 혼잡했다. 비가 계속 내리고 있어서 접은 우산을 든 사람이 지나간 자리마다 물이 번들거렸다. 그런데도 사람들이 우산과 우산 사이를, 사람과 사람 사이를 헤치며 계속 들어오고 있었다. 하는 수 없이 김밥가게에서 나오게 되었다.

현관 유리 밖으로 보이는 빗줄기는 더 굵어지고 있었다.

"비가 참 많이 옵니다."

현관문 유리 밖을 바라보던 신 여사가 말했을 때 나 역시 유리문 밖을 바라보며 한참을 서 있었다. 어떤 이는 우산도 없이 비를 흠뻑 맞으며 뛰어가는 모습도 보였고 홀로 하나의 큰 우산을 들고 여유롭게 걸어가는 사람도 있었다. 두 사람이 하나의 작은 우산 속으로 까만 머리 두 개만 쏙 들이밀고서 어깨까지 맞대고 걸어가는 사람들의 모습도 보였다. 갑자기 바람이 거세지고 빗발도 굵어졌다. 순식간에 불어닥친 강풍에 커다란 우산이 뒤집히고 말았다. 뒤집힌 그 우산은 좀 전에 홀로 커다란 우산을 쓰고 여유롭게 걸어가던 사람의 우산 같아 보였다. 잠깐 보게 된 빗속의 세상은 언제 어떻게 변하게 될지 알 수 없는 우리가 사는 세상을 보는 듯했다.

그날은 공휴일이었다.

눈이 뜨인 순간 창밖에는 여전히 비가 내리고 있었고 벽시계 바늘은 다섯 시 사십 분을 가리키고 있었다. 102호는 공휴일이면 환자나 보호자 모두 느긋하게 누워있는 분위기였다. 신 여사도 코를 골며 잠이 들어 있었다. 나 자신이 가장 싫어하는 것은 잠도 자지 않으면서 침대에 누워있는 것이었다. 조용히 침대에서 내려온 후 휠체어를 타고 복도로 나가보았다. 처음에는 어디로 갈까 생각하다가 얼마 전 복도를 지나오면서 얼핏 휴게실 간판을 본 것 같아서 그쪽으로 가 보기로 했다. 그때까지 복도에는 아무도 보이지 않았다. 휴게실 역시 문이 잠겨 있었다. 하는 수없이 다시 102호로 돌아오게 되었다. 그때 무심코 내 눈길이 칠십 대로 보이는 머리가 하얀 환자가 누워있는 침대 벽면에 쏠리고 있었다. 거기에는 A4 용지에 그려진 연꽃 그림 한 점이 붙어 있었다. 어느새 내 마음 한 점이 그 연꽃 그림에 가 있는 것이었다.

사람마다 가슴에 품은 사연이 다르니, 어떤 사물에 반응하는 기억과 연상도 서로 다를 것이다. 그러나 머리가 하얀 환자 침대 옆 벽에 걸어놓은 아마추어 화가가 그린 듯해 보이는 만다라를 연상케 하는 연꽃 그림을 보는 순간 내게 스친 연상은 놀랍도록 선명하고도 각별했다. 솔직히 나 자신이 융 심리학을 공부하기 전에는 신화나 동화, 전설 또는 기타 종교에서 나타나는 다양한 상징물은 나약한 인간들이 의지하는 지팡이 정도로밖에 생각하지 않았던 것이 사실이었다. 그러다 칼 융의 심리학을 조금씩 이해하게 되면서부터 오히려 그것들을 성스러운 치유의 의례로 이해하게 되었고 이를 통해 영혼을 조율할 수 있는 상징물로도 보게 된 것이었다.

대체로 연꽃 그림은 시대와 문화에 따라 의미가 달라지지만 공통적으로 역경을 극복하는 강인함과 청정한 삶의 추구를 담고 있는 것으로 알려져 있다. 심리학적 관점에서 보게 되면 개인이 어떤 정신적 위기 상황에서 자신도 모르게 만다라를 상징하는 연꽃을 그림으로써 그 자신이 차츰 불안정한 감정을 안정시키고 통합적 자아로 나아가는 것이라고 할 수 있다. 연꽃 그림을 본 순간부터 나도 모르게 머리가 하얀 환자에게 신경이 쏠리고 있었다. 그녀의 표정은 물론이고 그녀가 하는 말과 행동에 저절로 눈이 가게 되었다. 그러나 아무리 봐도 그녀는 그 자신의 내면 질서 회복이나 통합에 힘쓰는 사람 같지는 않아 보였다.

며칠 후 나는 뜻밖의 정보를 듣게 되었다. 그 연꽃 그림은 머리가 하얀 환자가 그린 것이 아니라 병실에서 가장 덩치가 큰 보호자가 그렸다는 사실을 신 여사를 통해 알게 되었다. 이미 그녀는 연꽃 그림을 그리기 시작한 지 오래되었다고 했다. 그런데 아이러니하게도 자신의 딸 침대 주위엔 연꽃 그림을 찾아볼 수가 없었다.

그날 밤 저녁을 먹으면서 신 여사에게 내가 말했다.

"연꽃이 지닌 상징적 의미는 상당히 심오한 것으로 아는 데 혹시 덩치 큰 그 보호자가 불교에 심취한 게 아닐까?"

무표정한 얼굴을 하고 신 여사가 말했다.

"그런 것까지는 잘 모르겠구요. 아마 자신의 딸이 저렇게 되고부터 연꽃 그림을 그리기 시작했다는 것 같아요."

덩치가 우람한 그녀가 불교에 심취한 게 아닐까 생각하게 된 것은 사찰에서 가장 많이 볼 수 있는 문양 가운데 연꽃을 빼놓을 수 없기 때문이었다. 부처가 앉아 있는 연화좌를 비롯해 불전을 구성하는 불단과 천장, 문살, 탑 심지어는 수막새에 이르기까지. 수막새는 비와 눈이 왔을 때 생긴 습도 때문에 기와 속의 진흙이 흘러내리는 것을 막아주는 용도로 사용한 것으로 거기에도 연꽃무늬가 박혀있는 것을 어렵지 않게 보게 된다.

칼 융은 혼탁한 물 밑바닥에서 힘겹게 자라지만 일단 수면 위로 올라와서는 아름다운 꽃을 피우는 연꽃을 집단 무의식의 상징으로 보았다. 이는 연꽃이 어둠에서 빛으로 피어나는 과정을 인간의 정신이 무의식에서 의식으로 성장하는 과정의 상징으로 본 것이었다. 알고 보니 덩치 큰 보호자는 열세 살 때 뇌경색이 찾아온 자신의 딸을 칠 년째 돌보느라 고통이 이만 저만이 아니라고 했다. 아마도 그녀는 자신의 어린 딸 앞에 갑작스럽게 불어 닥친 운명의 회오리바람 앞에서 겉잡을 수없이 흔들리는 자신을 붙잡느라 연꽃을 그리게 되었는지도 모를 일이라고 생각했다.

병실이 일 층이라서 그런지 꿀벌들이 꽃을 찾아 여기저기를 날아다니다가 어느 땐 102호에까지 불쑥 날아와서는 천장을 빙빙 돌다가 날아가곤 했다. 그날도 벌 한 마리가 날아와서는 벽에 붙여놓은 연꽃 그림 위로 빙글빙글 돌고 있는 모습을 보게 되었다. 그러나 벌은 물감으로 그려놓은 연꽃에는 자신이 빨아들일 수 있는 당분이 없다는 사실을 알아챘는지 순식간에 병실 밖으로 날아갔다.

꿀벌이 여기저기를 날아다니다가 어렵게 찾아낸 꽃에서 당분을 빨아들이듯 나 또한 오랜 시간을 재활 난민 신세가 되어 이 병원 저 병원을 돌아다니게 되었다. 그러나 꿀벌이 어렵게 찾은 꽃에서 당분을 빨아들여 꿀을 만드는 데 성공하는 것과는 달리 나 자신이 힘겨운 재활 훈련 과정에서 얻어진 성과는 여전히 미미할 뿐이었다. 꽃에서 당분을 빨아들여 자신의 목표를 달성하는 꿀벌처럼 나 자신도 힘겨운 재활을 통해 언제쯤이면 '온전한 보행'이란 목표를 달성할 수 있을까 싶었다. 그 생각을 하고 있는데 옆에 있던 신 여사가 혼자 킥킥거리더니 갑자기 손바닥만 한 종잇조각을 불쑥 내밀었다. 거기에는 깨알 같은 글씨로 102호 사람의 별명을 빼곡히 적어 놓았다.

키도 크고 얼굴도 예쁜, 서른 중반으로 보이는 여성 환자를 가리켜, '큰 공주'라고 하고, 원래 머리색인지 염색인지 분간이 되지 않는 육십 대 중반의 큰 공주의 어머니는 '헌병'이라고 적어 놓았다. 덩치가 지나치게 큰 중년 여인을 가리켜 '코끼리', 그녀의 딸로 보이는 스무 살 정도밖에 보이지 않는 아가씨 환자를 가리켜 '작은 공주', 머리가 하얀 칠십 대 여성 환자는 '백곰', 깡마른 체격에 풍성한 머리를 짧게 파마한 육십 대 중반 환자를 가리켜 '양미리'라고 적어 놓았다. 때마침 저녁 밥차가 문 앞에 도착했고 밖에 나갔던 사람들이 한꺼번에

102호로 들어왔다. 나는 신 여사가 102호 사람을 자기 나름 대로 별명을 붙여놓은 것이 마땅찮게 여겨져 신 여사 귀에다 대고 작은 소리로 말했다.

"신 여사님도 병원 생활을 오래 해 보셔서 잘 아실 테지만 우리가 이 102호에 있는 동안 병실 사람들과 잘 지내야 할 겁 니다. 잘 지내려면 이렇게 별명⋯."

"아! 그럼요. 이건 그냥 우리끼리 웃자고 한 겁니다. 호호호."

102호에 온 지 보름 정도 지나자 병실 분위기를 어느 정도 파악할 수 있게 되었다. 백곰과 양미리, 헌병 이들 셋은 어딜 가나 똘똘 뭉쳐 있는 것과는 달리 코끼리만 늘 혼자였다. 헌 병 딸인 큰 공주는 훤칠한 키에 균형 잡힌 몸매에다 갸름한 얼 굴은 매우 흰 편이었다. 두 뺨에는 연분홍빛 홍조가 보기 좋게 돌았고 융성한 암갈색 머리칼과 짙은 눈썹, 긴 속눈썹과 검은 눈동자를 한 큰 공주의 모습은, 퇴근길 강남 혹은 목동 사거리 혼잡한 인파에 섞인 무심하고 부주의한 사람일지라도 가던 길 을 멈추고 바라볼 만큼 아름다운 얼굴이었다.

환하게 웃는 얼굴을 하고 나를 힐끗 쳐다보며 신 여사가 또 말했다.

"큰 공주는 함박꽃처럼 예뻐 보일 뿐만 아니라 복스럽기까 지 해요."

복스럽게 생겼기 때문에 함박꽃처럼 예뻐 보이는 건지 함박 꽃처럼 생겼기 때문에 복스럽게 보이는 건지 콕 찍어서 말할 수는 없지만 아무튼 큰 공주 얼굴은 예쁘기도 하고 함박꽃처 럼 복스럽게 보이는 건 사실이었다. 그런 큰 공주는 보행에는 별다른 문제가 없어 보였는데 안타깝게도 앞을 보지 못했다.

벌써 삼 년째 그런 딸을 돌보고 있는 큰 공주 어머니, 아니 헌병은 자신의 딸 눈 때문에 신경이 예민해 있다는 것은 누구나 다 아는 사실이었다. 그런 탓에 102호 사람들은 될 수 있는 한 헌병의 심기를 건드리지 않으려고 애쓰는 눈치였다. 헌병은 얼굴색이 구릿빛에 가까운 데다 매부리코를 하고 있었다. 게다가 인상마저 공포감을 조성할 만큼 사나워 보일 뿐만 아니라 눈빛마저 무엇에 쫓기는 사람 같아 보였다. 그래서 그런지는 몰라도 어딘가 모르게 불안해 보이는 표정을 보이고 있었다. 나 자신이 지금까지 보아 온 사람 중에 코가 매부리처럼 생긴 사람들은 대게 신경이 날카롭게 보였던 것 같았다. 헌병 역시 다르지 않아 보였다. 인상이 차가워 보일 뿐만 아니라 신경이 면도날처럼 날이 서 있는 듯해서 자칫 잘못했다가는 언제 날카로운 그 면도날에 베일지 모를 정도였다.

백곰은 얼핏 보면 보통 키에 살이 투실투실한 얼굴을 하고 있어서 인상도 나쁘지 않아 보였다. 어느 순간 억지로 근엄한 표정을 지어 보일 때면 심술궂어 보이기도 했다. 심술궂어 보일 때면 두툼하던 입술은 축 늘어져 있어서 녹아내린 냉동 만두 같아 보이기도 했다.

작은 공주 엄마. 아니, 코끼리는 덩치가 무척 큰 편인데 얼굴은 작고 갸름한 편이었다. 불룩 튀어나온 배를 하고 팔자걸음으로 걸을 때면 숨이 턱까지 차올라서 씩씩거리곤 했는데 그 모습은 영락없는 코끼리 같아 보였다. 코끼리는 늘 얼굴은 세수도 안 한 사람처럼 푸시시 한 데다가 낡고 오래된 치수가 작은 티셔츠를 입고 있었는데 그녀가 엎드린 자세를 취할 때면 허연 엉덩이 살이 삐죽이 나와 있곤 했다. 그런 코끼리는 코끼리처럼 성격이 온순한 편이었다. 그러나 상대방의 언행이 경우에 맞지 않다고 판단될 때면 욱하는 불뚝 성질도 가지고 있었다.

102호 사람 중 인상이 제일 무난하게 보이는 사람은 양미리였다. 그녀는 양미리처럼 마른 데다가 핏기없는 얼굴을 하고 있었다. 커다랗고 까만 눈동자는 어딘가 모르게 선해 보여서 호감을 주는 구석이 있었다. 간혹 병실 사람과 어울려 이야기를 할 때나 입맛에 맞는 커피를 마실 때면 그녀의 눈은 더없이 인간적이고 만족스러운 느낌으로 환해지곤 했다. 그런 양미리는 평소 얼굴도 얌전한 편이고 말수도 적은 편이지만 일단 한번 작정하면 호응이란 포장지로 싼 보이지 않은 무기로 상대방의 말을 단칼에 끊어 버리고 자신의 말만 파손된 배관에서 쏟아지는 물길처럼 쏟아내곤 했다.

그제야 나는 신 여사가 병실 사람 별명을 잘도 지었다고 생각하게 되었다.

솔직히 102호 사람들은 무슨 생각을 하는지 알 수 없었다. 그들은 어느 땐 환자 신분인 자신의 처지를 비관하는 듯한 이야기를 주고받기도 하다 또 어느 땐 위로의 말도 건네기도 했다. 그러다가도 어느 순간 느닷없이 병실이 날아갈 정도로 큰 소리로 웃고 있는 모습을 볼 때면 과연 저 사람들이 환자가 맞나 싶기도 했다.

그때 Y가 병실에 들어오면서 말했다.

"이모, 지내보시니까 어때요? 사람들이 좀 별나지 않나요?"

Y의 얼굴을 쳐다보며 내가 말했다.

"몸이 아픈 사람이 모인 병실이 다 그렇지 뭐."

갑자기 Y가 낮은 목소리로 말했다.

"이모 언젠간 치료사한테 들었는데 이모 앞자리 아가씨는 삼 년 전에 술 취한 운전자의 차에 치이는 사고를 당했다고 하더라고요. 사고 당시 안타깝게도 눈도 같이 다치게 되었나 봐요. 참 안 됐어요. 아직 나이도 저랑 비슷한 것 같은데."

Y를 쳐다보며 내가 말했다.

"나는 아직 그 환자에 대해 자세한 건 몰라. 그렇다면 참 안 된 일이네."

잠시 후 Y가 돌아가고 났을 때 작은 공주가 몸이 한쪽으로 쏠리는 걸음을 하고 이쪽으로 걸어왔다. 그때 신 여사가 작은 공주를 향해 환하게 웃는 얼굴을 드러내 보이며 말했다.

"아이고 작은 공주님 어서 와요. 오늘은 더 예뻐 보이시네."

그러나 뇌졸중으로 인지가 떨어진 작은 공주는 아무런 반응도 보이지 않았다. 그때 코끼리가 신 여사 쪽을 쳐다보며 목소리를 높여 말했다.

"여사님! 지금 우리 딸보고 공주라고 하셨어요?"

"네. 제가 지었어요. 작은 공주라고. 호호호. 이 방에는 공주가 둘이나 있답니다. 이쪽은 큰 공주…."

활짝 웃는 얼굴을 드러내 보이며 코끼리가 또 말했다.

"저 아이가 저렇게 되기 전만 해도 우리 남편이 술이 취하기만 하면 저 애를 가리켜 공주라고 부르곤 했답니다."

그때 신 여사가 복숭아 하나를 작은 공주에게 건네주었다.

성한 손으로 복숭아를 받아 든 작은 공주가 엷은 미소를 지어 보였으나 왠지 그 미소는 부자연스러워 보였다. 가까이서 보니 작은 공주는 얼굴은 복스럽게 생겼는데 안타깝게도 인지능력마저도 떨어진 듯 보였다. 신 여사가 웃는 얼굴을 하고 코끼리를 쳐다보며 물었다.

"작은 공주님은 어디가 안 좋아서….”

한숨을 길게 쉬고 나서 코끼리가 말했다.

"저 애가 열세 살 때 갑자기 뇌졸중이… 벌써 칠 년 됐어요.”

놀란 눈을 하고 신 여사가 또 말했다.

"어머나, 세상에!”

나 역시 놀라지 않을 수가 없었다. 어떻게 열세 살 나이에 뇌졸중이 올 수 있단 말인가. 가라앉은 듯한 목소리로 코끼리가 또 말했다.

"우리 애가 열세 살 때부터 이 병원 저 병원을 전전하다가 이 S 재활병원에 온 지 벌써 삼 년 정도 됐어요. 말도 마세요. 저 아이 때문에 집안이 풍비박산이 나버렸어요. 살던 아파트를 팔고 지금 변두리 단칸방에 세 들어서 남편과 아들이 같이 있어요. 나는 여기서 이러고 있고요.”

안쓰러운 얼굴을 하고 신 여사가 또 말했다.

"이 병원에 온 지 삼 년 되셨다면 그동안 많은 사람이 들어오고 나가는 것을 지켜보셨겠네요.”

"맞아요. 아마도 환자를 너무 많이 봐버렸기 때문이겠지만 저는 환자를 처음 보게 되면 빨리 좋아져서 퇴원할 것 같다든지 아니면 오래 있어 봐야 별 차도가 없을 것 같다든지 직감적으로 느끼게 되더라고요. 그동안 제가 쭉 지켜본 결과 재활 환자는 마음을 조급하게 먹으면 안 돼요. 마음을 느긋하게 먹고 끈기 있게 노력하는 사람만이 회복도 빠르더라고요. 호호호.”

그때 헌병이 자기 딸의 손을 잡고 들어왔다. 모녀는 간이침대에 가서 앉자마자 수다를 떨기 시작했다. 오늘뿐만 아니었다. 그 모녀는 무엇이 그리도 즐거운지 어느 땐 박장대소를 하기도 했다. 모녀가 큰 소리로 수다를 떠는 모습을 보고 있으면 과연 큰 공주가 앞을 보지 못하는 환자가 맞나 싶을 정도였다.

위치상 내가 치료실에 갈 때와 돌아올 때면 큰 공주 침대 옆을 지나게 돼 있었다. 최근 들어 헌병이 간호사 몰래 휴대용 가스버너를 통로에다 두고 달걀을 삶거나 라면을 끓이는 일이 빈번했다. 하루에 세 차례씩 비틀거리는 걸음을 하고 치료실로 가고 오다가 만약 나 자신이 펄펄 끓는 냄비를 건드리게 되지나 않을까 해서 여간 불안하지 않았다.

한번은 신 여사가 경직된 목소리로 말했다.

“헌병, 아니 큰 공주 어머니, 이거 여기다 두는 건 좀 아닌 것 같아요. 우리 환자가 드나드는 통로에다 가스버너를 놓고 라면을 끓이면 위험해요. 가스버너를 안쪽에다 들여다 놓고 사용하세요.”

신 여사 입에서 무심코 ‘헌병’이란 단어가 튀어나온 순간 팔에 소름이 돋았다. 다행히 헌병은 방금 신 여사 입에서 튀어나온 ‘헌병’이란 단어가 자신을 가리키는 별명이라는 사실은 알지 못했다. 자기주장이 강한 헌병이 신 여사 말을 수용할 리 없었다. 오히려 그런 기대는 처음부터 하지 말았어야 했다. 뱃

뻣한 자세로 벽에 기대고 서서 휴대폰 화면만 들여다보고 서 있는 헌병의 무례함이 내 머릿속에서 인간성이 그다지 좋지 않은 사람이라는 경고로 남게 되었다. 다행히 신 여사는 결코 불평을 늘어놓거나 헌병의 무례함에 대해 비난하지도 않았다. 다만 그녀는 무슨 일이 있으면 같은 얘기를 반복하곤 했다. 반복하는 얘기를 듣고 있는 자체가 벌이었고 빠져나갈 길이 없는 고문이었다. 하지만 그 부분은 조금 불편할 뿐 그녀를 해고할 정도는 아니었다.

결국 우려하던 일이 터지고 말았다. 금요일 오후 헌병이 가스버너를 통로에다 놓고 라면을 끓인 후 냄비만 들고 안으로 쏙 들어가 버렸다. 하필이면 그때 작은 공주가 비틀거리며 이쪽으로 걸어오고 있었다. 얼핏 작은 공주가 입고 있는 환의 바짓가랑이에서 희뿌연 연기 같은 게 보였다. 그 순간 다급한 목소리로 내가 소리쳤다.

"어! 작은 공주 바지에…."

신 여사가 재빨리 두터운 타월을 자신의 손에 두르고는 작은 공주 바짓가랑이에 붙은 불부터 끄고 나서 가스버너 불도 껐다. 신 여사는 불을 끈 이후에도 혈색 좋던 얼굴은 창백해 보였고 놀란 눈은 평소보다 열 배는 커 보였다.

잠시 후 신 여사가 큰 소리로 말했다.

"어쩌면 좋아. 작은 공주 바짓가랑이가… 어머 세상에 누렇게 타버렸네."

그런데도 헌병은 아무런 일도 일어나지 않은 것처럼 팔짱을 낀 채 가만히 서 있기만 했다.

마침내 신 여사가 평소보다 조금 더 높은 목소리로 말했다.

"큰 공주 어머니! 방금 작은 공주 바짓가랑이가 불에 탄 것 보셨죠? 앞으로 절대 가스버너를 밖에다 내놓지 마세요. 한 번만 더…."

"한 번 더 그러면 어쩔 건데요? 지금 당신이 나한테 협박하는 건가요?"

보다 못한 내가 한마디 했다.

"큰 공주 어머니께서 방금 일어난 상황을 눈으로 보셨으면서 말씀을 그렇게 하시면 곤란하지요."

내 말이 끝나자 백곰이 끼어들었다.

"왜들 이리 시끄럽게 굴어. 피곤해서 눈 좀 붙이려고 누웠더니 시끄러워서 잘 수가 없네."

도무지 102호 사람들한테는 인간미를 찾아볼 수 없었다. 더군다나 엄청난 자산가로 알려진 백곰은 돈은 많을지는 몰라도 사람 냄새나는 삶은 잃어버린 채 박제된 영혼만 남아 있는 것 같아 보였다.

하필이면 그때 간호사가 들어와서는 코를 흠흠 거리더니 목소리를 높여 말했다.

"어! 이게 무슨 냄새죠? 설마 병실에서 요리하신 건 아니시 겠죠?"

잠깐 병실에 정적이 흘렀다. 그 틈을 이용해 헌병이 잽싸게 밖으로 나가 버렸다. 그 순간 신 여사가 간호사를 쳐다보며 무슨 말인가를 하려는 눈치였다. 그때 눈을 껌뻑여 보이며 내가 말했다.

“신 여사님, 다음 치료 시간까지는 한 시간 정도 여유가 있으니 밖에 나가서 산책하고 돌아오세요.”

환하게 웃는 얼굴을 하고 신 여사가 밖으로 나가면서 손을 흔들어 보였다. 병원 생활을 오래 하다 보니 나름 지혜가 생겨나는 것 같았다. 성격이 급한 신 여사가 병실에서 일어난 일을 있는 그대로 간호사에게 다 말해 버리게 되면 병실 사람으로부터 눈총 받을 게 뻔했다.

저녁을 먹고 났을 때 사람들이 하나둘씩 밖으로 나갔다. 병실에는 신 여사와 나밖에 없었다. 그때 Y가 긴 머리를 어깨까지 늘어뜨린 채 조금 비틀거리는 걸음을 하고 들어왔다. Y와 마주하게 된 신 여사가 낮에 102호에서 있었던 사건에 대해 주절주절 늘어놓고 있었다. 그때 고개를 돌려 병실을 둘러보며 Y가 말했다.

“이모, 그때 내가 말했지요. 이 102호 사람들 텃세가 여간 아니라고.”

“사람들이 좀 별나긴 해.”

“아마도 이모처럼 자기 자신에게 엄격하면서도 교양 있는 사람은 함께 있기가 좀 힘들 거예요. 정 견디기 어려우면 원무과에 가서 병실을 바꿔 달라고 하세요.”

Y를 쳐다보며 내가 말했다.

“아직 들어온 지 얼마 안 됐잖아. 좀 더 견뎌보고.”

Y는 신 여사가 건네준 커피 한 잔을 마시고 나서 샤워나 해야겠다며 돌아갔다.

어느새 S 재활병원에 온 지도 한 달이 되었다. 그런데도 왠지 와서는 안 될 곳에 와 있는 것처럼 마음이 편치 않았다. 그러다 보니 102호 분위기가 이상한 방향으로 흘러갈 때면 휴게실을 찾게 되곤 했다. 매트에 올라가서 신 여사가 발을 잡아주면 엉덩이를 가슴만큼 드는 운동도 하고 윗몸 일으키는 동작도 했다. 운동이 끝나고 나면 읽고 싶은 책을 펼쳐 들기도 했다.

그날도 저녁을 먹고 나서 휴게실로 가게 되었다. 늘 여성 환자가 많은 편인데 얼마 전부터 남성 환자도 한둘씩 보이기 시작했다. 며칠 전부터 이십 대 초반으로 보이는 한 청년이 옆 매트에 와서 석고상처럼 꼼짝도 하지 않은 채 앉아 있다가 휴게실 문이 닫히는 시간이 되면 또래 청년 둘의 부축을 받으며 돌아가곤 했다. 청년의 외모가 너무도 세련돼 보여서 혹시 아이돌 출신 연예인이 아닌가 싶었다. 그러나 청년은 연예인은 아니었다.

청년이 휴게실에 모습을 드러낸 지 보름 정도 되었을 때 조심스럽게 말을 건네게 되었다.

"벌써부터 물어보고 싶었지만 혹 마음의 상처가 될까⋯."

뜻밖에도 청년이 밝은 얼굴을 드러내 보이며 말했다.

"아닙니다. 무엇이든 궁금한 게 있으면 물어보세요."

"이렇게 잘생긴 청년이 어쩌다가⋯."

"아, 네. 부대원이 같이 독감 백신을 맞게 되었는데 아침에 일어나서 보니 이렇게 하반신 마비가 돼 버린 겁니다."

그 말을 듣게 된 순간 내 가슴은 놀라움과 안쓰러움으로 무너져 내리고 있었다. 알고 보니 청년을 도와주는 또래 청년 둘은 같은 부대 소속 군인이었던 것이었다.

이튿날도 휴게실을 찾게 된 나는 신 여사가 발목을 잡아준 상태에서 윗몸 일으키기도 하고 엉덩이를 들었다가 놓는 동작도 했다. 그때 얼핏 보았을 때 사십 대 초반으로 보이는 한 남자가 반대편 매트에 누워서 다리를 구부렸다가 폈다가 하고 있었다. 그 남자는 간혹 복도를 오가다가 몇 번 얼굴을 본 적은 있었지만 휴게실에서 만나게 된 건 그날이 처음이었다.

잠시 후 그가 휠체어를 타고 나가다가 내 쪽을 쳐다보며 얼굴에 미소를 지어 보이는 것이었다. 정면으로 보니 남자는 깡마른 몸에 인상이 깐깐해 보였다. 처음에는 그가 나 아닌 다른 사람에게 미소를 지어 보이는 줄로만 알았다. 그런데 그것이 한두 차례 거듭될수록 나를 향해 미소 짓고 있다는 사실을 알게 되었다. 왜 알지도 못하는 사람이 관심을 보이는지 알 수 없었다. 그는 몸만 이상이 있는 게 아니라 정신도 이상이 있는 게 아닐까 하는 생각까지 하게 되었다.

휴일 아침에도 다 읽은 책을 들고 휴게실로 가게 되었다. 잠시 후 신 여사가 내가 손에 들고 있던 책을 책꽂이에 꽂았다. 그때 그 남자가 먼저 말을 걸어왔다.

"가만히 보니 전업주부 같지는 않고 뭐라고 하면 좋을까… 엘리트라고 하면 너무 상투적으로 들리겠고 왠지 레벨 있는 사회생활을 한 것으로 보이는데…."

"별로 그렇지도 않습니다. 선생님은 뭘 하셨어요?"

"아, 네. 저는 한의삽니다."

"어머나! 환자를 돌보셔야 할 의사 선생님께서 어쩌다가."

"후천성 소아마비랍니다."

눈을 커다랗게 만들고 내가 또 말했다.

"소아마비란 말은 들어봤어도 후천성 소아마비란 말은 처음 들어보네요."

"그러게나 말입니다. 이게 무슨 날벼락입니까."

"분명 몸이 알리는 신호가 있었을 텐데."

"예. 처음에는 나 자신이 자꾸만 발뒤꿈치를 들고서 걷고 있더라구요. 이상하네. 내가 왜 이렇게 걷지. 하면서도 바쁘게 지내다가 보니 그만 때를 놓치고 말았어요."

그날 한의사와 잠깐 대화를 나누게 되었으나 분야가 달라서 그런지 둘 사이에 공통점은 별로 발견하지 못했다.

금요일 오후에도 휴게실로 가게 되었다. 그때 내 눈길이 쏠리고 있는 것은 한의사가 누워있는 매트 한 귀퉁이에 놓인 책이었다. 막 휠체어 바퀴를 돌리려고 하는 순간 한의사가 말했다.

"왜 벌써 가시게요?"

"비어 있는 매트도 없고 독서에 방해가 될 것 같아서요."

엷게 웃어 보이며 내가 말했을 때 몸을 일으키며 한의사가 또 말했다.

"아, 이 책 별거 아닙니다. 그냥 무료해서."

손가락으로 그가 들고 있는 책을 가리키며 내가 또 말했다.

"그거 『정신분석학』이군요."

"혹시 이 책 읽어보셨어요."

"오래전에 잠깐…."

알고 보니 그는 정신분석학의 창시자인 프로이트를 좋아했고 나는 분석심리학자의 창시자인 칼 융을 좋아했다. 칼 융에 대해 어떻게 생각하느냐고 물었을 때 그는 어색한 미소만 지어 보이고 있었다. 아마도 그는 칼 융에 대해서는 잘 알지 못하는 것 같았다. 손가락으로 책 표지를 톡톡 치며 그가 또 말했다.

"프로이트는 분명 매력적인 사람이지요."

"프로이트의 어떤 부분이 매력적이라고 생각하세요?"

"과거 제가 미국 스탠퍼드대학교 의학대학에 들어가고 싶어서 캘리포니아주에서 일 년 정도 머물게 되었을 때 프로이트를 좀 공부했어요."

"아. 그러셨군요."

내 말이 끝나자 그가 입가에 엷은 미소를 지어 보이며 말했다.

"제가 본래는 정신과 의사가 꿈이었거든요. 그런데 한의사였던 선친께서 당신의 뒤를 잇기를 바라는 바람에…."

그의 얼굴을 쳐다보며 내가 말했다.

"저는 개인적으로 프로이트 때문에 이십 세기 전반이 퇴보했다고 생각하는데."

"그래도 프로이트가 최초로 우리 정신엔 의식 외에 무의식의 영역이 있다는 사실과 억압의 방어기제에 대한 이론을…."

잠시 침묵하다가 내가 또 말했다.

"프로이트는 당시까지 발표된 소설 중『카라마조프가의 형제들』을 미학적인 측면에서 탁월한 작품으로 셰익스피어에 근접하고 있다고 극찬했다지요?"

"아. 그것에 관해서는 프로이트가 쓴『토템과 터부』에서 오이디푸스 콤플렉스를 통해 문명의 기원을 자세하게 해석하고 있습니다.”

“그것은 토템과 그에 붙는 금기를 통해 원초적 사회 규범과 성적 억압을 해석한 책 아닙니까?”

“예. 맞습니다.”

“프로이트는 무의식이란 의식과 일종의 짓궂은 숨바꼭질 관계에 있다고 보지 않았습니까? 게다가 무의식이 깃들어 있는 꿈은 견딜 수 없는 현실을 덮어 버리기 위해 급조된 연막이라고 까지….”

“프로이트는 이 『토템과 터부』를 원시 사회 규범의 기원으로 보고 이를 통해 오이디푸스 콤플렉스의 보편성을 설명하려 했지요.”

“아, 벌써 시간이 이렇게 됐네요. 다음 물리치료 시간은 언젭니까?”

내 말이 끝나자 벽에 걸린 시계를 힐끗 쳐다보며 그가 말했다.

“지금 가야 합니다.”

휠체어에 엉덩이를 밀어 넣으며 내가 말했다.

“참, 재활 효과는 있으신가요?”

“한 달 전에 줄어든 근육 늘리는 수술을 했어요. 별로 심각한 수술은 아니고 그래서 아직은….”

이런저런 이야기를 나누다가 보니 그가 운영하는 한의원과 내가 사는 아파트는 불과 지하철 두 정거장 거리에 있다는 사실은 알게 되었다. 그가 웃는 얼굴을 드러내 보이며 말했다.

“알고 보니 이웃사촌이네요. 앞으로는 제가 이웃 누님으로 모시겠습니다. 하하하."

"편하실 데로요. 열심히 재활하셔서 빨리 퇴원하시길 빕니다."

"유 투!"

그날 이후부터 그 한의사와 나는 자주 복도나 휴게실에서 만나게 되었고 그때마다 이런저런 이야기를 나누게 되었다. 주말 오후엔 그를 돌보는 간병인이 찐 꽃게 한 마리가 담긴 은박지 쟁반을 들고 와서는 미소 띤 얼굴을 하고 말했다.

"이거 우리 원장님이 갖다 드리라고 해서."

꽃게가 담긴 은박지 쟁반을 받아들며 내가 말했다.

"이 귀한걸. 가족이 다녀가셨는가 봅니다."

"아닙니다. 일주일에 한 차례씩 현지에서 해산물이 배달됩니다. 우리 원장님은 밥은 일절 먹지 않고 오로지 해산물로만 살아요."

"아! 그래요? 이를테면?"

"꽃게, 굴, 전복, 새우, 문어, 멍게, 광어회… 어제오늘에 생긴 식습관이 아니라 어릴 때부터 쭉 그것만 먹고 자랐다고 하더군요."

"놀랍네요. 한국 사람이 밥을 주식으로 하지 않다니."

이튿날 오후 복도에서 그 한의사와 또 마주치게 되었다. 웃는 얼굴을 드러내 보이며 내가 말했다.

"어제 보내주신 꽃게찜 잘 먹었습니다. 그런데 듣자 하니 아우님께서는 밥은 일절 드시지 않는다고."

"네. 그렇습니다."

"한의사님 앞에서 이런 말 하기가 좀 외람되긴 한데 왜 식약동원이란 말도 있잖습니까. 이제부터는 하루 한 끼 정도는 밥도 드시고 김치도 드셔 보시는 게….”

“아! 그런 말은 저한테 하지 마세요. 듣기 싫습니다. 얼마나 살다가 죽는다고 먹고 싶은 걸 안 먹고 살아요. 저는 어릴 때부터 쭉 이렇게 먹고 살아왔습니다.”

주말 오후 한의사가 지팡이를 잡고 102호로 들어오면서 말했다.

“누님, 잘 지내셨습니까?”

그때 눈을 작게 만들고 이쪽을 노려보고 있던 백곰의 얼굴을 힐끗 쳐다보고 나서 내가 말했다.

“네. 어서 오세요. 아우님!”

한의사가 내 침대 쪽으로 걸어오다 어느 순간 다리가 휘청했다. 때마침 뒤에 있던 간병인이 재빨리 그의 허리를 잡아주었다. 잠시 후 그가 내 손에 들려 있던 『황금 가지』란 책을 젖혀 제목을 확인하고 나서 “이 책 재미있어요?” 하고 물었다. 순간 얼굴에 엷은 미소만 지어 보이고 있을 뿐 나는 어떤 말도 하지 않았다. 한 차례 고개를 갸웃해 보이고 나서 그가 또 말했다.

“누님, 이 책 한 줄로 요약하면 내용이 뭡니까?”

“이 책은 한 줄로 요약할 수 있는 내용이 아닙니다.”

“그럼 두 줄, 아니, 세 줄로 요약해 보세요. 하하하.”

“저자인 제임스 조지 프레이저가 쓴 『황금 가지』는 인간 문명 발전의 다양한 문화의 신화, 의식, 종교 등을 비교해 공통된 상징과 구조를 탐구한 인류학 고전이라고 할 수 있습니다.

저자는 인류가 세계를 이해하는 방식이, 마법-종교-과학으로 발전했다고 보았습니다.”

“세 줄로 요약해 달라고 했는데 정확히 세 줄만 말씀해 주시네요. 듣다가 보니 흥미가 느껴지네요. 치료 시간까지 조금만 더 들려주세요.”

“제가 이 책을 다 읽었다고 해서 책 내용을 온전히 기억할 수는 없으니까 생각나는 것 몇 가지만 더 말씀드릴게요. 프레이저는 인간 사고의 발전을 세 단계로 설명을 해요. 원시인은, 자연을 조직하려는 사고를, 종교는 초자연적 존재에게 의존하는 것, 현대 사고는 과학 논리와 실증적 방법에 의존하는 것으로…”

내 말이 끝나자 그는 아무 말도 하지 않았다. 그가 잠깐 내 침대 위를 두리번거리고 나서 말했다

“가만히 보니 취미로 책을 읽는 것 같지는 않아 보이는데.”

나직한 목소리로 내가 말했다.

“네. 사실은 제가 다치기 전까지 대학에서 심리학을 가르쳤습니다.”

“그럼 그렇지. 내 예감이 적중했네요. 그럼 치료 시간이 다 돼서 다음에 또 봅시다.”

그렇게 말하고 나서 그는 손을 번쩍 들어 보이고 간병인의 도움을 받으며 비틀거리는 걸음으로 밖으로 나갔다.

이튿날은 공휴일이라 치료가 없었다. 밖에는 비까지 내리고 있어서 하는 수 없이 휴게실로 가게 되었다. 그때 한의사가 매트에 누워서 자크 라캉의 『욕망 이론』이란 책을 읽고 있었다.

미소 띤 얼굴을 하고 내가 말했다.

"원장님, 아, 참. 우리 아우님께서도 심리학에 대한 미련을 못 버리시는군요. 지금도 늦지 않았습니다. 호호호."

손에 들고 있던 책을 바닥에 내려놓으며 그가 말했다.

"솔직히 저도 몸이 이렇게 되지만 않았으면 아마도 심리학 공부를 다시 시작했을 겁니다."

"니체가 한 말 중에서 혹시 아모르파티란 말 들어 보셨어요?"

눈을 크게 만들고 그가 말했다.

"신은 죽었다고 주장했던 그 니체 말입니까?"

"네."

"그는 평생 만성 두통, 시력 저하, 소화 불량 등으로 고통 받아 오다 마지막 십 년 정도는 의식도 없이 살다가 세상을 떠나지 않았던가요?"

그를 쳐다보며 내가 말했다.

"네. 맞습니다. 니체는 사랑도 잃고 건강도 잃게 되었지만 그런 삶 속에서도 절망 대신 삶을 긍정해야 한다는 자기 철학을 세웠죠. 그게 바로 아모르파티죠. 아모르파티는 단순한 위로도 아니고 삶을 견디는 철학도 아닌 삶을 감당하는 철학인 셈이지죠. 이를테면 내 뜻대로 되지 않은 삶을 원망하기보다 불행한 삶에서도 배울 것이 있다. 좀 더 쉽게 말하면 운명은 어쩔 수 없이 받아들이란 뜻이 아닌, 즉 실패는 삭제할 오류가 아니라 구성요소로 받아들이는 자세, 그게 바로 진정한 아모르파티죠."

한숨을 길게 쉬고 나서 그가 또 말했다.

“저는 니체의 사상이 허무주의라고 생각했는데 누님 말씀을 듣고 보니 아모르파티란 그 말은 지금 나한테 딱 들어맞는 말로 들립니다. 운명에 대한 담담한 수용. 그게 바로 아모르파티! 아모르파티! 꼭 기억하겠습니다, 감사합니다. 허허허.”

“그렇게 말씀해 주시니 제가 더 감사하네요.”

때마침 점심밥을 실은 밥차가 복도에 나타났다. 그때 손에 지팡이를 잡은 그가 다른 한 손을 번쩍 들어 보이며 밖으로 나갔다.

그날은 주말이라서 환자 대부분이 집으로 돌아간 상태여서 휴게실에는 아무도 없었다. 전날 읽다 만 『종의 기원』이란 책을 펼쳐 들며 신 여사에게 내가 말했다.

“지금부터 약 한 시간 동안 책을 읽고 있을 테니 그동안 신 여사님은 산책하고 오세요.”

환하게 웃는 얼굴을 드러내 보이며 신 여사가 휴게실 문을 열고 나갔다. 그날은 섭씨 34도까지 올라간 탓에 휴게실 에어컨에서 나오는 바람은 어느 때보다 차가웠다. 갑자기 신경을 다친 왼쪽 다리가 조금씩 시려오기 시작하더니 나중에는 뻣뻣해지는 느낌마저 드는 것이었다. 그런 느낌은 처음이라 얼른 휠체어를 타고 복도로 나오게 되었다.

다행히 복도는 견딜만했다. 복도 한쪽 창가에 앉아서 다시 책을 펼쳐 들었다. 그런 내 모습을 힐끗힐끗 쳐다보며 말없이 지나가는 사람도 있었고 어깨너머로 내가 읽고 있는 책을 들여다보는 사람도 있었다. 그때 백곰이 같은 연배로 보이는 101호 환자와 똑같이 손에 지팡이를 잡고 내 쪽으로 걸어왔다. 101호 환자가 한 발 먼저 내 쪽으로 걸어와서 말했다.

"이 책 언제부터 읽기 시작했어요? 상당히 두꺼운 것 같은데."

그러나 나는 아무런 대답도 하지 않았다. 복도를 오가는 사람마다 한마디씩 던지는 말에 일일이 답하다가 보면 글의 흐름이 흐트러질 것 같았기 때문이었다.

"지 까짓 게 뭐 대단한 존재라고 사람의 말을 무시해."

그것은 분명 백곰이 한 말이었다. 이번에는 들릴 듯 말 듯한 목소리로 101호 환자가 거들었다.

"지나 나나 비틀거리며 걷는 주제에…."

그날 나는 읽고 있던 『종의 기원』은 완독했지만 대신 복도를 오가는 사람에게 거만한 사람으로 낙인찍히고 말았다. 102호로 막 들어왔을 때 한의사가 휠체어를 타고 따라 들어오면서 말했다.

"알고 보니 누님은 완전 독서광이군요. 그건 또 무슨 책인지 어디 한번 봅시다."

그렇게 말하고 나서 그는 손을 뻗어 내가 들고 있는 책 표지를 유심히 봤다.

"아! 이거 찰스 다윈이 쓴 종의 기원이군요."

"아우님도 읽으셨군요."

"아닙니다. 종의 기원을 찰스 다윈이 썼다는 정도만 알아요. 누님께서 다 읽으셨다니 세 줄로 요약해 보세요."

"아우님은 한 권의 책을 세 줄로 요약하는 걸 좋아하시네요. 호호호. 이 책은 생물 종들이 고정된 것이 아니라 시간이 지남에 따라 변한다는 진화론을 제시하는 책입니다."

“그래서 핵심이 뭡니까?”

“생물은 공통 조상에서 유래하는데 시간이 지남에 따라 점진적으로 변화하며 자연 선택에 의해 환경에 더 잘 적응한 개체가 생존하고 번식하여 유리한 형질이 다음 세대로 전달된다. 이러한 과정이 반복되면서 종의 다양성과 복잡성이 형성된다고 하는 정도로 요약할 수 있겠네요.”

그때 문을 열고 들어온 사람은 백곰이었다. 백곰은 한의사와 내가 이야기를 주고받고 있는 모습이 못마땅했던지 손으로 귀를 틀어막는 시늉을 해 보였다. 그날도 나는 병실에서나 복도에서 일어나는 모든 불합리한 장면을 또렷하게 관찰하게 되었다. 어찌나 객관적인 시각으로 응시했는지 마치 다른 사람의 눈을 통해 병실을 둘러보는 느낌이 들 정도였다.

그날 밤, 나는 수첩에 이렇게 적고 있었다.

‘나는 당신들을 미워하지 않습니다. 오히려 당신들이 내게 보내온 시기와 질투심으로 채워진 눈빛이 마음이 약한 나 자신을 더욱 강한 사람으로 만들어 놓았는지도 모릅니다. 오늘도 나는 그런 당신들을 미워하지 않습니다. 왜냐고요? 그건 나 자신을 사랑하기 때문입니다.’

나 자신이 그럴 수 있었던 것은 어느 책에선가 읽었던 만물이 사람의 뜻을 알고 변화한다는 미립자들로 구성되어 있다고 하는 ‘양자물리학’ 이론을 바탕으로, ‘마음을 다스리게 되면 자신이 원하는 방향으로 이루어질 수 있다.’는 글귀가 내게 위로와 용기를 갖게 해주었던 것 같았다.

주말 저녁 샤워를 끝내고 다른 때보다 일찍 침대 속으로 들어가게 되었다. 그 순간 전에 없이 병실이 조용했다. 알고 보니 102호 사람들이 텔레비전 화면에 집중하고 있었던 것이었다. 평소 나는 텔레비전을 잘 보지 않는 편이었다. 육백 페이지가 넘는『종의 기원』을 완독한 탓에 나름 홀가분해서 그런지 나도 모르게 눈길을 텔레비전 화면에 주고 있었다. 그때 <침팬지의 특성>이란 프로그램의 내레이터 남자 목소리는 매력적이기도 했으나 무엇보다 신뢰가 갔다. 그때부터 눈과 귀를 온전히 텔레비전 화면에 빼앗기게 되었다.

<침팬지의 특성>이란 프로그램 내용은 대충 이랬던 것 같다.

'놀랍도록 사람과 비슷한 동물이 침팬지란 사실이 지구상에 알려진 것은 어제오늘의 일이 아니다. 우선 침팬지는 사람처럼 감정과 의도를 전달하기 위해 발성, 몸짓 그리고 표정까지 사용함으로써 정교한 의사소통을 처리하는 능력까지 지녔다. 또 다른 놀라운 사실은 침팬지가 사람과 유전자가 98%나 같고 글자도 제법 이해할 만큼 지능도 높을 뿐만 아니라 사람처럼 두 발로 걸어 다니기도 하고 나무 위로 올라 다니기도 하는데 새끼를 안아서 젖도 먹인다. 무엇보다 신기한 것은 침팬지의 손에는 사람과 같은 지문도 박혀있다는 사실이었다. 이처럼 우리 인간과 가장 가까운 종이라고 할 수 있는 침팬지가 멸종위기에 내몰리고 있다.'라는 것이 프로그램의 주된 내용이었다.

어느 순간 텔레비전에 꽂혀 있던 눈길을 거두어 잠시 눈을 감고 있었다. 나 자신이 밤이나 낮이나 간절하게 원하는 것은 어떻게 하면 온전한 직립보행을 할 수 있을까 하는 것이었다. 그것에 대한 명쾌한 해답은 의사도 치료사도 말해주지 않았다. 아마도 그것은 개인마다 다친 부위가 다르기 때문이 아닐까 싶었다.

다음 날 아침에도 변함없이 비틀거리는 걸음을 하고 치료실로 향하고 있었다. 치료실 가까이 갔을 때 갑자기 골반 근육이 꽉 조여 오는 듯한 느낌에 발이 앞으로 잘 나아가지 못했다. 골반이 꽉 조여 오는 듯한 느낌은 처음이었다. 치료사들한테 하소연도 해보았으나 명쾌한 해답은 듣지 못했다.

102호로 돌아온 순간 불현듯 이 년 전 K 재활병원에 있을 때 G 치료사로부터 듣게 되었던 내용을 노트에 적어 놓은 기억이 떠올랐다. 급히 침대 밑에 들어있는 노트를 꺼내 펼쳤다. 거기에는 이렇게 적혀 있었다.

'직립보행 시 골반에 있는 엉덩이뼈, 일명 장골이 하는 역할은 다음과 같다.

첫째, 엉덩이는 상체의 무게를 받음으로써 그것은 골반을 통해 다리로 전달하는 역할을 하는데 이때 엉덩이 근육과 허리, 복부 근육이 한데 붙어 있어서 보행 시 이들은 몸통을 안정시키고 다리를 움직이는데 기여한다.

둘째, 직립 시 골반의 기울기를 조절해 몸통의 중심을 잡고 보행 중 몸통이 안정된 자세를 유지하도록 돕는다. 덧붙이면 엉덩이뼈는 직립보행의 안정성과 추진력을 모두 담당하는 핵심 구조이다.

셋째, 엉덩이뼈는 몸이 직립했을 때 내부 장기의 무게를 지탱해 주는 역할도 하지만 여성이 출산 시 아기가 자궁 밖으로 나오는 통로 역할도 같이 하게 된다.'

그런데 어디에도 보행 시 골반 근육이 조여 오는 이유에 대
한 설명은 없었다.

04

어느새 이곳 S 재활병원에 온 지도 삼 개월이 지났다. 그동안 보행을 시도해 보자고 말하는 치료사는 한 사람도 없었다. 오로지 매트에 눕혀놓고 팔과 다리 근육을 푸는 것만으로 치료 시간을 다 보내곤 했다. 그러나 나는 오로지 균형 잡힌 보행이 절박할 뿐이었다. 절박한 심정을 누군가와 의논하고 싶은 마음이 간절했다. 당장 머릿속에 떠올릴 수 있는 유일한 구원자는 K 재활병원의 G 치료사와 B 재활병원 K 부팀장을 꼽을 수 있을 것 같았다. 하지만 G 치료사는 너무 거리가 먼 곳에 있어서 쉽지 않을 것 같았다. 아무래도 거리상 가까운 곳에 있는 K 부팀장과 의논해 보는 게 좋을 것 같다고 생각하게 되었다. 치료실에서 나온 후 102호에 도착하자마자 K 부팀장님에게 전화하려고 막 휴대폰 뚜껑을 열려는 참이었는데 K 부팀장님한테서 먼저 전화가 왔다.

"S 재활병원에 가서 지내보시니 어떻습니까? 하하하."

K 부팀장의 목소리는 여전히 호탕했다.

"아! 제가 막 전화를 하려던 참이었는데 역시 K 부팀장님과 저는 통하는 데가 있는 것 같습니다. 호호호."

"그런 거 같습니다. 무슨 일이 있으신지요?"

"언제 한번 얼굴을 마주하고 앉아서 긴히 의논할 일이…."

K 부팀장이 당장 내일 점심시간을 이용해 S 재활병원까지 와 주겠다고 했다. 그러면서 B 재활병원에서 이곳 S 재활병원까지는 자동차로 약 이 십여 분 남짓밖에 걸리지 않는다는 말도 했다. 이튿날 K 부팀장과 나는 원무과 뒤쪽 비상구 계단에서 만나기로 약속했다.

이튿날 약속 시간에 맞춰 비상구 문을 열고 들어가게 되었다. 나는 잠깐 서서 생각하게 되었다. 몇 번째 계단에서 앉아 있을까? 생각하다 두 번째 계단에서 앉아 있기로 했다. 그때까지 내 곁에서 나를 지켜주던 신 여사가 나 자신이 계단에 엉덩이를 대고 앉는 모습을 보고서야 비상구 문을 열고 밖으로 나갔다. 곧 문이 닫히자 복도의 형광등 불빛과 소음은 사라져 버렸다. 머리 위에서 작은 백열등 전구 하나가 빛을 발했고 비상구가 가진 아늑한 느낌이 잠깐 위로가 되어주기도 했다. 잠시 후 유리문 밖으로 흰 가운 입은 의사 둘과 똑같은 감색 유니폼 점퍼를 입은 치료사 둘이 손에 종이컵을 들고 지나가는 모습을 보고 있으니 잠깐 무인도에 갇힌 느낌이 들었다.

"안녕하십니까?"

누군가 계단을 내려오며 인사했다. 알 만한 사람이었다. 이따금 매점에서 만나게 되었던 일 층 치료사였다. 그의 이름은 기억나지 않지만 늘 인사성이 밝고 친절한 치료사란 기억은 있었다.

마침내 비상구 유리문이 열리고 K 부팀장이 나타났다. 언제

나처럼 그는 벙긋 웃는 얼굴을 드러내 보이며 말했다.

"벌써 와 계셨군요."

K 부팀장과 마주한 순간 나는 절박한 심정으로 흉금을 털어놓게 되었다.

"이곳 S 재활병원에 온 지 삼 개월이 지났지만 걷는 훈련을 시켜줄 치료사가 없다는 현실이 저를 불안하게 만들고…."

"듣고 보니 그럴 것 같습니다."

K 부팀장과 상의 끝에 내린 결론은 이랬다. 일주일에 세 차례 일과가 끝난 시간에 K 부팀장 댁으로 가서 재활 과외를 받기로 한 것이었다. 때마침 위쪽에서 계단을 타고 사람들이 내려오는 소리가 들려왔다. K 부팀장이 먼저 문을 열고 밖으로 나가면서 손을 흔들어 보였다. 그때 계속해서 계단을 타고 내려오는 여러 명의 발자국 소리가 들렸고 사람들이 말하는 소리도 같이 들리더니 어느 순간 조용해졌다. 그 틈을 이용해 그때까지 밖에서 나를 기다리고 있던 신 여사의 손을 잡고 비상구를 빠져나오게 되었다.

갑자기 심장이 뛰기 시작했다. 환자 누구도 생각하지 못한 기상천외한 계획을 세워 재활 과외를 시작한다고 생각하니 별안간 가슴이 떨려오면서 용기도 생겨났다. 102호에 도착한 순간 흥분되었던 감정이 서서히 가라앉게 되었을 때 혼잣말을 했다.

'이 재활 과외는 마지막 희망이다. 만약 이 계획이 틀어지게 되면 더는 재활의 희망은 요원하게 될 것이다.'

이튿날부터 당장 재활 과외가 시작됐다. 저녁을 먹고 나서 카카오 계정으로 로그인한 후 출발지와 목적지를 입력해… 지하 주차장으로 내려가는데 공연히 큰 죄를 지은 사람처럼 심장이 쿵쾅대더니 잠깐 눈앞까지 흐릿해졌다.

마침내 택시를 타고 K 부팀장님 집으로 향하게 되었다. 얼마가 지났을까. 막 택시에서 내리려고 하던 참이었다. 그때 K 부팀장한테서 전화가 걸려왔다.

"아마도 저는 십 분 정도 늦게 도착할 것 같습니다. 집에 도착하시면 벨을 누르세요. 제 아내가 문을 열어줄 겁니다."

마침내 K 부팀장 댁에 도착하게 되었다. 벨을 누를 필요도 없이 미모의 여인이 문밖에서 기다리고 있었다. 미모의 여인은 바로 K 부팀장의 아내였다. 그녀는 가지런하고 하얀 치아를 드러내 보이며 말했다.

"어서 오세요. 기다리고 있었어요. 곧 남편이 도착할 겁니다."

잠시 후 K 부팀장이 도착했다. 그러자 K 부팀장의 아내가 웃는 얼굴을 하고 말했다.

"편하게 치료받으세요. 치료받으시는 동안 저는 밖에 나갔다가 돌아올게요."

그렇게 시작된 재활 과외는 이틀에 한 차례씩 이루어졌다. 재활 과외를 받은 지 이 주 정도 지나자 다리에 힘이 조금씩 붙는 것을 느끼게 되었다.

이튿날 아침 치료실로 가느라 복도를 걸어가는데 보행이 조금씩 좋아지고 있다는 느낌이 드는 것도 같았다. 이어진 생각은 K 부팀장과 재활 과외를 시작한 것은 잘한 일이란 것이었다. 그날 밤에도 손을 침대 매트 밑으로 집어넣어 수첩을 꺼냈다. 나는 거기에 이렇게 적고 있었다.

'서두르지 말자. 천천히 모래시계에서 모래알이 좁은 구멍을 빠져나오듯이 한 걸음 한 걸음 옮겨놓는 거야. 그리고 내일 일에 대해시는 내일 걱정하자. 오로지 오늘에 충실 하자.'

나는 방금 써놓은 글을 읽다가 공연히 눈물이 핑 돌았다. 다시 수첩을 침대 밑에 밀어 넣고 나서 휴지로 눈을 훔쳤다. 눈물과 콧물이 경쟁하듯 쏟아지고 있었다. 더 이상 눈물과 콧물이 나오지 않을 때까지 닦고 또 닦았다. 실컷 울고 나서 그런지 그날 밤은 신기하게도 깊은 잠에 빠져들 수 있게 되었다.

주말 오후 Y가 병실로 찾아와서 작은 목소리로 물었다,

"이모, 요즘 저녁에 자주 외출하시는 것 같던데."

"안 그래도 말하려던 참이었어. Y는 담당 치료사들이 어떤지 모르겠는데 어찌 된 일인지 담당 치료사가 하나같이 새내기 치료사뿐이야. 안 되겠다 싶어서 B 재활병원 K 부팀장과 상의 끝에…."

"아. 그러셨구나. 이모 저도 데려가요."

"Y는 그래도 한쪽이 성하니까 어느 정도 보행이 되잖아."

Y가 엷게 웃어 보이며 말했다.

"다들 편마비 환자보고 그렇게 말하세요. 그런데 실상은 그렇지 않아요. 한쪽이 마비 상태니까 다른 한쪽도 균형이 맞지 않아요."

"아, 듣고 보니 그렇군."

Y가 진지한 표정을 드러내 보이며 또 말했다.

"B 병원에 있을 때 사람들이 K 부팀장님과 J 부팀장님 실력

이 가장 뛰어나다고 하는 소문은 들었지만 아쉽게도 두 분 모두 기회가 주어지지 않았어요. 이번 기회에 꼭 치료를 받아보고 싶어요.”

“좋아, K 부팀장과 의논해 볼게. 만약 재활 과외를 받게 되면 병실로 돌아와서는 거짓말을 해야 해.”

“뭐라고요?”

“병원 밥이 맞지 않아서 ‘이따금 밖에 나가서 설렁탕을 사 먹고 들어오곤 해요.’라고 말이야. 알겠지? 호호호.”

“아! 그러면 되겠다. 역시 이모는 머리가 좋으셔. 호호호.”

그런 식으로 거짓말을 할 수밖에 없었던 이유는 엄연히 B 재활병원 소속인 K 부팀장이 S 재활병원 환자를 상대로 밖에서 재활 과외를 하는 사실이 알려지게 되면 좋을 리가 없기 때문이었다. 며칠 후 Y는 물론이고 Y와 같은 병실 환자 둘도 같이 데리고 K 부팀장 집으로 가게 되었다.

어느새 입소문을 타고 K 부팀장 집에는 재활 과외를 받게 된 환자가 십여 명으로 늘어나게 되었다. 그렇게 되자 B 재활병원에서 가장 평판이 좋은 J 부팀장까지 힘을 합해 오피스텔까지 임대해 본격적으로 재활 과외가 진행되었다.

맨 처음 나 자신이 K 부팀장에게 과외 치료를 부탁했을 때만 해도 환자들의 반응이 그렇게 좋을 줄은 몰랐다. 새로 문을 열게 된 센터에서 재활 과외를 받게 된 환자는 하나같이 K 부팀장과 J 부팀장은 인상도 좋고 치료 실력까지 뛰어난 데다가 인간미까지 갖추고 있어서 센터는 좋은 평가를 받게 되었다. 가만히 생각해보니 S 재활병원 입원 환자가 병원 밖에서 B 재활병원 치료사에게 과외 치료를 받는다고 해서 S 재활병원 측에 피해가 가는 것도 아니었다. J 부팀장과 K 부팀장 모두는 과외 수입이 생겨서 좋고 환자들은 환자들대로 유능한 두 치료사에게 과외 치료를 받을 수 있게 되어 좋았던 것 같았다.

무엇보다 J 부팀장이 일러준 몇 가지 동작이 직립보행에 도움이 되는 것 같았다.

- 걸을 때 발바닥이 땅에 닿는 느낌을 느끼려고 노력할 것.
- 발뒤꿈치→ 발바닥→ 발가락으로 넘어가는 압력 느끼기.
- 골반이 자연스럽게 좌우로 흔들리는 느낌을 느낄 것.
- 양팔이 무의식적으로 흔들리는 리듬
- 숨이 가쁘지 않고 편안하게 걷던 느낌 소환하기.
- 억지로 잘 걸어야지 하는 생각(x)
- 상상하면서 걷기→ 그때는 이렇게 걸었었지. 내 몸이 기억하고 있어(o)

그렇게 석 달이 되었을 때는 온전한 직립보행의 꿈이 가까워지는 듯한 느낌이 들었다. 그러나 안타깝게도 희망을 안겨 주었던 센터는 문을 닫지 않으면 안 되었다. 코로나19가 가로막았기 때문이었다. 코로나19 또한 나 자신이 선택한 것이 아니었다. 이 또한 운명이었다. 어느 날 우연히 시청하게 된 텔레비전의 한 프로그램이 내게 안겨준 기막힌 운명과 마찬가지로 말이다.

그 생각을 떠올리는 순간 별안간 "휘이잉!" 하는 소리가 들려왔다. 놀란 눈을 하고 귀를 쫑긋 세웠다. 알고 보니 "휘이잉!" 하는 그 소리는 기사가 액셀러레이터에 올려놓고 있던 발에 힘을 준 순간 나게 된 소리였다.

또다시 내 머릿속에서 일 년 전쯤 일 년 넘게 머물렀던 K 재활병원을 떠나올 때를 떠올리게 된 것은 밴에서 휘이잉! 휘이잉! 하는 소리가 잦아들고 있을 때였다.

그날 아침 일찍 병실 문이 열리는 소리를 듣게 되었다. 이어진 소리는 익숙한 발소리였다. 매일 아침 한 차례씩 들었던 그 발소리지만 그날은 이상하게도 다르게 들렸다. 너무 무겁고 느리기까지 해서 왠지 살금살금 다가와서 불시에 나를 놀라게 할 것만 같은 그런 느낌마저 들었다. 곧 내 앞에 모습을 드러낸 사람은 병원장이었다.

"저에게 부여된 재량권으론 입원 기간이 최대 일 년입니다. 아쉽지만 ○○○ 님께서 이달 중으론 퇴원하셔야 할 것 같습니다."

원장이 하는 말을 듣게 된 순간 내 귀를 의심했다.

"원장님, 제가 생각하기에 재량권이란 원장님 스스로의 생각과 판단에 따라…."

내 말이 끝나기도 전에 원장이 말했다.

"더 이상 우리 서로에게 피곤하게 하지 맙시다. 어서 마땅한 재활병원을 알아보시고 퇴원 계획을 세우시길 바랍니다."

전에 없이 원장의 목소리에서 금속끼리 부딪치는 소리가 났다. 그 순간 사람의 목소리가 필요에 따라 저렇게 달라질 수 있을까 싶었다.

잠시 후 원장의 발 하나가 문 쪽을 향하고 있을 때 내가 또 말했다.

"원장님! 잠깐만요. 제가 이 차 수술을 받고 돌아왔을 당시

원장님께 말씀드리지 않았습니까. 반드시 제 발로 걸어서 퇴원할 거라고요. 그때 원장님께서 뭐라고 하셨습니까? '네. 꼭 그렇게 하세요. 응원합니다.' 하고 말씀하시지 않으셨습니까? 이러시면 약속이 틀리지 않습니까?"

말을 하고 나서 문 쪽을 바라봤을 때는 이미 흰 가운 한 자락이 문밖으로 나간 뒤였다. 그때 나는 나 자신의 눈과 귀를 의심했다. 방금 원장이 보인 모습은 그동안 나만 보면 미소 띤 얼굴을 보여주었던 모습과는 너무도 달라 보였기 때문이었다. 얼마 전까지만 해도 원장은 매일 아침 병실에 찾아와서 애처로운 눈빛을 하고 이런 말을 하곤 했다.

"우리 병원 사, 오 층 병동 환자가 약 이백 명 가까이 되는데 그중에서 말을 제일 아름답게 하는 환자는 ○○○ 님 밖에 없습니다. 환자 대부분은 내 얼굴만 보면 자신의 신세타령을 한다든지 왜 재활 효과가 없느냐. 담당 치료사가 성의 없이 치료하니 당장 치료사를 바꿔 달라… 불만을 쏟아내기 일쑤인데. ○○○ 님은 늘 웃는 얼굴을 하고, '감사합니다.' 혹은 '고맙습니다.'란 말씀만 해주시니… 그런 말을 듣게 되는 순간이면 저도 사람인지라 기분도 좋고 용기도 생겨납니다. 허허허."

이제껏 보여주었던 원장의 태도는 위선이란 말인가. 갑자기 내 입에서 이런 말이 튀어나왔다.

"원장의 이중적 태도를 도저히 이해할 수 없어!"

그런데 이상했다. 좀 전에 본 원장의 눈동자 안에서 나 자신이 담겨 있는 것을 나는 보게 되었다. 칼 융은 그것을 남성 자신의 내부에 있는 여성이라고 말했다. 융은 남성 안에 있는 여성을 가리켜 아니마라고 불렀다. 융은 아니마란 남성의 무의식 안에 있는 여성상의 총체라고 했다. 만약 지금 융이 이런 내 모습을 보게 된다면, '너는 아직도 제대로 된 아니무스 상을 찾지 못하고 있구만.' 하고 말할 게 뻔했다.

솔직히 나 자신이 원장이나 담당 치료사를 대할 때마다 '고맙습니다.' 혹은 '감사합니다.' 라고 표현한 것은 평소 원장이나 치료사에게 고마운 생각이 들 때도 없지 않았지만 나 자신의 마음을 그런 방향으로 리셋함으로써 실제 감사하고 고마운 일이 생기게 될 거라고 믿고 싶었기 때문이었다.

그 생각을 하는데 갑자기 신 여사 큰 소리로 말했다.

"지금 출발해야 해요. 치료 시간 늦겠다니까요."

서둘러 휠체어를 타고 물리치료실로 가게 되었다. 치료실에 도착한 순간 감색 정장에 붉은 타이를 메고 흰 가운을 걸친 원장이 휠체어를 타고 치료실에 나타났다. 그때 G 치료사가 조용히 다가와서는 작은 소리로 말했다.

"모르셨죠? 얼마 전부터 원장님이 환자 입장에 대해 이해해 보려는 뜻에서 한 달에 한두 차례씩 휠체어를 타고 치료실에 나타나기로 했답니다."

이미 나도 그 사실을 알고 있었다. 그러나 그런 원장의 모습을 바라보는 환자나 보호자의 시선은 엇갈렸다. 환자 입장을 이해 하려는 원장의 노력을 높이 평가하는 사람도 있는 반면에 원장 자신이 환자의 처지를 이해하려고 노력하는 훌륭한 원장임을 과시하고 싶은, 일종의 영웅 심리에서 배우처럼 연기하는 거라고 말하는 사람도 있었다. 그렇게 보아서 그런지는 몰라도 흰 가운을 입고 두꺼운 금테 안경을 낀 원장이 휠체어를 타고 앉아서 환하게 웃고 있는 모습은 왠지 모르게 회색 휘장이 드리워져 있는 듯한 미소처럼 느껴졌다.

마침내 일 년 남짓 울고 웃으며 보냈던 K 재활병원에서 마지막으로 맞게 되는 아침이었다. 그날 아침 햇살은 이상하리만치 따뜻했다. 병실 창밖으로 보이던 단풍은 어느새 물기가 말라 있었고 벽에 걸린 달력은 새해를 알리는 첫 장이 펼쳐져 있었다. 나는 신 여사가 밀어주는 휠체어를 타고 병실을 나가다가 돌아보게 되었다. 그때 침대 시트에서 맡아지는 소독 냄새와 약한 바람에도 덜덜거리는 소리를 내던 창문과 그 창문 밖으로 바라보게 되었던 밤하늘의 풍경이 눈 앞에 펼쳐지는 것만 같았다.

병실에서 나온 후 곧장 치료실로 향했다. 그동안 나를 치료해 준 치료사를 일일이 찾아다니며 성의껏 치료해 준 것에 대해 감사한 마음을 전하며 작별 인사를 했다. 그런데 이상하게도 G 치료사의 모습이 보이지 않았다. 두리번거리며 살펴보았으나 어디에도 G 치료사의 모습은 보이지 않았다. 떠나기 전에 꼭 만나야 하는데 하필이면 오늘 결근한 걸까? 그렇다면 어떻게 하지. 얼핏 치료실 안쪽에 자리한 사무실 문이 열리는 바람에 다른 생각은 지워져 버렸다.

잠시 후 사무실 안에서 똑같은 감색 유니폼을 입은 두 남자가 마주 보고 서서 무슨 이야기를 주고받고 있는 모습을 보게 되었다. 문 쪽에 서 있던 남자가 먼저 밖으로 나오고 있었고 부드러운 눈빛을 가진 G 치료사가 뒤를 따랐다. G 치료사와 눈이 마주친 순간 그동안 치료실에서 울고 웃었던 지난 일들이 한꺼번에 머릿속에서 떠올라 울컥해 왔다. G 치료사 역시 눈시울이 붉어지더니 낮은 목소리로 말을 했다.

"○○○ 님 그동안 여러모로 고생이 많으셨습니다. 열심히 재활하셔서 빨리 일상으로 복귀하시길 바랍니다."

"선생님도 그동안 저에게 최선을 다해 주신 것에 대해 감사드립니다. 언젠가 다시 만나게 될 날이 있을 겁니다."

손을 흔들어 보이며 치료실을 나오고 있는데 기분이 묘했다. 치료실을 나오고 나서도 등을 돌려 치료실을 바라보고 있었다. 하루 세 차례씩 치료 매트 위에서 게처럼 옆으로 기어보기도 하고 개같이 사족으로 걷던 일. 공중에 매어 놓은 끈을 붙잡고 매달렸던 일. 평행봉을 잡고 중심이 흔들리는 몸을 하고 한 발 한 발 발을 떼던 일. 워크를 잡고 복도를 걷던 일 등이 머릿속에서 떠오른 바람에 목이 메어왔다.

K 재활병원 정문 밖으로 나왔을 땐 이미 큰애와 막내가 탄 차가 앞에서 대기하고 있었다. 신 여사와 내가 탄 차가 뒤를 따랐다. 이번에 가게 될 B 재활병원 분위기는 어떨지. 또다시 낯선 곳에 가서 적응할 생각을 하니 마음이 착잡해졌다.

05

두 시간 가까이 달려 도착한 곳은 경기도에 있는 B 재활병원이었다. 이곳 역시 주변이 온통 숲에 둘러싸여 있었다. 출입문을 열고 안으로 들어갔다. 원무과에서 배당받은 병실은 이 층이고 치료실은 일 층이었다. 입원 절차를 마치고 나서 원무과 직원을 따라 병실로 가게 되었다. 내 침대는 창가 쪽에 있었다. 남쪽을 향한 병실은 햇빛이 들어와 있어서 기분이 좋았다.

짐 정리가 어느 정도 끝났을 때 가슴에 B 재활병원 마크가 찍힌 감색 유니폼을 입은 젊은 남자가 와서 치료시간표를 건네고 돌아갔다. 오전엔 물리치료 두 차례, 오후엔 작업치료 대신 물리치료 한 차례 그리고 전기자극(Functional Electrical Stimulation) 치료 등은 K 재활병원과 동일했다. 한 가지 다른 점은 일주일에 세 차례 수치료가 있었다. 수치료가 어떤 것인지 궁금한 탓에 옆자리 환자에게 물었다. 미소 띤 얼굴을 드러내 보이며 환자가 말해주었다.

"수치료 별거 아니에요. 그냥 수영복 입고 물속에 들어가서 걷는 연습을 하는 겁니다."

놀란 눈을 하고 내가 말했다.

"땅에서도 온전히 걷지 못하는데 어떻게 물에서 걸어요?"

"걱정할 것 없어요. 수 치료사가 알아서 다 해줘요. 오히려 땅에서 걸을 때보다 안전해요."

월요일 오전 아홉 시 반에 물리치료실부터 가게 되었다. 그때 내 앞에 나타난 치료사는 앳된 얼굴을 하고 있었다. 그는 자신이 오늘부터 나를 맡아 치료하게 될 치료사라고 말했다. 하얗고 가지런한 치아를 드러내 보이며 그가 또 말했다.

"먼저 다리 근육부터 풀어드리도록 하겠습니다."

나도 웃는 얼굴을 하고 말했다.

"네. 선생님 잘 부탁드립니다."

그런데 이상했다. 내 다리에 와 닿는 치료사의 손은 근육을 푸는 건지 다리를 간지럽히는 건지 알 수 없었다. 나도 모르게 한숨이 나오려는 걸 애써 목 안으로 삼켰다. 두 번째 치료는 한 시간 후에 있었다. 한 시간 후 치료실에 갔을 때 삼십 대로 보이는 치료사가 내 앞으로 걸어왔다. 그는 나와 얼굴을 마주한 순간부터 치료에 집중하기보다는 자신의 여자 친구 이야기만 늘어놓는 것이었다. 주어진 치료 시간 삼십 분 중 절반 이상을 여자 친구에 대한 수다를 떠는데 몽땅 써버린 셈이었다. 마지막 물리치료는 오후 세 시 반에 있었다.

점심을 먹고 나서 치료실에 갔을 때였다. 삼십 대 후반으로 보이는 여성 치료사가 내 쪽으로 걸어왔다. 그녀는 인상만 좋은 게 아니라 실력도 훌륭해 보였다. 무엇보다 묵묵히 치료에 임하는 모습에 신뢰가 갔다. 치료사 세 명 중 한 사람이라도 이렇게 실력 있는 치료사를 만나게 된 건 다행이라고 생각했다. 종료 시간이 가까울 무렵, 저쪽 매트에 누워서 치료받고 있던 한 환자가 이쪽을 향해 말을 걸어왔다.

"안녕하세요? 부팀장님, 언제부터 안 나오세요?"

나는 도대체 그 환자가 무슨 말을 하는지 알 수 없었다. 그때까지 치료에 집중하느라 눈길 한번 주지 않고 있던 치료사가 짧게 답했다.

"이번 주까지요."

놀란 눈을 하고 내가 물었다.

"부팀장님이신가 봐요?"

"네."

"근데 왜 그만두세요?"

"네. 제가 육아휴직을 냈어요. 일 년간."

실망한 나머지 힘없는 목소리로 내가 말했다.

"솔직히 제 담당 치료사 두 분은 너무 어려서… 부팀장님마저 그만두시면 큰일이네요."

"아닙니다. 다음 주 월요일부터 저보다 훨씬 실력 있는 남자 부팀장님이 오실 겁니다. 너무 걱정 마세요."

하지만 나는 몹시 실망스러웠다.

월요일 물리치료실에 갔을 때 삼십 대 후반으로 보이는 남성이 환한 얼굴을 하고 다가와서는 벙긋 웃어 보였다. 그는 육아휴직으로 그만두게 된 여성 부팀장 대신 오게 된 K 부팀장이라고 자신을 소개했다. 그는 키도 크고 인상도 좋아 보였다. 속으로 기대에 부풀어 있었다. 그는 내 기대를 저버리지 않았다. 실력은 말할 것도 없고 환자를 대하는 태도 역시 만족할 만했다. 환자가 무엇을 원하는지 현재 몸 상태는 어떤지 세심하게 살필 뿐 아니라 환자의 심리 상태까지도 관심을 기울여 주었다. 나는 비로소 마음이 놓이게 되었다. K 부팀장은 한 주 동안은 나 자신의 몸 상태를 세심하게 점검하는 데 시간을 할애했다. 둘째 주부터는 일 회 삼십 분 치료 시간을 쪼개 이십 오 분은 몸풀기에 사용하고 나머지 오 분은 걷기 훈련에 사용했다.

어느 날 아침이었다. 처음 보는 여의사가 병실에 들어왔다. 삼십 대 중반으로 보이는 그녀가 입고 있는 흰 가운에는 노란색 실로 재활 의사 Y○○라고 새겨져 있었다. Y 의사가 환자들에게 다가가더니 목련꽃 같은 미소를 지어 보이며 일일이 "잘 주무셨어요." 하고 인사했다. 창 쪽에 있는 나와 눈이 마주친 순간에도 여전히 목련꽃 같은 미소를 지어 보이며 Y 의사가 말했다.

"낯선 환경이라 적응 기간이 필요할 겁니다. 무엇보다 잘 드시고 잘 주무셔야 재활훈련에 매진할 수 있을 겁니다. 힘내세요. 응원합니다."

그렇게 말하는 Y 의사의 표정을 보게 된 순간 같은 여자가 봐도 어쩌면 얼굴 피부도 말씨도 저토록 아름다울 수 있을까 싶었다. 솔직히 아름답다는 말로는 부족했다. 특이하게도 Y 의사의 얼굴에는 빛이 났고 목소리엔 따뜻한 온기의 꽃이 피어나고 있다는 생각을 지울 수 없었다. 그녀의 얼굴에서 피어오른 빛과 목소리에서 풍기는 따뜻한 온기의 실체는 어디에서 오는 걸까? 좋은 유전자? 성형 효과? 값비싼 화장품의 효과? 영양이 풍부한 음식? 하지만 이런 것들에서 오는 것과는 분명 다른 것이었다. 딱히 어떤 것이라고 설명할 수 없지만 아마도 Y 의사의 얼굴에서 피어나는 빛과 따뜻한 온기의 실체는, 그녀 자신이 살아온 삶의 여정에서 빛과 어둠을 무난하게 통과한 내면의 에너지가 얼굴에 표출된 것으로 보였다. 거울은 사람의 얼굴을 비추지만 그 사람의 얼굴 표정은 그 사람의 영혼을 비춘다고 할 수 있다.

그날은 수영복을 입고 처음으로 수 치료실로 가게 되었다. 지하 일 층에 있는 수 치료실 면적은 어림잡아 오십 평정도 돼 보였다. 푸른 물이 출렁이는 광경을 본 순간 두려움이 앞섰다. 그때 남성 수 치료사가 다가와서는 웃는 얼굴을 드러내 보이며 말했다.

"안전은 제가 책임질 테니 안심하셔도 됩니다."

그때 보조원으로 보이는 젊은 청년이 다가오더니 내게 바구니 모양을 한 용기에 들어가 앉으라고 했다. 청년의 도움을 받으며 바구니 안에 들어가 앉게 되었다. 곧 청년이 내가 들어가 앉아 있는 바구니를 난간 쪽으로 밀어놓자 물속에서 기다리고 있던 남자 수 치료사가 얼른 그 바구니를 받았다. 수 치료사의 손을 잡고 바구니 밖으로 나왔을 때 물은 가슴까지 와닿았다. 그때부터 수 치료사가 시키는 대로 호흡을 가다듬고 나서 한 발 한 발 걷게 되었다. 그런데 이상했다. 무겁게만 느껴지던 다리가 부력에 의해 가볍게 느껴지는 것이었다. 솔직히 처음에는 불완전 마비 상태의 몸으로 물속에 들어가는 것 자체가 두려웠다. 하지만 곧 물에서 걷는 것이 오히려 땅에서 걷는 것보다 더 안전하다는 사실을 알게 되었다.

그날 점심을 먹고 났을 때 전기 자극치료실에서 연락이 왔다. 전기자극(Functional Electrical Stimulation) 치료실은 일 층에 있었다. 치료실 문을 열고 들어간 순간 치료실 안에는 환자로 꽉 차 있는 바람에 복도에서 이십 분 정도 기다려야 했다. 이십 분이 꽤 길게 느껴진다고 생각했을 때 머릿속에서 소환된 것은 K 재활병원 전기자극 치료실이었다.

그날도 전기자극 치료실에 처음 갔을 때 오늘처럼 복도에 앉아서 차례를 기다리고 있었다. 얼마가 지났을까? 한 남성 치료사가 앞으로 다가와서는 양쪽 무릎에 테이프 같은 것을 붙여주었다. 잠시 후 치료사를 쳐다보며 내가 물었다.

"선생님, 이 치료는 어떤 치료인가요?"

"네. 한 마디로 전극을 피부에 부착해 신경이나 근육이 손상돼 본래의 기능을 하지 못했을 때 해당 부위 운동 신경을 자극해 움직임을 유도하게 합니다."

때마침 누가 내 이름을 부르는 소리에 머릿속의 생각이 멈춰졌다. 곧 문을 열고 안으로 들어갔다. 전기자극 치료실 분위기는 어느 병원이나 마찬가지였다. 이 십여 명 남짓한 환자가 하나같이 무릎에 전극 테이프를 붙이고 반 시간을 앉아 있어야 했다. 나는 반 시간을 우두커니 앉아 있는 시간이 아까워 『황금가지』(하) 편을 읽기 시작했다.

그날 치료가 끝나고 돌아오는 길에 처음으로 광장에 나가 보았다. B 재활병원 역시 주변을 둘러싸고 있는 수려한 자연 풍광 못지않게 공기도 맑았다. 광장에는 이미 환자 몇이 간병인의 보호를 받으며 걷는 연습을 하는 모습도 보였다. 그러나 아직 다리 힘이 약한 나는 실내가 아닌 밖에서 걷는 게 두려운 나머지 몇 발짝 걷다가 곧 포기하고 병실로 돌아오게 되었다.

B 재활병원에 온 지 한 달 정도 되었을 때 K 부팀장이 이런 말을 했다.

"이제껏 사용하던 워크나 지팡이 같은 보조기구는 일절 사용하지 마시고 한 발을 떼더라도 혼자의 힘으로 떼셔야 합니다."

얼굴에 불안감을 드러내 보이며 내가 말했다.

"갑자기 보조기구 없이 걸으라고 말씀하시니 불안해서…."

"저는 개인적으로 재활 환자를 치료하는 데 있어서 한 가지 원칙이 있습니다. '눈앞에 보이는 강을 넘지 못하면 익사한다.'는 원칙 말입니다. 하하하. 자, 너무 불안해하지 마시고 한 번 걸어봅시다."

그 말을 듣게 된 순간 나는 속으로 마침내 치료사다운 치료사를 만나게 되었구나 싶었다. B 재활병원에 들어온 지 두 달 만에 나는 워크도 잡지 않고 혼자의 힘으로 발을 떼기 시작했다. 한 발 한 발, 발이 앞으로 나가는 순간마다 혹시 넘어지지나 않을까 해서 불안한 생각이 없지 않았다. 하지만 내 뒤에는 든든한 K 부팀장이 나를 지켜주고 있다는 믿음에 용기 있게 발을 뗄 수 있게 되었다.

보조 도구 없이 한 발 한 발 떼기 시작한 지도 어느새 보름이 지났다. 그날도 조심조심 걷고 있는데 갑자기 머릿속에서 K 재활병원 치료실에서 있었던 일이 떠올랐다. 당시 나는 서지도 못한 상태에서 치료사가 하라는 대로 게처럼 옆으로 기어보기도 하고 개같이 사족으로 걷던 때를 생각하면 지금 워크도 잡지 않고 오로지 혼자의 힘으로 발을 뗄 수 있게 된 것이 얼마나 감사한 일인가 싶었다. 모두가 K 부팀장이 진정성을 가지고 최선을 다해 치료해 준 덕분이라고 생각하게 되었다.

어느새 B 병원에 온 지 오 개월이 되었다. Y 의사는 나 자신이 치료실에서 K 부팀장의 보호 아래 걸음마를 배우는 어린 아이처럼 한 발 한 발 발을 뗄 때는 모습이 궁금한 탓에 자신의 몸을 기둥 뒤에 숨긴 채 지켜보곤 했다. 나 자신이 다른 사람의 시선을 의식하지 않고 걸을 수 있게 배려한 것이었다. 언젠가 그 사실을 K 부팀장으로부터 듣게 된 순간 가슴이 뭉클해 왔다. 나뿐만 아니었다. Y 의사는 자신이 맡아보는 모든 환자에게 애정 어린 관심을 기울여 주는 것으로 소문이 나 있었다. 그 때문에 환자들 사이에서 Y 의사를 가리켜 '천사 의사'로 불리기도 했다. 가만히 생각해 보니 나 자신이 B 재활병원에 오게 된 것도 K 부팀장과 Y 의사를 만나게 된 것도 모두 행운이란 생각이 들었다.

언제부턴가 아침에 눈을 뜨면 제일 먼저 K 부팀장의 치료 시간이 기다려졌다. 거기에 더해 Y 의사까지 만나게 되는 순간이면 달달한 꿀차를 마실 때처럼 기분이 좋아지곤 했다. 그러나 그런 날은 오래가지 않았다. B 재활병원에 온 지 육 개월이 되었을 때 원무과로부터 퇴원 통보를 받게 되었다. 이유는 환자의 입원 기간이 길어지게 되면 의료공단에서 지급받게 되는 돈이 줄어들기 때문이라고 담당 직원이 말했다. 그러나 나로서는 그 말이 무슨 뜻인지 알 수 없어서 다시 묻게 되었다.

"왜 환자의 입원 기간이 육 개월로 한정된 거죠?"

그러자 그가 무표정한 얼굴을 하고 말했다.

"너무 자세한 건 알려 하지 마시고 일단 퇴원했다가 다시 재입원 절차를 밟으시면 됩니다."

나는 병원 측에서 하라는 대로 일단 퇴원할 수밖에 없었다. 신 여사와 같이 집에 돌아온 이후에도 병원에서와 똑같이 규칙적인 훈련을 실천하려고 노력했다. 아침 여섯 시에 일어나 세수하고 따뜻한 물 한 잔을 마시고 나서 신 여사의 손을 잡고 거실을 왔다가 갔다가 하면서 삼십 분 정도 걸었다. 그런 다음 아침을 먹고 나서는 층계를 밟으며 십오 층까지 올라갔다가 내려올 때는 엘리베이터를 이용하곤 했다. 또 오후엔 지팡이를 잡고 밖에 나가 한 시간 정도 걷는 연습도 빠뜨리지 않았다. 나 자신이 그럴 수 있었던 것은 아직 다리에 힘이 붙지는 않았지만 몸이 유연했기 때문이었다. 그런데 안타깝게도 혼자서는 단 일 초도 서 있지 못했다.

집에 온 지 열흘 만에 B 재활병원 측에서 들어오라는 연락을 해왔다. 금요일 오후, 짐을 꾸려 다시 B 병원으로 돌아가게 되었다. 그새 병실 분위기가 조금 바뀌어 있었다. 앞자리에 있던 환자 둘은 퇴원한 상태였고 나머지 환자 둘은 그대로였다. 다행해 내 자리는 비어 있었다. 나는 다시 K 부팀장의 치료를 받을 수 있다는 생각에 기대에 부풀어 있었다. 짐 정리가 어느 정도 끝났을 때 한 청년이 찾아와서 치료시간표를 건네주었다. 그런데 이상했다. 치료실이 K 부팀장이 근무하는 일 층이 아니고 로비 층으로 돼 있는 것이었다. 고개를 갸웃하다 그 청년에게 물었다.

"저는 K 부팀장의 치료를 받길 원하는데 왜 K 부팀장님 이름이 없지요?"

청년이 돌아보며 말했다.

"아, 모르셨군요. 로비 층에서는 K 부팀장님의 치료를 받을 수 없습니다."

놀란 눈을 하고 내가 물었다.

"왜죠?"

"치료실이 달라서요."

그 순간 충격을 받게 된 나는 손으로 침대 난간을 움켜쥐었다. 별안간 내 손이 가늘게 떨리고 있었다. 떨리는 손으로 K 부팀장에게 문자를 보내게 되었다. 곧 K 부팀장한테서 전화가 걸려왔다.

"아, 로비 층으로 배당받으셨군요. 언젠가 우리 팀장님께서 척수 환자는 뇌졸중 환자에 비해 치료가 까다로운 것 같다고 말하는 걸 들은 적이 있습니다. 아마도 그래서 로비 층으로 배당한 게 아닌가 싶습니다. 사실 저도 그 사실을 지금에서야 알게 되었습니다."

그 말을 듣게 된 순간 나는 둔탁한 무엇으로 머리를 얻어맞은 것처럼 멍해졌다. 아무리 생각해도 여성 팀장의 처사를 이해할 수 없었다. 내가 보기엔 당시 치료실에는 나보다 훨씬 치료하기가 더 까다로운 환자도 많았던 것 같았기 때문이었다.

로비 층 치료실이 궁금해진 나는 휠체어를 타고 로비 층으로 내려가 보기로 했다. 로비 층에 내린 순간 저만치서 이쪽으로 걸어오고 있던 일 층 여성 팀장과 마주하게 되었다. 순간 땅벌의 독침에 쏘인 것처럼 어지러움을 느끼게 되었다. 곧 마음을 추스르고 나서 여성 팀장의 눈을 뚫어지게 응시했다. 그때 그녀의 눈에는 비웃음이 엿보였다. 그 비웃음 속에는 땅벌의 독침이 도사리고 있는 듯했다. 땅벌의 독침에 쏘이기라도 한 듯 뼛속까지 따끔거리는 것을 느끼게 되었다. 그때 머릿속을 스치고 지나가는 것이 있었는데 그것은 매번 치료 시간마다 K 부팀장과 내가 마치 가족처럼 화기애애한 분위기 속에서 치료가 진행되곤 했다는 사실이었다. 그럴 때면 옆자리에 있던 다른 치료사들이 부러운 눈을 하고 우리 쪽을 바라보곤 했던 것 같다. 그런 모습을 볼 때마다 그 여성 팀장도 다른 치료사와 똑같은 생각을 했을지도 모를 일이었다. 그렇다고 한다면 본래 일 층 환자인 나 자신을 로비 층으로 내친 이유는 여성 팀장의 질투심에서 비롯된 것이란 생각을 지울 수가 없었다.

어느 분야든 갑이 있으면 을도 있게 마련이다. 치료실에서는 팀장이 갑이었다. 아무리 생각해 봐도 건강한 몸을 가진 여성 팀장이 몸이 불편한 환자를 상대로 갑질한 행위를 이해할 수 없었다. 무엇보다 안타까운 것은, 치료 실력이 뛰어날 뿐만 아니라 몸과 마음이 약해질 대로 약해진 내게 힘겨운 훈련을 포기하지 않도록 진심으로 용기를 주었던 K 부팀장 치료를 받을 수 없게 된 현실이 실망을 넘어 절망으로 다가왔다.

이튿날 열 시 반에 있을 물리치료를 받으려고 처음으로 로비 층으로 내려가게 되었다. 로비 층은 넓은 벽면 한쪽 면이 통유리로 돼 있어서 누구든지 유리문 밖에서 치료실 안을 들여다볼 수 있게 돼 있었다. 그날 내 앞에 나타난 치료사는 삼십 대 중반의 남성 치료사였다. 삼십 대 중반이면 경력도 꽤 될 거라는 생각에 속으로 기대에 차 있었다. 그러나 그 기대는 곧 어긋나고 말았다. 그는 현재 환자의 몸 상태가 어떤지에 대해 묻지도 않은 채(물론 미리 나 자신과 관련한 서류를 검토하고 왔을 테지만) 무조건 내 한쪽 다리부터 번쩍 쳐드는 것이었다. 순간 종아리가 찢어지는 듯이 아파왔다. 나도 모르게 비명을 지르게 되었다.

"아! 아파요."

그러나 그는 내 말을 무시한 채 계속 다리를 자신의 어깨에 올려놓은 상태에서 있는 힘을 다해 근육을 늘리는 것이었다. 견디다 못해 결국 내 입에서 두 번째 비명이 터져 나오고 말았다.

"아! 아프다니까요. 다리가 찢어지는 것 같다고요."

그런데도 그 치료사는 아랑곳도 하지 않았다. 이미 일 년 전 나 자신이 K 재활병원에 있을 때 치료사의 실수로 한 차례 사고를 당한 적이 있었던 터라 통증과 불안감이 한꺼번에 밀고 와 전신에 경련이 일어날 지경이었다. 치료 시간이 끝날 때쯤이 되어서야 비로소 치료사의 양쪽 귀에 이어폰이 꽂혀 있는 사실을 알게 되었다. 그 모습을 본 순간 할 말을 잊고 말았다.

두 번째 치료 시간이 다가왔다. 솔직히 치료실에 가고 싶은 생각이 사라졌다. 그렇다고 안 갈 수도 없었다. 곧 내 앞에 나타난 치료사는 삼십 대 초반의 여성이었다. 묻지도 않았는데 그녀는 자신이 팔 년 차라고 말했다. 팔 년 차라면 실력이 상당할 거란 생각에 기대에 부풀어 있었다. 기대에 부푼 나머지 내가 물었다.

“선생님 저는 척수 손상으로 수술을 받았는데 어찌 된 일인
지 갈수록 수술 부위 근육 당김이 심해져요. 어느 땐 덜 하다
가 또 어느 땐 심해져서 종잡을 수가 없어요. 어째서 이런 현
상이 일어나는 건가요?”

잠시 후 그녀가 조금 긴장된 얼굴을 드러내 보이며 말을 하
기 시작했다.

“척수 손상은 뇌에서 척수로 내려오는 운동 조절 신호를 차
단합니다. 억제성 신호가 제대로 전달되지 않기 때문에 운동
신경이 과도하게 활성화 됩니다. 신경계 회로의 변화와 근육
의 생리학적 변화 혹은 반사조절의 상실로 인해 근육이 긴장
되거나 관절 가동성 저하….”

그러나 그 치료사가 하는 이론적 설명을 이해하기 어려웠
다. 치료가 끝난 후 병실에 돌아오고 나서 제일 먼저 휴대폰을
열어 인터넷에 접속해 척추 손상 수술 후 근육 당김에 대해 정
보를 찾아보게 되었다. 거기에는 이렇게 나와 있었다.

‘척수 손상 이후 신경 회로는 손상된 신호를 보완하려고 변
화하게 된다. 그 과정에서 비정상적인 회로가 생기게 되는데
보통 경직이나 근경련이 나타나기 쉽다. 주된 원인으론 기온
변화 스트레스 자율신경계 불안 등….’

이토록 쉽게 이해되는 내용을 그토록 어렵게 설명하다니
나도 모르게 한숨이 나왔다. 다음날도 똑같은 시간에 똑같은
매트에서 똑같은 여성 치료사에게 똑같은 치료를 받게 되었
다. 그날도 그녀는 여전히 내 다리를 자신의 어깨 위에 올려놓

고 열심히 근육을 늘리고 있었다. 어느 순간 치료사가 웃는 얼굴을 드러내 보이며 말했다.

"아, 지금 저기 유리문 밖엔 ○○○ 님과 똑같이 눈이 커다랗고 얼굴도 예뻐 보이는 젊은 여성이 와 있네요."

나는 고개를 들어 유리문 쪽을 바라보았다. 치료사가 나와 똑같이 생긴 사람이라고 한 사람은 바로 막내였다. 막내의 얼굴을 보게 된 순간 나는 풋풋했던 이십 대 초반 때 나 자신의 거울을 보고 있는 게 아닌가 하는 착각을 일으키게 되었다. 그러나 커다란 눈을 제외하고 보면 막내와 나는 분위기는 조금 달랐다. 막내는 귀엽고 유순해 보이는 인상이었다. 귀엽고 유순해 보이는 막내 얼굴은 마치 같은 밭에서 단단한 돌을 골라낸 것 같았다. 반면에 나 자신을 거울에 비춰보면 밭에서 단단한 돌을 군데군데 그대로 놔둔 듯한 인상을 풍긴다고나 할까.

치료가 끝나고 나서 휠체어를 타고 복도로 나오게 되었다. 그때 내 모습을 본 순간 막내의 커다란 눈에는 눈물이 고이기 시작했다. 막내의 눈에 고인 눈물은 이내 내 눈으로 전해져와 눈이 타는 듯이 뜨거워지고 있었다. 잠시 후 막내가 보습 크림과 치약과 칫솔 등이 담긴 종이 가방을 내밀었다. 막내의 성품은 어릴 때부터 빈틈이 없었다. 매번 내가 부탁한 물품을 빠짐없이 챙겨오곤 했다. 나는 성품이 꼼꼼한 막내에게 늘 신뢰가 갔다. 다른 한편으론 나 자신의 실수로 몸을 다친 바람에 자식들까지 마음고생을 시키게 되었다는 생각에 울컥해 왔다. 휴게실로 가서 막내가 정성껏 준비해 온 김밥을 나누어 먹으면서 이런저런 이야기를 하다가 보니 어느새 우울했던 기분은 사라지고 마음이 밝아졌다. 막내가 돌아가고 나서도 나는 한참을 그대로 앉아 있었다. 나 자신이 힘든 훈련을 하는 것도 견디기 힘든 일이지만 미국에서 자신이 원하던 공부를 중단하게 된 막내를 생각하면 가슴이 미어지는 것만 같았다.

다음날 오후 치료 시간에 맞춰 로비 층으로 가게 되었다. 그때 한 남자가 내게로 걸어와서 말했다.

"담당 치료사가 갑자기 부친상을 당한 바람에 출근하지 못했습니다. 대신 제가 도와드리겠습니다."

"아, 그런 일이 있었군요."

"저는 졸업하고 막 일을 시작한 상태라서 서툴러도 이해해주시기 바랍니다."

그렇게 말한 치료사가 이마에 흐르는 땀을 연신 손등으로 훔치며 최선을 다해보려고 애를 썼다. 그러나 경험이 전무한터라 오히려 그런 치료사의 모습을 바라보고 있는 나 자신이 민망할 정도였다.

불현듯 지난번 일 층 치료실에서 K 부팀장한테 치료받았을 때가 생각났다. 그때는 지팡이 없이도 한 발 한 발 걷기도 했는데 로비 층에 온 지 한 달이 지났지만 어떤 치료사도 내게 걷는 훈련을 시킬 생각도 하지 않았다. 걷지 않고 계속 휠체어만 타고 다니다가 보니 다리 근육이 약해지는 것 같아 불안했다. 한 치료사의 말에 의하면 현재 로비 층 팀장이 오 층 도수 치료실로 올라간 바람에 팀장 자리가 공석이어서 당분간 너무 키가 작아 환자들 사이에서 일명 꼬마 의사로 불리는 여의사가 팀장 대신 치료사 배치를 맡아 하게 되었다고 했다. 마음이 급해진 나는 일 층 K 부팀장한테 문자로 하소연하게 되었다.

'K 부팀장님 안녕하세요? 제가 로비 층에 와서 보니 팀장은 오 층 도수 치료실로 올라가고 없는 상태라 그런지 담당 치료사마다 실력이 부족한 것 같아요. 쓸데없이 시간만 낭비하는 것 같아서….'

다음 날 로비 층에 갔을 때였다. 실장이란 사람이 내 앞으로 다가와서 말했다.

"담당 치료사가 독감에 걸려 출근하지 못했어요. 곧 다른 치료사가 올 겁니다."

그 말을 듣게 된 순간 내 안에서 '갈수록 태산'이란 말이 목구멍으로 밀고 올라오려고 나대는 것을 가까스로 목 안으로 밀어 넣었다.

잠시 후 내 앞에 모습을 드러낸 사람은 유니폼에 박힌 이름이 J○○ 부팀장이었다. 그때까지 나는 J 부팀장을 직접 만나 본 적은 없었지만 유니폼에 새겨진 J○○란 이름을 보고서야 알게 되었다.

J 부팀장이 먼저 인사를 해왔다.

"안녕하십니까? 오늘 처음 만나게 됐네요. 그동안 일 층 K 부팀장으로부터 말씀은 많이 들어서 알고 있습니다. 방금 K 부팀장한테서 전화가 왔는데 ○○○ 님의 걱정을 많이 하더군요."

"네. 저도 K 부팀장님으로부터 J 부팀장님에 대한 말씀 많이 들었습니다."

"일 층 K 부팀장과 저는 입사할 때부터 베프 사이입니다. 하하하."

“두 분이 베스트 프렌드 사이란 사실은 처음 듣게 되었네요. 그러고 보니 두 분은 공통된 점이 참 많은 것 같습니다. 두 분 모두 인상도 좋으시고 실력도 훌륭하시고. 호호호.”

내가 한 말은 진심이었다. 부팀장은 치료 시간 내내 단 일 초라도 허투루 보내지 않을 뿐만 아니고 이마에 구슬땀이 맺힐 정도로 최선을 다했다. 흔히들 첫 만남에서 삼 초 동안이면 상대방을 어느 정도 읽을 수 있다고 한다. 그만큼 첫 첫인상과 말에 담긴 온도도 중요한 것이다. J 부팀장은 인상도 선해 보였지만 무엇보다 안정된 목소리로 말을 할 때면 소리의 높낮이 조절이 자연스러워 첫 만남인데도 어색한 느낌이 들지 않았다. 지금 내가 한 말은 조금도 과장이 아니다. 환자들 사이에서 백 명이 넘는 치료사 중 K 부팀장과 J 부팀장이 가장 훌륭한 치료사로 소문이 난 것은 어쩌면 당연한 일일지도 몰랐다.

K 부팀장과 J 부팀장은 B 병원에서 해마다 실시되는 연말 직원평가에서 환자 만족도 일, 이위를 기록하게 됨으로써 병원의 신뢰와 품격을 높이는데 기여한 공로로 병원장으로부터 여러 차례 표장과 상금을 수여 받은 것으로 알려져 있었다.

치료가 끝나고 복도로 나오다가 우연히 키가 지나치게 작은 탓에 환자 사이에서 꼬마 의사로 불리는 여의사와 마주하게 되었다. 얼핏 얼굴에 홍조를 띤 듯해 보이는 꼬마 의사의 눈에서 뿜어나오는 레이저를 엿볼 수 있었다. 억지로 얼굴에 엷은 미소를 드러내 보이며 내가 말했다.

“선생님 안녕하세요? 잠깐 부탁드릴 말씀이 있습니다.”

어찌된 일인지 꼬마 의사는 아무런 반응이 없었다. 알고 보니 그 꼬마 의사의 귀에도 이어폰이 꽂혀 있었던 것이었다. 이번에는 목소리를 조금 높여 또 말했다.

"저, 선생님….."

갑자기 꼬마 의사가 목소리를 높여 말했다.

"뭔데요? 시간 없으니 빨리 그리고 짧게 하세요."

꼬마 의사가 도전적인 눈을 하고 나를 쏘아보는 그 눈빛을 불안한 눈으로 바라보다 애써 마음을 가라앉히고 침착한 목소리로 내가 말했다.

"저는 이제 겨우 발을 떼기 시작했는데 한 분이라도 실력이 좀 있으신 치료사….."

내 말이 끝나기도 전에 꼬마 의사는 이마에 주름을 만들어 보이며 냉랭한 목소리로 말했다.

"아침부터 정말 짜증 나게 하네."

꼬마 의사가 귀에 이어폰을 꽂고 있어서 혹시 내가 한 말을 못 알아들었나 해서 또 한 차례 말하게 되었다.

"치료실에서는 치료사 배치는 의사 선생님의 처방이 있어야….."

내 목소리에는 내가 들어도 간절함이 묻어 있었다.

"이 환자가 아침부터 열 받게 만드네."

칼날처럼 날카로운 꼬마 의사의 목소리는 복도를 지나가는 사람이 들을 정도로 컸다. 순간 나는 가슴에서 올라오는 뜨거운 숨을 입술 사이로 가늘게 내뱉었다. 갑자기 꼬마 의사는 얼굴까지 붉어지더니 권총을 겨누듯이 나를 향해 엄지와 검지를 날카롭게 뻗는 것이었다. 그때 꼬마 의사가 지나치게 손에 힘을 주어 뻗는 바람에 그녀가 겨드랑이에 끼고 있던 파일이 복도에 떨어지게 되면서 조금 경사진 복도 면을 따라 미끄러지다 한 차례 벽에 부딪치고 나서 활짝 펼쳐진 채 멈추었다. 그 순간 파일에 끼워져 있던 흰 종이가 주변으로 흩어졌다. 놀란 눈을 한 꼬마 의사가 달려가서 흩어져 있는 종이를 한 장 한 장 줍기 시작했다. 잠시 후 간추린 파일을 다시 겨드랑이에 끼고 나서 꼬마 의사가 붉어진 얼굴을 하고 또 말했다.

"아침부터 이 환자가 스트레스 주고 있네. 내가 하루에 보는 환자 수가 몇 명이나 되는 줄 알아요? 마흔 명이 넘는다고요. 환자 한 명당 오 분씩만 말을 해도 하루에 두 시간 이상 떠들어야 해요. 그러니 스트레스 보태지 마세요."

꼬마 의사로부터 그 말을 듣게 된 순간 잠깐 말문이 막혀온 탓에 나는 시선을 아래로 보내고 있었다. 갑자기 내 안에서 알 수 없는 적의가 꿈틀대더니 어느 순간 뜨거운 열기가 위로 솟구쳤다. 그러나 나는 현명하게도 꿈틀대는 그 적의에 자극 주지 않으려고 입을 꽉 다물고 있었다. 솟구치는 감정을 자제하는 동시에 가능한 한 낮은 목소리로 또 말했다.

"선생님, 그만 일에 지나치게 흥분하시네요. 처음 만나자마자 제 입장부터 말씀드린 건 인정합니다. 하지만 제가 의사고 선생님이 환자였다면 저는 환자한테 이렇게까지 하지는 않았을 겁니다."

그렇게 말한 후 잠깐 꼬마 의사의 반응을 기다렸다. 그런데 꼬마 의사는 아무런 반응도 보이지 않는 것이었다. 꼬마 의사와 나는 서로의 인내심을 시험하기라도 하려는 듯 상대방의 얼굴만 빤히 쳐다보고 서 있었다. 아니 정확히 말하면 꼬마 의사는 눈을 아래로 깔고 있었고 휠체어에 앉아 있던 나는 눈을 치켜뜬 상태에서 꼬마 의사를 올려다보고 있었다. 그때 꼬마 의사의 얼굴이 파랗다 못해 새하얗게 변하고 있는 것이 느껴졌다. 거울을 보지는 않았지만 내 얼굴 역시 다르지 않을 거라고 생각했다. 곧 휠체어 바퀴에 양손을 올린 채 잠깐 생각해 보았다. 여기서 멈추어야 할지, 아니면 이야기를 계속해야 할지에 대해 생각하다가 잠깐 꼬마 의사의 얼굴을 쳐다보게 되었다.

그때 꼬마 의사가 혼잣말처럼 말했다.

"오늘은 왜 아침부터 재수 없는 일만 생기는 거지."

방금 꼬마 의사의 입에서 뱉어진 말을 나는 못 들은 척했다. 말 같지 않은 말을 들었을 때는 오히려 그 방법이 맞는 것 같다고 생각되었기 때문이었다. 잠깐 호흡을 고르고 나서 내가 또 말했다.

"좀 전에 제가 드린 말씀을 잘 듣지 못하신 것 같아서 다시 말씀드립니다. 로비 층 팀장님이 오 층 도수 치료실로 올라간 바람에 선생님께서 치료사 배치를 하신다고…."

"나 지금 무진장 바쁘거든요. 다음에 얘기합시다."

그렇게 말한 꼬마 의사가 돌아서려고 했을 때 복도 천장에 길게 늘어진 전등 불빛을 받아 그녀의 광대뼈에 나 있는 주근깨가 선명하게 보였다. 곧 가슴 속에서 뒤죽박죽된 치욕의 감정이 꿈틀거리는 것을 억지로 가라앉히고 양손에 힘을 주어 휠체어에 장착된 브레이크 레버를 풀고 있는데 바닥 면이 조금 경사져 있어서 휠체어 바퀴가 저절로 일 미터 정도 굴러갔다. 그 순간 머릿속에 떠오른 것은 일 층에서 치료받고 있을 때 환자들 사이에서 '천사 의사'로 소문이 났던 Y 의사의 얼굴이 떠올랐다. 어쩌면 같은 의사인데도 저토록 다를까. 마치 천사 의사와 악마 의사를 보는 듯했다.

몸이 아픈 환자를 생각해 늘 자신의 마음의 빗장을 활짝 열어 놓은 사람처럼 보였던 Y 의사. 오늘따라 그녀의 얼굴이 눈앞에서 왔다가 갔다가 했다.

화장실에 다녀오겠다며 자리를 떠난 신 여사는 그제야 모습을 드러냈다. 나와 눈이 마주치게 된 신 여사가 눈을 커다랗게 만들고 달려와서 휠체어를 밀었다. 병실로 돌아오고 있는데 몸 안의 모든 피가 얼굴에 몰린 듯 얼굴이 화끈거렸다. 평소 나는 울거나 눈물이 쏟아질 것 같을 때는 벌에 쏘인 것처럼 눈자위부터 붉어졌다. 나는 나 자신이 쉽게 남에게 눈물을 보이지 않는다는 사실을 알고 있었지만 어찌된 일인지 이미 체내의 온 신경은 눈물을 쏟을 준비가 돼 있었다. 만약 신 여사가 붉어진 내 눈을 보고 "왜 무슨 일이 있어요?" 하고 물어온다면 단번에 어린아이처럼 엉엉 소리 내 울 것만 같았다. 다행히 신 여사가 뒤에서 휠체어를 밀고 있었기 때문에 붉어진 내 눈은 보지 못했다.

병실로 돌아오면서 신 여사에게 애기 의사와 있었던 일에 대해 말하게 되었다. 그러자 신 여사가 큰 소리로 말했다.

"바로 그런 사람 때문에 지옥이 있는 겁니다."

이튿날 아침이 밝아왔다. 하지만 오늘도 어제처럼 의미 없는 하루를 보내게 될 것이 뻔했다. 그렇더라도 치료 시간에 맞

춰 얼음판 위를 걷듯 한 발 한 발 조심스럽게 복도를 걸어가야
했다. 불완전 마비 상태인 다리는 힘이 약한 탓에 고작 몇 발
짝 떼다 이내 휘청하곤 했다. 이마에서 흘러내린 땀이 어느새
볼을 타고 흘러내리고 있었다. 그렇더라도 죽기 살기로 걸어
야만 했다. 걷는 건 누구도 대신해 줄 수 없었기 때문이었다.
속으로 외쳤다. 그래, 걷자. 걷자. 무조건 죽기 살기로 걷자.

마지막 치료가 끝나고 엘리베이터를 타고 이 층에서 내렸
다. 비틀거리는 걸음을 하고 병실까지 걸어가는 데 걸리는 시
간은 불과 오 분 남짓했다. 하지만 그 오 분이, 오십 분, 아니
오백 분처럼 느껴졌다.

저녁 식사 후 샤워를 끝내고 침대에 몸을 던지고 나면 더
이상 행복은 없었다. 그 순간만은 어느 때보다 평온했다. 그
평온이 영원할 수만 있다면 좋겠지만 밤이 깊어지면 새벽이
찾아올 것이다. 그러면 또다시 치료실을 오가다 혹시나 넘어
지면 어쩌나 하는 불안감은 늘 공기처럼 마시며 보내야 하는
하루가 시작될 것이다.

아침이 찾아왔다. 오늘도 죽기 살기로 걷고 또 걸었다. 어
느 순간 코에서 피가 났다. 코피만 난 게 아니었다. 이까지 흔
들리기 시작하더니 마침내 잇몸에서도 피까지 났다. 코에서도
잇몸에서도 피가 나도록 걷고 또 걸었지만 신경이 손상된 몸
은 균형이 잡히지 않은 탓에 발을 뗄 때마다 몸이 흔들리곤 했
다. 그럴 때면 걷기를 포기하고 휠체어만 타고 살아갈까? 하
는 생각도 하게 되었다. 그러나 그런 생각은 곧 사라졌다. 무
슨 일이 있어도 걸어야만 한다는 생각이 나를 지배했다.

그날 밤에도 침대에 몸을 눕히고 나니 그제야 오늘도 무사히 보냈구나! 싶었다. 그 생각을 하는데 뜬금없이 머릿속에서 일정한 운율에 따른 글귀가 나비처럼 날고 있는 것이었다. 자칫하다가 그 글귀가 홰를 치며 날아 가버리기 전에 얼른 침대 밑에 손을 집어넣어 수첩을 꺼내 펼쳐놓고 적기 시작했다.

내가 죽을힘을 다해

한 발 한 발 걸으면

내가 죽을힘을 다해

한 발 한 발 걸으면

나도 죽어서

나 죽는 순간에

죽은 신경인 네가 깨어나면

그 순간에

나도 깨어나서

한 스무 해만 더 살아보자

죽어서도 살아서

내가 죽을 때에

한 스무 해만 더 살아보자.

그때 내가 들고 있던 수첩을 보게 된 신 여사가 말했다.
"그거 시 아닌가요? 누가 쓴 신가요?"
"이건 시가 아니고 눈물입니다. 제가 흘린 눈물 말입니다. 호호호."

"시적 감성도 풍부하시네요."

"그래 보였나요? 호호호."

그날도 아침에 눈을 뜬 순간 맨 처음 눈에 들어온 것은 병실 천장에 붙어 있는 알 수 없는 검은 물체였다. 이곳 B 재활병원 역시 주변에 숲이 우거져 있어서 창을 통해 곤충이 병실로 들어온 모양이었다. 자세히 보니 그것은 꿀벌도 말벌도 아닌 새끼 매미 같아 보였다. 왜 새끼 매미가 무리를 벗어나 홀로 병실에 들어왔을까?

그 생각에 이어진 것은 불이 꺼져 있던 방안에 갑자기 전깃불이 켜지듯 한동안 잊고 있었던 아픈 기억이 환하게 되살아났다.

06

이 년 전, 십이월 이십칠일 영하 12도의 추위가 몰아치면서 길에는 살얼음까지 끼어 있었다. 얼어붙은 도로에는 밤사이 내린 싸락눈이 덮여 있었다.

마침내 먼동이 트기 직전 구급차가 눈보라를 헤치며 K 재활병원 주차장에 도착했다. 하반신이 완전마비 상태인데다 어떤 말로도 표현할 수 없을 정도로 극심한 등 통증에 시달리던 나 자신이 이동식 침대에 누운 상태에서 구급차에 실려졌다. 잠시 후 구급차가 K 재활병원 정문을 빠져나오고 나서 사거리 신호등 앞에 잠시 멈춰 서게 되었다. 침대에 누운 상태에서도 내 눈은 창밖 풍경에 주고 있었다. 창백한 달은 매서운 바람에 떠밀린 듯 강북 하늘을 이불 삼아 벌러덩 누워있었고 흰 구름 조각들이 은빛 커튼처럼 희미한 달 주위를 가리고 있었다.

곧 신호등에 파란불이 들어왔고 구급차도 움직이기 시작했다. 얼마를 갔을까. 그새 날이 훤하게 밝아 왔다. 이 차선을 달리던 구급차가 갑자기 사 차선 도로로 진입했다. 그 순간 다시 눈이 조금씩 내리기 시작하더니 바람까지 거세게 불어와 거리를 지나가는 사람의 옷자락과 머리카락을 펄럭이게 했다. 사람들이 한꺼번에 신호등을 건너와서는 각기 등을 돌려 다른 방향으로 걸음을 재촉했다. 어깨를 움츠리거나 시린 손을 외투 주머니에 욱여넣은 채 걷고 있는 사람들의 까만 머리 위로 하얀 눈송이가 내려앉고 있었다. 발걸음을 재촉하던 사람들이 이따금 신발에 묻어 있는 눈을 털어내느라 발을 툭툭 터는 동작만 보일 뿐 어떤 소리도 들리지 않았다.

마침내 구급차가 H 대학 부속병원 응급실 앞에 도착하게 되었다. 응급실에 들어갔을 때 미리 연락을 받고 대기하고 있던 의사 둘과 간호사 둘이 다가왔다. 제일 먼저 키가 큰 간호사가 다가와서 혈압부터 재고 나서 피도 뽑고 CT 촬영까지 숨 가쁘게 진행되었다. 잠시 후 침대 모서리에 노란색 액체가 담긴 링거병이 매달리게 된 순간 내가 누워있는 침대가 복도로 나왔다. 곧 엘리베이터를 타고 사 층 수술실로 향하게 되었다.

나는 이미 사 개월 전에도 이곳에서 한 차례 수술 받은 적이 있었다. 그러나 당시 있었던 일은 아무리 머리를 굴려 봐도 지우개로 지워버린 듯 아무것도 떠오르지 않았다. 나도 모르게 눈이 감겨지고 있었다. 다시 눈을 뜨게 된 순간 천장에 매달린 솥뚜껑처럼 생긴 LED 전구에서 쏟아지는 불빛에 눈이 부셔와 또다시 눈을 감고 말았다. 또 한 차례 눈을 뜨게 된 순간 나 자신이 지금까지 살아온 세상과는 전혀 다른 이상한 세상에 들어와 있는 듯한 느낌에 갑자기 불안감이 온몸으로 밀고 왔다. 그렇더라도 부산을 피우거나 조바심을 내지는 않았다. 솔직히 말하면 침착성을 유지해야 한다는 생각에 안간힘을 다했던 것 같다. 나 자신이 이상한 세상에서 표류하고 있는 듯한 느낌과는 달리 낯설지 않은 레지던트와 그를 따르는 인턴 둘이 밝은 모습을 하고 동시에 나타났다. 내가 그 레지던트의 얼굴을 기억하는 것은 그의 오른쪽 귀밑에 돌출된 콩알만 한 갈색 점 때문이었다. 그때 그가 가려움증을 느꼈던지 엄지와 검지로 콩알만 한 갈색 점을 두어 차례 당겼다가 놓는 것이었다.

나도 모르게 눈길을 허리 아래쪽으로 가져갔다. 하체는 환의를 입고 있었으나 가슴 쪽은 환의 대신 푸른색 보자기가 덮여 있었다. 얼핏 푸른색 보자기는 모서리 한 곳에 박음질한 실 한 올이 풀려 있는 게 보였다. 내 신경은 이상하게도 푸른색 보자기 모서리에 늘어져 있는 그 실 한 올에 쏠리고 있었다. 귀밑에 갈색 점이 있는 레지던트가 다가오더니 푸른색 보자기 양쪽 끝에 달려 있던 끈으로 느슨하게 내 몸을 묶기 시작했다. 그때 누군가가 LED 조명 밝기 버튼을 누른 모양이었다. 갑자기 불빛이 밝아지더니 수술대 위에 달라붙은 머리카락 한 올까지도 환하게 비출 정도였다. 그때까지 조용하던 수술실이 갑자기 소란스러워지고 있었다. 곧 마취 담당 의사와 인턴 그리고 세척 담당 간호사 모두 빠르게 움직이기 시작했다. 잠시 후 그들은 흥분된 듯한 목소리로 말을 주고받고 있었다. 그것은 곧 네 시 오십 분이 되면 신경외과 J 교수가 수술실로 들어오게 될 것이고 다섯 시 정각이면 수술이 시작될 것임을 말해주었다.

또다시 통증이 시작됐다. 그러나 지금 어떤 약물이 내 몸속으로 들어가고 있는지는 알 수 없으나 통증의 강도는 조금씩 약해지고 있는 듯했다. 처음 통증이 시작됐을 때도 통증의 강도가 그리 심한 편은 아니었다. 그러다 하루이틀 지나게 되면서 통증의 강도는 어떤 형용사로도 표현할 수 없을 정도로 극심했다. 무엇보다 안타까운 사실은 첫 번째 통증이 하필이면 중요한 시기에 시작됐던 것이었다.

처음 통증이 경미 하게 느껴졌을 당시 R 대학에서 심리학을 가르치던 내게 C 기업으로부터 임직원 모두에게 조직 내 심리적 안정을 도모하는 데 유익한 강연을 매주 일 회씩 해달라는 연락을 받게 되었다. 마침 금요일엔 강의가 없던 터라 며칠 뒤 나는 C 기업 측이 내민 계약서에 흔쾌히 사인할 수가 있었다. 그날 서류에 사인하고 났을 때 C 기업 전무이사가 미소 띤 얼굴을 하고 매주 금요일에 강의하게 될 대강당을 안내해 주겠다며 나를 데리고 어디론가로 향했다. 지하 일 층에 자리한 대강당은 백여 명은 족히 수용할 수 있는 규모였다. C 기업은 우리나라 중소기업 중 상위권이었고 대우도 만족할 만한 편이었다. 운 좋게도 다음 달부터 매주 금요일에 C 기업으로 출강할 예정이었다. 모든 것이 딱 맞아떨어져 너무도 잘 돼가는 것 같았는데 뜻밖에도 통증이 시작된 것이었다. 통증은 걸어 다닐 때나 앉아서 운전대를 잡았을 때는 거짓말처럼 사라졌다. 그러다가 침대에 누웠다가 옆으로 몸을 돌린 순간이면 비명이 터져 나오곤 하는 것이었다. 당시 첫 강연을 앞두고 며칠 동안 밤을 새우다시피 해 만든 파워포인트도 완벽하게 준비해 놓은 상태였다.

그때 레지던트가 내게 무슨 말을 했으나 그가 하는 말을 나는 이해하지 못했다. 무언가 따뜻한 것이 팔을 타고 들어오는 느낌과 동시에 세상이 아주 느리게 흔들리기 시작했다. 푸른색 수술복과 푸른색 모자를 쓴 사람들의 움직임이 푸른 물결처럼 흔들렸다. 그 푸른 물결을 보게 된 순간 갑자기 내 안에서 불안감이 푸른 물결처럼 밀려왔다. 푸른 물결처럼 밀고 오는 그 불안감을 피하려고 미끄러지듯 어느 곳으로 빠져들게 되었다. 미끄러지듯 빠져들게 된 그곳은 C 기업의 강단이었다.

단상에는 일 미터 육십 센티 키에 체중 오십 킬로그램인 나 자신이 감색 스커트와 베이지색 재킷을 입고 얇은 은테 안경을 낀 채 모습을 드러낸 순간 갑자기 조명이 눈부시게 밝아졌다.

때마침 점심시간이 끝난 직후라서 몇 사람은 김이 모락모락 피어오르는 종이컵을 들고 들어와 자리에 앉았다. 누군가는 휴대폰에 눈을 주고 있었고 또 다른 누군가는 팔짱을 끼고 허리를 등받이에 기댄 채 시계를 쳐다보고 있었다. 잠시 후 스크린에 펼쳐진 문구는 KPI 지표가 아닌 <나의 이름이 일에 새겨질 때>란 문구와 그 아래 ―내 마음의 안전벨트―란 부제가 같이 보였다. 그것을 본 누군가는 들고 있던 휴대폰을 진동으로 고정했고 누군가는 빈 종이컵을 발 쪽으로 내려놓고 있었다.

"안녕하세요? 만나 뵙게 돼 반갑습니다. 오늘부터 매주 금요일 이 시간에 바로 이 강단에서 여러분과 만나 뵙게 될 심리학 박사 ○○○입니다. 여러분은 얼마나 자주 괜찮지 않다. 또는 왠지 모르게 불안하다고 느끼십니까?"

한순간 정적이 흘렀다. 나는 그 정적을 피하지 않았다. 오히려 한 발 더 앞으로 나아갔다. 그러곤 목소리에 조금 힘을 실어 말을 이어갔다.

"저는 여러분을 가르치려거나 고치려고 온 사람이 아닙니다. 다만 여러분 안에 이미 존재하는, 어쩌면 조금은 지쳐 있을지 모르는 회복의 감정을 회복시키는 데 도움을 드리고자 합니다. 여러분을 지치게 하는 것도 이미 지쳐 있는 여러분 자신을 회복시키는 것도 모두 여러분 자신입니다…."

나는 며칠 동안 밤을 새워 준비한 원고도 손에 쥐지 않고 말하고 있었다. 강단 양쪽 벽면에 설치된 마이크를 통해 흘러나오는 내 목소리는 내 것이 아닌 듯 맑고 또렷했으며 단어 하나하나가 공기 속에 둥근 파문처럼 강단 안에 퍼져나갔다. 처음 얼마간 일부는 시계를 흘끔거렸고 몇몇은 휴대폰을 손에 쥔 채 화면을 끄지 않았다. 그런 분위기 속에서도 강연은 계속되고 있었다. 나는 될 수 있는 한 전문 용어는 최소화하고 누구든 쉽게 이해할 수 있는 방향으로 강연을 하려고 애썼다.

"어떤 분은 이 강연에 불참하고 싶었지만 회사 방침에 따라 어쩔 수 없이 참석하게 된 분도 계실 겁니다. 좋습니다. 모든 변화는 처음엔 불편함으로 시작되니까요. 워라밸이란 말 다 알고 계시죠. 워크, 라이프, 밸런스의 줄임말 말입니다. 여러분도 아시다시피 워라밸은 일에만 치우치지 않고 개인의 생활과 여가 시간도 중요시하는 라이프 스타일을 반영하는 용어입니다. 일과 삶의 균형은 단순한 시간 배분이 아니라 정신적 에너지의 관리입니다. 현재 우리나라 대부분의 기업은 모든 문제

해결을 빠르게 하길 원합니다. 아마 이 C 기업도 다르지 않을 것입니다. 그런데 인간의 감정은 그렇지 않지요. 감정은 속도가 아니라 방향을 봅니다. 감정의 방향이 어디로 흘러가느냐는 대단히 중요합니다. 감정도 노동의 일부니까요. 따라서 감정도 체력처럼 관리가 필요합니다. 지금부터는 여러분의 생각도 듣고 싶습니다. 자신의 생각을 말씀해 주실 분은 손 한 번 들어보시겠습니까?”

한참이 지날 때까지 손을 드는 사람은 보이지 않았다. 그때 등을 의자 등받이에 기대고 앉아 있던 한 중년 남자가 몸을 약간 앞으로 기울였다. 앞줄에 앉았던 사람은 볼펜을 들고 메모지에 무언가를 적고 있었고 그때까지 시선을 휴대폰에 주고 있던 사람의 시선이 무대 중앙을 향하고 있었다. 또 다른 사람은 손에 들고 있던 종이컵을 조용히 바닥에 내려놓았다. 그것은 분명 달라진 자세였다. 그때부터 변화를 알아차린 듯 나는 여유롭게 숨을 들이마시고 나서 다시 말을 이어갔다.

어느 순간부터 사람들의 눈빛이 반짝이기 시작했다. 몇몇은 이해했다는 듯이 아니 이해하려는 노력이 필요 없는 듯이 고개를 끄덕였다.

강연이 끝나갈 즈음 스크린을 비추고 있던 불빛이 사라짐과 동시에 주체할 수 없는 열광에 가까운 박수갈채가 쏟아졌다. 참석자 전원은 아니지만 반 이상은 아낌없는 박수를 친 것으로 보였다.

그 박수 소리에 나는 완벽하게 깨어났다. 아니, 완벽하게 깨어난 기분이 든 순간 머리 위에서 어떤 차가운 금속의 냄새가 스며들었다. 누군가 내 이름을 부르는 소리가 저만치서 들려왔다. 나는 고개를 들어 청중을 보려 했지만 이미 그들의 얼굴은 모두 녹아내려 한 줄의 빛이 되어 있었다. 그 빛은 점점 짧아졌고 나는 그 빛이 사라지기 전에 걸음을 빨리했다. 한참을 걷다가 숨이 차올라 잠깐 멈춰 섰을 때 낯설지 않은 목소리가 들려왔다.

"지금 불편한 데는 없으세요?"

소리 나는 쪽으로 눈길을 보냈다. 그때 푸른색 둥근 모자를 쓴 남자가 검은 뿔테 안경 속으로 눈동자를 빠르게 움직였다. 곧 그는 푸른색 천이 덮여 있는 나 자신의 상체와 하체에 푸른색 시트를 둘러 수술대에 고정시켰다. 이제 나는 움직임이 가능했던 상체조차도 더 이상 움직일 수 없게 되었다. 곧 키가 작고 얼굴이 통통한 간호사가 손에 트레이를 들고 나타났다. 나는 그것이 무슨 주사인지 궁금했으나 묻지 않았다. 정확히 말하면 묻지 않은 것이 아니고 말이 입 밖으로 나오지 않았던 것이었다.

나 자신의 혈관이 본래 육안으로 잘 보이지 않은 탓에 간호사가 자신의 손 감각으로 무작정 혈관을 찾아야만 했다. 아니나 다를까. 우려하던 일이 벌어지고 말았다. 간호사가 몇 차례 내 팔에 주삿바늘을 꽂으려고 시도했으나 번번이 실패하고 말았다. 문제는 주삿바늘이 혈관 속으로 들어가기도 전에 터져버리기 일쑤였다. 안 되겠다고 생각되었던지 간호사가 트레이를 다시 점검했다. 그녀는 트레이를 뒤져 가늘고 작은 바늘 사이에서 노란색 비닐 포장에 든 21게이지 바늘을 꺼냈다. 이번에는 간호사가 혈관 속으로 들어간 바늘 끝에 온 힘을 모았다. 또다시 바늘이 혈관을 잘못 찌른 것 같다는 느낌이 드는 순간 나도 모르게 얼굴을 찡그리게 되었다. 그때 간호사도 느낌이 이상했던지 다시 한 차례 손으로 내 오른팔의 살갗을 살살 밀어 보았으나 여전히 바늘이 들어갈 것 같지 않았다. 나는 눈을 꾹 감은 채 인내심을 끌어올리느라 이마에 주름까지 만들고 있었다. 마침내 바늘 끝이 혈관 안으로 들어간 느낌이 들었다. 그제야 나는 감고 있던 눈을 가늘게 떠보았다. 바늘을 통해 붉은 피가 들어와 바늘에 달린 플라스틱 튜브에 피가 차올랐다. 간호사가 재빨리 링거병에 연결된 줄을 끌어당겨 잠겨 있던 속도 조절기를 열고 내 팔에 맨 고무 튜브를 풀어 링거액이 천천히 떨어지게 고정했다. 간호사가 링거 줄을 고정시키려고 내 손등에 반창고를 붙인 후 상냥한 말투로 말했다.

"○○○ 님 고생하셨습니다."

"네. 감사합니다."

그러나 내 목소리가 너무 작아서 간호사가 내가 하는 말을 들었는지는 알 수 없었다. 별안간 내 심장이 떨리고 있었다. 그것은 수술 시간이 점점 다가오고 있다는 사실을 직감했기 때문일 것이다. 한참 동안 링거액이 제대로 들어가는지 확인한 후에야 조금 어두워 보이던 간호사 얼굴이 밝아지는 듯 했다. 그때 인턴이 고개를 숙여 들고 있던 휴대폰을 들여다보면서 레지던트에게 말했다.

"방금 마취과 선생님이 마취제 주사를 한 차례 더 준비하라고 하셨습니다."

잠시 후 레지던트가 주사기를 들고 나타났다. 그는 주삿바늘을 직접 정맥에 찌르지 않고 이미 꽂혀 있는 정맥 라인(링거 안)에다 마취제를 빠르게 투입했다. 마취제를 투여하는 것은 곧 수술이 시작될 거라는 사실을 말해주는 것이기도 했다. 어떤 종류의 마취제인지 알 수는 없었으나 수술하려면 전신마취가 필요했을 것이다. 일시적으로 중추 신경을 차단하여 온몸을 마비시키는 전신마취는 단순히 잠에 빠져들게 하는 정도가 아니라 가사 상태에 가까운 정도까지 이르게 함으로써 환자의 의식은 물론이고 감각, 신체 기능까지 저하시키는 것임을 나는 지난 일 차 수술을 받게 될 당시 알게 되었다.

그때 수술실 한쪽에는 이름을 알 수 없는 은빛을 띠는 기계들이 끊임없이 경고음을 울리며 긴장감을 부추기고 있었다. 그 순간 몸이 빠른 속도로 무의식과 같은 수술실 바닥으로 내려앉는 느낌을 감지하게 되었다. 갑자기 이 수술실에서 내 육신이 저승사자의 먹잇감으로 변해 버릴지도 모른다는 생각이 빛처럼 머릿속을 스치고 지나갔다. 빛처럼 스치고 지나가는 그 생각을 멈추게 한 것은 낯설지 않은 남자의 목소리였다.

"○○○ 님 지금부터 한잠 주무셨다가 깨시면 됩니다."

귀로는 그 소리가 흐릿하게 들려왔지만 나는 아무런 말도 하지 못한 채 눈만 한 차례 가늘게 떴다가 다시 감았다. 눈을 감고 있는데 좀 전에 들었던 낯설지 않은 그 목소리의 주인공이 누구인지 궁금했다. 그보다 나는 미칠 듯이 불편했다. 불편하다는 생각도 잠시뿐. 좀 전에 간호사가 내 혈관에 주사한 것이 내 몸 어딘가에서 효과를 발휘하고 있었던지 또렷하던 정신도 눈앞의 물체도 조금씩 흔들리기 시작했다. 내 혈관 속으로 흘러 들어간 주사약이 어떤 성분인지 알 수 없으나 코와 목이 건조해지고 혓바닥도 모래알처럼 까끌까끌해졌다. 그때 마취과 레지던트가 다가온 순간 또 한 차례 손등에 따끔한 느낌이 들었다. 곧 손목을 압박하던 고무줄이 풀림과 동시에 서서히 팔에 힘이 빠지는 듯했다.

“환자 분은 참 운이 좋은 경우입니다.”

마취과 레지던트는 자신이 마취제를 주사한 환자에게 매번, ‘당신은 참 운이 좋은 사람’이란 말을 한다고 했다. 그것에 대한 정보는 나 자신이 일 차 수술 후 중환자실을 거쳐 일반 병실로 옮겨질 때 복도에서 내 침대를 밀던 간호사와 인턴으로 보이는 남자가 주고받는 말을 듣고 알게 되었다. 그 말이 수술대에 누워서 절체절명의 순간을 감지하고 있는 환자에게 더없이 용기를 줄 수 있는 말이란 사실을 그 레지던트는 알고 있었던 것이었다.

곧 신경외과 J 교수가 수술실 문을 열고 들어올 것이다. J 교수는 한 치의 망설임도 없이 내 등에 날카로운 칼을 댈 것이란 사실을 나는 알고 있었다. 그 생각을 해서일까. 갑자기 몸이 얼음같이 싸늘해지고 오장이 얼어붙는 듯했다. 별안간 목이 불에 덴 것처럼 뜨거운 느낌이 들었다. 만약 나 자신이 몸을 자유롭게 움직일 수만 있다면 당장 침대에서 일어나 수술실 문을 열고 밖으로 뛰쳐나가 어디론가 먼 곳으로 도망치고 싶은 심정이었다. 그러나 나는 흥분된 감정을 가라앉혀야만 했다. 공포감을 불러오게 하는 수술실보다 도끼로 내리찍는 듯한 등 통증이 더 두려웠기 때문이었다. 나는 공포감에서 벗어나려고 눈을 감은 채 일부러 지난 일을 떠올려보려고 애를 썼다. 하지만 머릿속에서는 아무것도 떠오르지 않은 탓에 눈만 감았다가 떴다가 하고 있었다.

"○○○ 님 잠이 올 때까지 저랑 같이 숫자를 한번 세어볼까요?"

방금 내 귀에 들려온 그 목소리는 일차 수술 직전에도 똑같은 말을 했던 마취과 레지던트의 목소리라고 생각했다. 그러나 눈을 감은 채 숫자는 세지 않고 있었다. 그가 혼자서 하나. 둘. 셋… 숫자를 세는 소리를 귀로만 듣고 있었다.

그는 자신이 세는 숫자가 일곱이 되었을 때 나 자신이 잠이 들었다고 생각했던지 곧 뒤로 한 발 물러났다. 잠시 후 누군가에 의해 수술 마스크가 내 얼굴 위에 씌워지고 있었다. 곧 억센 남자의 팔이 나 자신의 몸을 무슨 물건을 다루듯 번쩍 들어 수술대 위에 거꾸로 엎어놓는 것을 의식이 몽롱한 상태에서도 어렴풋이 느꼈던 것도 같다. J 교수가 예리한 칼로 내 등을 가르려면 그래야만 했을 것이다. 혈액이 돌면서 마취약이 온몸에 퍼지고 있었던지 곧 근육이 무감각해지면서 졸리기 시작했다. 정신이 몽롱한 상태에서도 내 입에서 이런 말이 튀어나왔다.

"제 몸을 살살 다루어 주세요. 제발…."

그러나 누구도 내가 하는 말을 알아듣지 못하는 것 같았다. 꿈속인지 현실인지 구분되지 않은 상태에서 무슨 벨 소리를 듣게 되었다. 잠깐 흐릿하게 눈이 뜨였다. 그 순간 귓가에서 딸가닥거리며 소리를 내던 의료 기구들끼리 부딪히는 소리도 잠깐씩 들리다가 사라졌다가 했던 것 같다. 그때 이후의 기억은 아무것도 떠오르지 않았다.

꿈속처럼 의식이 몽롱한 상태에서도 가슴과 목구멍이 불에 덴 듯한 통증이 느껴졌다. 어떤 물체가 내가 누워있는 침대 난간과 부딪치는 소리, 왁스 칠한 마룻바닥에 삐거덕거리는 구두 소리를 들으며 나 자신이 수술한 사실을 어렴풋이 떠올리며 마취에서 서서히 깨어나는 느낌이었다. 그때까지 꿈과 현실의 세계를 드나들고 있던 내 앞에 검은 테 안경을 낀 J 교수가 나타났다. 곧 그는 만년필 형 회전 전등빛에 드러난 내 눈동자를 살피고 있었다. 잠시 후 내가 누워있는 침대 주위에 빙둘러서 있던 레지던트와 인턴에게 J 교수가 말했다.

"안구가 빨갛게 충혈돼 있고 충혈된 눈에서 계속 눈물이 쏟아지고 있군. 그래도 이 정도면 양호한 편이야."

귀로는 J 교수가 하는 말이 들렸으나 어찌된 일인지 눈도 뜨이지 않았고 말도 할 수가 없었다. 그때 내가 누워있는 침대가 누군가에 의해 복도로 나가는 것을 어렴풋이 느끼고 있었다. 이내 널따란 중환자실 문이 열리고 복도에서 사람들의 웅성대는 소리가 들려왔다. 중환자실 문이 닫히자 외부 세계는 사라져 버렸다. 갑자기 불안이 엄습해왔다. 곧 희미한 조명 사이로 낯선 환경이 펼쳐졌다. 그 순간부터 일상에서 들을 수 있는 사람의 목소리나 발자국 소리를 강렬히 빨아들이는 완벽한 방음장치에 흡수되고 말았다. 오로지 기계 소리나 심전도에서 나는 삐! 하는 소리와 호흡기에서 나는 쉬! 하는 소리만이 중환자실 안에 울려 퍼지고 있을 뿐이었다.

몸을 움직여보려고 했으나 몸이 나무토막 같아서 움직일 수도 없었다. 눈을 떠보려고 했으나 눈꺼풀마저 당겨와 눈이 떠지지 않았다. 눈을 뜨고 싶은 마음에 눈꺼풀에 힘을 실어 다시 한번 시도했다. 눈이 뜨인 순간 흰색 페인트로 칠한 중환자실 벽면이 앞으로 달려드는 것 같은 느낌에 다시 눈을 감아 버렸다. 그때 간호사가 다가와서는 익숙한 손놀림으로 약간 틀어진 링거 줄을 바로 했다. 그러곤 링거에 연결된 투명한 플라스틱 통에 든 링거액이 알맞은 속도로 떨어지게 조절했다.

그때 꿈속처럼 젊은 여자의 청아한 목소리가 들려왔다.

"○○○ 님 눈을 한 번 크게 떠보세요? 여긴 중환자실입니다. ○○○ 님 제 말이 들리면 숨을 한 번 들이마셨다가 천천히 내뱉어보세요."

그러나 나는 숨을 들이마시는 것도 숨을 밖으로 내 뿜는 것도 쉽지 않았다. 그런 느낌을 말로 표현하고 싶었으나 목소리마저도 나오지 않았다. 갑자기 좀 전에 중환자실 문을 열고 들어올 때 엄습했던 불안한 기운이 다시금 되살아나는 듯했다. 이를테면 중환자실이 진공상태에 휩싸인 것처럼 너무도 고요하다는 느낌이 나 자신을 불안의 늪으로 몰아 가는 것만 같았다.

갑자기 귓가에서 여자의 비명이 들려왔다.

"선생님! ○○○ 님의 혈압이 계속 떨어지고 있어요."

그 목소리는 좀 전에 들었던 그 청아한 목소리가 틀림없다고 몽롱한 상태에서도 그렇게 생각하다 어느 순간 또다시 깊은 잠 속으로 빠져들게 되었다. 꿈속 같기도 하고 현실 같기도 한 몽롱한 상태에서 또 한 차례 강의실 풍경과 만나게 되었다.

갑자기 한 남학생이 손을 번쩍 들더니 큰 소리로 물었다.

"교수님은 왜 심리학을 공부하게 되셨는지, 동기 부여가 된 결정적인 계기는 무엇인지…."

"네. 아주 좋은 질문입니다. 대학생 때 우연히 프로이트를 알게 되었어요. 정신분석학의 핵심 개념은, 무의식이란 인간 행동 대부분은 무의식적인 욕망, 특히 성적 욕구(리비도)에 의해 지배된다고 강조했어요. 무의식과 초기 경험의 중요성을 강조함으로써 현대 심리학의 기초를 제공했다는 점에서는 분명 그의 업적은 대단한 것이라고 생각했습니다. 하지만 그의 책을 자주 접하다 보니 어느 순간 과도한 성적 충동 중심 해석이 과학적 검증이 어려운 주관적인 이론의 한계를 느끼게 되었어요."

이번에는 키가 큰 여학생이 말했다.

"그래서 곧 칼 융으로 갈아타셨군요."

"아닙니다. 그때부터 다양한 심리학이 궁금해지기 시작했습니다. 개인이 사회적 존재로서 원만하게 살아가려면 인간을 이해하는 것이 중요하다고 본 알프레드 아들러의 개인 심리학이라든가 또 프로이트의 계승자라고 할 수 있는 자크 라캉이 말하는 현실계, 상상계, 상징계와 거울 단계를 통해 인간의 욕망이 어떻게 발생하는지에 대해서도 조금씩 살펴보게 되었습니다. 그러던 중 칼 융과도 만나게 되었지요. 융 심리학이 동양사상을 단지 문화적 참고 자료가 아닌 인간 정신의 보편성과 통합을 탐구하는 데 있어 통찰의 원천으로 보았던 부분에 개인적으로 감명받게 되었다고 할 수 있습니다.”

그 여학생이 또 물었다.

“프로이트와 융의 차이점에 대해 요약하신다면?”

“융은 프로이트가 주장하는 인간의 무의식에는 억압된 성적 욕구뿐만 아니라 종교적 근원도 있으며 인간의 성적 병인에 의한 결정론적 관점이 아니라 무의식의 자기실현이란 목적론적 관점으로 해명했습니다.”

내 말이 끝나기가 무섭게 그 학생이 또 물었다.

“그렇다면 서양 문화에 익숙한 칼 융이 어떻게 동양사상을 자신의 심리학에⋯.”

“아, 그건 아닙니다. 융 심리학은 동양사상뿐만 아니라 서양의 여러 사상가의 영향도 많이 받게 되었지요. 융은 이미 청년기에는 피타고라스, 헤라클레이토스, 플라톤, 쇼펜하우어 ⋯ 이후에는 프리드리히 니체, 임마누엘 칸트⋯ 두루 영향을 받았던 것으로 알려져 있습니다.”

강의를 마칠 때쯤 갑자기 몸집이 큰 남학생이 질문을 해 왔다. 그 학생은 평소 질문을 잘 하지 않는 편이었는데 뜻밖이었다.

“교수님, 지금처럼 이런 심리학자들이 나타나지 않았던 시대 사람들은 마음을 어떻게 바라봤을까 궁금합니다.”

“아주 훌륭한 질문입니다. 남은 시간이 짧아서 디테일하게 말할 수는 없지만, 소크라테스는 ‘몸의 병은 의사에게, 마음의 병은 철학자에게’란 말을 했습니다. 오늘날로 치면 심리치료사 또는 심리 상담사의 역할이 철학자에게 있다고 주장한 인물도 소크라테스로 알고 있습니다."

그 학생의 눈에서 잠깐 빛이 흐르는 것처럼 보이더니 다시 말을 했다.

"한 가지만 더 여쭙겠습니다. 우리 마음은 뇌에 있습니까? 아니면 우리가 가슴이라고 하는 심장에 있는 겁니까?"

"흥미로운 질문이군요. 고대 그리스에서 중세까지 주로 마음자리를 심장으로 생각했었지요. 그래서 마음을 하트로 표현하기도 했습니다. 중국 역시 심장을 마음의 중심으로 보고 심장을 '마음 심' 자를 사용한 것으로 알려져 있습니다. 자, 오늘은 여기서 끝내기로 합시다."

그날따라 학생들의 박수 소리가 요란했다. 요란한 박수 소리에 눈이 번쩍 뜨인 순간 나는 소스라치게 놀랐다. 혹시 꿈을 꾼 걸까. 꿈을 꾼 게 아니라면 지금까지 나 자신이 무의식에 사로잡혀 있었단 말인가. 왜 하필 이 순간에 또다시 강의실 풍경을 소환하게 된 것일까. 그러나 그 생각은 잠시뿐 곧 기분이 좋아졌다. 기분이 좋아진 이유는 강력한 마취제 주사를 맞고 있는 상태에서도 나 자신의 뇌 활동이 멈추지 않고 있었다는 사실을 증명하는 것이기도 했기 때문이었다.

갑자기 동굴 속에서 흘러나오는 듯한 남자의 목소리가 들려왔다.

"지금 혈압이 얼맙니까?"

"아! 좀 전만 해도 70/50이었는데 지금은 65/55, 65/45 … 어어 계속 떨어지고 있어요."

이상하게도 귀로는 사람들의 목소리가 들려오는 것 같은데 어째서인지 의식은 점점 흐려지는 듯했다. 몽롱한 상태에서도 이대로 죽을 수 있겠다고 생각하게 되었다. 아직도 할 일이 남아 있는데 나 자신이 죽는다는 건 마흔 중반을 살아오면서 단 한 번도 상상해 본 적이 없었다. 그때 남자의 다급한 목소리가 들려왔다.

"○○○ 님 다시 숨을 한 차례 내뿜어보세요."

눈을 감은 상태에서 숨을 들이마셨다가 내뿜기를 몇 차례 했다. 다행히 그 동작은 평소 나 자신이 단전호흡을 해온 덕분에 자연스럽게 할 수 있었던 것 같았다. 그때부터 정신이 조금씩 명료해지기 시작했으나 내 생각을 말로 표현하는 건 쉽지 않았다.

"○○○ 님 잘하고 계세요."

이번에도 그 목소리는 동굴 목소리라고 느끼고 있었다. 그때 모니터에서 나는 단조로운 삐! 하는 소리가 한번 건너뛰었다. 그 소리에 눈을 뜨게 된 순간 동굴 목소리의 눈이 갑자기 매의 눈으로 변하는 것을 보았던 것 같다. 매의 눈으로 변한 동굴 목소리의 굳은 표정을 보게 된 순간 뭔가 일이 잘못되고 있다는 분위기가 느껴졌다.

곧 여자의 청아한 목소리가 한층 더 청아하게 들려왔다.

"선생님! 방금 혈압은 100/70이고 맥박은 60회…."

가만히 생각해 보니 청아한 목소리는 일 차 수술 후에도 들었던 기억이 났다.

"이제 됐습니다."

그렇게 말한 후 동굴 목소리의 주인공이 손으로 자신의 이마에서 번들거리는 땀을 훔칠 정도로 마음의 여유가 생긴 듯 보였다. 이번에는 여동생과 두 딸의 목소리가 차례로 들려왔다.

"언니, 정신이 좀 들어요?"

"엄마! 엄마! 괜찮아."

큰딸이 또 말했다.

"엄마, J 교수님이 수술은 잘 됐다고 했어요. 일 차 수술 때는 아홉 시간 걸렸는데 이번엔 여섯 시간밖에 걸리지 않았어요."

큰딸의 목소리는 맞은편에 누워있는 환자가 들릴 정도로 컸다. 큰딸의 목소리를 듣게 된 순간 별안간 내 안에서 강렬한 설움 덩이가 쓰나미처럼 목 안쪽에서 밀고 올라왔다. 그제야 나 자신이 수술 받게 된 사실을 온전히 깨닫게 되었다. 차츰 정신이 명료해지게 되면서 가장 먼저 의식하게 된 것은 그렇게도 모질게 아팠던 등에서 통증이 느껴지지 않는다는 사실이었다.

"엄마, 괜찮아? 엄마, 어디가 아파? 엄마, 뭐라고 말 좀 해봐 응?"

막내의 간절한 목소리에 가까스로 말이 입 밖으로 나왔다.

"응."

그때 키가 큰 남자가 다가와서 말했다.

"이제 일반 병실로 옮겨갈 겁니다."

일반 병실에는 환자와 간병인, 그리고 문병 온 사람들로 붐볐다. 소독 냄새와 문병 온 사람들이 들고 온 꽃 냄새까지 뒤섞인 가운데 간호사가 주삿바늘과 소독솜이 담긴 스테인리스로 된 트레이를 들고 빠른 발걸음으로 걸어 다녔다.

내 침대는 가운데 쪽이었다. 창 쪽에 누운 환자는 지나치게 야위어 보여서 나이를 가늠하지 못할 정도였다. 그 모습은 깡 마른 들고양이를 연상하게 했다. 다시 보니 그 환자는 링거병 과 연결된 주삿바늘이 꽂힌 팔을 침대 시트에 축 늘어뜨린 채 죽은 듯이 눈을 감고 있었다. 그때 링거병에 들어 있는 약물이 어떤 것인지는 알 수 없지만 노란 수액이 좀처럼 떨어지지 않 고 있었다. 뼈만 앙상한 그녀의 손등을 덮고 있는 피부는 낡을 대로 낡아 있어서 살짝 닿기만 해도 뭉개질 것처럼 보였다. 저 렇게 해서 한 생명의 불씨가 꺼져가는구나, 생각하다 눈길을 거두고 말았다. 그때 두 딸이 같이 다가왔다.

큰딸이 차분한 목소리로 먼저 말을 했다.

"어제 엄마가 수술 받는 동안 우리가 복도에서 초조하게 기 다리고 있었어요. 어느 순간 수술실 문이 열리더니 J 교수님 이 황급히 우리 앞으로 다가와서는 어두운 얼굴을 드러내 보 이며 이렇게 말했어요. '어머니께서 왜 죽어도 좋으니 한 번만 등을 열어 봐달라고 말했는지 이해가 갑니다. 일 차 수술 당시 부러진 등뼈를 고정하느라 지지해 둔 철 핀 네 개가 몽땅 빠져 버렸어요. 게다가 부러진 뼈까지 누렇게 상해있었으니 그렇게 아프다고 하실 수밖에요. 조금만 늦었어도 큰일 날 뻔했습니 다. 지금으로선 수술 예후도 장담은 못 합니다. 최선을 다해보 겠지만 결과는 봐야 할 것 같습니다.' 그렇게 말한 후 J 교수님 이 급히 수술실로 들어갔어요. 몇 시간 후 J 교수님이 또다시 수술실 문을 열고 우리 앞에 나타나서 이렇게 말했어요. '일단 수술은 별다른 문제 없이 잘 마쳤습니다만….' 그때 J 교수가 한 말씀 중에서 '일단'이란 단어엔 여전히 불확실성의 의미가 깔려 있어서 마음이 불안할 수밖에 없었는데 수술이 잘 됐다고 하니 이제야 마음이 놓이네요."

"너희들이 고생 많았다."

하고 내가 말했을 때 큰애와 막내가 합창하듯 말했다.

"엄마가 고생했지요. 그것도 두 번씩이나…."

내일 다시 오겠다는 말을 남기고 두 딸이 돌아갔다. 두 딸이 병실을 나가자마자 눈꺼풀이 감겨와 눈을 감고 있는데 갑자기 서늘한 공기가 병실을 채우는 듯했다. 그때 흰 가운을 입은 의사 서넛이 한꺼번에 병실에 들어오더니 그 침대 주위를 병풍처럼 둘러서 있었다. 그들의 표정은 하나같이 환자의 숨소리에 귀를 기울이는 듯 보였다. 잠시 눈을 감았다가 다시 떴을 때는 이미 침대 위에는 하얀 시트가 덮여 있었고 흰 가운 입은 의사들의 모습도 보이지 않았다. 곧 마스크를 쓴 남자 둘이 나타나서는 그 침대를 밀고 밖으로 나갔다.

이튿날 아침 일찍 J 교수가 밝은 얼굴을 하고 병실에 찾아와서 말했다.

"어제 수술은 잘 끝났습니다. 자녀분들한테서 들으셨겠지만 조금만 늦었더라면 위험할 뻔했어요."

"네. 아이들한테 들었습니다. 감사드립니다."

"이제부터는 뼈에 염증을 일으킨 세균을 배양해 그것이 무슨 세균인지 확인한 후, 그에 합당한 약을 쓰게 될 겁니다. 세균을 배양하는 데는 십여 일 이상 걸릴 겁니다. 현재 골다공증이 심한 상태긴 하지만 치료 약을 언제부터 처방할지는 세균

배양 결과를 보고 나서 결정하게 될 것입니다.”

그렇게 말하고 병실을 나가려던 J 교수가 돌아서더니 일 차 수술 후, 했던 말과 똑같은 말을 했다.

“그런데 아무리 생각해도 이해가 가지 않습니다. 교통사고를 당한 것도, 낙상한 것도, 괴한한테 공격을 당한 것도 아닌데 어떻게 다친 부위가 흉추 4번… 완전 수수께끼입니다.”

나 역시 이해가 가지 않았다. J 교수가 돌아간 후 곰곰이 생각해 보았다. 어째서 흉추 4번에 골절을 입게 되었는지에 대해. 그러나 그것은 J 교수의 말대로 난해한 수수께끼 같았다. 기필코 이 수수께끼를 풀고야 말겠다고 속으로 다짐했다.

오후에도 J 교수가 병실에 찾아왔다. 그는 나와 눈이 마주치자마자 일 차 수술 후에 했던 질문과 똑같은 질문을 했다.

“자, 내가 발가락을 만져 볼 테니 몇째 발가락인지 말씀해 보세요.”

내가 고개를 들어 발을 보려 하자 J 교수가 그냥 편안히 눈을 감고 느껴지는 감각만 말해보라고 했다.

“자, 이건?”

“엄지발가락인 것도 같고.”

“이건?”

“가운데 발가락 아닌가요?”

“이건?”

“새끼발가락 같기도 하고. 확실치는 않아요. 근데 새끼발가락 같다는 느낌은 들어요.”

J 교수가 미소 띤 얼굴을 하고 말했다.

“네. 다행히 신경이 어느 정도 살아있는 것 같습니다. 열심히 재활하시면 수술 이전의 몸 같지는 않더라도 어느 정도 보행이 가능할 것으로 보입니다.”

J 교수로부터 그 말을 듣게 된 순간 그제야 안도의 숨을 내쉬게 되었다. 곧 낮은 목소리로 내가 말했다.

“교수님, 불완전 마비와 완전마비의 차이가 어떻게 다른 건지 정확히 알고 싶습니다.”

“완전 척수 손상은 척수가 완전 횡 절단된 상태를 말합니다. 손상된 척수 이하의 모든 척수 기능을 잃고 운동 및 감각 능력까지 상실한 상태라서 예후가 나쁩니다. 반면에 불완전 척수 손상은 척수 손상 이하의 일부 감각이나 운동 기능이 어느 정도 보존된 상태를 말합니다.”

“그렇다면 현재 저는 후자에 속한다고 이해하면 되나요?”

“네. 그렇게 이해하시면 됩니다.”

“그런데 왜 하반신이 이토록 무겁고 감각이 없지요?”

“수술한 지 얼마 되지 않아서 그렇게 느껴질 수 있습니다. 차츰 감각이 돌아오게 될 겁니다.”

J 교수가 병실에서 나갔을 때 나는 고개를 들어 처음으로 내 발을 바라보게 되었다. 양쪽 발이 삼십 센티 정도 벌어진 상태에서 꼼짝도 하지 않았다. 그날 이후부터 매번 아침에 눈을 뜬 순간 제일 먼저 머리에 떠오르는 생각은, 언제쯤 발이 움직일 수 있을까? 하는 것이었다.

그때 신 여사가 핸들을 돌려 침대를 일으켜 세우고 나서 물컵을 내밀며 말했다.

"물 좀 드세요. 입술이 바짝 말라 있어요."

나는 단숨에 물 한 컵을 다 마셨다. 빈 물컵을 받아들며 신 여사가 또 말했다.

"아이고 수술 받느라 얼마나 힘들었으면 입술이 죄다 벗겨졌네. 쯔쯔쯔. 하긴 마취 상태에서 환자가 못 느껴서 그렇지 생살을 갈랐으니…."

일반 병실로 옮겨온 지 일주일이 되었다. 몸에서도 머리에서도 소독약 냄새와 땀 냄새가 맡아졌다.

"오늘은 제가 무슨 수를 써서라도 목욕을 시켜드릴게요."

신 여사가 그렇게 말했을 때 어리둥절한 표정을 하고 내가 말했다.

"무슨 수라도 있으신가요?"

"조금 기다려 보세요. 호호호."

잠시 후 신 여사가 김이 무럭무럭 나는 물을 들통 가득 들고 왔다. 몸을 자유롭게 움직이지 못하는 나를 어떻게 목욕을 시켜주겠다고 하는 건지 알 수 없었다.

신 여사가 말했다.

"지금부터 침상 목욕을 시켜드릴 겁니다."

잠시 후 신 여사가 조심스럽게 내 몸을 옆으로 눕게 했다. 그러곤 시트 위에 널따란 비닐을 깔았다. 그 비닐을 침대 모서리마다 고무줄로 꽁꽁 묶었다. 그런 다음 따듯한 물로 머리부터 발끝까지 닦아주었다. 목욕이 끝난 후 침대 모서리에 묶어 놓은 고무줄 하나를 풀어 흘러내린 물을 들통에 받아냈다. 신 여사가 중환자에게 침상 목욕을 시키는 솜씨는 아무나 흉내 낼 수 없는 프로만이 가능한 것으로 보였다. 신 여사의 진심 어린 손길은 어머니의 손길 같다는 생각이 들 정도로 푸근하게 느껴졌다.

환의를 입혀 주고 나서 신 여사가 손거울을 건네주며 말했다.

"수술 후 한 번도 거울을 보지 못했잖아요? 자, 한번 봐 보세요."

"네. 감사합니다."

거울 속에 비치는 얼굴은 말끔해 보이긴 했으나 창백해 보였고 눈은 더 커져 있었고 수술하기 전보다 훨씬 짙은 빛으로 변해 있었다. 살이 빠져서 그런지 얼굴 윤곽은 더 섬세하고 날카로워 보이기까지 했다.

'하긴 대수술이란 큰 산을 두 차례나 넘었으니 얼굴이 창백하지 않으면 그게 더 이상한 거지.' 하고 거울을 들여다보며 혼자 중얼거렸다.

그때 환하게 웃는 얼굴을 하고 신 여사가 말했다.

"얼른 회복하셔서 밖에 나가서 산책도 하고 그러셔야지요."

신 여사에게 있어 간병은 천직이란 생각이 들었다. 그런 신 여사의 모습 위로 잠깐 일 차 수술 후 일반 병실로 옮기고 나서 처음 만나게 되었던 간병인 김 여사의 얼굴이 겹쳐졌다.

사 개월 전이었다.

처음 김 여사와 얼굴을 마주한 순간 김 여사가 "실례합니다." 하고 말했을 때 억양이 강하면서도 당당하기 이를 데 없는 목소리를 듣게 된 순간 남자의 목소리로 착각할 정도였다.

한 번 들으면 절대 잊을 수 없는 독특한 목소리였다. 난생처음 척수 수술이란 큰 강을 아홉 시간에 걸쳐 건너서인지 그날 밤 나는 잠이 오지 않았다. 낯선 공간에서 낯선 간병인과 함께해야 한다는 현실이 부담으로 다가온 것도 사실이었다. 자정이 넘은 시각 환자 모두 잠이 든 상태여서 병실은 적막하리만치 조용했다. 하지만 나만 눈이 말똥말똥한 상태였다. 그때였다. 한 여자가 남편으로 보이는 남자의 손에 이끌려 병실로 들어오면서 비명을 질러댔다.

"여보! 날 죽여 줘! 빨리 죽여 줘요!"

그 소리에 놀란 병실 사람 모두가 잠이 깼다. 여자의 비명을 듣게 되자 어찌나 마음이 아프던지 불과 하루 전에 나 자신이 수술 받은 몸이란 사실도 까맣게 잊은 채 나도 모르게 입에서 이런 기도가 술술 나오고 있었다.

"하느님! 부처님! 이 세상에 존재하는 모든 위대한 신이시여! 저토록 비명을 내지르는 저 여인에게 어서 통증을 멈추게 해주소서!"

그때 간호사가 들어와서 말했다.

"이제 더 이상 강한 진통제는 없습니다."

간호사가 병실을 나간 후 서서히 환자의 비명이 잦아들기 시작했다. 잠시 후 환자 남편이 병실 사람에게 허리를 굽혀 정중히 사과했다. 그러면서 원인을 알 수 없는 통증에 시달리는 자신의 아내를 생각해 일 년 전부터 지방에서 서울 H 대학 부속병원 근처에다 거처까지 마련하게 되었다는 말도 덧붙였다. 그때 병실 사람들은 숨을 죽이고 그가 하는 말을 듣고 있었다.

한동안 병실은 산속처럼 깊은 정적에 잠겨 있었다. 그러나 그 정적은 오래가지 않았다. 그 정적을 깨뜨린 것은 간병인 김 여사의 앓는 소리였다. 김 여사의 앓는 소리를 듣게 된 병실 사람들이 김 여사를 가리켜, "간병을 받아야 할 사람이 간병 하러 왔구먼. 쯔쯔쯔." 하며 수군거리곤 했다. 수군거리는 소리에 김 여사도 잠이 깬 듯 보였다. 김 여사를 쳐다보며 내가 물었다.

"여사님은 어디가 그렇게 편찮으세요?"

"지금 무슨 소리를 하는 거요? 난 아픈 데 없어요."

"주무시면서 앓는 소리를 하시기에⋯."

"내가 언제 앓는 소리를 했다고 그래요? 근데 이 환자가 생 사람 잡네."

그렇게 말한 후 김 여사는 찬바람을 일으키며 말도 없이 밖으로 나가 버렸다. 이튿날 아침이 밝아왔을 때였다. 김 여사와 눈이 마주친 순간 내가 몸을 닦고 싶다고 말했다. 나를 쳐다보며 김 여사가 목소리를 높여 말했다. 정확히 말하면 목소리를 일부러 높였다기보다는 본래 김 여사의 목소리가 컸다.

"내가 외과 수술 환자를 많이 봐서 잘 아는데요. 가능하면 막 수술한 환자는 몸을 많이 움직이지 않는 게 좋아요. 그냥 이 물티슈로 대충 닦읍시다."

"아, 네."

김 여사가 물티슈로 내 얼굴을 닦기 시작했다. 순간 변 냄새가 코를 자극해 온 탓에 깜짝 놀라게 되었다. 한 손으로 코를 막으며 내가 말했다.

"잠깐만요. 여사님, 왜 물티슈에서 변 냄새가 나지요?"

"젠장 예민하기까지…."

김 여사가 혼잣말처럼 중얼거렸으나 그 말은 내 귓속에 송곳처럼 들어와 박혔다. 동시에 어젯밤 내가 기저귀에 변을 보았을 때 김 여사가 티슈로 내 엉덩이를 닦았던 기억이 떠올랐다. 엉덩이를 닦은 티슈를 밤새 침대 구석에 방치했다가 방금 그 티슈로 내 얼굴을 닦은 것이었다. 간병인이 환자에게 이렇게도 할 수 있구나! 생각하니 전신에 소름이 돋아났다. 그날 오후 김 여사가 빨래를 꺼내려다가 옆구리를 세탁기에 부딪게 되면서 갈비뼈가 부러져 수술실로 실려 갔다고 하는 말을 간호사로부터 전해 듣게 되었다.

사 개월 전에 김 여사와 겪었던 일을 생각하니 지금의 신 여사를 만나게 된 건 행운이란 생각까지 하게 되었다. 늘 웃는 얼굴을 하고 환자를 대하는 신 여사는 인상도 부드러울 뿐만 아니라 목소리까지도 여성스러웠다. 혹시라도 자신이 한 말이나 행동이 환자에게 마음의 상처가 되지 않을까 해서 여간 조심하는 것이 아니었다.

그날 오후 간호사가 들어와서 말했다.

"환자분 잠시 소변 줄을 빼 보겠습니다. 혹시 소변이 자연으로 나오게 될지 모르니까 여사님이 잘 지켜봐 주세요."

그때까지도 나 자신이 '환자'란 호칭으로 불리는 게 비현실적으로 느껴졌다. 그래서일까? 어느 땐 나 자신이 환자 역할을 하는 배우처럼 느껴졌다. 게다가 나한테 환자란 배역이 마음에 들지 않는다는 생각까지 하게 되었다. 환자 역이 아니면 어떤 역할이 좋을까? 두 다리로 활기차게 걸어 다니는 역할이라면 어떤 것도 마다하지 않을 것 같았다. 소변 줄을 빼고 나서 오 분 정도 지났을 때였다. 갑자기 신 여사가 훌쩍거리며 울고 있는 것이었다. 왜 우느냐고 묻자 신 여사가 울먹이며 말했다.

"방금 ○○○ 님께서 소변을 보셨어요. 그것도 자연으로요."

정작 당사자인 나는 담담했다. 좀 전에 간호사가 소변 줄을 빼고 소변이 나오는지 좀 기다려 보자고 말한 순간 이미 나 자신의 방광이 소변을 내보낼 준비를 하고 있었기 때문이었다.

"어머나 세상에! 양도 꽤 돼요. 하하하."

그렇게 말하며 훌쩍거리던 신 여사가 갑자기 환하게 웃는 얼굴을 하고 박수까지 쳤다. 그 모습을 보게 된 옆 간병인들까지 덩달아 박수를 치는 것이었다. 갑자기 신 여사가 손등으로 눈물을 훔치며 밖으로 달려가더니 간호사를 데려왔다. 그때 병실에 들어온 간호사 역시 환하게 웃는 얼굴을 드러내 보이며 말했다.

"축하합니다. 환자에 따라 평생 소변 줄을 끼고 살아가는 사람도 있답니다. 그런 환자에 비하면 축하받을 만한 일이지요."

불현듯 머릿속에서 나 자신이 일 차 수술을 받았던 때가 떠올랐다. 당시 나는 재수술 때까지 약 사 개월 동안 소변 줄을 끼고 지내야 했다. 그때를 생각하면 사람들이 박수 칠만 한 일이긴 했다.

수술한 지 열흘째.

아침에 눈을 뜬 순간 갑자기 왼쪽 발에서 어떤 감각이 느껴졌다. 처음에는 침대 시트가 구겨져 있었나 싶었다. 그런데 그게 아니었다. 감각은 아주 미세했다. 꿈속처럼 희미한 어떤 느낌. 나는 그것을 가리켜 미세한 어떤 '신호'라고 생각했다. 다만 그 신호는 나 자신 말고는 아무도 알아차리지 못할 뿐이었다. 손으로 왼발을 어루만지며 내가 말했다. '발아, 고마워, 정말 고마워, 힘내!'

저녁을 먹고 나서 병실 사람들 모두 텔레비전에 눈을 주고 있었지만 내 눈은 오로지 발에 가 있었다. 잠시 후 나도 모르게 혼잣말을 했다. '넌 땅을 딛고 우뚝 서고 싶지 않니? 언제쯤 땅을 디딜 거니?' 그러나 내 발은 아무런 반응이 없었다. 잠시 후 나는 내 눈을 의심했다. 갑자기 왼쪽 발가락이 한 차례 움찔하더니 나중에는 발목까지 까딱하는 것이었다. 내가 착각한 걸까, 다시 눈을 왼발에 주고 있었다. 왼쪽 발이 또 한 차례 움직이는 듯했다. 아니다. 움직이는 듯한 것이 아니고 확실히 움직였다. 나는 방금 나 자신이 꿈을 꾼 게 아닐까? 혹은 환시나 착시가 아닐까? 해서 발을 꼬집어도 보았다. 아팠다. 아픔을 느낀다는 것은 신경이 살아있다는 증거일 것이다. 나도 모르게 혼잣말을 했다.

'이건 분명 기록해 둘 만한 현상이야.'

손을 얼른 침대 밑으로 넣어 손바닥만 한 수첩을 꺼냈다. 그리고 푸른색 볼펜으로 수첩에다 이렇게 적었다.

'오늘 처음으로 왼발이 한 차례 움직였음.' 수첩에 적어 놓고 보니 더욱 실감이 났다. 앞으로도 발이든 발가락이든 미세한 움직임이라도 느껴지면 기록해 둘 필요가 있다고 생각했다.

모두가 잠이 든 병실은 어둠이 덮고 있었다. 그때 내 발이 또 한 차례 움직였다. 어둠 속에서 나는 또 한 차례 손으로 발을 꼬집어보았다. 역시 아팠다. 아픔을 느낀다는 것은 분명 감각신경이 살아있다는 증거라고 생각하게 되었다. 그 순간 너무도 기쁜 나머지 비상등만 켜져 있어서 시야가 흐릿한 데도 또 한 차례 수첩에 이렇게 적었다.

'밤에도 한 차례 발이 움직였음. 그리고 꼬집었더니 아팠음. 진짜 아팠음.'

수첩을 덮고 났을 때 눈물이 뺨을 적셔왔지만 나는 소리 내 울지는 않았다. 소리 없이 속으로만 통곡했다. 소리 없는 통곡이 오히려 나 자신의 아픈 상처를 안으로 헤집어놓는 일에 다름 아니었다. 다행히 어둠은 내가 흘리는 눈물을 다른 사람들이 볼 수 없게 했다.

이 차 수술을 받고 나서 한 달째.

그날 아침 우연히 나 자신의 다리를 보게 된 순간 나는 내 눈을 의심했다. 헛것을 본 것 같았기 때문이었다. 방금 내가 본 다리는 사람의 다리가 아니었다. 뼈에 가죽만 입혀 놓은 듯한 다리를 보게 된 순간 새 다리를 연상케 했다. 어떻게 산 사람의 다리가 이토록 가늘어질 수 있을까? 나도 모르게 눈물이 볼을 타고 흘러내리고 있었다.

때마침 병실에 나타난 간호사가 눈물을 흘리고 있는 내 모습을 보고 물었다.

"왜 어디가 불편하신가요?"

잠시 후 억지로 눈물을 삼키고 나서 내가 말했다.

"불편한 데가 있는 건 아니고 방금 수술한 후 처음으로 다리를 보게 되었는데….”

간호사가 웃는 얼굴을 하고 말했다.

“맞습니다. 누구든지 수술 후 계속 누워서 지내다가 보면 다리 근육이 빠지게 돼 있습니다. 그렇지만 회복한 후 땅을 밟고 걷게 되면 또다시 근육이 살아나게 됩니다. 너무 걱정하지 않아도 됩니다.”

간호사가 병실을 나가고 났을 때였다. 있는 힘을 다해 발을 들어보려고 했지만 발은 말을 듣지 않았다. 한참 동안 발을 바라보다 나도 모르게 혼자 중얼거렸다.

‘넌 어서 땅을 밟고 싶지 않니?’

그러나 오늘도 내 발은 침묵으로 대답할 뿐이었다.

이튿날은 아침 일찍 J 교수가 찾아와서 물었다.

“혹시 과거 결핵을 앓은 적이 있었나요?”

“네. 이십 대 초반에 잠깐.”

“어느 부위에….”

“경부 림프샘 쪽에 벌써 이십 년도 훌쩍 넘었는걸요.”

고개를 끄덕여 보이며 J 교수가 또 말했다.

“네. 그럴 수 있습니다.”

“그렇다면 지금 제가 결핵….”

“네. 결핵균이 하필이면 흉추 4번에… 현재 ○○○ 님이 골다공증이 심한 상태긴 하지만 당장 치료약은 쓸 수가 없습니다.”

“왜 그래야 하지요?”

“골다공증 치료보다 결핵 치료부터 해야 합니다. 골다공증 치료제는 지금부터 일 년 간 결핵약을 복용한 후에 검사 결과를 보고 나서 결정할 겁니다.”

참으로 믿어지지 않았다. 이십 대 초반 잠깐 경부 쪽에 앓게 되었던 결핵균이 그것도 하필이면 부러진 척추에 달라붙어 말썽을 일으켰다는 사실이 놀라울 뿐이었다. 그보다 나를 불안하게 만든 건 검사 결과 폐에 물이 차 있다고 하는 말이었다.

그날 오후 한 남자가 찾아와서 내 오른쪽 옆구리에 작은 구멍을 뚫고 가느다란 고무호스를 끼웠다. 그러곤 하룻밤 동안 폐에 차 있는 물을 빼야 한다고 말했다. 놀란 눈을 하고 내가 물었다.

“선생님 폐에 물이 많이 찼나요?”

“아닙니다. 아주 조금요. 하루 정도 지나면 괜찮아질 겁니다.”

“뚫린 자리가 큰가 보죠? 이상해요. 옆구리에서 바람이 빠지는 듯한 느낌이 들어요.”

“호수를 끼워뒀으니 곧 괜찮아질 겁니다.”

다음 날 다시 찾아온 남자가 내 옆구리에 박혀있던 호수를 뺐다. 다행히 폐에서 빠져나온 물은 한 스푼도 채 되지 않았다. 나 자신이 수술 당시 피를 많이 흘린 탓에 오십 킬로그램이던 체중이 수술 후 사십오 킬로그램까지 줄었다. 갑자기 체중이 많이 줄어서 그런지 잠도 오지 않았고 눈뜨기조차도 버거웠다.

어느 날 아침 J 교수가 어두운 얼굴을 하고 나타났다.

“대부분의 외과 환자는 수술 중 혈액이 모자랄 경우를 대비해 미리 혈액형 검사를 해놓습니다. ○○○ 님도 수술 당시 피를 많이 흘린 편이었어요. 그래서 수혈도 할 만큼 했지만 체중이 많이 빠진 탓에 약을 쓰기도 쉽지 않아요. 그래서 말인데 뭘 좀 잘 챙겨 드시도록 하세요.”

며칠 후 큰딸이 곰탕이라며 포장된 용기를 들고 왔다. 탕은 국물이 구수할 뿐만 아니라 살코기 역시 담백하면서도 쫄깃한 식감이 좋아 모처럼 밥 한 공기를 다 비웠다. 곰탕 맛이 좋다고 말했더니 큰딸이 몇 차례 더 사 왔다. 곰탕 덕분인지는 몰라도 불과 보름 사이에 체중이 이 킬로그램이나 늘어났다.

어느 날 병실에 들른 큰애가 웃는 얼굴을 하고 말했다.

“엄마가 맛있다고 한 그 곰탕은 소 곰탕이 아니고 멍 곰탕이었어요. 멍 곰탕. 호호호.”

“뭐라고? 멍 곰탕? 그게 무슨 탕인데?”

“아이고 울 엄마도 순진하시긴. 보신탕요. 보신탕! 호호호.”

알고 보니 수술 후 체중이 줄어든 내게 멍 곰탕을 소 곰탕이라 속이고 먹게 한 사람은 J 교수였다고 큰딸이 말해주었다. J 교수가 내게 보신탕을 먹게 하라고 했다는 사실이 놀라워 내가 또 물었다.

“왜 J 교수가 하필이면 보신탕을….”

“나도 처음엔 놀라서 J 교수님께 물었어요. 왜 하필이면 보신탕을… 그랬더니 J 교수님께서 이렇게 말했어요. ‘식용 동물 중 사람과 가장 조직이 비슷한 동물이 바로 개입니다. 다른 고기에 비해 흡수가 빨라서 수술 후 몸이 허약해진 환자에게 다른 어떤 육류보다도 보신탕이 도움이 되는 건 확실합니다.’라고 하시더라고요.” 나는 J 교수의 말에 동의하지는 않았지만 그렇다고 부정하지도 않았다. 내 몸이 보신탕을 먹고 나서 급

격히 빠졌던 체중도 증가하고 기력도 회복된 건 부인할 수 없는 사실이었기 때문이었다.

수술한 지 한 달 만에 한 청년이 나를 찾아와서 재활시간표를 건네고 돌아갔다. 시간표에 맞춰 휠체어를 타고 지하 일 층에 있는 재활치료실로 가게 되었다. H 대학 부속병원에서 실시하는 재활 치료란 대단한 게 아니었다. 내 몸을 경사 침대에 눕게 한 후 끈으로 묶은 상태에서 그 침대를 벽면에다 세워놓는 것이었다. 그러면 내 몸이 저절로 서 있는 동작을 취할 수 있게 되었다. 서 있는 상태에서 창밖을 바라보게 되었다. 한 달 반 만에 보게 된 바깥세상은 한 번도 보지 못했던 낯선 세상처럼 느껴졌다. 멀리는 자동차들이 달리고 있는 모습이며 인도에서는 활기차게 걸어가는 사람들의 모습이 눈에 들어왔다. 사실상 창밖의 세상과 재활치료실 간의 물리적 거리는 그리 멀지 않았다. 하지만 나 자신이 느끼는 심리적 거리는 한없이 멀게만 느껴졌다.

이튿날도 같은 장소에서 경사 침대 앞에서 차례를 기다리고 있었다. 그때 목에 깁스한 중년 남자를 휠체어에 태우고 나타난 한 아주머니가 다가와서 나직한 목소리로 말했다.

"저희 남편은 현직 은행 지점장인데 얼마 전 자전거 동우회에서 주관하는 자전거 대회에 출전했다가 넘어져 목뼈가 부러졌어요. 지금 저의 남편은 손도 쓰지 못해서 제가 밥도 떠먹여주고 양치도 시켜줘야 해요."

그 말을 듣게 되는 순간 그래도 나 자신은 손으로 밥도 먹고 양치도 할 수 있으니 얼마나 감사한 일인가 싶었다.

수술한 지 두 달째.

아침 일찍 J 교수가 병실에 와서 말했다.

"벌써 입원한 지 두 달이 되었습니다. 빨리 K 재활병원으로 돌아가셔서 열심히 재활치료를 받으시기 바랍니다."

그렇게 말한 후 J 교수는 미소 띤 얼굴을 하고 한 손을 번쩍 들어 보이며 병실을 나갔다.

금요일 오후 H 대학 부속병원에서 퇴원 수속을 끝내고 동생 남편이 운전하는 차를 타고 밖으로 나왔다. 동생과 두 딸이 탄 차가 뒤를 따랐다. 그때 또다시 K 재활병원으로 돌아가야 한다고 생각하는 순간 불현듯 머릿속에서 정말이지 죽을 때까지 생각하고 싶지 않은 기억이 되살아났다.

석 달 전, 그러니까 지난해 시월 이십구일 치료실에 갔을 때였다. 그날 매트에 누워있는 내 몸을 열심히 치료하던 G 치료사가 어느 순간 난처한 표정을 지어 보이며 말했다.

"○○○ 님 내일 이 시간엔 제가 개인적인 볼 일이 좀 있어서 양해를 좀 구하려고 합니다."

"네. 선생님 말씀하세요."

"오 층 여성 치료사에게 한 타임만 치료를 받으시면 안 되겠습니까?"

"네. 선생님께서 편하실 대로 하세요."

"그 치료사는 성격도 활달하고 성실한 사람이니 잘해줄 겁니다. ○○○ 님 이해해 주셔서 고맙습니다."

"한 타임밖에 아닌데요. 뭐."

다음 날 아침 치료실에 갔을 때 한 젊은 여성이 다가와서는 걸걸한 목소리로 말했다.

"안녕하세요. G 치료사님 대신에 오 층에서 온 치료사입니다."

잠시 후 그 치료사가 내 양쪽 어깨를 잡고 나를 안쪽으로 질질 끌다 그만 상체를 놓치고 말았다. 그 순간 쿵! 하는 둔탁한 소리를 내며 내 등이 매트에 떨어졌다. 순간 놀라긴 했지만 어디가 아프다는 느낌은 없었다. 그런데도 그 치료사는 아무렇지도 않은 표정을 지어 보이며 거칠게 내 다리를 들어 자신의 어깨 위에 올려놓고 손으로 다리 근육을 늘리는 동작을 취했다. 왠지 마음이 불안한 나는 빨리 종료 벨이 울리기만을 기다렸다. 마침내 종료 벨이 울리고 있었다. 그러자 치료사는 누워 있는 나를 일으켜주지도 않은 채 유유히 문 쪽으로 사라졌다.

이튿날 아침 화장실에 다녀와서 신 여사의 도움으로 침대에 올라가 눕는 순간 별안간 오른쪽 엄지발가락이 수백, 아니 수천수만 볼트 전류에 감전된 듯 찌릿해 왔다. 찌릿한 그 느낌은 불과 이삼 초 정도 지나자 감촉같이 사라졌다. 그 순간 나는 직감하게 되었다. 하반신이 완전마비 상태가 되고 말았다는 사실을. 당황한 나머지 떨리는 목소리로 신 여사를 불렀다.

"여사님! 어딨어요?"

신 여사가 놀란 눈을 하고 달려왔다.

"지금 제 하반신이 완전마비가 된 것 같아요."

내 말이 끝나자 한심하다는 듯한 표정을 지어 보이며 신 여사가 말했다.

"아유! 무슨 헛소리를 하시는 겁니까? 완전마비라뇨? 보기보다 참 예민하시네요. 쯔쯔쯔."

"신 여사님, 제 몸은 제가 더 잘 알지 않겠어요. 갑자기 하반신이 나무토막처럼 돼 버렸다구요. 이것 보세요. 이렇게 꼬집어도 아무 감각도 느끼지 못하잖아요. 원장님께서 회진 오시면 말씀 좀 해주세요."

"네. 뭐 그러죠."

잠시 후, 원장이 평소처럼 환한 얼굴을 하고 다가와서 말했다.

"어때요? 잘 주무셨습니까?"

떨리는 목소리로 내가 말했다.

"원장님, 아무래도 제 몸이 완전마비가 된 것 같아요. 원인은 어제 G 치료사가 개인적인 일이 있어서 그 시간에 오 층 여성 치료사가 내려와서 치료하던 중…."

그러나 원장은 내가 하는 말은 끝까지 듣지 않았다. 그러면서 내가 한 말이 어이가 없다는 듯 얼굴에 엷은 비웃음까지 머금은 채 말했다.

"우리 몸은 이유 없이 마비가 오진 않아요. ○○○ 님이 예민해 보이긴 해도 참, 지나치게 예민하시군요. 허허허. 마음을 편하게 잡수세요."

애원하듯 내가 또 말했다.

"원장님, 제 몸은 제가 잘 알지 않겠습니까? 완전마비가 맞다니까요. 원장님, 제 말에 귀를 기울여 주세요. 인지가 멀쩡한 제가 왜 엉뚱한 말을 하겠습니까?"

"그건 논리적으로 납득하기 어렵습니다. 푹 쉬세요, 쉬고 나면 좋아질 것입니다. 허허허."

　그렇게 말한 후, 원장은 등을 돌려 병실을 나가버렸다. 그때까지 그 광경을 지켜본 병실 사람들이 한꺼번에 깔깔대며 웃기 시작했다. 그 웃음소리는 나 자신이 너무 예민한 사람이라고 방금 원장이 한 말에 동의하는 비웃음처럼 들렸다. 누구도 내가 하는 말을 믿지 않았다. 그러나 나는 불완전 마비 상태이던 하반신이 완전마비가 되고 말았다는 사실을 확연히 느낄 수 있었다. 원인은 어제 오 층에서 내려온 여성 치료사가 내 어깨를 잡고 치료 매트 안쪽으로 질질 끌고 가다 갑자기 쿵! 하는 소리가 나도록 바닥에 내 상체를 떨어뜨렸기 때문이라고 나는 확신했다. 하반신이 완전마비가 된 상태로 어떻게 살아가야 한단 말인가? 갑자기 불안감이 성난 사자처럼 왈칵 덤벼드는 느낌이었다. 사자처럼 밀고 오는 불안감을 떨쳐버리려고 나는 일부러 속으로 외쳤다.

　'아닐 거야. 내 몸이 완전마비란 건 나 자신이 만들어낸 상상일 뿐이야.'

　또다시 내 입에서 이런 말이 파편처럼 튀어 나왔다.

　"그래, 지금 내 앞에 벌어진 믿지 못할 이 상황은 현실이 아니고 나 자신이 만들어 낸 상상이 맞아."

　어느새 환자들이 치료실로 가려고 하나둘씩 병실을 빠져나가고 있었다. 하지만 하반신이 완전마비 상태가 돼 버린 몸으로 치료실에 가봐야 아무런 의미가 없을 게 뻔했다. 그렇더라도 혼자 병실에 남아서 멍하니 천장만 바라보고 있을 수도 없었다. 하는 수 없이 예정된 시간에 맞춰 휠체어를 타고 치료실로 향하게 되었다.

　나와 눈이 마주친 순간 이미 사고 소식을 전해 듣게 된 G 치료사의 얼굴이 굳어져 있었다. 나는 아무 말도 하지 않았다. G 치료사 역시 말없이 떨리는 듯한 손으로 휠체어에 앉아 있는 나를 안아 매트에 올려놓았다. 그때부터 G 치료사가 내 다리 근육을 늘려보려 했지만 이미 완전마비가 돼 버린 내 다리는 아무런 반응도 보이지 않았다. 잠시 후 G 치료사가 자신의 이마에서 흘러내린 땀을 손등으로 닦고 나서 떨리는 듯한 목소리로 말했다.

　"죄송합니다. 어제 제가 오 층 치료사를 부르지 말았어야…"

　나는 아무 말도 하지 않았다. 아니 어떤 말도 할 필요가 없었다. 이미 엎질러진 물이 돼 버린 상태에서 무슨 말이 필요하겠는가. 삼십 분 치료 시간이 삼백 분 아니 삼천 분처럼 느껴졌다. 종료 벨이 울림과 동시에 나는 말없이 눈물만 뚝뚝 흘리다가 신 여사가 밀어주는 휠체어를 타고 병실로 돌아올 수밖에 없었다.

　하루이틀이 지나도 하반신 완전마비 상태는 여전히 지속되었고 원장의 얼굴도 어두워지고 있었다. 참 이상한 일이었다. 하반신이 완전마비 상태인데도 나는 아무런 감정을 느끼지 못했다. 머리만 육중한 무엇에 부딪힌 것처럼 멍할 뿐, 슬프다거나 불안하다거나 억울하다는 생각도 없었다.

　다음 날 아침이 되었다. 치료 시간이 다가왔지만 더 이상 물리치료실엔 가고 싶은 생각조차 없을 뿐만 아니라 G 치료사와 얼굴을 마주하는 것조차도 싫었다. 그렇다고 하더라도 나 자신이 K 재활병원에 머무는 한 일정에 따라 움직일 수밖에 없었다. 하는 수 없이 처음으로 물리치료실이 아닌 작업치료실을 찾아가게 되었다. 입원 당시 담당 의사가 양손을 자유자재로 사용하는 내겐 작업치료 대신 물리치료를 한 차례 더 받는 것이 좋을 것 같다고 말했기 때문에 작업치료실은 한 번도 간 적이 없었다.

물리치료실과는 달리 작업치료실은 분위기부터 달랐다. 물리치료실은 환자 대부분이 매트 위에 누운 상태에서 치료가 이루어지는 것과는 달리 작업치료실 환자 대부분은 앉아 있는 상태에서 치료를 받고 있었다. 그럴 수밖에 없는 것이 한 손을 잘 사용하지 못하는 뇌졸중 환자가 많았기 때문이었다. 작업치료사를 쳐다보며 내가 물었다.

"선생님, 작업치료란 어디를 치료하는 건가요?"

"아, 네. 작업치료란 말 그대로 손을 잘못 사용하거나 손을 사용하더라도 자유롭게 사용하지 못하는 환자에게 손으로 작업을 할 수 있게…."

"그렇다면 양손을 자유롭게 사용하는 저의 경우는 작업치료가 필요하지 않을 것…."

작업치료사가 내 얼굴을 쳐다보며 진지하게 설명했다.

"아닙니다. 손을 자유롭게 사용한다고 하더라도 환자가 하반신 완전마비 상태에서 지금까지 한 번도 경험해 보지 않았던 휠체어를 탄 채 엉덩이를 양변기에 옮겨 앉는 동작이라든가 양변기에서 다시 휠체어로 이동, 일명 트랜스퍼를 익숙하게 할 수 있도록 훈련을 시켜드립니다."

"감사합니다. 다음에 다시 오겠습니다."

그렇게 인사하고 밖으로 나와 버렸다. 나는 나 자신이 하반신 완전마비가 된 지 사흘 만에 자식들한테 처음으로 그 사실을 알리게 되었다. 놀란 두 딸과 여동생 내외가 한꺼번에 달려왔다. 사고 경위를 듣게 된 가족이 오 층 대체 치료사의 실수로 빚어진 의료사고라며 K 재활병원 측에 책임을 묻겠다고 했다.

이튿날 오후 원장과 원장실에서 만나기로 약속이 돼 있다고 큰딸이 전화로 알려왔다.

그날 약속 시간인 두 시에 맞춰 가족과 같이 원장실로 가게 되었다. 그때 원장실은 텅 비어 있었다. 텅 빈 원장실은 어딘가 모르게 사람을 짓누르는 듯한 억압의 기운이 감돌고 있었다. 마치 무슨 일이 일어날 것을 대비해 미리 방어벽을 쳐놓은 듯한 그런 분위기가 느껴졌다. 얼마가 지났을까. 이윽고 문이 바깥으로 열리면서 쏟아지는 빛을 안고 원장이 성큼성큼 들어왔다. 정확히 약속 시간보다 십칠 분이 늦은 셈이었다. 키도 크고 몸집도 뚱뚱한 원장이 번쩍이는 금테 안경을 쓰고 나타난 순간 우리 가족이 잠깐 일어났다가 앉았다. 원장 역시 잠깐 허리를 가볍게 숙여 보이며 예의를 갖춰 인사하는 것처럼 보였으나 그 모습은 어딘가 모르게 부자연스럽게 보였다.

"하하하. 제가 조금 늦었죠?"

키도 크고 덩치도 큰 외모에 비해 버릇처럼 자주 소리 내 웃는 원장의 입술은 얇은 두 줄의 끈처럼 얄팍해 보였다.

원장과 우리 가족 사이에는 처음부터 논쟁이 이어졌다. 우리 가족은 오 층 대체 치료사가 치료하다가 사고를 내게 된 거라고 주장했고 원장은 시종일관 같은 말만 되풀이했다.

"오 층에서 내려온 대체 치료사가 실수한 것이 아니라 H 대학 부속병원 측에서 시행한 수술이 잘못된 결과로 보입니다."

능글맞게 찢어진 눈을 한 원장이 조소의 눈빛을 띠며 한 그 말 한마디가 어느 순간 면도날처럼 내 가슴을 그어 버렸다. 하지만 나는 그런 감정을 억지로 감추려고 애를 썼다. 나까지 흥분했다가는 동생 내외와 자식들 감정이 폭발할 것 같은 그런 분위기였다. 논쟁은 무려 세 시간에 걸쳐 이어졌다. 그러나 원장은 벼랑 끝에 내몰린 환자나 환자 가족에게 사과하기는커녕 오로지 책임 전가에만 급급할 뿐이었다. 동생 부부와 딸들이 법적 책임을 묻겠다고 끝까지 고집했다. 하지만 우리 가족이 생각하는 것과 원장이 생각하는 것에는 괴리감만 컬뿐 어떤 해결책도 나오지 않아 보였다. 다섯 시간 가까이 원장실에 앉아 있는데 관자놀이의 맥박이 기계적으로 뛰다가 나중에는 돌로 머리를 세게 얻어맞은 느낌마저 들었다. 더 이상 그 자리에 앉아 있다간 어떤 일이 일어날지 모를 지경이었다. 나는 가족에게 일단 원장실에서 나가자고 말했다. 병실로 돌아오고 나서 담담한 어조로 가족에게 내 생각을 전했다.

"동생 부부와 자식들의 마음을 이해 못하는 건 아니지만 나는 이 사고를 누구에게도 책임을 묻고 싶지 않아. 그리고 이 사고를 불행이라 단정하지 말아줘, 불행이라는 말은 언제나 원치 않는 가능성을 전제로 하기 때문에 받아들이기 쉽지 않거든."

나 자신이 누구에게도 책임을 묻지 않기로 결론을 내린 이유는 이랬다. K 재활병원을 상대로 소송을 제기해 오 층 치료사에게 업무상과실의 책임을 물어 얼마의 피해 보상금을 받아낸다고 한들, 이미 완전마비 상태가 돼 버린 나 자신의 몸이 다시 불완전 마비로 돌아올 수 있는 것도 아니었다. 또 소송하는 과정에서 우리 가족이 감당해야 할 정신적 스트레스는 어디에서도 보상받을 길이 없어 보였기 때문이었다.

참담한 현실 앞에서 감정선에 이상이 생긴 건지 슬프다거나 억울하다는 생각조차 들지 않았다. 나 자신이 이 엄청난 현실을 수용하게 된 것은 체념과는 분명 다른 것이었다. 동생 부부와 두 딸이 힘없는 발걸음으로 병실을 나가면서 물기 어린 눈으로 돌아보던 그 모습을 보게 된 순간 살아오면서 그토록 가슴이 미어지는 듯했던 적은 없었던 것 같았다. 숨이 막히고 심장이 멎을 것만 같아 큰 소리로 울고 싶었지만 차마 울 수도 없었다.

그날 밤 나는 자정이 넘도록 눈을 감고 생각을 정리해 보았다. 정리된 생각을 수첩에다 적기 시작했다.

'어차피 돌이킬 수 없는 이 엄청난 현실 앞에서 분노하거나 원망하기보다 나 자신이 할 수 있는 것부터 찾아보는 것이다. 비록 보행 기능은 잃게 되었지만 살아가는데 필수적인 두 가지 축인 이성과 감성 기능은 여전히 살아 있어서 균형 잡힌 생활을 할 수 있게 된다면 이보다 소중한 게 또 있으랴.'

솔직히 몸이 건강한 상태로 살아가는 삶과 하반신 마비 상태로 살아가는 삶은 분명 차이가 크다는 사실을 알면서도 현실을 받아들이지 않으면 안 되었다. 물론 남은 삶을 온전히 고통 속에서 살아가야 한다는 엄청난 불안감은 마치 물이 빠지지 않은 배수관으로 남아 있는 듯한 느낌은 부인할 수 없었다.

원칙적으로 사고 책임은 담당 치료사인 G 치료사에게 있다고 할 수 있다. 그러나 G 치료사는 분명 내게 양해를 구하고 나서 오 층 여성 치료사를 대리 근무자로 부르게 된 것이었다. 오 층 치료사 역시 고의성이 있는 것도 아니었다. 그렇다고 한다면 누구의 잘못도 아니었다. 이런 담담함은 어디에서 오는 걸까? 그건 나 자신도 알 수가 없었다.

솔직히 잘못을 탓하려면 한둘이 아니었다. 나 자신이 맨 처음 다리에 마비 증상이 느껴진다고 호소했을 때 H 대학 부속 병원 내과 L 의사는 내가 하는 말을 믿지 않았다. 내가 하는 말을 믿지 않은 의사는 또 있었다. 동네 의사는 물론이고 이전부터 알고 지내던 한의사마저도 같은 말만 되풀이했다. "등이 아픈 것은 흔히 위가 아플 때 느껴질 수 있는 연관통증입니다." 하고 말이다. 이들 모두는 나 자신이 하는 말을 듣지도 믿지도 않았던 것이었다. 내 말을 믿지 않은 사람은 또 있다. 당시 여동생과 두 딸 모두 내가 하는 말을 믿지 않았다.

돌이켜보니 처음엔 나 자신의 실수였고 두 번째는 치료사의 실수였다. 원인도 다르고 시점도 다른데 결과는 한 가지였다. 마치 정해진 운명처럼 반복되는, 어쩌면 이건 내 안의 평행이론이 아닌가 하는 생각도 하게 되었다. 앞으로 겪게 될 엄청난 난관은 나 자신이 홀로 짊어져야 할 숙명인지도 몰랐다. 숙명이 아니고서야 어떻게 이런 일이 반복될 수 있단 말인가. 너무도 엄청난 현실 앞에서 나는 절망감도 억울함도 느끼지 못했다. 육중한 무엇에 머리를 세게 부딪쳤을 때처럼 멍할 뿐이었다. 멍한 상태에서 밤이 되면 잠을 자고 아침이 밝아오면 병원에서 제공하는 밥을 먹고 치료 시간이 되면 치료실로 가서 치료도 받아 보았으나 내 하반신은 아무런 감각도 느끼지 못했다. 이미 불이 꺼져버린 잿더미에서 엷게 피어나는 희미한 연기처럼 하루가 다르게 기력이 빠져나가는 듯한 느낌만 더할 뿐이었다.

이제 내 몸은 더 이상 이전의 나를 기억하지 않았다. 오직 기억하는 것은 과거이고 몸은 늘 현재에만 산다. 그러므로 지금의 이 몸이 곧 나 자신이다. 과거의 나를 기준으로 현재를 재단하는 것은 이미 죽은 자를 기준으로 산 자를 평가하는 것에 불과할 뿐이었다.

참 이상한 일이었다. 나는 슬프다든가 억울하다는 생각도 들지 않았다. 분명 이런 감정은 정상이 아니라고 생각하고 있는데 불현듯 내 입에서 이런 말이 파편처럼 튀어나왔다.

'어차피 되돌릴 수 없는 운명이라면 그 운명까지도 끌어안으며 나 자신의 삶을 사랑해야 해!'

듣는 이에 따라서 운명을 사랑한다는 말은 지극히 감상적으로 들릴 수 있을 것이다. 그러나 그것은 선택이 아니라 태도이다. 만약 앞으로도 똑같은 순간이 다시 찾아온다고 해도 나는 그것을 원망하지 않을 것이다. 다만 이런 몸으로 생명이 다하는 날까지 최선을 다해 살아갈 것이다. 더 나은 몸을 기다리지도 않고 또 다른 희망도 꿈꾸지 않으면서 이것이 내게 주어진 삶이라면 나는 그것을 아무 조건 없이 기꺼이 받아들일 것이다.

하반신 완전마비가 된 지 이 주 정도 되었을 때였다.

어느 날 아침 눈을 뜬 순간 갑자기 등 쪽에서 참을 수 없는 통증이 찾아왔다. 일 차 수술 전에 느꼈던 통증이 칼로 내리긋는 듯한 느낌이었다면 그 순간 느껴지는 통증은 '통증'이란 보통 명사로는 설명하기 어려운, 이를테면 도끼 같은 묵직한 무엇으로 등을 내리찍는 듯한 통증이 반복됐다. 통증을 참느라 가만히 앉아 있는데도 눈에서 눈물이 줄줄 흘러내리고 있었다.

어느 순간 재활이란 무엇인가에 대해 다시 한번 생각하게 되었다. 재활이란 재활치료사로부터 치료를 받음으로써 장애를 최소화하고 일상생활로 복귀할 수 있도록 도움을 받는 것이 아닌가. 그런데 치료사의 손으로 불완전 마비 상태인 내 몸을 완전마비 상태로 만들고 말았으니 더 이상 K 재활병원에 머물 필요가 없어 보였다. 그렇다면 앞으로 어떻게 살아가야 할지 아무리 생각해 봐도 답이 없었다. 원장은 병실에서나 복도에서 마주친 순간이면 늘 같은 말만 되풀이했다.

"H 대학 부속병원에서 시행한 수술이 잘못된 겁니다."

그때마다 나는 원장이 하는 말에 동의하지도 않았지만 애써 부정하지도 않았다. 그저 묵묵히 의미 없는 하루하루를 보내고 있을 뿐이었다. 시시각각 등에서 느껴지는 통증은 어떤 말로도 표현할 수 없을 정도로 고통스러웠다. 고통의 강도는 날이 갈수록 더해만 갔다. 어째서 이토록 등이 아픈 건지 수술했던 H 대학 부속병원을 찾아가 봐야겠다고 생각한 끝에 큰딸에게 내 생각을 전했다.

다음 날 두 딸과 같이 H 대학 부속병원으로 가게 되었다. 수술을 담당했던 J 교수를 만난 자리에서 큰딸이 먼저 말을 했다.

"K 재활병원 측에서 저희 어머니가 완전마비 상태가 된 건 H 대학 부속병원에서 실시한 수술이 잘못된 결과라고 결론을 내렸습니다."

곧 얼굴이 붉어진 J 교수가 격앙된 목소리로 말했다.

"K 재활병원 측이야말로 파렴치의 극치로군요. 여기서 수술한 후 두 달 동안 아무런 문제없이 잘 있다가 그쪽으로 간 환자를 이 지경으로 만든 건 그쪽인데."

K 재활병원 측과 H 대학 부속병원 측은 하나같이 나라는 환자를 가운데 놓고 라켓으로 탁구공을 때리듯 상대방에게 책임만 떠넘길 뿐 어느 쪽도 책임 지려하지 않았다. 그 순간 나도 모르게 눈물을 왈칵 쏟고 말았다. 손등으로 눈을 훔치다가 이내 정신을 차려보려고 애를 썼다. 이 상황에서 눈물을 쏟는 것이 무슨 소용이 있겠는가. 이미 모든 게 엎질러진 물이 돼버린 것을. 두 딸의 손을 맞잡고 통곡하다 하는 수없이 다시 K 재활병원으로 돌아올 수밖에 없었다.

이튿날 오후 오십 대 중반으로 보이는 환자가 손수 휠체어를 밀고 병실에 들어와서는 비어 있는 앞자리에 짐을 풀고 있었다. 자세히 보니 그녀는 발 하나가 잘린 상태였다. 잠시 후 그녀가 빨래판만 한 크기의 널빤지 하나를 침대와 휠체어 사이에 걸쳐놓더니 엉덩이를 번쩍 들어 그 널빤지에 올려놓은 후 다시 엉덩이를 들어 침대로 이동하는 것이었다. 그 동작이 너무도 익숙한 것으로 보아 그녀가 장애를 입게 된 지 오래된 것임을 짐작할 수 있었다.

아침 식사가 끝나자 환자들은 저마다 치료 시간에 맞춰 하나둘씩 병실을 빠져나갔다. 그러나 나는 할 수 있는 게 아무것도 없었다. 그렇다고 멍하니 병실에 있을 수도 없어서 신 여사가 밀어주는 휠체어를 타고 물리치료실로 가게 되었다. 그때 내 모습을 발견한 G 치료사가 굳은 표정을 하고 달려와서는 조심스럽게 내 몸을 들어 치료 매트에 올려놓았다.

잠시 후 G 치료사가 나직한 목소리로 말을 했다.

"죄송합니다. 정말 드릴 말씀이 없습니다."

G 치료사는 치료 시간 내내 같은 말만 되풀이했다. G 치료사의 입장에서 보면 그럴 수밖에 없었을 것이다. G 치료사가 최선을 다해 다리 근육을 늘려주기도 하고 당겨주기도 했으나 완전마비 상태인 내 하반신은 아무런 감각도 느끼지 못했다. 지금의 상황이 도무지 현실 같지 않아서 나는 몸을 온전히 G 치료사에게 맡긴 상태에서 치료실 천장만 멍하니 올려보고 있었다. 마침내 종료 벨이 울려 퍼지고 있었다. 곧 G 치료사가 내 몸을 짐짝처럼 들어서 휠체어에 실었다. 휠체어를 타고 병실로 돌아오던 중 나는 나도 모르게 혼잣말을 했다.

'비록 내 몸이 가슴 아래는 완전마비 상태이긴 하나 다행히 양손을 쓸 수 있어서 밥도 먹을 수 있고 세수도 할 수 있고 책도 읽을 수도 있어. 세상에는 나보다 못한 사람도 많아. 당장 앞자리 환자만 보더라도 추운 겨울날 하체가 완전마비 상태로 전동휠체어를 타고 외출했다가 발에 동상을 입은 탓에 발하나를 절단하게 되었다고 하지 않았던가.'

그때 앞의 환자가 그런 내 머릿속을 들여다보기라도 한 듯 자신이 오 년 전 사고를 당하게 된 사연을 털어놓기 시작했다.

"제가 오 년 전에 이 층 베란다 난간에 서서 이불을 털다가 어느 순간 내 몸이 이불과 같이 일 층 바닥으로 떨어지게 되면서 허리뼈가 부러졌어요. 집이 남해 쪽이어서 작은 병원을 전전하다가 뒤늦게 큰 병원을 찾아갔을 때는 이미 하반신이 완전마비 상태가 되고 말았어요."

"어머나! 세상에 어째 그런 일이."

그것은 신 여사 입에서 튀어나온 말이었다. 너무 놀란 나머지 나는 아무 말도 할 수가 없었다. 잠시 후 그 환자가 또 말했다.

"저는 수술 직후부터 지금까지 오 년 동안 소변 줄을 낀 상태로 살아오고 있어요."

조심스러운 목소리로 내가 물었다.

"이번에는 어떻게 입원하시게 되셨어요?"

"소변 줄을 너무 오래 끼고 있다 보니 방광에 염증이 생긴 탓에 이 주 정도 입원해 있으면서 치료를 받으려고 해요. 이놈의 소변 줄만 끼지 않으면 더 바랄 게 없을 텐데. 호호호."

내 귀에는 그녀의 웃음소리가 무슨 절규처럼 들려왔다.

다음 날 물리치료실에 갔을 때였다. 옆자리에는 양쪽 팔다리를 움직이지 못하는 한 젊은 여성이 매트에 누워서 치료를 받고 있었다. G 치료사에 의하면 그 환자는 벌써 삼 년째 그렇게 살아가고 있다고 했다. 불행은 그녀가 고1 때 찾아왔다고 했다. 그녀는 자신의 고향인 목포에서 언니와 바닷물에 뛰어들어가 헤엄치며 놀고 있을 때 별안간 언니가 다이빙을 제안해 왔다고 했다. 그렇게 해서 시작된 다이빙은 너무도 신나고 재밌었다고 했다. 세 번째 도전은 가장 높은 위치에 있는 바위에 올라간 상태에서 뛰어내리기로 돼 있었다. 그때 그녀가 눈을 꼭 감은 채 몸을 던진 순간 그만 바위에 목을 부딪치게 되었고 목뼈가 부러진 바람에 목 아래쪽이 완전마비가 되고 말았다고 했다.

그 말을 듣게 된 순간 나도 모르게 내 눈길이 그 환자에게로 쏠리고 있었다. 뜻밖에도 그 환자는 표정이 밝아 보였다. G 치료사의 말에 의하면 그녀는 주기적으로 소변 줄도 갈고 방광 기능도 체크 하러 K 재활병원에 들르곤 한다고 했다. 세상에는 나보다 불행한 사람이 적지 않구나 하는 생각을 또 차례하게 되었다.

어느덧 나 자신이 완전마비 판정을 받게 된 지 한 달째.

시간이 지날수록 통증은 더해만 갔다. 어느 땐 너무 아픈 나머지 목 놓아 울고 싶었지만 다른 환자에게 피해가 될 것 같아 소리 내 울지도 못했다. 언제까지나 이 지옥의 끝이 보일까? 싶었다. 통증을 참느라 이를 앙다물어서 그런지 얼마 전부터는 어금니가 들떠 있는 바람에 밥알을 씹기조차 어려울 지경이었다.

그날은 주말이라서 병실이 조용했다. 환자 대부분이 외출 허락을 받고 집으로 돌아갔기 때문이었다. 병실에는 신 여사와 나밖에 없었다. 신 여사가 오랜만에 햇살이 참 좋다며 창에 드리워진 겨자색 블라인드 커튼을 활짝 열었다. 눈길을 창가로 보냈을 때 하늘은 세제로 닦아놓은 듯 구름 한 점 없이 말끔해 보였다. 멀리 바라보이는 삼각산 자락에서 찬바람이 불어와 정원에 서 있는 플라타너스 나뭇가지를 흔들고 있었다. 갑자기 나 자신의 마음도 바람에 흔들리는 플라타너스 나뭇가지처럼 마구 흔들리고 있는 것이었다. 불현듯 죽고 싶다는 생각이 화산처럼 불쑥 솟구쳤다. 살고 싶지 않다면 죽음을 택하는 수밖에 없다. 죽으려면 어떤 방법이 좋을까. 약물복용, 목을 매는 방법, 높은 곳에서 떨어지는 방법, 달리는 자동차에 뛰어드는…. 그러나 어느 것 한 가지도 다른 사람의 도움 없이 할 수 있는 것이 없었다. 세상에는 자살을 도와줄 사람은 없을 것이다. 그때 머릿속에서 윌리엄 셰익스피어가 『햄릿』에서 인간 존재 앞에 당면한 과제인 삶과 죽음에 대한 고뇌를 단 한 줄로 표현한 문구가 생각났다.

'살아야 할 것인가 죽어야 할 것인가 그것이 문제로다.'

결론은 간단했다. '당연히 살아야 한다.'였다. 그렇다면 어떻게 살아야 후회하지 않은 삶을 살 수 있을까. 하반신이 완전마비 상태인 나는 사는 것도 죽는 것도 어느 것 하나 쉬운 게 없어 보였다. 침대에 누워서 그 생각을 떠올리고 있는데 신 여사가 목소리를 높여 말했다.

"이 기회에 병실에서 맡아지는 불쾌한 냄새를 제거해야겠어요."

신 여사가 간호사 몰래 잠깐 창가에 촛불을 켜놓고 있었다. 그때 벌 한 마리가 열린 창을 통해 날아들었다. 잠시 후 병실 천장을 빙빙 돌고 있던 벌 한 마리가 바람에 흔들리고 있는 촛불을 꽃으로 착각했던지 촛불 주위를 맴돌고 있었다. 그 광경을 보게 된 순간 행여 벌이 촛불 속으로 날아들까 해서 조마조마했다. 다행히 촛불 주위를 맴돌던 벌은 벽과 천장을 빙빙 돌다 다시 창밖으로 날아갔다.

늘 그러하듯 침대마다 하얀 시트를 깔아 놓은 병실 분위기는 오늘도 하얬다. 벽에 칠한 페인트도 하얗고 LED 등에서 뿜어져 나오는 빛도 하얗고 핏기 없는 환자들 얼굴빛도 하얬다. 그 하얀빛과 마주한 순간이면 내 머릿속마저 하얘지곤 했다.

또다시 한 주가 끝나는 토요일이 되었다. 늘 그러하듯 토요일은 오전 치료가 끝나고 나면 환자들이 하나둘씩 집으로 돌아간 바람에 병실은 텅 비어 있었다. 그날도 텅 빈 병실에는 벽에 걸린 시계만이 무심하게 시간을 재단하고 있을 뿐이었다. 창을 통해 스며드는 햇살은 이상하리만치 따뜻했다. 침대에 누운 상태에서 눈을 창 쪽으로 보내고 있었다. 여름내 창밖으로 보이던 플라타너스 푸른 나뭇잎들은 어느새 잎이 누렇게 말라 있었고 벽에 걸린 달력은 마지막 한 장만 남겨 놓고 있었다.

간호사가 다가와서 다정한 목소리로 "좀 어떠세요?" 하고 물었지만 나는 아무런 대답도 하지 않았다. 등에서 느껴지는 통증이 점점 더해졌기 때문이었다. 간호사가 병실을 나갔을 때 신 여사도 욕실에 다녀오겠다며 밖으로 나갔다. 이제 병실에는 나밖에 없었다. 이런저런 생각으로 마음이 복잡해진 나는 눈을 감았다가 떴다가 하고 있었다. 그때 조용한 병실에 '딸깍' 하는 소리를 내며 문이 닫혔다. 익숙한 소리였다. 하루에도 수차례 들었던 병실 문이 닫히는 소리. 그런데 오늘은 다르게 들렸다. 너무 가볍고 조용해서 마치 신비한 어떤 존재가 병실에 들어온 것만 같았다. 조심스럽게 바닥을 밟는 듯한 발소리가 다가오고 있다는 사실을 인지하곤 있었지만 몸을 움직일 수가 없으니 가만히 누워있을 수밖에 없었다. 잠시 후 내 앞에 나타난 사람은 뜻밖에도 키가 훤칠한 한 젊은 의사였다. 그의 얼굴엔 의사로서 하루하루 쌓여가는 피로가 그대로 묻어 있었지만 눈빛만은 맑고 따뜻해 보였다. 눈빛만 따뜻한 게 아니었다. 그는 남자인데도 얼굴에서 빛이 났다.

"안녕하세요. 어떻게 혼자 계시네요?"

현재 내 몸 상태에 대해 말해야 하는 것이 고통스러웠던지 그의 목소리는 조금 부자연스럽게 들렸다. 흔히 재활의학과 의사라면 일상생활 기능이 떨어진 환자의 신체 기능을 회복시키는 데 대해 설명했을 것이다. 그러나 불완전 마비 상태로 입원한 나 자신이 한순간에 완전마비 상태가 돼버렸으니 의사로서도 딱히 해줄 말이 없었을 것이다. 그런데도 그는 주말 오후 퇴근도 미룬 채 나를 찾아온 것이었다. 내 대답은 한 박자 늦게 나왔다.

"좀 전에 간병인이 욕실에 갔어요."

"아, 그랬군요."

마주하고 보니 치료실을 오고 가다가 복도에서 몇 차례 얼굴을 본 적은 있었지만 말을 건넨 적은 한 번도 없었던 것 같았다. 아마도 그는 불완전 마비 상태였던 나 자신이 오 층 치료사의 실수로 완전마비 상태가 돼버렸다는 소식을 전해 듣고 찾아온 것이 분명해 보였다. 현재 나 자신의 몸 상태가 하반신이 완전마비란 사실을 알면서도 그는 모든 과정을 대충 넘기지 않았다. 잠깐 얼굴에 안쓰러운 표정을 드러내 보이더니 곧 낮은 목소리로 그가 말했다.

"제가 면봉으로 ○○○ 님의 항문을 자극해 볼 겁니다. 조금이라도 감각이 느껴지신다면 그게 아주 작은 신호일 수도 있습니다. 그 작은 신호라도 놓치지 않기 위해 제가 지켜볼 겁니다."

그의 말에는 진심이 담겨 있는 것이 느껴졌다. 곧 그가 면봉으로 내 항문을 자극했지만 나는 미세한 감각조차도 느끼지 못했다. 잠깐 무거운 침묵이 흘렀다. 묵직한 무엇으로 내리누르는 듯한 침묵 속에서 그는 한동안 말없이 그대로 서 있었다. 그 순간 내 눈에 비치는 그의 눈빛은 절망의 늪에 빠진 환자 곁에 의사 신분인 자신이 잠시 같이 있어 주는 것만으로도 위로가 되어준다는 사실을 아는 사람의 눈빛처럼 보였다.

곧 그의 목소리가 침묵을 깼다.

"일단 오늘은 푹 쉬세요. 내일 두 시에 다시 들르겠습니다."

"내일은 일요일이잖아요."

"상관없습니다." 그 말을 남기고 그는 등을 돌려 문 쪽으로 걸어갔다.

일요일 점심을 먹고 나서 침대에 누워있었다. 한낮의 겨울 햇살이 병실 창에 쳐놓은 차일 사이로 스며들고 있었다. 벽시계 바늘이 오후 한 시 오십오 분. 정확히 병실 문이 열리더니 약속한 대로 그가 모습을 드러냈다. 커튼 사이로 스며들어오는 노란 햇빛 한 줄기가 그의 까만 머리 쪽을 가로질렀다. 그 순간 숱이 풍성한 그의 검은 머리는 기름을 발라놓은 듯 윤이 흘렀다. 나는 초점 잃은 눈을 하고서 멍하니 그를 바라보고만 있을 뿐이었다. 그 역시 어젯밤 잘 주무셨어요? 라는 의례적인 인사도, 다 괜찮을 겁니다. 라는 하나 마나 한 말 같은 건 하지 않았다.

잠시 후 낮은 목소리로 그가 말했다.

"오늘은 제가 이 병원에서 해볼 수 있는 검사는 다 해보려고 합니다."

그가 손수 내가 탄 휠체어를 밀고 병실 밖으로 나왔다. 신 여사도 뒤를 따랐다. 그때부터 그는 병원 이곳저곳을 돌아다니며 하지 근력과 마비 부위, 그리고 다리 근육 등에 힘이 빠졌는지에 대해 할 수 있는 검사는 다 했다. 그러나 달라진 건 아무것도 없었다. 그와 나는 한동안 말없이 차디찬 검사실 타일 바닥을 응시하고 있었다. 그때 차디찬 검사실 검은 타일 바닥을 응시하고 있던 그와 내 시선 속에는 수많은 이야기가 담겨 있다는 걸 의사인 그도 느끼고 환자인 나도 느끼고 있었다. 또 한 차례 무거운 침묵이 흘렀다. 그러나 그 침묵은 오래가지 않았다.

낮은 목소리로 그가 먼저 입을 열었다.

"아무래도 수술했던 H 대학 부속병원을 찾아가서 다시 한번 검사를 받아 보시는 게 좋을 것 같습니다."

나는 아무런 감정도 담겨 있지 않은 표정을 하고서 말없이 고개만 끄덕여 보였다.

"세상에는 인력으로 안 되는 것이 있는 것 같습니다. 저도 집에 어린아이가 하나 있는데 건강이 조금 좋지 않은 것 같습니다. 그렇더라도 주어진 현실에 최선을 다해봐야겠지요."

그렇게 말하는 그의 음성은 조금 낮았다가 다시 높았다 해서 흡사 깊은 동굴 속에서 작은 문을 통해 울려 나오는 신비로운 어떤 울림처럼 들려왔다. 나는 어떤 말도 할 수 없어서 가만히 휠체어에 앉아 있기만 했다. 얼굴에 무거운 표정을 드러내 보인 그가 다시 손으로 내 휠체어를 밀기 시작했다. 나는 그에게 묻고 싶은 말이 많았으나 행여 그의 입에서 절망적인 대답이 나올까 두려운 나머지 하고 싶은 말을 입안으로 밀어 넣어야만 했다. 병실에 도착한 후 그가 등을 돌려 문 쪽으로 걸어가다 어느 순간 몸을 돌려 신 여사에게 말했다.

"제가 명함을 안 가지고… 여사님 혹시 메모할 만한…."

신 여사가 손바닥 반만 한 메모지를 그에게 건네주었다. 잠시 후 메모지를 내게 건네주며 낮은 목소리로 그가 말했다.

"혹시 밤 동안이라도 무슨 일이 있으면 이리로 연락 주세요. 병원과 멀지 않은 곳에 제 숙소가 있으니 곧 달려올 수 있습니다."

메모지에는 그의 이름과 휴대폰 번호가 같이 적혀 있었다. 메모지를 받아든 순간 당장 그 메모지가 나 자신이 지닌 내적 갈등과 당면한 불안감을 감소시킨 건 아니지만 잠시나마 얼어붙어 있던 내 가슴에 따뜻한 온기를 불어넣어 준 건 사실이었다.

그는 '레지던트 K○○'였다. 나는 개인적으로 의사란 직업은 감정적으로 메마른 부류의 사람이 다른 사람의 질병 상태, 더 나아가 생명과 관련되는 직업이라고 생각했다. 나 자신이 그렇게 생각하게 된 이유는 대체로 의사란 직업은 사람의 생명과 직결되는 의료 현장에서 과도한 스트레스로 인한 긴장감과 환자와의 상호작용에서 요구되는 감정적 거리두기를 하다 보면 자연 이성적이고 냉정할 수밖에 없게 될 것이라고 믿고 있었기 때문이었다. 그런데 세상에는 이토록 마음이 따뜻한 의사도 있구나! 싶었다. 그렇게 생각하는 순간 내 안에서 무엇이 툭 터져 버리고 말았다. 툭 터져 버린 그 무엇의 정체는 바로 감동의 눈물이었다. 소리 없는 눈물이 볼을 타고 줄줄 흘러내렸다.

나 자신이 등이 아프기 시작하면서부터 이 병원 저 병원을 전전하면서 여러 의사와 마주하게 되었지만, 어려운 일이 있을 때 연락을 취하라며 자신의 개인 연락처까지 건네준 의사는 만나보질 못했다. 훌륭한 의사란 단지 실력만이 뛰어난 사람이 아니라 환자가 지닌 심신의 고통까지 진심으로 이해하려고 애쓰는 의사임을 새삼 느끼게 되었다. 비록 내 몸을 이렇게 만든 사람은 오 층 치료사지만 K 레지던트는 K 재활병원의 한 일원으로서 책임을 회피하지 않았을 뿐만 아니라 환자의 아픔을 자신의 아픔처럼 끌어안으려는 듯 보여서 가슴이 뭉클해 왔다.

그날 밤 나는 K 레지던트가 건네준 메모지를 가슴에 품은 채 살포시 잠이 들었던 것 같았다. 눈을 뜬 순간 창에는 희붐한 빛이 나타났다. 희붐한 빛의 모습으로 찾아온 새벽이 가져다준 그 빛은 따뜻하지도 차갑지도 않았다. 다만 나 자신의 의식이 아직 살아있음을 무심히 증명할 뿐이었다.

언제부턴가 날이 밝아 오는 것이 두렵기만 했다. 하반신은 마비 상태라서 아무런 감각을 느끼지 못했지만 얼마 전부터 등을 찢는 듯한 통증이 찾아왔기 때문이었다. 통증은 어떤 말로도 표현할 수 없을 정도로 극심했다. 솔직히 고통을 주는 건 통증만이 아니었다. 신진대사조차도 자연의 질서를 따르지 못하다 보니 소변 줄을 끼고 지내야만 하는 고통은 말할 필요도 없고 대변마저 이틀에 한 차례씩 좌약을 넣거나 약을 삼키고 나서 해결해야 하는 고통은 어디에도 비할 바 없었다.

등에서 느껴지는 통증을 더 이상 견딜 수가 없어서 하는 수 없이 큰딸에게 털어놓게 되었다. 내 말을 듣게 된 두 딸이 놀란 얼굴을 하고 병실로 달려왔다. 그들은 이구동성으로 이대로 있을 것이 아니라 수술했던 H 대학 부속병원으로 다시 찾아가 보자고 말했다.

월요일 오전 두 딸과 같이 H 대학 부속병원을 찾아가게 되었다. 그러나 수술에 참여했던 레지던트는 절망적인 말만 했다.

"안타깝지만 현재 상황에서 의학적으로 도와줄 수 있는 게 아무것도 없습니다."

레지던트로부터 절망적인 말을 듣고 돌아설 때 두 딸도 울고 나도 울었다.

이상했다. 나는 하반신만 마비된 것이 아니라 감정 기능까지도 완전마비 상태가 된 모양이었다. 참담한 현실 앞에서 나는 억울해하지도 슬퍼하지도 않았다. 멍한 상태에서 끼니때가 되면 밥을 먹고 날이 어두워지면 잠을 자고 그렇게 하루하루를 보내고 있을 뿐이었다.

이제 나 자신이 이 K 재활병원에 있어야 할 이유가 없게 되었으니 집으로 돌아갈 일만 남았다. 완전마비 상태의 몸을 하고 집으로 돌아가게 되면 다른 사람의 도움이 필요할 것이다. 하루이틀도 아니고 남의 도움을 받고 살아가야 한다는 것은 경제적·정서적 측면에서 간단한 문제가 아니었다. 이런저런 생각으로 시간을 보내다가 설핏 잠이 들었다가 다시 깼을 때 벽시계가 새벽 세 시를 가리키고 있었다. 억지로 눈을 감고 자려고 하는데 또다시 묵직한 도끼 같은 것으로 사정없이 등을 내리찍는 듯했다. 그 순간 세상 어떤 고문이나 형벌이 이토록 가혹할 수 있을까 싶었다. 그렇게 생각하다 나도 모르게 살포시 잠이 들었던 것 같았다. 어느 순간 또다시 찾아온 통증은 뼛속까지 전율이 느껴질 정도로 강력했다.

곧 내 입에서 비명이 파편처럼 튀어나왔다.

"아얏! 아! 아! 아!"

그때 잠이 들어 있던 병실 사람들이 놀란 나머지 소리를 질렀다.

"여기가 뭐 일인실 인 줄 알아?"

"별난 환자를 다 보겠어. 정말."

"가만히 보면 유난히 참을성이 없는 사람이 있더라고."

이미 사과하기에는 늦어버렸다. 그렇더라도 사과할 수밖에 없었다.

"죄송합니다. 별안간 너무 아파서 나도 모르게 그만….""

그때부터 나는 병실에서 참을성 없는 별난 환자로 낙인찍히고 말았다. 이튿날 밤에도 나는 지난밤에 있었던 일이 떠올라 이를 악물고 통증을 참아보려고 애를 썼다. 하지만 시간이 지날수록 통증의 강도는 더해만 갔다. 도저히 잠들기란 불가능했다. 그렇더라도 잠이 들어있는 다른 환자에게 피해가 될까 해서 이를 악물고 있는데 닭똥 같은 눈물이 볼을 타고 줄줄 흘러내렸다. 나는 도대체 척추가 어떤 역할을 하기에 이토록 고통스러울까 생각하다 신 여사가 밀어주는 휠체어를 타고 휴게실로 향하게 되었다.

얼마 전에 읽다 만 한 과학자가 쓴 책을 다시 펼쳐보게 되었다. 거기에는 '인간은 머리와 꼬리가 생기자 머리에서 연결하는 신경삭과 이를 지지해주는 척삭이 필요했다. 신경삭이 척추 내부를 들어가면 척추가 된다. 척추는 단단한 뼈로 돼 있고 그 내부에 들어있는 신경을 보호한다. 동물의 몸을 자유자재로 움직이게 하는 것이 곧 신경이다. 신경을 절단하면 게임이 끝난다. 척추는 운동 능력을 향상시키고 신경삭을 보호하는 역할을 한다. 신경삭은 뇌와 몸의 구석구석을 연결하는 신경계의 고속도로이다. 이 신경삭이 몸의 등을 관통하는 뼛속에 담긴 것이 척추동물이다. 인간은 척추동물이다.'라고 되어 있었다.

‘신경을 절단하면 게임이 끝난다.’란 문장을 읽는 순간 이제나 자신의 삶은 게임이 완전히 끝났다는 말로 다가왔다. 그제야 나는 나 자신이 흉추 4번을 다친 것이 얼마나 큰 불행인가를 절실하게 깨닫게 되었다. 책을 덮는 순간 나도 모르게 눈에서 눈물이 펑펑 쏟아지고 있었다.

그날은 통증을 참다못해 눈을 뜨게 되었을 땐 새벽 세 시였다. 인기척에 잠이 깬 신 여사가 전에 없이 퉁명스럽게 말했다.

“왜 또 새벽부터 울어요?”

“너무 아파서 그래요.”

전에 없이 신 여사가 쏘아붙였다.

“솔직히 이 병실 환자 중 안 아픈 사람이 어딨어요? 혼자만 아픈 줄 알아요? 애도 아니고 나이를 먹었으면 좀 참을 줄도 알아야지.”

오늘따라 신 여사가 이상하다고 생각한 나머지 목 안으로 기어들어 가는 듯한 목소리로 내가 말했다.

“신 여사님. 못 참는 게 아니고 진짜 많이 아파서 그래요.”

엎친 데다 덮친 격으로 한밤중에 신 여사마저 쓰러졌다. 떨리는 손으로 비상벨을 누르자 곧 간호사가 달려왔다. 뒤따라온 당직 의사가 검사를 해봐야 알겠지만 뇌경색인 듯 보이는데 다행히 심한 상태는 아니라고 했다. 그렇더라도 무리는 하지 말고 쉬는 게 좋겠다고 당직 의사가 말했다.

그제야 나는 신 여사가 전에 없이 신경이 날카로웠던 이유를 알 것 같았다. 아침 일찍 남편의 부축을 받으며 신 여사가 병실을 나가다가 돌아보며 울먹이는 목소리로 말했다.

"치료해보고 나아지면 다시 올 겁니다. 그동안 잘 계세요."

얼마 후 키도 크고 덩치마저 우람하게 생긴 한 여자가 병실에 들어와서는 웃는 얼굴을 하고 말했다.

"안녕하세요. 저는 윤○○ 라고 합니다. 잘 부탁합니다."

윤 여사는 덩치도 크고 성격도 시원시원해 보였다. 그녀는 중국 교포로 한국에 온 지 삼 년 됐다고 했다. 알고 보니 윤 여사는 뜻밖에도 조선족이 아닌 한족 출신이었다. 그녀는 어릴 적 자신의 아버지와 절친인 한 조선족 친구가 자식이 없어 막내인 자신을 수양딸로 달라고 사정한 바람에 열 살 때 조선족 아버지에게 입양되었다고 했다.

윤 여사가 웃는 얼굴을 하고 또 말했다.

"솔직히 어릴 때는 아버지를 원망한 적도 많았어요. 그런데 지금은 조선족 아버지를 둔 덕에 이렇게 한국에 와서 돈도 벌 수 있게 돼 오히려 감사하게 생각합니다. 호호호."

윤 여사를 쳐다보며 내가 말했다.

"아, 그러셨군요. 그럼 조선족 아버지께서는 아직 살아 계세요?"

"아니요. 제 나이가 벌써 예순이 다 됐는데요. 한족 아버지도 조선족 아버지도 다 돌아가시고 없어요."

그날 밤 긴장이 풀려서인지 윤 여사는 코를 골며 일찍 잠이 들어 있었다. 침대에 누운 나는 재활에 대해 다시 한번 생각해보았다. 재활이란 무엇인가? 장애를 최소화하고 환자가 일상생활에 복귀할 수 있도록 도움을 받게 되는 것이 아닌가? 그런데 재활 병원에서 불완전 마비 환자를 완전마비 환자로 만

들어 놓았으니. 이제 재활이 불가능한 상태인 나 자신이 더 이상 이곳에 머물 이유가 없어 보였다. 앞으로 어떻게 살아가야 할지 아무리 생각해봐도 답이 없었다.

윤 여사와 함께 지낸 지도 일주일이 되었다. 그새 윤 여사는 병실 사람과 친해져 깔깔대고 웃곤 했다. 그때 비어 있던 앞자리에 낯선 환자가 들어왔다. 그 환자를 돌보는 간병인은 마른 체격에 웃는 얼굴을 하고 있었다. 앞자리 환자를 돌보는 간병인은 키가 작은 편이었는데 키도 크고 덩치도 큰 윤 여사와는 이상하리만치 죽이 잘 맞는 것 같았다. 둘은 시간만 나면 수다를 떨곤 했다.

그날도 나는 통증과 싸우느라 죽을 지경이었다. 어느 순간 나도 모르게 내 입에서 또다시 비명이 터져 나오고 말았다.

"아아얏!"

"아! 진짜 너무 하시네."

그 목소리는 문 쪽에 자리한 환자 같았다.

"가만히 보면 고생을 모르고 살아온 사람들이 조금만 아파도 저렇게 유난을 떨더라고."

놀랍게도 그 목소리의 주인공은 출입문 옆쪽에 자리한 환자가 아니라 그 환자를 돌보는 간병인이었다.

"아얏!"

아무리 참으려고 해도 비명이 총알처럼 입 밖으로 튀어나왔다. 그때였다. 갑자기 윤 여사가 눈살을 찌푸리며 몸집이 큰 자신의 몸을 가까스로 일으켜 성격이 조용하고 몸이 깡마른 앞 간병인에게 밖으로 나가자고 하는 신호로 손짓을 해 보였다. 윤 여사가 보낸 손 신호를 알아차린 그 간병인이 힐끗힐끗 내 눈치를 보며 윤 여사의 뒤를 따랐다. 조금 야윈 것만 아니면 예쁜 걸로 치면 앞 간병인은 윤 여사가 몸이 뚱뚱하고 못생긴 것만큼이나 예뻤다.

잠시 후 앞 환자가 혼잣말처럼 중얼거렸다.

"가만히 보니 그쪽 간병인은 체격으로 보나 말소리를 보나 남자로 태어났으면 건설 현장 같은 곳에서는 상당히 환영받았을 텐데. 호호호."

나는 눈을 감고 잠이 든 척하고 있었으나 그것은 분명 윤 여사를 두고 하는 말이었다.

얼마 후 병실에 돌아온 윤 여사는 날씨가 추운데도 손부채질까지 했다. 처음부터 윤 여사는 종잡을 수가 없었다. 분명한 사람인데 군중의 소용돌이처럼 시끄럽게 느껴졌다. 자주 휠체어 브레이크 장치를 풀어놓은 상태에서 나를 태우려다 휠체어가 미끄러져 놀라게 된 적이 한두 번이 아니었다. 그때마다 내 침묵은 윤 여사 자신이 받을 수 있는 최악의 벌인데도 그녀는 개의치 않을 뿐만 아니라 그 순간 병실 안 열 개가 넘는 눈으로부터 쏟아지는 비난을 잘도 견뎠다. 쏟아지는 비난을 알면서도 모른 척을 하는 건지 정말 몰라서 모르는 건지 알수 없었다.

잠시 후, 앞 간병인이 휠체어를 가지고 와서 환자를 태우고 밖으로 나갔다. 그때 욕실에 다녀오겠다며 병실을 나간 윤 여사는 한참이 지나도 돌아오지 않고 있었다. 이제 병실에는 나밖에 없었다. 별안간 무거운 침묵이 어떤 메아리가 되어 내 귓가에서 웅웅거리는 듯했다. 시간이 지날수록 통증은 조금도 나아지지 않고 있었다. 나아지기는커녕 점점 더해만 갔다. 가만히 있는데도 눈물과 콧물이 얼굴을 적셨다. 나는 휴지로 코를 풀고 그 미끌미끌한 자국도 닦았다. 윤 여사가 병실로 들어오면서 큰 소리로 말했다.

"왜 또 울어요?"

나는 어떤 대답도 할 수가 없었고 터져 나오는 울음조차 멈출 수가 없었다. 멈추려고 하면 할수록 눈물이 폭포처럼 쏟아지고 있었다. 처음에는 어깨를 떨면서 소리죽여 흐느끼기 시작했다. 그러다가 종일토록 엄마와 떨어졌던 아이처럼 눈물범벅이 된 얼굴을 하고 끝내 꺽꺽 소리내 울고 말았다.

그때 문 쪽에 자리한 환자를 돌보는 간병인이 한마디 거들었다.

"사람이 참을성이 없어서 그렇지 뭐. 가끔가다 저런 사람이 하나씩 있더라고."

그 간병인의 말이 끝나자 문 쪽에 모여 앉아 있던 또 다른 사람 몇이 쑥덕거리고 있었는데 어떤 이는 고통을 호소하는 내 모습을 곁눈으로 힐끔거리기도 했다. 그때 내 머릿속에 떠오른 생각은 어쩌면 이 병실 사람들은 저토록 감정이 메말라 있을까 싶었다. 한 마디로 병실 자체가 감정의 사막처럼 느껴졌다. 늘 인상을 찌푸리고 있는 사람들의 표정은 입안에 모래를 씹고 있는 것처럼 보이기도 했다.

언제 들어왔는지 청소 담당 아줌마가 둥글게 생긴 파란색 플라스틱 통을 밀고 와서는 내 침대 밑에 있던 휴지통을 통에 쏟아버리고 돌아서려다가 나를 힐끗 쳐다보며 말했다.

"아이구! 이 환자는 도대체 어디가 아프길래 저토록 눈물을 줄줄 흘릴까? 딱하기도 하지. 쯔쯔쯔."

시간이 지날수록 통증은 깊숙이 침투해 들어왔다. 의사가 진통제를 처방해 주었지만 나는 그 진통제는 한 알도 먹지 않았다. 진통제로 해결될 문제가 아니라고 생각되었기 때문이었다. 멍한 눈을 하고 천장만 올려다보다가 눈을 감았다. 감은 눈에서도 여전히 볼을 타고 눈물이 흘러내렸다. 휴지로 눈물을 닦고 있는데 뜬금없이 머릿속에서 셰익스피어가 한 말이 떠올랐다. 내 기억이 맞는지 모르겠지만 셰익스피어는 눈물을 '아침'이라고 했던 것 같았다. 또 아침이슬을 아침이 우는 눈물이라고 말하기도 했다.

조선은 한자로 아침 조(朝) 고을 선(鮮)을 쓸 정도로 '아침 해가 아름다운 나라' 혹은 '고요한 아침의 나라'로 알려졌다. 서양에서는 고요한 아침의 나라로, 'The Land Of The Morning Calm' 표현하기도 했다.

그래서 성공하는 사람은 아침을 길게 이용하는 사람이라고 하는 말이 생겨났는지도 몰랐다. 그 말의 연장선상에서 일찍 일어나는 새는 먹이가 풍부하다는 말까지 생겨난 게 아닌가 싶었다. 나 역시 몸이 이렇게 되기 전까지만 해도 하루 중 해가 밝아 오는 아침을 제일 좋아했다. 아침 시간은 모든 게 처음부터 새롭게 시작되는 것 같아 좋았던 것 같았다. 점심시간이 되면 벌써 하루의 절반이 지났구나! 싶어서 조금 허탈해졌다. 차라리 저녁은 괜찮았다. 어두운 밤이 가고 나면 또다시 새로운 아침이 찾아오게 될 거라고 하는, 가슴에 작은 희망을 품고 잠자리에 들 수 있었기 때문이었다. 하지만 나 자신이 완전마비가 되어 버렸으니 이제 모든 희망은 사라지고 오로지 몰락하는 일만 남았다고 생각하니 머리가 멍해졌다.

이튿날 아침 신 여사한테서 전화가 왔다.

"종합검사를 다 했는데 오진으로 나왔어요. 주말에 갈까 하는데…."

신 여사가 돌아온다는 소식에 기분이 그렇게 좋을 수가 없었다.

주말 오후 신 여사가 환하게 웃는 얼굴을 하고 병실로 들어왔다. 너무 반가운 나머지 신 여사와 나는 오래 떨어져 있던 혈육을 만난듯 한참 동안 부둥켜안았다.

그날은 일요일이라서 병실에는 환자와 간병인 모두 낮잠을 즐기고 있었다. 모처럼 신 여사가 밀어주는 휠체어를 타고 복도로 나오고 보니 군데군데 비가 샌 흔적이 있는 천장을 손보느라 널찍한 합판을 쌓아놓고 있어서 발길을 돌릴 수밖에 없었다. 복도가 아니면 특별히 갈 곳도 없었다. 솔직히 말하면 갈 곳은 많지만 걷지를 못하니 갈 수가 없는 것이었다. 멈춰 있는 엘리베이터를 보게 된 순간 신 여사가 얼른 휠체어를 밀어 넣었다. 일 층에서 내려 마당으로 나왔다. 모처럼 상큼한 공기를 코로 들이마시자 머리가 맑아지는 것 같았다. 텅 빈 마당을 몇 바퀴 돌고 있는데 늘 빽빽하게 세워져 있던 자동차는 모두 사라지고 달랑 한 대만 세워져 있었다. 정원 모퉁이에 서 있는 은행나무는 어느새 잎을 반 이상 떨군 상태였고 바람이 불어오자 헐벗은 나뭇가지가 바들바들 떨고 있었다. 마당을 몇 바퀴 돌면서 생각하게 된 것은 지금까지 나 자신이 살아오면서 이토록 세상 밖으로 버려지고 고립된 느낌을 가져 본 적이 없었던 것 같다는 생각에 울컥해 왔다.

그때 신 여사가 말했다.

"빗방울이 떨어져요. 빨리 들어갑시다."

병실로 돌아온 순간 나 자신을 이해해 줄 누군가와 터놓고 대화를 나누고 싶은 마음이 간절했다. 그때 병실 문이 열리더니 막내가 들어왔다. 붉어진 막내의 눈이 잠깐 방향을 잃고 헤매더니 곧 내 쪽으로 와서 멎었다. 북받치는 감정을 억제하며 마치 엄마가 자식의 손을 잡듯 막내가 내 손을 잡으며 가늘게 떨리는 듯한 목소리로 말했다.

"엄마! 그래도 정신도 온전하고 양손도 다 쓸 수 있고 이렇게 이야기도 나눌 수 있으니 다행이잖아."

끝내 막내딸의 커다란 눈에는 눈물이 고이기 시작했다. 막내딸의 눈에서 흘러내린 눈물이 곧 내게로 전해와 갑자기 눈이 뜨거워지고 있었다. 나는 무슨 말을 하고 싶었으나 입 밖으로 아무 말도 나오지 않았다. 어느새 막내의 뺨에도 내 뺨에도 소리 없이 눈물이 흘러내리고 있었다. 엄마인 나 자신이 겪고 있는 고통을 일일이 자식에게 다 말할 수는 없었지만 잠깐이라도 막내와 마주 앉아서 이런저런 이야기를 나누고 나니 막혔던 가슴이 어느 정도 뚫리는 듯한 기분이었다.

막내가 돌아가고 나서 휴게실로 가고 싶다고 눈짓을 해 보이자 신 여사가 얼른 휠체어를 가져왔다. 휴게실 문을 열고 들어갔다. 그날따라 눈물을 많이 흘려서 그런지 머리 위에 달린 LED 등에서 쏟아지는 불빛이 눈이 부셔왔다. 불빛이 먼지 쌓인 책꽂이 위에 노랗게 와 닿았다. 높이가 일 미터 남짓해 보이는 책꽂이에는 백 권 남짓한 책이 꽂혀 있었다. 내가 손가락으로 표지가 파란 책을 가리키자 신 여사가 그것을 뺐다. 그 순간 위에 쌓인 책들이 한쪽으로 기울고 있었다. 당황한 신 여사가 한 손으로 반쯤 기운 책을 움켜잡고 또 다른 한 손에 들고 있던 책을 나를 향해 던졌다. 책을 받는 순간 책 모서리에 손가락 피부가 살짝 베이게 되면서 피가 났다.

그 모습을 보게 된 신 여사가 휴지로 피를 닦아주며 말했다.

"어머나! 책 모서리에 베어 피가 나다니."

"괜찮아요. 종이에 베인 거니까 금방 아물 겁니다."

병실로 돌아오고 나서 그 책을 펼쳐 들었다. 책은 쇼펜하우어의 『인생론』이었다. 대충 살펴보니 책은 행복해지려고 애쓰기보다 덜 불행해지는 법을 알려주는 내용 같아 보였다. 첫눈에 들어온 문장은, "인간은 원하는 것을 얻기 전에도 괴롭고 얻은 후에도 더 큰 욕망 때문에 괴롭다. 욕망을 줄일수록 삶은 덜 고통스럽다."였다.

그때 신 여사가 말했다.

"공휴일엔 좀 쉬세요. 책은 나중에 퇴원한 후 집에 가서 보세요. 무슨 환자가 시간만 나면 책을…."

극심한 통증으로 점철된 하루하루가 지나 어느새 하반신 완전마비가 된 지 한 달을 훌쩍 넘겼다. 그런데 나아지기는커녕 통증의 강도는 점점 높아만 갔다. 매일 같이 통증과 싸우면서도 나는 손에서 책을 놓지 않았다. 책은 당장 극심한 통증을 해결해주는 건 아니지만 나 자신의 의지와는 상관없이 맹목적으로 질주해오는 불안감에 잠시나마 책이 제동을 걸어준 것은 사실이었다. 밤낮을 가리지 않고 통증에 시달리느니 차라리 죽는 편이 낫겠다는 생각을 또 한 차례 하게 되었다. 그러나 그것은 찰나적인 감정일 뿐. 살고 싶다는 욕망이 간절했다. 어쩌면 살고 싶은 욕망과 죽고 싶은 욕망 사이, 그러니까 삶과 죽음의 경계에서 하루하루를 버티고 있는지도 몰랐다.

밀고 오는 통증을 견디지 못해 안간힘을 다하고 있는데 때마침 큰딸이 병실에 들어왔다. 큰 딸의 얼굴을 보는 순간 눈물이 앞을 가려왔다. 곧 감정을 추스르고 큰딸에게 애원하듯 말했다.

"수술하다가 잘못돼도 좋으니 H 대학 부속병원으로 가서 J 교수에게 내 등을 한 번만 열어봐 달라고 말해봐. 도무지 등이 어떤 상태이기에 이토록 아픈 건지."

다음날 J 교수를 만나고 돌아온 큰애가 말했다.

"그렇다면 다시 한번 검사를 해보자고 J 교수님이 말했어요. 그러면서 재수술이 필요하다고 판단될 경우 수술까지도 생각하는 것 같았어요."

H 대학 부속병원으로 가기 전날 병원장이 병실에 찾아와서 말했다.

"저의 생각으로 아마도 재수술을 하게 될 확률이 높아 보입니다. 언제든지 이 자리는 비워두고 있을 테니 다시 돌아오세요."

잠시 후 원장이 병실을 나갔을 때 나는 수첩에 이렇게 적기 시작했다.

'나는 내일 아침 이 병실을 떠나 H 대학 부속병원으로 가서 이 차 수술을 받게 되면 과연 나 자신이 살아서 다시 이 자리로 돌아올 수 있을 것인가? 아니면 마취에서 깨어나지 못한다거나 과다 출혈로 한 줌의 재로 변해 강물에 뿌려지게 될 것인가?'

수첩을 덮고 났을 때 갑자기 내 몸속 세포 하나하나가 녹아내리는 듯한 느낌에 잠을 이루지 못했다. 밤이 깊어 갈수록 창을 흔드는 바람 소리와 이름 모를 새들의 울음소리까지 잠을 달아나게 부추기고 있었다. 밤바람 소리와 밤하늘을 나는 새들의 울음소리는 날이 희붐하게 밝아올 때까지 끊이지 않았다.

여기까지 기억을 더듬었으나 어쩐 일인지 머릿속에서 펼쳐지고 있던 기억의 필름이 어느 순간 끊어진 듯 아득하기만 했다. 또다시 눈을 감고 끊어진 기억의 필름을 소환해보려고 했으나 이상하게도 머릿속이 하얗기만 했다. 그때 감고 있던 눈을 뜨게 한 것은 신 여사의 목소리였다.

"커피 사탕 하나 드릴까요?"

커피 사탕이란 소리에 눈을 떠보니 이미 기사와 신 여사는 커피 사탕을 하나씩 입에 물고 있었다. 나는 손바닥을 위로 해 신 여사가 건네준 커피 사탕 하나를 받았다. 곧 커피 사탕을 입에 넣는 순간 삼 년 전, H 대학 부속병원에서 이차 수술을 받고 두 달 동안 머물다 또다시 K 재활병원으로 돌아오던 날의 그림이 머릿속에서 또렷하게 떠올랐다.

그날 내가 탄 자동차가 H 대학 부속병원 주차장에서 출발할 때는 오전 열 시였다. 자동차가 H 대학 부속병원 정문을 빠져나오고 나서 얼마나 달렸을까. 자동차가 K 재활병원에 도착했을 땐 열두 시경이었다. 차에서 내린 후 휠체어를 타고 복도를 들어선 순간 낯익은 간호사와 마주쳤다. 그때 간호사가 웃는 얼굴을 하고 반기며 병실을 안내해 주었다. 병실은 하나도 변하지 않았다. 두 달 전 나 자신이 H 대학 부속병원으로 떠나던 날 원장이 약속한 대로 내 침대는 산이 바라보이는 창가에 그대로 비워 놓고 있었다.

나는 피로가 몰려온 탓에 침대에 가만히 누워있었다. 그때 제일 먼저 놀란 눈을 한 옆자리 환자가 다가오며 말을 걸어왔다.

"그때는 우리가 몰라서… 너무 죄송해요."

그 환자는 당시 나 자신이 완전마비 상태에서 통증을 견디지 못해 눈물을 뚝뚝 흘리고 있을 때 내게 참을성이 없는 사람이라고 힐책했던 것에 대해 사과한 것이었다. 이번에는 문 쪽에 자리한 환자와 간병인이 같이 다가와서 말했다.

"저희도 사과드립니다. 그땐 정말 환자분이 그토록 많이 아프신 줄 몰랐어요. 용서해 주세요."

그들 모두는 당시 통증을 호소하던 내 모습을 보고 고생을 모르고 산 사람들이 참을성이 없다며 은근히 쏘아붙였던 것에 대해 사과한 것이었다. 그들이 진정으로 미안해하는 목소리가 나로 하여금 침대 난간을 잡고 일어나게 만들고 있었다. 잠시 후 담담한 목소리로 내가 말했다.

"당사자가 아니니 그렇게 보여질 수도 있었겠지요."

그들이 모두 자기 자리로 돌아가고 났을 때 나는 또다시 침대에 누웠다.

얼마가 지났을까. 신 여사가 부르는 소리에 눈을 떠보니 좀 전에 사과했던 세 사람이 다시 찾아와서 빵과 음료수를 놓고 돌아갔다고 했다. 나는 신 여사에게 귤 한 상자를 주문하라고 말했다.

생각보다 귤이 빨리 도착했다. 나는 신 여사에게 귤을 병실 사람에게 나누어 주라고 말했다. 그날부터 비 온 뒤에 땅이 굳어지듯 병실 분위기는 전에 없이 화기애애한 분위기로 바뀌게 되었다.

이튿날 아침이었다. 시간표에 적힌 대로라면 아홉 시 반까지 치료실로 가야 했다. 두 달 만에 처음으로 치료실에 가야 한다고 생각하니 마음이 착잡했다. 무엇보다 G 치료사와 대면하는 일이 신경이 쓰였다. 그렇다고 안 갈 수도 없었다. 치료실로 들어간 순간 통로 양쪽에 감색 치료 매트 여러 개가 나란히 놓인 것도 그대로였고 동쪽 벽면에 놓인 대형 화분에는 여전히 밴자민과 키다리 선인장, 몬스테라도 그대로 놓여 있었고 벽에 걸린 타원형 거울도 둥근 벽시계도 그대로였다. 변한 건 아무것도 없는데 왠지 모르게 낯설게 느껴졌다.

눈을 두리번거리고 있는데 제일 먼저 눈에 들어온 사람은 G 치료사였다. 그는 무릎을 구부린 자세를 취한 채 매트에 누워있는 한 젊은 여성 환자를 치료하느라 내가 치료실에 들어온 사실도 모르고 있었다. 그런데 이상했다. 매트에서 허리를 구부린 자세를 취하고 환자의 다리 근육을 늘리고 있는 G 치료사의 모습이 전에 없이 낯설게 느껴졌다. 그 낯설음은 나 자신이 비어 있는 치료 매트에 올라가서 누울 때까지 G 치료사의 얼굴에 그대로 남아 있었다. 마침내 종료 벨이 울림과 동시에 G 치료사와 눈이 마주치게 되었다. 그때 놀란 눈을 하고 재빨리 내가 누워있는 매트로 옮겨온 G 치료사가 자신의 손가락이 매트에 닿을 정도로 몸을 숙여 인사했다. 그러고는 내 손을 덥석 잡으며 말했다.

"○○○ 님, 죄송합니다. 재수술까지 받으시느라 고생 많으셨습니다. 제가 그날 오 층 치료사를 부르지 말았어야 했는데 모두가 제 잘못입니다. 사실 이런 말씀을 드릴 면목도 없습니다만 지금부터라도 최선을 다하겠습니다."

G 치료사는 전에도 같은 말을 한 적이 있었다. 나는 눈을 감은 채 아무 말도 하지 않았다. G 치료사는 치료하는 중간에도 또 한 차례 사과했다. 이번에도 나는 눈을 감은 상태에서 가만히 있었다. 나 자신이 침묵한 이유는 G 치료사가 하는 말을 신뢰하지 않아서가 아니었다. 그때까지 그 낯설음이 G 치료사의 얼굴에서 사라지지 않았기 때문이었다.

나 자신이 일 차 수술을 받고 나서 처음으로 이 치료실에 왔을 때부터 석 달 넘게 매일 한 차례씩 내 몸을 정성을 다해 치료해 준 사람이 바로 G 치료사였다. 그런데 이 낯설음은 무엇 때문일까?

별안간 낯설게 느껴지는 G 치료사의 얼굴 위로 또 다른 얼굴이 오버랩 됐다. 나 자신이 맨 처음 이 치료실에 왔을 때 나를 맞아준 사람이 G 치료사였다. 그날 G 치료사가 조심스럽게 내 몸을 매트에 올려놓고 나서 눈이 마주친 순간 병긋 웃어 보였다. 그는 웃을 때 눈부터 웃었던 것 같았다. 웃을 때면 한없이 선해 보이는 그의 눈에서도 볼에서도 빛이 났던 것을 나는 또렷하게 기억했다.

어느새 G 치료사는 이마에 맺힌 땀을 닦을 생각도 하지 않은 채 열정적으로 내 다리 관절을 움직이고 있었다. 그의 손길에는 두려움과 긴장감, 그리고 신뢰가 같이 얹혀 있었다. 누구든 살다 보면 본의 아니게 실수할 수 있다. 하지만 자신의 실수를 인정하기보다는 구차한 변명만 늘어놓는다면 오히려 더 불쾌해지는 법이다. 그런데 자신의 잘못을 솔직히 인정하는 태도를 보이는 G 치료사의 모습을 보게 된 순간 어느새 가슴속에 자리하고 있던 낯설음도 조금씩 옅어지는 듯 했다. 그때까지 침울한 표정을 한 G 치료사가 내 다리 하나씩을 들었다가 내렸다가 하더니 갑자기 얼굴이 환하게 밝아졌다.

"아! 이 차 수술이 신의 한 수인 것 같습니다."

그렇게 말하는 G 치료사의 목소리는 격한 감정으로 떨리기까지 했다.

눈을 동그랗게 만들고 내가 물었다.

"왜요?"

조금 흥분된 듯한 목소리로 G 치료사가 또 말했다.

"다리 힘이 일 차 수술 때보다 훨씬 좋습니다. 단지 달라진 게 있다면 일 차 수술 후엔 오른쪽 다리 힘이 강했는데 이번에는 왼쪽 다리 힘이 강한 차이뿐입니다. 아무튼 다리 힘이 더 좋아진 건 확실합니다.”

그날부터 G 치료사는 치료 때마다 이마에 땀을 뻘뻘 흘리며 최선을 다했다. 그는 주어진 치료 시간, 삼십 분 중 다리 근육을 푸는데 이십오 분을 사용하고 나머지 오 분은 반드시 매트에 앉는 동작을 시키는 데 사용했다. 그러나 안타깝게도 내 몸은 단 오 초도 앉아 있지 못하고 한쪽으로 기울곤 하는 것이었다. 그렇더라도 훈련은 계속됐다. 힘에 겨울 때마다 이를 앙다물었다. 땀이 흘러내려 속옷을 다 적셨다. 땀을 많이 흘려서일까. 갑자기 기력이 떨어지면서 실신할 것만 같았다. 잠깐 포기하고 싶은 생각이 머릿속을 스치고 지나갔다. 나는 재빨리 그 생각부터 밀어냈다. 지금 멈추면 정말 여기서 끝나고 말 것이다. 안간힘을 다해 또다시 몸을 일으켰다. 지금 이 싸움에서 반드시 이겨야만 한다고 또 한 차례 다짐했다.

이 주 정도 지났을 때 G 치료사가 말했다.

“이제 앉는 자세가 어느 정도 안정적으로 되고 있으니 오늘부터는 누운 자세에서 엉덩이를 가슴 높이만큼 들었다가 내렸다가 하는 동작과 누웠다가 일어나 앉는 동작도 같이 하게 될 겁니다.”

나는 G 치료사가 하라는 대로 죽을힘을 다해 그 동작을 따라 하게 되었다.

어느 날 G 치료사가 제법 큰 소리로 “지금 좋습니다.” 하고 말했다. 그 말은 몇 차례 반복됐다. 그러나 칭찬처럼 들리지 않도록 하되 절대 무시하지 않게. 그리고 훈련이 끝날 때마다 G 치료사와 나 사이에는 과하지도 모자라지도 않은 적절한 공기가 감돌았다. 그걸 조율이라고 나는 생각했다. G 치료사와 나 사이에 전에 없이 낯설고 어색했던 분위기를 녹이게 하는 조율 말이다. 어차피 엎질러진 물처럼 돼 버린 지난 일에 대해 G 치료사도 지나치게 죄의식에 사로잡히지 말아야 하고 나 역시 G 치료사를 원망하지 말아야 한다는 쪽으로 생각이 기울기 시작했다.

그날도 열정을 다해 치료하던 G 치료사가 잠시 손을 멈추고 나서 나직한 목소리로 말했다.

"늦었지만 지금이라도 오 층 치료사에게 연락해 내려와서 ○○○ 님께 사과하라고 할까요?"

나는 담담하게 말했다.

"그렇게 말씀하시는 G 치료사님의 마음은 잘 알겠는데 솔직히 저는 그 오 층 치료사 얼굴도 기억이 잘 안 납니다. 모르긴 해도 그 치료사 역시 저와 마찬가질 겁니다. 얼굴을 모르는 상태에서 평생 살아가는 게 서로에게 좋을 것 같습니다."

내 말이 끝나자 G 치료사가 놀란 얼굴을 하고 말했다.

"그러기가 쉽지 않은데… 감동입니다. 정말이지 눈물이 날 정도로 감동했습니다."

나는 오 층 치료사에 대해 이런저런 할 말이 많았지만 모두가 운명이라고 생각했다. 모두가 운명이라고 생각하면서 한동안 천장만 올려다보고 있었다. 그때까지 G 치료사의 이마에는 땀이 나서 기름을 발라놓은 것처럼 번질거리고 있었다. 잠시 후 G 치료사는 자신의 괴로운 속마음을 보여주기라고 하듯 잠깐 입술이 파르르 떨리고 있었다.

다시 재활 훈련을 시작한 지 두 달이 되었다. 훈련은 언제나 고됐다. 매일 반복되는 훈련에도 기억을 잃어버린 근육은 말을 잘 듣지 않았고 고통은 정직했다. 재활은 진전보다 반복에 가까웠다. 다시 재활을 시작한 지 삼 개월이 되었다. 하지만 어제와 오늘의 차이는 보이지 않았고 몸은 여전히 불완전했다. 그렇더라도 나는 매일 같은 동작을 되풀이 해야했다. 결과를 믿어서가 아니라 중단하는 순간 모든 가능성이 사라진다는 사실을 알고 있었기 때문이었다. 제대로 힘을 쓰지 못하는 다리를 바라보며 혼자 중얼거렸다. '당장은 온전한 직립보행이 아니어도 괜찮아. 힘들고 지칠지라도 결코 훈련을 포기하지 않도록 내게 힘을 줘.'

그날도 G 치료사는 이마에 땀을 훔쳐 가며 자신이 할 수 있는 모든 기술을 동원해 최선을 다했다. 마침내 종료시간 오 분 정도 남은 상태에서 G 치료사가 하라는 대로 두 무릎과 두 손, 즉 사족을 동원해 개처럼 네 발로 걷기도 하다가 게처럼 옆으로 기는 동작도 했다. 마침내 종료 시간 일 분 전. 이미 나는 지칠 대로 지쳐 있었다. 그렇더라도 죽을힘을 다해 다시 한 차례 개처럼 사족으로 걷다가 게처럼 옆으로 가는데 갑자기 숨이 차오르면서 눈앞에 캄캄해졌다. 온몸에 식은땀이 나면서 금방이라도 매트 위에 쓰러질 것 같았다. 사실 오늘만 그런 건 아니었다. 매번 훈련은 고통의 반복이었다. 반복되는 고통은 현실이었고 현실은 지상의 지옥이었다. 그러나 나는 매일 반복되는 지옥 훈련에서 배우게 되었다. 고통은 제거하는 것이 아니라 고통에 의미를 부여하는 것이 인간이라는 것을. 내 하

반신의 몰락조차도 우연이 아니라면 그것 또한 저주할 이유는
없었다.

그날도 개처럼 사족으로 걷거나 게처럼 옆으로 걷는 훈련
은 계속되었다. 개처럼 사족으로 걷거나 게같이 옆으로 기는
동작이 어느 정도 익숙해지고 있어서 그런지 이상하게도 종료
벨이 울린 순간 뜬금없이 내 입에서 이런 시구가 술술 나오고
있는 것이었다.

게는 낮달처럼 기어서 간다
뒷걸음을 치면서
스스로의 짐을 짊어진 채
그것도 너무 무거워서
자꾸 옆으로만 걷는다….

이어진 생각은, '이 시를 누가 썼더라?'였다. 그러나 아무리
머리를 굴려 봐도 시인이 떠오르지 않았다. 시구는 생각나는
데 어째서 시인이 생각나지 않을까? 어느 순간 내 입에서 툭
튀어나온 말은 '서정주!'였다. 그러나 서정주가 맞는지 확실치
가 않았다.

병실에 돌아오고 나서 휴대폰부터 켰다. 인터넷에 들어가
자료를 찾아보았다. 잠시 후 내 입가에는 미소가 피어나고 있
었다. 비록 나 자신의 몸은 척추 하나가 부러져 수리한 상태지
만 기억 장치만은 그대로란 생각에 감사했다. 이어진 생각은

언제쯤 개나 게의 걸음이 아닌, 사람의 걸음을 걸을 수 있을까 하는 것이었다. 그러나 걷는 건 고사하고 아직도 나는 제대로 서지도 못한다.

인간에게 안정적 직립보행이 확립된 시기는 약 360만 년 전 오스트랄로피테쿠스이나 현대인과 동일한 형태의 완전 직립보행이 자리 잡게 된 지는 약 200만 년 전 호모에렉투스가 등장하게 되면서부터이다. 인간이 다른 포유류로부터 구별되는 것은 직립보행이 가능하기 때문일 것이다. 인간과 유사한 직립보행을 하는 동물, 이를테면 침팬지나 펭귄, 오랑우탄, 타조 등과 같은 동물도 있지만 이런 종류의 동물 대부분은 먹이를 사냥할 때나 혹은 사냥한 먹잇감을 이동시킬 때 일시적인 직립보행을 하는 경우가 많다. 갓 태어난 어린아이가 직립보행을 하기까지에는 수없이 많은 시행착오를 겪게 되듯 나 역시 시행착오를 수없이 겪고 나면 언젠가는 온전한 직립보행이 가능하게 될 것이라고 믿고 싶었다.

어느새 또 한 주를 마무리하는 토요일이 되었다. 토요일은 오전 치료밖에 없었다. 그날도 희망과 절망이 혼재된 상태에서 한 주를 마무리하는 마지막 치료를 받고 나서 휠체어를 타고 병실로 향하는 복도를 지나게 되었다. 갑자기 이상한 느낌이 들었다. 늘 얼음처럼 차갑기만 하던 발이 처음으로 따듯한 느낌이 드는 것이었다. 어느 순간 나는 내 발이 내지르는 소리를 듣게 되었다.

'땅을 밟고 싶어!'

그것도 아주 선명하게. 선명한 그 소리는 내 귀로 들었다기보다는 나 자신의 마음속 깊은 곳에서 올라온 절규 같은 것이었다.

그날 밤이었다.

나는 최초로 달에 착륙한 우주비행사처럼 두 발로 힘차게 땅을 밟는 꿈을 꾸게 되었다. 배낭을 등에 멘 채 병실 밖으로 나오면서 야호! 하고 외쳤다. 복도에 세워둔 전신 거울 앞으로 다가갔다. 허리까지 내려오는 감색 면 티셔츠에 회색 추리닝을 입고 차양 넓은 모자를 쓴 내 모습이 왠지 낯설게 보였다. 머리를 짧게 자른 탓일까. 모자 밑으로 머리카락은 하나도 보이질 않았고 양쪽 귀만 오롯이 보였다. 쌍꺼풀진 눈과 오뚝한 코, 단정한 입, 창백해 보이는 얼굴은 오랫동안 햇빛을 보지 못한 탓이리라. 고개를 숙여 아래를 보았다. 감색 추리닝 아래로 베이지색 운동화 끈이 조금 보일 뿐 흰색 면양말은 보이지 않았다. 그때 등 뒤에서 누군가가 나를 부르는 소리가 들려왔다. 돌아보니 낯익은 간호사였다. 간호사가 미소 띤 얼굴을 하고 어딜 가느냐고 물어왔다.

나는 조금 흥분된 목소리로 말했다.

"간호사 선생님, 저 오늘 퇴원해요."

그러나 간호사는 아무런 반응도 보이지 않았다. 짐이라곤 달랑 배낭 하나가 전부였다. 배낭을 등에 멘 채 뒤도 돌아보지 않고 병원 문 앞까지 힘찬 발걸음으로 걸어갔다. 나도 모르게 입에서 함성이 터져 나왔다. "아! 땅을 밟고 걷는 이 느낌!" 조금 흥분된 기분으로 고개를 들어 하늘을 올려다보았다. 그때 하늘은 쪽빛으로 물들어 있었다. 쪽빛 하늘엔 군데군데 흰 구름이 떠다니고 있었다. 그 모습은 흡사 쪽빛 바다 위를 떠다니는 흰 돛단배처럼 보이기도 했다.

보도블록 길이 시작된 지점부터는 지대가 조금 높아 보였다. 보도블록 한 장이 수평이 맞지 않아서 움푹 들어가 있었다. 잠시 그 자리에 서서 고개를 숙여 발을 내려다봤다. 어느 때보다 내 발은 진지했다. 발로 움푹 들어가 있는 보도블록을 지그시 누르는 순간 삐걱하는 소리가 났다. 그런데도 내 몸이 휘청거리지 않고 꼿꼿이 서 있는 게 신기하게 느껴졌다. 너무도 신기한 나머지 나도 모르게 한 발 뒤로 물러난 후 한 차례 더 움푹 들어가 있는 보도블록을 밟고 서 보았다. 이번에도 삐걱하는 소리가 한 차례 났다. 그런데도 내 몸은 조금도 흔들리지 않는 것이었다. 흥분된 탓인지 갑자기 야호! 하고 외치고 싶었다. 그러나 내 입에서는 끝내 야호! 란 말은 나오지 않았다.

눈앞에 숲이 보였다. 점점 숲이 가까워서일까. 야행성 지렁이도 대낮에 오솔길에 나와서 돌아다녔다. 까만 등짝이 햇빛을 받아 유난히 반짝이는 개미 떼가 말라버린 지렁이 사체에 까맣게 달라붙어 있는 모습도 보였다. 잠시 발걸음을 멈추고 그 광경을 지켜봤다. 말라빠진 희뿌연 지렁이 사체에 까맣게 달라붙어 있던 개미들이 마침내 낙엽 속으로 모습을 감추고 말았다.

숲길을 따라 천천히 걸으면서 생각했다. 빨리 두 딸에게 연락해야지. 그러다가 곧 생각을 바꾸게 되었다. 전화로 미리 퇴원 소식을 알리기보다 나 자신이 두 발로 힘차게 걸어서 집에 도착하게 되면 깜짝 놀라 할 두 딸의 모습을 보고 싶었던 것이었다. 내 모습을 보고 놀라 할 두 딸의 표정을 상상하는 순간 저절로 웃음이 나왔다.

숲길이 끝나는 지점과 찻길이 맞닿아 있었다. 찻길에는 지나가는 차도 사람도 없었다. 잠깐 서서 뒤를 돌아보니 빨간 벽돌로 지어진 오 층 건물이 눈에 들어왔다. 건물 옥상에는 'K재활병원'이라고 써놓은 간판이 거인처럼 팔을 벌리고 서 있었다. 그 아래로 빨간, 노란, 주황, 흰 장미꽃이 활짝 피어 있어서 건물 안의 어둡고 무거운 분위기와는 달리 평화로워 보였다. 그중에서 빨간 장미꽃이 유독 많아 보였다. 그러나 그 건물과 나 자신은 아무런 관련도 없는 것처럼 느껴졌다.

멀리서 개 짖는 소리가 들려왔다. 개 짖는 소리가 낯설게 느껴졌다. 흡사 다른 행성에서 들려오는 듯한 느낌이라고나 할까? 잠시 후 또다시 무슨 소리가 들려왔다. 귀를 쫑긋 세우고 났을 때 들린 소리는, '다른 행성이 아니라 이게 바로 바깥세상인 것이야!' 하는 소리였다. 그 소리는 지구상이 아니 낯선 행성에서 들려온 듯한 소리 같았다.

마침내 눈앞에 아스콘으로 포장된 찻길이 나타났다. 저만치 신호등이 보였다. 횡단보도에 발 하나를 내려놓는 순간, 신호등은 곧 빨간불로 바뀌었다. 하는 수 없이 두 발을 다시 인도 위에 올려놓게 되었다. 내 발이 자유자재로 움직이는 게 너무도 신기했다. 머릿속에서 전철? 버스? 두 단어를 떠올렸다. 때마침 택시 하나가 앞에 와서 섰다. 나는 엉덩이부터 뒷좌석에 밀어 넣고 나서 두 다리를 차 안에 구겨 넣었다. 차 안에 앉자마자 강렬한 햇볕이 유리를 뚫고 차 안으로 들어왔다. 눈이 부실 정도로 강렬한 햇볕을 피하느라 재빨리 얼굴을 돌리는 순간 눈이 번쩍 뜨였다.

아! 현실이 아닌 꿈이었던 것이었다.

예전처럼 땅을 밟으며 힘차게 걷고 싶은 간절함이 꿈이라는 창을 통해 발현된 것이라고 생각했다.

마침내 날이 밝아왔다. 오늘도 희망이 보이지 않은 치료실과 병실을 오가며 하루하루를 보내야 한다고 생각하니 갑자기 어두운 터널 속에 갇힌 듯 가슴이 먹먹해 왔다. 언제쯤 이 어둡고 긴 터널에서 벗어날 수 있을까.

그날 저녁을 먹고 나서 병실 사람들 모두 텔레비전에 눈을 주고 있었으나 내 눈은 오로지 내 발에 가 있었다. 나는 발을 바라보며 혼잣말을 했다. '넌 땅을 딛고 우뚝 서고 싶지 않니? 언제쯤 땅을 디딜 거니?' 그러나 내 발은 아무런 반응도 보이지 않았다.

얼마나 지났을까? 갑자기 왼쪽 발가락이 한 차례 움찔하더니 발목까지 움찔하는 것이었다. 착각한 걸까? 잠시 후 다시 한 차례 눈을 왼발에 주고 있었다. 또 한 차례 왼쪽 발목이 움직였다. 그것은 착각도 착시도 아닌 사실이었다.

나도 모르게 혼잣말을 했다.

'좋아! 좋아! 이건 반드시 기록해둘 만한 현상이야!'

그렇게 중얼거리다가 얼른 손을 침대 밑으로 집어넣어 수첩을 꺼냈다. 나는 수첩에 이렇게 적었다.

'오늘 처음으로 왼쪽 발가락과 발목이 각각 한차례 씩 움직였음. 그런데 그 움직임이 제법 컸음'

수첩을 덮고 났을 때 울컥했다. 단지 울컥했을 뿐이라고 생각했는데 어느새 뺨을 타고 흘러내린 건 분명 눈물이었다. 손을 뺨에 가져갔을 때 뺨을 타고 흘러내린 눈물의 온도는 분명 뺨보다 뜨겁게 느껴졌다. 다행히 어둠은 내 눈물을 다른 사람들이 볼 수 없게 했다.

아침을 먹고 나서 치료실에 갔을 때였다. 나와 눈이 마주친 G 치료사가 환하게 웃는 얼굴을 하고 말했다.

"오늘은 땅을 밟고 한번 서 봅시다."

그 말을 듣게 된 순간 나는 내 귀를 의심했다. G 치료사가 휠체어에 앉아 있던 나를 일으켜 세운 후 차렷 자세로 서라고 말하는 것이었다. 당황한 나머지 잠깐 머뭇거리게 되었다. 그러자 G 치료사가 환하게 웃는 얼굴을 하고 또 말했다.

"자, 긴장 마시고 한번 서 보세요. 설 수 있습니다."

서기도 전에 가슴부터 떨려왔다. 곧 G 치료사가 양손으로 내 골반을 잡아준 순간 신기하게도 내 발이 땅을 밟고 우뚝 서게 되었다. 가만히 따져보니 땅을 밟고 서 본 지 팔 개월 만이었다. 만세를 부르듯 양손을 높이 들었다. 서 있는 시간은 고작 이십 초, 삼십 초 정도 더 지나자 힘이 약한 오른발은 더 이상 버티지 못하고 허물어지고 말았다.

언제 나타났는지 원장이 환하게 웃는 얼굴을 드러내 보이며 말했다.

"오! 마침내 ○○○ 님이 두 발로 서셨네요. 축하드립니다. 열심히 하시기 바랍니다."

"네. 원장님 감사합니다. 열심히 훈련해서 반드시 제 발로 걸어서 퇴원할 겁니다.”

“네. 꼭 그렇게 하십시오. 응원합니다.”

원장이 돌아가고 나서 G 치료사가 말했다.

“지금처럼 열심히 하시면 머지않아 발을 뗄 날이 올 테니 용기를 잃지 마세요.”

조금 흥분된 목소리로 내가 말했다.

“고맙습니다. 모두가 G 선생님 덕분입니다.”

“아닙니다. 다 ○○○ 님의 노력 덕분이지요. 어때요? 오랜만에 땅을 밟고 서보니 기쁘시죠? 기쁘면 웃으셔야죠. 왜 눈물을 보이세요. 자, 웃으세요. 활짝 웃어 보세요. 하하하.”

그렇게 말한 G 치료사의 눈도 이미 붉어져 있었다. 잠시 후 G 치료사와 나는 똑같이 붉어진 눈을 하고 서로의 얼굴을 바라보며 환하게 웃었다.

잠시 후 휠체어에 앉아서 병실로 돌아오고 있는데 어느새 눈에서 흘러내린 한줄기 눈물이 입술에 닿게 되었는데 이상하게도 눈물에서 단맛이 느껴져졌다. 눈물에서 왜 단맛이 날까? 생각하다 어느 책에선가 눈물에도 다양한 종류가 있다고 한 대목을 읽었던 기억이 났다. 눈을 항상 촉촉하게 해주는, ‘기저 눈물’과 양파나 연기와 같은 자극으로 나오는 ‘반사 눈물’, 슬픔이나 기쁨과 같은 감정에서 나오는, ‘감정 눈물…’로 돼 있었던 것 같았다. 이 논리대로라면 지금 내 눈에서 흘러내린 눈물은 ‘감정 눈물’에 해당되는 게 아닐까 싶었다.

그날부터 서는 훈련은 계속됐다.

서는 운동을 한 지 열흘째. 그날은 약 오 분간 서 있게 되었다. G 치료사가 벙긋 웃는 얼굴을 하고 말했다.

"다음 주부터는 발을 떼는 훈련을 해보려고 합니다."

조금 흥분된 표정을 드러내 보이며 내가 말했다.

"제가 발을 뗄 수 있을까요?"

"그럼요. 충분히 발을 뗄 수 있습니다. 발을 떼기 시작하면 곧 걷게 될 것입니다. 하하하."

열흘 정도 지났을 때였다.

그날 치료실에 가자마자 G 치료사가 손에 무언가를 들고 와서 벙긋 웃어 보이며 말했다.

"오늘은 이 워크를 잡고 한번 걸어봅시다. ○○○ 님 뒤에는 제가 든든하게 지키고 있으니 불안하게 생각지 마시고 천천히 발을 떼 보세요."

난생처음으로 워크를 잡고 서 있는데 갑자기 심장이 콩당콩당 뛰기 시작했다. 그렇더라도 호흡을 가다듬고 나서 먼저 힘이 좋은 왼발부터 앞으로 내밀게 되었다. 곧 오른발이 저절로 나갔다. 그러나 안타깝게도 워크를 잡고 단 오 분도 걷지 못한 상태에서 힘이 약한 오른쪽 다리가 무너지고 말았다. 어느새 온몸에 식은땀이 배어 있었다. 그런 내 모습을 본 G 치료사가 웃는 얼굴을 드러내 보이며 말했다.

"너무 실망하지 마세요. ○○○ 님께서 일 년 가까이 걷지 않았기 때문에 다리 근육이 약해져서 그런 것이니 걱정 안 하셔도 됩니다. 반복하다 보면 체력도 좋아지고 점차 다리에도 힘이 오를 겁니다."

그렇게 워크 잡고 걷기를 시작한 지 보름 정도 되자 혼자서도 워크를 잡고 병실에서 치료실까지 오고 갈 수 있게 되었다. 갑자기 보행의 희망이 성큼 다가온 느낌이었다. 이때부터 훈련 강도는 한층 더 높아졌다. 치료실 천장에 묶어놓은 끈을 잡고 매달리기도 하고 난간을 잡고 계단을 한 칸 한 칸 이 층까지 오르기도 했다. 맨 처음 층계를 오를 때는 금방이라도 다리가 무너질 것 같은 느낌에 온몸이 땀으로 흠뻑 젖어 있었다. 한 손으로 복도에 설치된 안전 바를 잡고 혼자서 조심조심 걷기도 했다. 또 어느 날은 안전 바를 잡고 앉았다가 일어났다 하는 동작도 하게 되었다. 그러나 어느 것 한 가지도 수월한 훈련은 없었다.

이때부터 재활의 고통은 더 이상 형벌이 아니라 내게 운명을 사랑하는 법을 가르치는 스승이라는 사실을 깨닫게 되었다.

금요일 오전 치료를 마치고 워크를 잡고 복도를 걸어오는데 온몸에 땀이 범벅이 되었다. 병실에 돌아온 순간 나도 모르게 혼잣말을 했다.

"휴! 워크 잡고 걷는 것도 장난이 아니네."

그때였다. 표정 없는 얼굴을 한 옆자리 환자가 침대에 누운 상태에서 낯선 사람을 바라보듯 나를 바라보는가 싶었는데 갑자기 커튼을 거칠게 닫아버렸다. 그러더니 곧 악을 쓰듯 말하는 것이었다.

"그쪽은 지금 누구 약 올리려고 워크 잡고 걷는 게 힘이 든다고 말하세요? 이 병실 환자 중 땅을 밟을 수 있는 사람은 유일하게 그쪽밖에 없는데…."

"…."

나를 놀라게 한 건 두 가지였다. 한 가지는 병실에 있는 다섯 명의 환자 중 오직 땅을 밟을 수 있는 유일한 사람은 나밖에 없다고 하는 말이고 또 다른 한 가지는 누구 약 올리느라고 워크 잡고 걷는 게 힘이 든다고 말하느냐는 것이었다. 그 목소리의 주인공은 한 잡지사 편집부장이었던 것 같았다.

다음날 치료실에 갔을 때 G 치료사에게 낮은 목소리로 내가 물었다.

"선생님, 저의 병실 환자 중 워크라도 잡고 땅을 밟을 수 있는 사람이 저밖에 없다는 말이 사실인가요?"

"네. 사실입니다. 그 병실 환자 중 오직 ○○○ 님만 보행이 가능한 것으로 압니다. 나머지 환자는 모두 안타깝게도 완전 마비입니다. 아마도 그분들은 ○○○ 님이 워크를 잡고 치료실을 오가는 모습을 보게 되면 엄청 부러울 겁니다."

나는 나 자신을 부러워하는 사람이 있다는 사실이 놀라울 뿐이었다. 그날부터 그들이 보는 앞에서 워크라도 잡고 걸을 수 있는 나 자신이 왠지 죄인처럼 느껴지기도 했다.

오후에도 치료를 끝내고 워크를 잡고 한 발 한 발 걸어서 병실까지 오게 되었다. 병실 안은 늘 그랬듯 조용했다. 가끔 병실과 복도를 지나가는 휠체어 바퀴에서 나는 삐걱거림이 전부였다. 그때 앞 침대에 누워있던 한 잡지사 편집부장의 눈만이 나를 쫓고 있는 듯했다. 곧 그녀의 눈썹이 미세하게 떨리고 있었다. 그 무언의 떨림은 나만 알 수 있었다. 그때 어디서 중얼거리는 소리가 들려왔다.

"오늘도 저 환자는 워크를 잡고 걸어왔나 보네."

그 목소리는 크지 않았지만 병실 안의 고요 속에서 메아리처럼 울렸다.

"워크를 잡고 걸을 수 있으니 좋겠지."

그때 잡지사 편집부장이 작은 소리로 또 한 차례 말했다.

"저 환자는 처음부터 우리처럼 완전마비도 아니었잖아. 그러니 우리와는 완전 다르지."

한때 중소기업에서 일했다던 사십 대 환자는 눈을 감은 채 아무 말도 하지 않았다. 다만 그녀는 천천히 손으로 이불자락을 당겨 얼굴까지 덮고 있을 뿐이었다. 파란 이불 위로 파르르 떨리는 하얀 손. 그것은 분명 그녀의 무의식에 가라앉아 있던 비애와 질투심이 의식 밖으로 투사된 양상이라고 생각하게 되었다. 완전마비 상태인 그들은 워크라도 잡고 걷는 내 모습을 보게 되면 희망을 느끼기보다는 절망감만 더했을 것이다. 마치 죄인이라도 된 양 나는 숨소리조차도 낼 수 없었다.

이튿날은 공휴일이었다. 신 여사와 함께 밖에 나갔다가 돌아왔을 때 병실에는 음식 냄새가 진동했다. 알고 보니 완전마비 환자 넷이서 돼지 족발과 치킨을 주문해 커튼을 가려놓고 먹고 있었다. 그들은 그것을 다 먹고 나서도 한동안 큰 소리로 떠들기도 하다 어느 순간 박장대소를 했다. 몸이 완전마비 상태에서도 저토록 호탕한 웃음을 웃을 수 있다는 게 신기했다. 왜 그런지 몰라도 그들이 큰 소리로 깔깔대는 웃음소리가 내 귀에는 절규처럼 들려 왔다.

밤 아홉 시가 되자 어김없이 병실엔 불이 꺼졌다. 달빛이 창을 비추고 세찬 바람이 불어와 창을 흔들고 있었다. 왠지 병실 공기가 서늘한 느낌이 드는 바람에 나도 모르게 몸을 움츠리게 되었다.

밤 열 시경 모두가 잠이 들었을 때였다.

갑자기 앞 환자가 비명을 질렀다.

"아얏! 사람 살려!"

그 소리에 나도 신 여사도 동시에 눈을 뜨게 되었다. 한참이 지나도 비명은 멈추지 않고 있었다. 언젠가 앞 환자가 자신이 심장 수술 후 완전마비 판정을 받게 되었다고 말했던 것 같았다. 그 환자는 얼굴도 얌전해 보이고 자신의 간병인에게 말할 때도 교양이 넘쳐 보였다. 게다가 영혼이 깃들어 있는 듯 보이는 영롱한 눈동자가 그녀의 모든 걸 말해주고 있었다. 그런데 그녀는 저토록 아프면서도 여태껏 앓는 소리 한 번 내지 않았을까? 그 생각을 하고 있는데 갑자기 병실에 불이 켜지고 간호사 둘이 들어왔다. 그중 키가 큰 간호사가 그 환자의 팔에 진통제 주사를 놓은 듯 보였다. 환자의 비명이 서서히 잦아들기 시작했을 때 나도 잠이 들었던 것 같았다.

아침이 밝아왔다. 어찌된 일인지 앞자리 침대가 텅 비어 있었다. 자꾸만 내 눈길이 비어 있는 침대 쪽으로 쏠리고 있었다. 그때 신 여사가 낮게 말했다.

"모르셨지요?"

신 여사를 힐끗 쳐다보며 내가 말했다.

"뭘요?"

"앞 환자가 이상한 세균에 감염됐다는 사실 말입니다."

"금시초문인데요."

“그 환자 어젯밤에 격리실로 갔어요.”

“그럼 간병인은 집으로 갔나요?”

“집에 가다니요. 간병인도 환자와 똑같은 세균에 감염됐데요.”

“어떤 세균?”

“간호사실에서 말을 안 해주니 자세한 건 몰라요.”

그날도 나는 G 치료사가 하라는 대로 워크를 잡고 복도를 걷고 있었다. 처음으로 왕복 두 차례를 걷고 났더니 온몸이 땀에 흠뻑 젖어 있었다. 온몸이 땀에 젖어 있었지만 기분은 날아갈 것 같았다. 마침내 종료 벨이 울리고 있었다. 치료실에서 워크를 잡고 복도로 나오려고 하던 참이었다. 어디서 똑. 똑. 똑. 요란한 구두 소리가 들려왔다. 그 소리가 어찌나 컸던지 환자와 보호자는 물론이고 치료사들 시선까지 그쪽으로 쏠리게 했다. 힐끗 돌아보니 그 소리는 젊은 의사의 하이힐 소리였다. 처음 보는 얼굴이었다. 아마도 얼마 전에 떠난 남자 의사 대신 온 여의사가 아닐까 싶었다. 내 짐작은 적중했다. 그녀는 하얀 가운을 입고 까만 하이힐을 신고서 똑. 똑. 똑. 소리를 내며 치료실 안을 돌아다니고 있었다.

그쪽을 힐끗힐끗 쳐다보며 G 치료사가 말했다.

“이번에 새로 오신 저 의사 선생님은 자신이 키가 작은 것에 대해 받아들이지 못하는, 이상한 강박관념에 사로잡혀 있는 것 같아요. 그러다 보니 자신은 반드시 굽이 높은 하이힐 신어야만 한다고 생각하는 모양입니다.”

워크를 잡고 선 상태에서 내가 말했다.

“젊은 여성 대부분이 하이힐을 신음으로써 키도 커 보이게 하고 몸매까지 아름답게 연출하고 싶은 마음은 충분히 이해는 갑니다. 하지만 굳이 보행이 어려운 재활 환자들 앞에서 하이힐을 신고 저렇게 똑. 똑. 똑. 소리까지 내며 돌아다닐 필요가 있을까 싶네요.”

내 말이 끝나자 G 치료사는 말없이 빙그레 웃고만 있었다. 마침내 그 여의사가 똑. 똑. 똑. 구두 소리를 내며 내 앞을 지나 문 쪽을 향해 걸어갔다. 그제야 나도 워크를 잡고 천천히 복도로 나오게 되었다.

얼마 전만 하더라도 나 자신도 대학 강단에서 학생을 가르치는 직업을 가지고 있었다. 당시 짧은 머리를 즐겨 했던 나는 정장에 로힐을 신고 준비한 파일을 손에 들고 강의실로 향하는 복도를 힘찬 발걸음으로 걸어가곤 했다. 본래 강의실이 있던 건물은 건축학적으로 지표로 삼을 만한 건축물은 아니었다. 그것은 사십 년 전에 돌로 지은 건물로 규모도 작고 높이도 삼 층에 불과했다. 그런데다 창밖에는 다른 건물이 막고 있어서 답답한 느낌을 주었던 것이 사실이었다. 차츰 학생 수가 늘어나게 되면서 강의실을 옮겨가게 되었다.

새로 옮겨간 강의실은 지대가 조금 높은 곳에 지어진 사 층 건물 중 일 층이었는데 외벽은 붉은 벽돌로 되어 있었다. 건물이 평지보다 높은 곳에 세워져 있어서 일 층인데도 창밖으로 주변의 풍경이 한눈에 들어왔다. 열린 창으로 바람에 실려 온 라일락꽃 향기를 맡게 되는 순간은 모든 피로가 사라지는 듯한 기분이 들기도 했다.

매번 강의실 문을 열고 들어가면 아늑하면서도 어딘가 비

현실적인 공기를 머금고 있는 것처럼 느껴졌다. 짙은 나무색 책상과 한쪽 벽면에 놓인 책꽂이에 꽂혀 있는 여러 권의 심리학 책 사이에 끼워진 만다라 도안과 고대 상징 도해는 마치 박물관의 한쪽 모퉁이 같았다. 내 뒤쪽에는 융이 그렸다고 알려진 컬러풀한 그림 한 점이 걸려 있었고 아래에는 개성화란 단어가 분필로 �쓴 자국만 흐릿하게 남아 있었다. 강의실은 현실의 공간이라기보다는 고대 철학과 신비주의의 한가운데를 걷는 의식 같은 그런 분위기를 풍겼다. 또 어느 땐 현실의 세계가 아닌 내면의 동굴 어귀에 앉아 있는 듯한 착각을 불러오기도 했다.

그런 분위기와는 달리 학생들과 마주한 나 자신의 얼굴에는 엷은 미소가 떠나지 않았다. 나는 늘 자연스럽고 단정한 복장, 무리하지 않은 메이크업과 깔끔하게 정리된 짧은 머리 스타일을 고집했다. 거기에다 얇은 은테 안경 속으로 보이는 동그랗고 검은 눈빛을 하고 말없이 앉아 있기만 해도 강의실의 공기는 나 자신을 중심으로 흘렀다.

나는 주말이면 한 주 동안 강의할 내용을 작성해 강조할 부분은 붉은 펜으로 줄을 그어 표시해 두곤 했는데 그것은 이미 강의한 내용과 중복을 피하기 위한 나만의 방식이기도 했다. 어느 땐 특별히 이해력이 떨어지는 학생에게 알려줄 내용을 따로 작성해둔 A4 용지를 넌지시 그 학생의 손에 건네주기도 했다. 그러면 종강 날 그 학생이 곱게 접은 손편지를 탁자 위에 놓아두고 엷은 미소를 지어 보이며 도망치듯 밖으로 뛰쳐나가 버렸다.

한번은 내가 칠판에 '자기(Self)'라고 적고는 잠깐 학생들의 표정을 바라보았다.

"자. 이제 여러분 중에서 이 '자기'의 존재를 안다고 자신 있게 말할 수 있는 사람은 손들어 보세요."

내 말이 끝나자 갑자기 강의실이 조용했다. 노트를 계속 넘기기만 하는 학생도 있었고 창가 너머를 응시하는 학생도 있었고 또 다른 학생은 노트를 넘기다 말고 간밤에 꾼 꿈 내용을 적어 내려가기도 했다. 그런 분위기 속에서 강의는 계속되었다.

"융은 우리 안에 신화가 살고 있다고 했습니다. 프로이트가 무의식을 억눌린 기억의 창고라고 봤다면, 융은 그곳을 신들의 고향이라고 불렀지요…."

그러나 지금은 언제 내게 그런 날이 있었던가 싶을 정도로 꿈속의 일만 같다.

아침에 눈을 뜬 순간 일, 이 차 수술 후 J 교수가 풀리지 않은 수수께끼라고 하던 그 수수께끼의 답이 막 낚싯대에 달려 올라온 은갈치 비늘처럼 머릿속에서 반짝였다.

삼 년 전 칠월의 어느 날이었다.

아침에 눈을 뜬 순간 며칠째 내리던 비도 그치고 하늘은 파란 물감을 풀어놓은 듯 파랗게 보였다. 모처럼 비가 그치고 파란 하늘을 보게 된 순간 기분이 상쾌했다. 상쾌한 기분으로 두 팔을 뻗어 기지개를 켜는 순간 휴대폰 벨이 울리고 있었다. 얼른 휴대폰을 귀로 가져간 순간 세상에서 제일 반가운 소식을 듣게 되었다. 미국에서 공부하고 있던 막내딸이 방학을 맞아 귀국 소식을 알려왔기 때문이었다. 오랜만에 막내 얼굴을 볼 생각을 하니 뛸 듯이 기뻤다. 솔직히 말하면 너무 기쁜 나머지 처음에는 두 팔을 벌리고 나비처럼 훨훨 나는 시늉도 했다. 그러다가 어느 순간 양손으로 문틀을 잡고 발 하나를 앞으로 내민 상태에서 가슴을 힘껏 앞으로 내민 동작을 딱 한 차례 하게 되었다. 그 동작은 얼마 전 우연히 텔레비전에 출연한 한 체육 대학 교수가 책상 앞에 오래 앉아 있는 사람들이 이 동작을 하게 되면 목 뒤쪽 근육이 뭉치는 것을 방지해 준다고 말했다. 사실 나는 평소 책상 앞에 오래 앉아 있는 편이긴 해도 목 근육이 뭉친 느낌은 한 번도 없었다. 그런데도 무엇에 쫓기듯 그

동작을 한 차례 하게 되었다. 그 동작이 바로 언젠가 J 교수가 말했던 수수께끼의 정답이라는 사실을 여태 까맣게 잊고 있었던 것이었다. 평범한 한 개인의 인생을 몰락의 나락으로 몰아넣게 되는 것은 이토록 하찮은 동기에서 촉발되었다. 단 일이 초 정도밖에 걸리지 않았던 그 동작이 돌이킬 수 없는 몰락의 수렁으로 몰아갈 줄은 상상도 못했다.

그런 사실도 모른 채 나는 오랜만에 미국에서 돌아온 막내딸이 좋아하는 음식을 손수 만들어주고 싶은 마음에 자동차를 몰고 시장으로 향했다. 라디오에서 흘러나오는 경쾌한 음악에 맞춰 전에 없이 어깨를 들썩이게 되었다.

어느 순간 머릿속에 떠올려진 생각은, '어떤 것에 대한 좋은 예감이 때론 나쁜 결과를 빛을 때가 있다.'였다. 그 생각을 떠올리게 된 순간 혹시라도 시장 상인과 하찮은 일로 시빗거리가 생기게 되더라도 절대로 언쟁을 해서는 안 된다고 생각하면서 시장통 주차장 한구석에 차를 세우고 생선가게가 즐비한 골목으로 들어가게 되었다. 날이 밝은데도 비닐로 하늘을 가린 기다란 시장 골목은 어둡게 느껴졌다. 아직 이른 시간이라 시장 골목은 그리 붐비지는 않았다. 저만치 대형 수족관 안에서 힘차게 헤엄치고 있는 우럭의 모습이 눈에 들어왔다. 그쪽으로 걸어갔다. 대형 수족관 앞으로 다가간 순간 작업복을 입은 중년 남자 셋이서 땀 냄새와 술 냄새를 물씬 풍기며 이쪽으로 걸어왔다. 그중에서 키가 큰 남자가 일 미터 남짓한 가느다란 쇠꼬챙이를 손에 들고 내가 서 있는 쪽으로 다가왔다. 별안간 그 남자가 들고 있던 쇠꼬챙이로 수족관 안에서 자유로이

헤엄치는 우럭 배를 툭툭 건드리는 것이었다. 그 모습을 보게 된 가게 주인아주머니가 카랑카랑한 목소리로 말했다.

“손님, 말로 하세요. 말로요! 그렇게 쇠꼬챙이로 우럭 배를 쿡쿡 쑤시지 말고.”

그런데도 남자는 들은 척도 하지 않은 채 계속 쇠꼬챙이로 우럭 배를 쿡쿡 쑤시더니 어느 순간 큰 소리로 말했다.

“아줌마, 이게 우럭볼락인지 조피볼락인지 하는 그거 맞아요?”

그러자 인상을 찌푸려 보이며 아주머니가 퉁명스럽게 말했다.

“조피볼락인지 우럭볼락인지 그런 건 난 몰라요. 그냥 우럭이란 것밖에.”

갑자기 그 남자가 눈을 크게 뜨고 눈망울을 사납게 굴리더니 쇠꼬챙이를 획 집어던지는 것이었다. 하필이면 그 쇠꼬챙이가 내 발등을 찍게 되고 말았다.

“아얏!”

그것은 내 입에서 튀어나온 소리였다. 그새 스타킹 위로 붉은 피가 송골송골 올라왔다. 붉은 피를 보게 된 순간 가슴이 철렁했다. ‘이것으로 지난밤에 꾸게 되었던 악몽을 때우려나 보다.’ 생각하며 혼자 중얼거렸다. 허리를 구부리고 손으로 상처를 누르고 있었지만 피는 멈추지 않았다. 그 순간 아주머니가 놀란 눈을 하고 재빨리 가게 안으로 달려갔다. 곧 아주머니가 소독약과 일회용 밴드를 가지고 와서는 혀를 끌끌 차며 상처에 소독도 하고 밴드도 붙여주었다. 그 사실을 아는지 모르는지 세 남자는 하나같이 등을 돌려 저만치 걸어가고 있었다.

나는 아무 말도 하지 않고 골목 안으로 들어가 버렸다. 본래는 우럭 회도 뜰 생각이었으나 꽃게와 문어, 전복 그리고 산낙지만 사서 돌아오고 말았다. 집에 도착한 즉시 상처에 소독약을 바르고 연고도 발랐다. 왠지 찜찜한 기분이 들었지만 다 잊고 조금 절뚝이는 걸음을 하고 두 딸에게 먹일 요리에 정성을 쏟기 시작했다.

정성껏 만든 음식을 냉장고에 차곡차곡 넣어두고 침대에 누웠을 땐 이미 자정이 지났던 것 같았다. 눈을 감는 순간 갑자기 낮에 생선가게에서 본 남자가 조피볼락인지 우럭볼락인지 하던 말이 귓가에서 맴돌고 있는 것이었다. 벌떡 일어나 사전을 펼쳐 들었다. 사전에는 이렇게 돼 있었다.

'조피볼락은 앵볼락과의 바닷물고기, 삼십 센티가량이며 겉모양은 볼락과 비슷함. 우리나라와 일본 연안의 얕은 바다에서 사는데 맛이 썩 좋음.'

자꾸만 눈꺼풀이 내려앉는 탓에 조피볼락만 찾아보고 우럭볼락은 찾아보지 못한 채 욕실로 들어가게 되었다. 샤워를 할까 생각하다가 상처 난 발등에 물이 들어갈까 해서 머리만 감기로 했다. 잠시 후 거울 앞에 서서 드라이기로 머리를 말리고 있는데 별안간 머릿속에서 지난밤 꿈속 그림이 거울 속에 보이는 듯했다. 꿈속에서 난폭한 운전사가 모는 자동차를 피해 이리저리 도망치다 결국 진흙탕 물에 곤두박질치는 악몽을 꾸다가 어느 순간 눈을 번쩍 뜨게 되었다. 그때 벽에 걸린 시계는 새벽 세 시를 가리켰다. 째깍거리는 시계 소리가 귀에 거슬려 벽시계를 떼어 식탁 위에 올려놓고 나서 방으로 들어간 후 다시 잠이 들었던 것 같았다.

꿈은 이 부로 이어졌다. 진흙탕에서 가까스로 빠져나온 후 비틀거리는 걸음을 하고 집으로 돌아오고 있는데 이상하게도 발이 앞으로 나아가지 않았다. 하는 수 없이 나뭇가지를 꺾어 만든 지팡이를 손에 잡고서야 겨우 집으로 돌아오게 되었다. 곧 현관 비밀번호를 누르고 문고리를 당겼으나 어찌된 일인지 문이 열리지 않는 것이었다. 답답한 마음을 가라앉히고 몇 차례 재시도 끝에 가까스로 문을 열 수 있게 되었다. 그런데 평소와는 달리 열렸던 문이 닫히면서 쾅! 하는 소리가 대포 소리처럼 컸다. 그 소리에 놀라 눈이 번쩍 뜨였다. 꿈이었다. 꿈은 너무도 선명해서 눈을 뜬 상태에서도 꿈속의 장면이 눈앞에 선명하게 보일 정도였다.

왠지 기분이 찜찜해서 혼자 중얼거렸다.

'단지 꿈일 뿐이야! 아니야. 아무리 꿈이라도 그렇지 하필이면 왜 나 자신이 지팡이를 잡고 겨우 걷는 꿈을 꾼 걸까?'

그렇게 중얼거리다가 주방으로 가서 냉장고에 차곡차곡 넣어둔 음식을 확인하고 돌아서는데 갈증이 느껴져 물 한 잔을 마시고 방으로 들어온 후 다시 침대에 눕게 되었다. 잠시 후 눈이 스르르 감기고 있을 때 나도 모르게 내 입에서 이런 말이 튀어 나왔다.

'오늘 낮에 시장 골목에서 느닷없이 찍히게 되었던 발등의 상처로 악몽을 때웠으면 좋으련만.'

이튿날 아침에 눈을 뜬 순간 여느 때와 마찬가지로 기지개를 켜고 다리도 구부렸다 폈다 몇 차례 했다. 잠시 호흡을 가

다듬고 침대에서 일어나려고 몸을 옆으로 돌린 순간 내 입에서 비명이 터져 나왔다.

'아아! 아얏! 아, 이게 뭐지?'

별안간 예리한 칼로 등을 찢는 듯한 통증이 느껴졌다. 지금까지 사십 중반을 살아오면서 한 번도 경험해 보지 못한 끔찍한 통증이었다.

H 대학 부속병원에서 퇴원하기 전날 J 교수에게 이렇게 말했다.

"J 교수님께서 제 흉추 4번이 골절된 것은 난해한 수수께끼 같다고 말씀하셨던 그 수수께끼의 답을 찾게 되었습니다."

"그래요? 그 답이 뭔데요?"

"어느 날 우연히 텔레비전 프로그램에 출연한 한 체육대 교수가 이렇게 말하는 거였어요. '평소 책상 앞에 오래 앉아 있는 사람은 이 동작을 하게 되면 뻐근하던 뭉친 목 뒤쪽이 풀리게 된다.'고…."

내 말이 끝나기가 무섭게 J 교수가 눈을 커다랗게 만들며 말했다.

"그게 어떤 동작인데요?"

"문틀 앞에 서서 양손은 문틀을 잡고 한 발은 내민 상태에서 가슴을 힘껏 앞으로 내미는 동작이었어요. 무심코 그 동작을 딱 한 차례 하게 되었고 이튿날 아침에 침대에서 일어나는 순간 극심한 통증을 느끼게…."

내가 하는 말을 듣게 된 J 교수가 굳은 얼굴을 하고 말했다.

"듣고 보니 정말 난해한 수수께끼가 풀린 것 같습니다. 그

동작을 했다면 그럴 수 있습니다.”

평범한 일상에서 무심코 보게 된 텔레비전의 한 프로그램이 이토록 끔찍한 비극을 안겨 주었던 것이었다. 내가 왜 그랬을까? 후회해 봤자 소용이 없었다. 이런 경우를 두고 사람들은 운명이라고 말하는 모양이라고 생각했다. 다시는 떠올리고 싶지 않은 아픈 기억을 떠올리게 된 순간 나도 모르게 눈을 감고 말았다.

얼마나 지났을까.

머릿속에 떠오른 생각은 기사의 운전 실력이 좋아서인지 밴의 승차감이 좋다는 것이었다. 하필이면 그때 강바람이 세차게 불어와 다시 차창 유리를 올리게 되었다. 그 순간 수면 아래에 가라앉아 있던 선박의 잔해가 별안간 수면 위로 올라오듯 잊고 있었던 기억 한 가닥이 머릿속에서 불쑥 떠올랐다.

이 년 전, B 재활병원 의사의 권유로 골다공증 치료제를 먹기 시작한 지 일 년 후 그러니까 지난해 봄. 어느 날 B 재활병원에서 또 한 차례 골밀도 검사를 하게 되었다. 당시 검사 결과는 실망스러웠다. 일 년 동안 성실하게 골다공증 치료제를 복용했으나 골밀도 수치는 올라가지도 그렇다고 내려가지도 않은, 가까스로 유지 상태였다. 그렇더라도 의사는 계속 약을 먹어야 한다고 말했다. 하지만 나는 약을 먹지 않겠다고 말했다. 이유는 간단했다. 세상에는 약으로 고칠 수 있는 병이 생각만큼 많지 않다고 판단되었기 때문이었다. 그날부터 나는 뼈에 도움이 되는 식자재 정보를 찾아 나름 챙겨 먹기 시작했다. 그로부터 일 년이 지난 지난주 금요일에 골밀도 검사를 하려고 다시 B 재활병원을 찾게 되었다. 그날도 골밀도 검사를 마치고 나서 잠시 대기실에 앉아 있었다. 얼마나 지났을까. 마침내 의사와 마주 앉게 되었다. 그런데 검사 결과는 놀라웠다. 골다공증 치료제를 일 년 동안 복용했을 때보다 골밀도 수치가 현저하게 올라 있는 것이었다. 잠깐 고개를 갸웃하던 의사가 갑자기 의자 뒤로 등을 기대며 빙그레 웃는 얼굴을 하고 말했다.

"아니, 골다공증 치료제를 일 년 동안 복용했을 때는 가까스로 유지 상태였는데 약도 먹지 않았는데 어떻게 이런 결과가 나왔는지 비법을 말씀해 주실 수 있을까요? 허허허."

나 자신이 챙겨 먹고 있는 음식을 일일이 다 말해주어도 의사는 내가 하는 말을 믿지 않을 게 뻔했다. 그래서 짧게 대답했다.

"네. 뭐 이것저것 골고루 챙겨 먹고 있습니다."

환한 얼굴을 하고 의사가 또 말했다.

"네. 지금 아주 좋습니다. 이대로 쭉 관리하세요."

검사 결과가 나왔을 때 의사만 놀란 게 아니었다. 솔직히 나 자신도 놀라긴 마찬가지였다. 사실 골밀도 수치만 올라간 것이 아니었다. 엉성하기만 하던 모발도 놀라울 정도로 숱이 풍성해졌을 뿐만 아니라 전에 비해 머리카락도 튼실해졌다. 솔직히 첨단과학이 발달한 21세기의 의사가 하는 말보다 삼천 년 전에 히포크라테스가 했던 말을 더 믿고 싶었던 것이었다. 히포크라테스가 삼천 년 전에 '음식으로 고치지 못하는 병은 어떤 약으로도 고칠 수 없다.'고 주장했던 그 말은 지금도 유효하다는 사실을 내 몸이 증명해준 셈이었다.

언젠가 내가 코끼리에게 물었던 적이 있었다.

"작은 공주 어머니, 작은 공주는 아프기 전에 주로 무슨 음식을 즐겨 먹었나요?"

코끼리가 눈을 부릅뜨고 큰 소리로 말했다.

"말도 마세요. 저놈의 계집애는 고기라면 환장을 했다니깐요. 밥은 안 먹고 오로지 고기와 빵으로만 살다시피 했다니까요. 밤 열한 시에도 피자 또는 치킨이 먹고 싶다며 한번 울기 시작하면 그것이 배달될 때까지 울음을 멈추지 않았어요."

작은 공주뿐만 아니었다. 솔직히 나 자신이 삼 년 가까이 이 병원 저 병원을 돌아다니며 소위 2030 세대가 상상외로 뇌졸중 환자가 많은 것에 대해 충격을 받게 되었던 게 사실이었다. 무엇보다 안타까운 사실은 그들이 환자 신분인 상태에서도 주말이나 공휴일이면 휠체어를 타고 공원 벤치에 둘러앉아서 치킨이며 족발, 콜라, 피자 등을 배달시켜 먹곤 하는 것이었다.

나 자신이 의학에 대한 전문 지식은 없지만 아마도 열세 살 나이에 뇌졸중을 앓게 된 작은 공주나 2030 세대가 뇌졸중을 앓게 된 원인은 환경오염과 스트레스, 거기에 더해 그들이 즐겨 먹는 음식과도 관련이 있지 않을까 싶었다.

주말 오후 102호에는 환자들이 모여 앉아서 자신들이 맨 처음 환자 신분이 되었을 땐 가족의 관심을 받았으나 해를 거듭하게 되면서부터 가족의 관심이 멀어졌다고 이구동성으로 말했다. 우연히 나와 눈이 마주치게 된 양미리가 말했다.

"지금은 코로나19 때문에 그렇지만 그쪽은 자식들이 어때요?"

얼굴에 엷은 미소를 띠며 내가 말했다.

"어느 자식이든 부모가 병원 신세를 지고 있는 모습을 처음 보게 되면 당연히 충격이 크겠지요. 하지만 시간이 지나게 되면 충격은 무뎌지기 마련입니다. 또 그래야만 그들도 일상에 적응하며 살아갈 수 있지 않겠어요. 저는 개인적으로 자식들이 형식적인 방문보다 진정성이 더 중요하다고 생각합니다.”

놀란 얼굴을 한 양미리가 또 말했다.

“혹시 그쪽은 무슨 일을 하셨는지 궁금하네요?”

“아무 일도 안 했습니다.”

“그렇지 않은 것 같은데. 가끔 말씀하시는 걸 보나, 틈틈이 손에서 책을 놓지 않는 걸 볼 때…….”

“네. 책 읽는 건 좋아합니다.”

더 이상 양미리와 대화가 이어지는 걸 원치 않았기에 걷기 운동을 해야겠다고 말하곤 신 여사와 함께 복도로 나와 버렸다. 나 자신이 양미리와 대화를 원치 않은 것은 그녀가 싫어서가 아니었다. 그녀는 한번 말을 하기 시작하면 깨진 배수관에서 쏟아지는 물줄기처럼 끝이 보이지 않을 때가 많았기 때문이었다.

이미 복도에는 걷기훈련을 하는 환자가 여럿 보였다. 어떤 환자는 보호자의 손을 잡고 걷기도 하고 또 다른 환자는 벽에 부착된 바를 잡고 다리 근육을 풀기도 했다.

그때 신 여사가 나를 쳐다보며 말했다.

“지금 복도가 복잡하니 우리는 전자레인지에다 달걀이나 삶을까요?”

신 여사를 쳐다보며 내가 말했다.

“좋아요.”

잠시 후 신 여사가 달걀 다섯 개가 담긴 핑크빛 세라믹 용기를 가져와서는 전자레인지에 넣고 버튼을 눌렀다. 그런데 동전을 투입해야 한다는 사실을 나도 신 여사도 깜빡 잊고 말았다. 신 여사가 동전을 가지러 병실로 달려갔다. 하필이면 그때 라면이 담긴 유리 용기를 들고 나타난 사람은 백곰과 양미리였다. 별안간 백곰이 전자레인지 안에 들어있는 핑크빛 세라믹 용기를 꺼내려고 하는 것을 보게 된 순간 침착한 목소리로 내가 말했다.

“죄송한데 잠시만 기다려 주세요. 지금 우리 신 여사가 동전을 가지러 갔어요.”

내 말이 끝나자 백곰이 눈을 부릅뜨며 말했다.

“시방 당신들이 이 전자레인지를 전세 낸 기여?”

백곰의 당당한 목소리가 복도를 울렸다. 다행히 신 여사가 동전을 가지고 헐레벌떡 달려와서 달걀은 온전히 삶을 수가 있었다.

이튿날 치료실에서 돌아왔을 때였다. 갑자기 백곰이 스트레스를 날려버릴 대상을 만난 듯 희번덕인 눈을 하고서 신 여사를 노려봤다. 때마침 나타난 양미리에게 지원을 요청하는 신호로 눈꺼풀을 한 차례 감았다가 떠 보였다. 백곰이 보낸 눈신호를 알아차린 듯 곧 양미리가 백곰에게 얼굴을 바짝 들이대고 말했다.

“형님, 뭔 일이 생겼어요?”

그때 한 발 뒤로 물러난 신 여사가 벽에 바짝 붙었다. 언제 나타났는지 헌병까지 가세했다.

“오늘 우리 102호 분위기가 왜 이래?”

그렇게 말하는 헌병의 목소리는 갈증을 느낀 사람처럼 갈라졌다. 갈라진 목소리로 말을 할 때면 헌병은 머리를 흔드는 버릇이 있었다. 그럴 때면 기름진 머리카락에 달라붙은 비듬이 천장의 불빛을 받아 허옇게 드러났다. 갑자기 백곰이 이마에 주름을 만들어 보이며 분노가 담긴 말을 했다.

“다들 잘 들어요. 내가 어지간하면 말을 안 하려고 했는데 최근 들어 우리 병실에 전에 없던 고약한 냄새가 자주 난단 말이야. 도대체 이게 무슨 냄새야. 사람이 숨을 쉴 수가 없어요. 얘, 너도 가까이 와서 이 냄새 좀 맡아봐.”

백곰의 말이 끝나자 양미리가 갱 영화 속에서 꼬붕이 호랑이 오야봉에게 하듯 “네. 형님!” 하곤 휠체어 바퀴를 이쪽으로 돌렸다. 그때 헌병까지 합세해 냄새를 맡으려고 잇따라 코를 흠흠 거렸다. 그들은 약속이나 한 듯이 내 침대 주위를 두리번거리면서 코를 흠흠 대기 시작했다. 하지만 내 침대 주위에는 아무런 냄새도 맡아지지 않았다. 알고 보니 냄새의 진원지는 내 침대 건너편에 놓인 큰 공주의 침대 밑이었다. 며칠 전에 큰 공주가 먹다 만 양꼬치 봉지를 침대 밑에 던져놓았던 것이었다. 그제야 헌병이 허리를 구부리고 침대 밑에 던져놓은 악취가 풍기는 검정 비닐봉지를 꺼내 들고는 슬금슬금 밖으로 나가 버렸다. 그때까지 팔짱을 끼고 벽에 붙어서 그 광경을 지켜보고 있던 신 여사가 숨을 몰아쉬며 말했다.

“왜 한마디도 안 하세요? 매번 그러시니까 저 사람들이 만만하게 보는 거라고요.”

나는 신 여사가 하는 말에도 아무런 대꾸도 하지 않았다. 휠체어에 앉은 채 읽다 만 천 페이지에 가까운 『인간 본성의 법칙』을 펼쳐 들었다. 이 책의 핵심은 인간을 이해하는 가장 좋은 방법은 감정과 욕망을 읽는 것이다. 사람은 쉽게 변하지 않기 때문에 패턴을 관찰하는 것이 중요하다. 자신의 통제가 최고의 힘이다…… 잠깐 책장을 덮고 나서 잠시 생각했다. 나 자신이 침묵한 것은 무관심도 도피도 아니었다. 침묵은 증오나 오만과는 분명 다른 것이었다. 때론 침묵 혹은 무관심은 에너지를 빼앗기지 않게 됨으로써 그들과 함께 감정적 쓰레기통에 들어가는 것을 방지할 수 있게 된다. 때론 건강한 경계는 나 자신을 괴롭히는 사람을 걸러내는 그물이 되기도 하니까 말이다.

그 생각 끝에 머릿속에서 기억나는 문장은 이런 내용이었던 것 같다. "누가 당신을 바난하거나 당신의 이해에 반하는 행동을 하더라도 대부분의 경우 그것은 상대방이 옛날에 경험했던 어떤 깊은 고통을 다시 느끼고 있기 때문에 나온 반응이다. 상대의 좌절과 원망은 이미 오랜 세월 차곡차곡 쌓여온 것인데 당신이 마침 거기에 나타나 편리한 타깃이 된 것 뿐이다. 상대는 자신의 부정적인 감정을 당신에게 투영하고 있다… 그런 사람들을 그냥 자연현상으로 보라 꽃이나 돌멩이처럼…."

그날 밤 자려고 침대에 누워서 102호 사람들의 모습을 상상해 보았다. 잠시 후 내 입에서 이런 소리가 튀어나왔다. "수확시기가 지난 나뭇가지 꼭대기에 가까스로 매달려 거센 바람에 이리저리 흔들리게 되면서 섬유질이 분리된 채 겨우 남게 된 시든 사과 같은 사람들."

며칠 후 102호 사람들은 나 자신의 예감을 증명해주었다. 내 침대는 맨 구석진 곳에 놓여 있어서 여름엔 에어컨에서 나오는 시원한 바람도 겨울철엔 라디에이터에서 나오는 더운 바람도 전해지지 않을 게 뻔해 보였다. 게다가 곰팡이 핀 벽면에서 맡아지는 퀴퀴한 냄새까지. 나 자신이 재활 난민 신세가 되어 지금까지 이 년 넘게 이 병원 저 병원을 두루 다녀 봤지만 이 S 재활병원같이 형편없는 병원은 처음이었다. 게다가 다른 재활병원에서 입원 기간을 육 개월로 정한 것과는 달리 이곳 S 재활병원은 입원 기간이 딱히 정해져 있지도 않았다. 환자가 원하면 짧게는 삼 년 길게는 오 년 이상도 입원할 수 있다는 사실도 이해가 가지 않았다. 무엇보다 입원 기간이 오래된 환자들이 수시로 내보내는 기분 나쁜 눈빛은 병실 분위기를 그로테스크하게 만들고 있는 것도 사실이었다.

그날 저녁을 먹고 났을 때 병실 사람들이 하나둘씩 백곰 침대 쪽으로 모여들고 있었다. 잠시 후 걸걸한 목소리로 백곰이 말했다.

"나는 쉰아홉에 남편을 심장마비로 떠나보냈어. 갑자기 남편이 눈을 감았으니 얼마나 충격이 컸겠어. 나 혼자 살아서 뭣 하나 싶어서 한동안 눈물로 세월을 보냈지. 참 이상도 하지. 그땐 가만히 있는데도 눈물이 그렇게 줄줄 흘러내리더라고."

안쓰러운 표정을 지어 보이며 양미리가 말했다.

"왜 안 그랬겠어요."

백곰이 다시 말을 이어갔다.

"남편이 죽고 나서부터 줄담배를 피워대다 보니 언제부턴가 목소리가 이렇게 돼버렸어. 나도 젊은 한때는 말이야. 남자들한테 섹시한 목소리란 소리도 들었는데. 하하하.”

백곰의 웃음소리는 병실을 쩡쩡 울렸다. 곧 양미리도 따라 웃고 헌병도 소리 내 웃었다. 세 여자의 웃음소리 때문에 병실 천장이 날아갈 지경이었다. 그런데 뜻밖에도 백곰이 말을 할 때 목소리가 걸걸한데도 애교가 흘러넘쳤다. 이상하게도 백곰의 목소리는 심술이 덕지덕지 붙어 있는 듯한 인상과는 대조를 이루었다. 백곰을 가운데 두고 빙 둘러앉아 있는 사람들의 눈길이 하나같이 백곰에게 쏠리고 있었다. 어느 순간 백곰이 무슨 말을 할 때면 사람들이 박장대소를 하곤 했다.

이상하게도 내 눈에는 금테 안경 속으로 보이는 백곰의 눈빛이 예사롭지 않아 보였다. 금테 안경뿐만 아니었다. 목이 앞으로 쏠릴 정도로 큼직한 다이아몬드가 박힌 목걸이까지 걸치고 치료실에 나타난 백곰이 웃는 얼굴을 드러내 보이며 “선생님 오늘도 잘 부탁합니다. 호호호.” 하고 나이에 맞지 않게 애교 섞인 목소리로 말을 할 때면 담당 치료사는 물론이고 주위 사람까지 표정이 그다지 좋지는 않아 보였다. 나 역시 백곰의 그런 모습을 볼 때면 그녀가 몸에는 저토록 값비싼 보석으로 치렁치렁 두르면서 어째서 머릿속에는 너덜너덜한 낡은 사고만 가득 채우고 있을까 싶었다.

알고 보니 백곰은 상당한 재력가였다. 세상 모든 부자가 다 그런 건 아니지만 언제 봐도 백곰의 태도는 거만해 보였다. 돈이 없어 보이는 환자는 물론이고 그 환자를 돌보는 간병인까지 어딘가 모르게 얕보는 듯한 눈빛으로 바라보곤 하는 것이었다. 상대방을 존중하는 것은 예의에 앞서 인간관계의 기본일 것이다. 더군다나 이곳은 아픈 사람의 쉼터인 병실이 아닌가. 환자라면 누구나 하루빨리 건강을 회복해 퇴원하기를 희망할 것이다. 그러려면 서로에게 스트레스가 될 수 있는 말이나 행동은 자제해야 할 필요가 있다. 하지만 백곰의 태도는 그게 아니었다. 돈이 없어 보이는 환자나 간병인을 대할 때면 말투부터가 달랐다.

한번은 코끼리가 꽉 끼는 반바지와 철 지난 면 티셔츠를 입고 있는 모습을 보게 된 백곰이 입을 삐쭉거리며 말했다.

"도무지 저 사람은 패션 감각이 없어요. 아무리 딸을 간병하는 처지지만 여자가 기본은 하고 있어야지. 모르는 사람이 보면 청소하는 아줌만 줄 알 것이야."

백곰이 하는 말을 듣게 된 순간 혹시 청소 담당 아주머니가 여느 때처럼 청소도구가 담긴 들통을 들고 복도를 지나다가 방금 백곰이 한 말을 듣지 않았을까 해서 조마조마했다.

양미리를 보고 있으면 한창때는 상당히 미인이었다는 것을 짐작하게 했다. 그러나 뇌졸중이 남긴 것은 쇠락뿐이었다. 튀어나온 광대뼈와 창백한 얼굴에 검고 깊어 보이는 눈과 지나치게 얇은 입술, 깡말라서 빗장뼈가 앙상하게 드러나 있었다.

한번은 코끼리가 내 자리로 와서 이런 말을 했다.

"이런 병실 분위기 처음 보셨죠? 그래도 지금은 많이 나아진 편이에요. 삼 년 전 우리가 처음 왔을 때만 해도 장난이 아니었어요."

놀란 눈을 하고 내가 물었다.

“잠깐, 그럼 작은 공주가 이 병원에서 삼 년이나 있었다는 말인가요?”

“네. 107호 할아버지는 오 년도 더 됐나 보던데요. 자세한 건 모르지만 ‘요양’ 자가 붙은 병원과 안 붙은 병원이 차이가 있는가 보더라고요. 나도 정확한 건 잘 몰라요.”

눈을 동그랗게 만들고 내가 말했다.

“아, 요양자가 붙고 안 붙고 차이가 있군요.”

“지금 102호 분위기는 전에 비하면 엄청 좋아진 겁니다. 얼마 전만 하더라도 사람들이 툭 하면 서로 공격하고 전쟁판이 따로 없었다니까요. 얼마 전에 퇴원한 오십 대 환자가 있을 때는 장난이 아니었어요. 그 있잖아요. 뭐더라. 툭하면 중국 역사책에 나오는 무슨 전쟁 같았다니까요.”

코끼리는 말을 하다가 어느 순간 단어가 떠오르지 않게 되자 손으로 자신의 머리를 몇 차례 쥐어박기도 했다.

엷게 웃어 보이며 내가 말했다.

“역사서에 나오는 춘추전국….”

코끼리가 환하게 웃어 보이며 말했다.

“맞다. 춘추전국시대. 호호호. 다행히 102호가 위치상으로 간호사실과 떨어져 있어서 그나마 무사할 수 있었어요. 안 그랬으면 벌써 다 쫓겨났을지도 몰라요.”

그렇게 말한 후 코끼리는 목이 탄다면서 코끼리 엉덩이 같은 엉덩이를 뒤뚱거리면서 자기 자리로 돌아갔다.

기막힌 현실은 102호는 아무리 더워도 에어컨을 켤 수가 없다는 사실이었다. 얼마 전에 비어있던 침대에 새로 들어온

한 젊은 환자가 에어컨을 켜면 마비 증상이 심해진다고 호소했기 때문이었다. 그 환자는 푹푹 찌는 날씨에도 내의를 입고 양말까지 신어야 할 정도니 안쓰럽기도 하고 또 따른 한편으론 에어컨을 켤 수 없으니 짜증이 나는 것도 사실이었다.

돌이켜보니 지난여름 B 재활병원 병실에 있을 때 에어컨 바람에 노출된 순간이면 신경을 다친 왼쪽 다리가 몹시 시려 왔다. 시린 느낌만 있는 게 아니었다. 어느 땐 다리에 불이 나는 듯 화끈거리기까지 했다.

하루는 너무 고통스러운 나머지 카이스트 J 교수가 쓴 책을 펼치고 척수에 관한 정보를 찾아보게 되었다. 척수(Spinal cord)는 뇌에서 나와 전신으로 이어지는 신경다발이 모여 있는 것으로 척추 안의 척추강(Spinal canal)이라는 공간 안에 위치한 굵은 신경다발이라고 돼 있었다. 그렇다고 한다면 흉추 4번이 함몰된 나 자신의 척수 공간 안에 위치한 신경다발이 부분적으로 손상된 게 분명하다고 생각하게 되었다. 이런 사실을 의사는 환자에게 자세하게 설명해주지 않았다. 아마도 의료진은 자신들만이 알고 있는 의학 전문 용어를 환자에게 말해봐야 어차피 이해하지 못할 게 뻔하다고 생각했을 게 뻔했다.

그날은 그해 여름 중 가장 더운 날이었다. 에어컨이 있어도 틀 수가 없으니 102호는 뼛속까지 삶아 버릴듯한 열기를 품고 있었다. 간호사실에서 선풍기 하나를 가져다주었다. 하필이면 그 순간에 전기마저 나가버렸다. 조롱이라도 하듯이.

유난히 더위를 타는 신 여사가 또 날씨 타령을 하기 시작했다.

“이놈의 날씨가 사람을 삶아 죽이려나 봐요.”

양미리가 수건으로 목까지 흘러내리는 땀을 닦으며 말했다.

“어디 우리만 그런가요. 전 세계가 이상 기온이잖아요. 이제 우리나라도 연중 비가 많이 오는 열대성 기후가 정착될 것 같아요.”

그때 헌병까지 추임새를 넣었다.

“누가 아니랍니까.”

백곰이 부채를 흔들며 제법 큰 소리로 말했다.

“이 병원 이사장이 짠돌이에다가 이기적이라고 소문이 나 있잖아. 복도를 지나가다 한번 보라고 자기 사무실은 대궐같이 꾸며 놓은걸. 환자를 상대로 돈을 벌었으면 환자를 생각해 재투자도 좀 할 줄 알아야지. 이사장은 양심도 없는 사람이야.”

그때 손수건으로 이마의 땀을 닦으며 내가 말했다.

“신 여사님 우리 밖에 나가봅시다. 오히려 밖이 더 나을 수도 있잖아요.”

휠체어를 타고 밖으로 나오게 되었다. 막상 밖에 나오고 보니 병실보다는 바람이 있어서 한결 견딜만했다. 저만치 철조망이 쳐진 울타리 아래로 그늘이 보였다. 그쪽으로 가서 하늘을 올려다보았다. 열대성 소나기라도 한줄기 쏟아지길 바랐건만 그마저 소식이 감감했다. 철조망으로 둘러쳐진 울타리 밖으로 모양이 비슷비슷하게 보이는 빌라들이 들어차 있는 광경을 바라보다가 혼잣말로 중얼거렸다.

‘아휴, 길에도 지나가는 사람이 하나도 없네. 푹푹 찌는 날씨는 병실이나 바깥이나 마찬가지야.’

철조망 앞에 서 있는 나무는 오동나무 같아 보였다. 이상하게도 나는 오동나무꽃과 라일락꽃이 헷갈렸다. 저만치 바라보이는 철조망으로 둘러쳐진 공원 담장 안쪽 사이사이로 작은 텃밭을 만들어 상추와 고추를 심어 놓은 솜씨가 보통이 아닌 듯했다. 그때 내가 말했다.

"저기 공원 한쪽에 텃밭은 누가 가꾸나 모르겠네."

내 말이 끝나자 신 여사가 말했다.

"저기 엎드려서 호미질하는 사람이 코끼리 같아 보이는데요."

오동나무 아래 쪼그리고 앉아서 호미를 들고 풀을 뽑고 있는 사람은 코끼리가 맞았다. 그때 작은 공주가 비틀거리며 그 앞을 왔다가 갔다가 하고 있었다.

"언젠가 코끼리가 말했어요. 환자 중 유일하게 자신만 정원 가장자리에 작은 텃밭을 만들어 상추와 쑥갓, 고추 등을 조금씩 심어서 먹는다고. 작은 공주의 사정을 알게 된 병원 관계자도 그 사실을 알면서도 눈감아주는 모양이더라고요."

그때 작은 공주가 노래를 부르고 있었는데 발음은 정확하지는 않았으나 신기하게도 박자는 틀리지 않았다.

"고옴 째 마리가 한 지배 이쩌

어빠 곰 암마 곰 애지곰

어빠 고문 툰툰해

암마 고문 날찌내…"

그 모습을 본 신 여사가 큰 소리로 말했다.

"작은 공주 어머니, 작은 공주가 동요를 잘도 부르네요."

그러자 코끼리가 환하게 웃는 얼굴을 하고 말했다.

"사실 우리 부부는 저 노래 가사와 반대랍니다. 남편은 날씬하고 나는 이렇게 뚱뚱하고요. 그래서 우리 남편이 저 애가 저 노래를 부르면 가사를 이렇게 바꿔서 부르라고 말하곤 했어요. '아빠 곰은 날씬해. 엄마 곰은 뚱뚱해' 하고 말입니다. 호호호."

그때 신 여사가 작은 공주 엉덩이에서 눈을 떼지 못하고 있었다. 곧 눈이 휘둥그레진 신 여사가 말했다.

"작은 공주 어머니! 작은 공주 엉덩이…"

그제야 놀란 얼굴을 한 코끼리가 들고 있던 호미를 던져버리고 달려가더니 작은 공주 손목을 잡아끌었다. 그 모습을 본 신 여사가 낮게 말했다.

"작은 공주가 생리를 하나 봅니다. 얼마 전에도 환의 바지에 생리가 묻어 있는 것도 모르고 비틀거리며 복도를 걸어가는 걸 본 적이 있어요. 인지가 안 되니 당연히 자기관리도 안 되겠지요. 작은 공주도 가엾지만 작은 공주 엄마도 참 안 됐어요."

곧 코끼리가 작은 공주 손목을 잡아끌고 몇 발짝 걸어가는가 싶었는데 어느 순간 이상한 발작을 일으키더니 그 자리에서 널브러지고 말았다. 그때 신 여사가 놀란 얼굴을 하고 달려가서 코끼리를 일으키는 사이 나는 휴대폰으로 간호사실로 연락을 취하게 되었다.

잠시 후 간호사와 한 남자가 같이 달려왔다. 그들은 코끼리가 밭이랑에 널브러져 있는 모습을 보고도 놀라 하지도 않았다. 오래지 않아 코끼리는 아무 일도 없었던 것처럼 주위를 두리번거리더니 손으로 보라색 블라우스에 묻어 있던 흙을 툭툭 털며 일어났다.

간호사가 코끼리에게 말했다.

"지금은 괜찮으세요?"

코끼리가 풀이 죽은 듯한 목소리로 대답했다.

"네."

곧 남자와 간호사는 별일 아니라는 듯이 등을 돌려 왔던 길로 돌아갔다. 그때 신 여사가 내 귀에다 대고 낮은 목소리로 말했다.

"코끼리가 간질병이 있나 봅니다. 이미 간호사도 그 사실을 알고 있는 것 같습니다."

"신 여사가 그걸 어떻게 알아요?"

"제가 전에 간질 환자를 돌본 적이 있거든요."

갑자기 코끼리가 그 자리에 다리를 뻗고 앉아서 통곡했다.

"아이고 부처님! 이러고도 제가 살아야 합니까? 흐흐흑…."

그 모습을 보게 된 신 여사가 이랑으로 달려가 코끼리를 달랬으나 소용이 없었다. 나도 당장 달려가 위로가 될만한 말이라도 한마디 해주고 싶었다. 하지만 휠체어를 타고 이랑으로 들어갈 수가 없어서 물끄러미 바라만 보고 있었다. 그때 미친 듯이 울부짖고 있던 코끼리의 턱엔 어느새 볼을 타고 흘러내린 눈물이 뚝뚝 떨어지고 있었다. 그런데 코끼리의 울음소리는 그처럼 체구가 큰 여인에게 놀라울 만큼 가녀린 것이었다. 신 여사가 어느새 자신이 입고 있던 파란색 조끼 주머니에 들어 있던 하얀 휴지를 꺼내 코끼리 뺨에 흘러내린 눈물을 닦아주며 달랬다. 한참을 달래도 코끼리가 울음을 그치지 않자 갑자기 신 여사가 코끼리를 와락 끌어 안았다. 덩치가 코끼리만한 코끼리가 가녀린 신 여사 품에 안겨 한참을 흐느끼고 있는 것이었다. 그 모습은 체구가 작은 엄마가 덩치 큰 자식을 품은 듯 보이기도 했다.

얼마나 지났을까. 코끼리가 허리를 숙여 신 여사에게 고마움을 표하고 나서 작은 공주 손을 잡고 휘청거리는 몸을 하고 상추밭 모서리를 돌아가고 있었다. 코끼리가 쓰러졌던 그 자리에는 상추 잎사귀 몇 개가 시퍼렇게 멍이 들어 있었고 허리가 꺾인 고춧대엔 새끼손가락만 파란 고추 하나가 보이기에 내가 말했다.

"신 여사님, 저기 고춧대는 허리가 꺾여 있어서 어차피 가지에 달린 고추는 말라죽을 테니 우리가 따 갑시다."

잠시 후 신 여사가 내 손에 건네준 고추는 햇빛을 받아 손안에서 반들반들 윤이 났다. 잠시 후 공원을 가로지르고 있는데 쏟아지는 햇빛이 눈이 부셔와 현기증이 날 지경이었다. 저만치 작은 교회가 보였다. 널따란 오동 나뭇잎이 교회 지붕을 덮고 있어서 입구가 잘 보이지 않을 정도였다. 바람이 불어오자 널따란 나뭇잎이 마구 흔들렸다. 성전으로 들어가 볼까 말까 망설이다가 결국 들어가 보는 쪽으로 마음을 정했다. 성전 안으로 들어가는 좁은 길에는 오동나무 가지가 팔을 벌리고 있어서 마치 고대 신전으로 들어가는 듯한 그런 분위기를 풍겼다. 나무로 된 출입문을 열고 조심스럽게 안으로 들어가 보았다. 벽에 부착된 흐릿한 비상등만 켜져 있어서 내부가 잘 보이지 않았다. 벽면 한쪽에 붙어 있는 안내판에는 같은 장소에서 요일마다 각기 다른 종교의식이 행해지고 있는 사실을 알수 있었다. 월요일엔 불교, 수요일엔 천주교, 일요일엔 개신교….

전에도 휠체어를 타고 이 앞을 몇 번 지나친 적이 있었지만여기에 이런 곳이 있는 줄은 몰랐다. 나는 노란색 방석이 놓인 휠체어에 앉아서 흰색 손수건으로 손을 닦고 나서 특별히어떤 신에게 기도한다기보다는 나 자신의 실수로 다친 신경이자연의 질서를 회복해 다시 정상적인 자리로 돌아올 수 있게되길 기원했다.

성전 안을 한 바퀴 돌고 밖으로 나오려고 하는데 똑같이 휠체어를 탄 남녀 한 쌍을 보게 되었다. 그들 모두 사십 대 중반으로 보였는데 둘 다 뇌경색 환자 같아 보였다. 둘은 어딘가모르게 얼굴이 닮아 있었다.

신 여사와 나는 얼른 밖으로 나와 버렸다. 성전 앞에 잠시서서 잎이 우거진 오동나무를 쳐다보고 있었다. 널따란 잎을달고 있는 가지에는 보라색 꽃이 피어 있는 게 보였다. 오동나무 꽃에서 풍기는 은은한 향이 코를 자극해 왔다. 오동나무 밑에서 잠깐 서 있었는데도 후덥지근하고 습한 공기로 채워진102호 공기와는 달리 머리가 맑아지는 느낌이었다.

한가위가 찾아왔다.

연휴 동안 병실 사람 대부분이 집으로 돌아가고 텅 빈 102호에는 신 여사와 나밖에 없었다. 태어나서 처음으로 추석을 병실에서 보내게 될 줄이야. 지난해는 추석을 집에 가서 보내게 되었다. 막상 집에 가서 보니 나 자신이 건강할 때와는 달랐다. 전에는 손수 만들어 놓은 추석 음식을 우리 가족과 동생네와 함께 먹으면서 즐거운 시간을 보냈다. 하지만 환자 신분이 되고 보니 가족에게 부담을 주는 것 같아 이번 추석은 병실에서 보내게 된 것이었다.

아침 식판에는 토란국과 송편 세 개가 같이 올라와 있었다. 잠시 후 식판을 물리고 나서 신 여사는 커피를 마셨고 나는 송편을 먹고 있었다. 그때 복도에 설치된 스피커에서 원내 방송이 나오는 것 같았다. 그러나 곧 그게 원내 방송이 아닌 텔레비전에서 흘러나오는 아나운서의 목소리라고 생각하게 되었다. 그 소리는 작아졌다 커졌다가 했다. 그때 화장실에 다녀온 신 여사가 말했다.

"저 소리는 원내 방송이 아니고 맞은 편 107호 남자가 병실 사람이 죄다 추석 쇠러 집으로 돌아간 틈을 이용해 샤워한 후 드라이기로 머리를 말리면서 텔레비전 볼륨을 한껏 높여놓고 있더라고요."

신 여사의 말을 듣고 보니 맞은 편 107호에서 소음의 오케스트라가 시작된 것이었다. 텔레비전에서 흘러나오는 한 남자 가수가 "You Are My Sunshine"이란 팝송을 부르는 것을 시작으로 드라이기 소리와 남자가 흥얼거리는 콧노래 소리로 소음의 종류를 넓혀갔다. 나중에는 열린 창으로 들려오는 오토바이 엔진소리까지 더해지면서 소음은 최고치를 찍고 나서야 끝이 났다.

그 정적의 끝에서 또다시 구둣발 소리가 들려왔다. 그 소리는 102호 쪽으로 다가오는 듯했다. 소리가 가까워질수록 그것은 무슨 굉음처럼 들려왔다. 뚜벅. 뚜벅. 뚜벅. 이윽고 102호 문이 열리고 한 남자가 고개를 쑥 들이밀고 말했다.

“안녕하세요. 잠깐 들어가도 돼요?”

그 모습을 본 신 여사가 말했다.

“어서 들어오세요.”

남자가 미소 띤 얼굴을 하고 말했다.

“가만히 보니 이 복도에서 102호와 107호만 불이 켜져 있더라구요. 어떻게 추석인데 집에 안 가시고. 저는 호주에서 이십 년 정도 살다가 와서 딱히 갈 곳도 없고… 이거 좀 드셔 보세요. 이거 제주도에 사는 누님이 보내온 오메기떡입니다. 두면 굳어질 것 같아서… 자 그럼.”

얼떨결에 오메기떡을 받아든 순간 미처 잘 먹겠다고 말할 기회도 주지 않고 남자는 이내 병실을 나가 버렸다.

남자가 병실을 나갔을 때 신 여사가 말했다.

“저 남자 좀 전에 복도에서 만났는데 내일 퇴원한다네요. 교통사고로 발목에 골절을 입었는데 많이 나았나 봐요. 당분간 제주도에 가서 휴식을 취할 거라네요.”

오메기떡을 한 입 베어 문 채 천장에 달린 흐릿한 LED 조명을 바라보고 있었다. 그때 LED 조명 주위를 빙빙 돌고 있던 벌 한 마리가 순식간에 시야를 벗어나 자취를 감추어 버렸다.

저녁을 먹고 나서 잠시 창밖을 바라보았다. 그새 창밖에는 휘영청 밝은 보름달이 모습을 드러내고 있었다. 신 여사를 쳐다보며 내가 말했다.

"달빛이 대낮같이 밝아요. 잠깐 밖으로 나가서 걸어볼까 하는데."

신 여사가 환하게 웃는 얼굴을 하고 말했다.

"네. 제가 책임질 테니 넉넉한 한가위 달빛 아래에서 한 번 걸어 보세요. 달님의 기운을 받게 되면 더 잘 걸을 수도 있을 거예요. 그것도 보름달의 기운을요. 호호호."

선한 성품을 지닌 신 여사가 하는 농담은 농담이 아니라 늘 덕담이었다. 나도 덩달아 웃었다. 한참을 웃다가 신 여사가 밀어주는 휠체어를 타고 정원으로 나가게 되었다. 달빛을 받은 사철나무 잎이 닦아놓은 듯 반짝이고 있었다. 달빛 아래에서 십 분 정도 걸었을까. 언제 날아와 앉아 있었는지 이름 모를 새들이 사철나무에 앉아서 노래를 부르고 있었고 나뭇잎은 새들의 노래에 장단이라도 맞추듯 푸른 잎사귀를 흔들고 있었다. 나도 모르게 흥얼거렸다.

"달아 달아 밝은 달아 이태백이 노던 달아…."

그때 신 여사가 다가오더니 낮게 말했다.

"저쪽을 한번 보세요. 사철나무 옆에 휠체어를 타고 있는 사람들 보이시죠. 저 사람들도 달구경을 나온 모양이네요."

"누군데요?"

"엊그제 성전 안에서 봤던 그 사람들 말이에요. 그날 처음 보셨죠? 나는 여러 차례 봤어요. 저 사람들은 자주 옥상에도 올라가 나무 밑에서 앉아 있곤 했어요."

신 여사가 가리키는 쪽으로 눈길이 갔다. 그들은 똑같이 휠체어에 앉아서 무언가를 나누어 먹으면서 무슨 이야기를 주고받고 있었다. 달빛을 받은 둘의 얼굴은 보름달처럼 환해 보였다.

"저 사람들 말이에요. 서로 좋아하는 사이인가 봐요."

"동병상련이란 말도 있잖아요."

이튿날 신 여사와 계단을 타고 오 층 옥상으로 힘겹게 올라가게 되었다. 전에도 몇 차례 올라오긴 했다. 계단을 올라올 때 힘이 들긴 해도 다리 힘을 키우는데 계단만큼 좋은 것도 없었다. 매번 같은 느낌이지만 옥상은 옥상이라기보다는 잘 꾸며놓은 옥상 정원이라고 부르는 게 옳았다.

숨을 헐떡이며 옥상에 도착한 순간 어젯밤 달구경을 하러 정원에 나갔다가 보게 되었던 그들과 또다시 만나게 되었다. 정확히 말하면 자작나무 밑에서 포옹하고 있던 그들과 마주치게 된 것이었다. 눈이 마주친 순간 그들은 조금 어색한 표정을 지어 보이며 우리 쪽을 쳐다봤다. 신 여사와 나는 그들 앞을 곧장 지나가기도 난감해서 그 자리에 잠깐 서 있었다.

그때 남자가 먼저 말을 걸어왔다.

"옥상에 올라오면 공기가 참 맑아요. 제가 다녀본 병원 중 옥상에 이런 멋진 정원을 꾸며 놓은 병원은 이곳밖에 없어요. 건물은 오래돼 낡았지만 옥상 정원만은 최곱니다."

미소 띤 얼굴을 하고 내가 말했다.

"맞아요. 그래서 우리도 종종 올라오곤 해요. 계단을 올라올 때는 힘이 들어도 일단 올라오기만 하면 나무가 많아서 그런지 공기도 맑고 기분도 좋아져요."

이번에는 엷은 미소를 지어 보이며 여자가 말했다.

"혹시 옥상에 뱀이 있다는 소문 들어 보셨어요?"

신 여사가 놀란 얼굴을 하고 말했다.

"옥상에 뱀이 있다구요? 말도 안 돼. 뱀이 어떻게 옥상에 올라와요?"

"저도 사람들한테 들은 얘긴데 글쎄 어느 비 오는 날에 뱀이 엘리베이터를 타고…."

눈을 크게 만들고 신 여사가 또 물었다.

"누가 봤대요? 뱀이 엘리베이터를 타고 옥상에 올라오는 걸?"

그때 남자가 한 손으로 이마에 내려온 머리카락을 쓸어 올리며 말했다.

"주변에 우거진 숲이 개발돼 주택 단지가 들어서게 되면서 뱀들이 갈 곳을 잃게 된 영향도 있을 겁니다. 변온 동물인 뱀은 외부 온도에 영향을 받게 되거든요. 뱀이 선호하는 곳은 숨을 곳이 많은 장소, 이를테면 바위틈이나 나무 밑 풀숲 땅굴… 그 조건을 이 옥상이 어느 정도 갖추고 있다고 볼 수 있죠. 저걸 한번 보세요. 숲이 우거질 정도로 나무가 많잖아요."

푸른 잎사귀 사이로 비치는 햇살에도 얼굴이 따가웠다. 저만치 자작나무와 단풍나무, 목련 그리고 주목 잎사귀들은 휠체어에 앉아 있는 여자의 머리카락처럼 우거져 살랑거렸다. 잠깐 동안 옥상 정원과 뱀 이야기만 하고 그들과 나는 서로에 대해 아무것도 묻지 않았다. 결코 그들과 나는 서로 자신을 속이려 하거나 감추려고 한 것이 아니었다. 단지 상대방의 아픈 상처에 생채기를 보태지 않으려고 했을 뿐이었다.

10

언제부턴가 아침에 눈을 뜨면 제일 먼저 휴대폰을 열고 일기예보부터 살피는 게 일상이 되었다. 얼마 전부터 다리에 힘이 조금씩 생기게 되면서 날씨가 컨디션에 영향을 미치게 되는 것을 알게 되었다.

"오늘도 습도가 88%야."

분명 신 여사를 향한 말이지만 특별히 어느 방향을 향하지 않고 말했다. 나 자신이 나름 쾌적함을 느끼는 날씨는 섭씨 28도에 40% 정도의 습도. 이런 날씨가 신경이 손상된 내게 그나마 좋은 것 같았다. 그러나 날씨는 이런 한정된 범위에 속하는 경우가 드문 탓에 나로선 언제나 날씨에 신경이 쓰일 수밖에 없었다. 아직 잠이 덜 깬 탓인지 신 여사는 아무 반응도 없었다. 어느 순간 내 눈길이 창밖에 가 있었다.

잠시 후 잠이 깬 신 여사가 말했다.

"오늘은 휴일이라서 밖에 나가봐야 좋은 자리는 이미 사람들이 다 차지했을 게 뻔해요. 이런 날은 오히려 병실이 더 나을 수도 있어요."

그때까지 창밖으로 눈을 주고 있던 내가 말했다.

"누가 제초작업을 했는지 공터에 무성했던 풀은 보이지 않고 코스모스가 장관을 이루고 있네요."

잠시 후 휠체어를 타고 신 여사와 함께 처음으로 뒷길로 가게 되었다. 하늘은 파랗고 바람은 기분 좋게 불어왔다. 때마침 고추잠자리 무리가 코스모스 꽃밭 위로 비행을 하기도 하고 지나가는 사람의 머리 위를 빙글빙글 돌기도 했다. 그때 그 길을 지나가던 사람들 몇이 고추잠자리를 잡으려고 점프까지 하다가 소리 내 웃기도 했다. 그 광경이 우스웠던지 신 여사도 어린아이처럼 깔깔대고 웃고 있었다. 나도 덩달아 웃음이 나왔다. 순식간에 웃음소리가 바람에 살랑거리는 코스모스꽃밭 위로 나비처럼 날고 있었다.

공터를 둘러보고 나서 빨간 벽돌로 지은 집들이 모여 있는 골목을 한 바퀴 돌아보고 나서 공터 맞은편에 있는 햄버거 가게로 들어가게 되었다. 어느새 신 여사가 공터를 바라볼 수 있는 일자형의 테이블에 가서 자리를 잡았다. 신 여사와 같이 코스모스가 하늘거리는 공터를 바라보고 한참을 앉아 있었다. 그때 허리에 앞치마를 두른 남자 종업원이 다가오더니 행주로 우리가 앉아 있는 테이블을 닦았다. 깨끗해 보이는 테이블을 닦는 것은 햄버거를 주문하든지 이제 그만 나가든지 하라는 무언의 신호 같아 보였다. 아무래도 자릿값은 해야 할 것 같아 즐겨하지도 않은 햄버거 두 개를 주문하면서 포장을 부탁했다.

어느새 내가 타고 있는 휠체어는 휴게실 앞에 세워졌다. 휴게실 안으로 들어갔다. 그때 내 눈길이 간 곳은 맨 앞줄 다섯 번째 꽂혀 있는 데일 카네기의 『자기관리론』이었다. 이 책은 이미 한 차례 읽은 적이 있다.

아직도 내 뇌리에 남아 있는 문장은, '걱정을 멈추면 행복해질 수 있다.'였다. 걱정을 멈추는 법, 그것은 곧 스스로의 마음을 다스리고 육체의 피곤을 물리치는 데서 시작한다. 이것이 바로 케네기가 말하는 '자기관리론'의 기본인 것 같았다. 그러나 케네기가 말하는 자기 관리론이란 몸이 건강한 사람에겐 유용할지 몰라도 나같이 제대로 걷지도 못하는 사람한테는 소용없는 말에 불과할 따름이었다.

그 생각의 연장선상에서 엉뚱하게도 차밍스쿨이 떠올랐다. 척추를 다치기 불과 몇 달 전 일이었다. 어느 날 우연히 사촌 언니가 운영하는 차밍스쿨 강습소에 들렀다가 언니에게 등을 떠밀리다시피 해 수강생 틈에 끼어서 주말마다 워킹 수업을 받게 되었다. 당시 사촌 언니가 운영하는 차밍스쿨은 전문 모델 양성 과정이라기보다는 준 시니어들을 대상으로 개인이 지닌 매력을 극대화하고 사회적 자신감을 높이는 데 목적을 둠으로써 수강생은 주로 사십 대 이상 직장인이 많은 편이었다. 이들 모두는 건강한 삶을 위해 바른 자세의 필요성을 알고 모인 사람들이었다.

첫 수업에 들어가기 전에 준비 체조와 기본자세인 일명 벽서기(벽에다 등을 대고 반듯한 자세로 서 있기)부터 하게 했다. 그런데 벽에 등을 대고 반듯한 자세로 서 있는 것도 쉬운 일이 아니었다. 차츰 워킹에 익숙해진 다음에는 모델처럼 직접 무대에서 걸어보기도 했다. 워킹하는 것이 생각만큼 쉽지 않았지만 나는 한 클래스 스무 명 중 워킹을 제일 잘하는 모델로 인정받기도 했다. 그렇게 두 달간의 워킹 수업이 끝난 이후에도 나는 전보다 달라진 멋진 자세로 걷곤 했는데 그때마다 자신감도 생겨나는 것을 느끼게 되었다. 그랬던 나 자신이 한순간의 실수로 비틀거리는 걸음을, 그것도 발 하나를 옮겨놓을 때마다 가슴 속에서 밀고 올라오는 불안감을 견디느라 안간힘을 다해야 하다니. 지금 생각해 보니 언제 내게 그런 멋진 워킹을 했던 적이 있었던가 싶었다.

가을인가 싶었는데 어느새 크리스마스가 코앞에 다가왔다. 크리스마스가 주말과 이어진 탓에 삼일간의 황금연휴를 맞아 102호 사람 모두 집으로 돌아가고 없었다. 남아 있는 사람은 또다시 신 여사와 나밖에 없었다. 모처럼 조용한 병실이 마음의 여유를 갖게 해주었다. 오늘은 어디에서 걷는 훈련을 하면 좋을까? 하고 생각하는데 갑자기 신 여사의 목소리가 조용한 병실을 울리고 있었다.

"추석에도 그렇고 크리스마슨데 왜 집에 안 가요?"

내 대답은 간단했다.

"그냥요."

신 여사는 내가 한 그냥이란 짧은 말에 담긴 의미를 알아채지 못했다. 그러나 그냥이란 말속에는 세 가지 의미가 담겨 있었다. 첫째, 집에는 거실 벽에 안전 바가 설치돼 있지 않았고 둘째, 나 자신이 여동생네와 딸들에게 신경 쓰이게 하고 싶지 않았던 것이었다. 셋째, 집에 가서 멍하니 시간을 보내느니 차라리 안전 바가 설치돼 있는 병원에서 머물며 걷기 훈련을 하는 것이 생산적이라고 생각되었기 때문이었다.

병실에서 크리스마스를 맞고 보니 왠지 마음이 뒤숭숭해 왔다. 기독교 신자도 아니어서 굳이 크리스마스를 들먹일 입장도 아니었다. 그렇더라도 크리스마스 날만은 예수님을 빙자해 모든 것을 다 잊고 즐거운 마음으로 마음이 통하는 사람과 어울려 보낼만한 은총은 누구에게나 주어지는 것이라고 생각했다. 나 자신이 이 지경이 되지만 않았어도 마음이 통하는 친구들과 하룻밤 정도는 즐겁게 지내다가 밤늦게 집으로 돌아와도 좋았을 것이다. 그러나 지금 나 자신이 두 차례에 걸쳐 큰 수술을 받게 된 사실에 대해 형제(가까이 사는 여동생을 제외하고)뿐만 아니라 친구에게도 일절 말하지 않았다. 그들에게 말해본들 충격만 줄뿐 나 자신에게도 그들한테도 도움이 되지 않는다고 생각되었기 때문이다. 이따금 친한 친구 몇몇과 어머니 같은 큰언니한테만 전화해 안부를 묻곤 했는데 그때마다 미국에서 공부하는 막내한테 머물고 있다고 둘러대곤 했다. 전에도 방학 때면 종종 미국에 가서 머물곤 했기 때문에 다들 그렇게 믿고 있었던 것이다.

하루가 다르게 기온이 떨어지기 시작하더니 어느새 날씨는 마녀의 눈초리만큼 매서웠다. 병실 한쪽에 놓인 히터마저 꺼졌다가 켜졌다가 하는 바람에 캐시미어 가디건을 환의 위에 껴입고 있어도 몸이 저절로 웅크려지곤 했다.

아침에 눈을 뜨는 순간 낡은 창틀에서 새어 나오는 찬바람이 옷 속을 파고들었다. 기온은 영하 13도. 하지만 북쪽에서 불어오는 외풍이 병실로 비집고 들어온 탓에 체감온도는 영하 20도는 되는 것 같았다. 라디에이터가 고장 난 병실에 앉아 있으니 어느 순간부터 몸이 으슬으슬 해오더니 나중에는 아랫니와 윗니가 맞닿으면서 딱딱 소리까지 났다. 나는 손으로 무릎을 감싸고 한참을 앉아 있다가 보온병에 물을 따라 마시고 나서 치료실로 향하게 되었다.

외풍이 심한 탓에 환자들 사이에서 일명 시베리아 복도라고 불리는 긴 복도를 따라 비틀거리는 걸음으로 치료실까지 걸어가야 했다. 발 하나를 떼어놓을 때마다 행여 넘어질까 불안한 마음에 긴장할 수밖에 없었다. 긴장 상태에서 걷다 보면 춥다는 생각도 잊게 된다. 늘 같은 느낌이지만 그날도 왼쪽 다리와는 달리 힘이 약한 오른발은 한 발 한 발 옮겨놓을 때마다 발이 바닥에 닿기보다는 허공에 떠 있는 듯한 느낌 때문에 몇 발짝 걷다 어느 순간 몸이 휘청하곤 했다. 그럴 때면 심장이 녹아내리는 듯하는 동시에 식은땀으로 온몸이 젖곤 했다.

그날도 치료가 끝나고 시베리아 복도를 조심조심 걸어서 102호까지 무사히 돌아오게 되었다. 하지만 라디에이터가 작동하지 않고 있어서 102호는 시베리아 복도보다 더한 남극을 떠올리게 했다.

어느 순간 벽면에 놓인 라디에이터에서 통통하는 소리가 나기에 마침내 라디에이터 수리를 한 모양이라고 생각했다. 그런데 한참이 지났는데도 공기가 더워지지 않았다. 작은 공주도 추웠던지 손으로 라디에이터 캡을 툭툭 건드렸다. 뜨거운 수증기의 압력을 받았더라면 캡이 공중으로 튀어 올랐을 텐데 수증기의 압력이 없으니 아무런 반응도 없었다. 작은 공주가 비틀거리는 걸음으로 라디에이터 주위를 맴돌고 있었다.

그때 웅크린 자세를 한 작은 공주 입에서 하얀 입김이 피어오르는 게 보였다. 작은 공주의 입에서 피어오른 하얀 입김이 왠지 모르게 나를 아프게 했다.

그때 간호사가 병실로 들어와서는 상냥한 말투로 말했다.

"많이 추우시죠? 이건 병원 측에서 성의가 없어서가 아닙니다. 아시다시피 코로나19 사태가 워낙 심각하다 보니 외부 사람의 출입이 통제되어…."

그때까지 102호 사람들은 모두 간호사가 하는 말을 듣고만 있었다. 어느 순간 백곰이 버럭 소리를 질렀다.

"그럼 라디에이터를 새로 주문하면 되잖아요. 환자를 개돼지 취급하는 것도…."

백곰의 말이 끝나기도 전에 갑자기 간호사가 성난 고양이처럼 눈초리를 치켜뜨고는 백곰이 하는 말을 칼로 무를 자르듯 토막토막 잘라 버리는 것이었다.

"됐어요! 됐다구요! 됐다니까요!"

전에도 그 간호사는 자신이 불리한 주제에 대해 말을 할 때면 갑자기 상대방의 말을 무시하는 경향이 있긴 했다. 그때까지 102호 사람들은 하나같이 어느 한쪽을 두둔할 수도 없어서 잠자코 있을 수밖에 없었다. 만약 한쪽 비위를 건드리게 되는 말을 했다가는 병실 안이 폭발할 것 같은 그런 분위기였다.

이튿날도 치료를 끝내고 시베리아 복도를 걸어오고 있는데 다리가 뻣뻣해 도저히 102호까지 걸어갈 자신이 없었다. 하는 수 없이 김밥 가게로 들어가게 되었다. 그날따라 훈훈한 공기로 채워져 있는 김밥 가게는 천국 같았다. 배가 고프지 않은

데도 김밥 한 줄을 주문하고 한참을 앉아 있었다. 어느새 뻣뻣하던 다리가 어느 정도 풀리는 듯했다.

신 여사와 내가 102호로 돌아왔을 때 마스크를 한 남자가 공구 상자를 들고 나타났다. 그가 입고 있는 유니폼을 보니 라디에이터 전문수리공이 아닌 병원 관리자 같아 보였다. 그는 허리를 숙인 자세로 라디에이터 배수구 밸브를 만지고 있었다.

얼마가 지났을까. 어느 순간 라디에이터에서 둔탁한 소리가 나는가 싶더니 곧 훈훈한 공기가 천장에서부터 병실을 덮어씌우듯 사방으로 퍼지기 시작했다. 오랜만에 나는 가디건을 벗고 언제나처럼 커튼을 치고 침대에 반듯한 자세로 누워 손에 책을 들고 있었고 신 여사는 보조 침대에 앉아서 내가 벗어놓은 가디건을 개키고 있었다.

그때 헌병이 신 여사 앞으로 다가와서 말했다.

"이 환자는 엄청 피곤한가 봐. 벌써 자는 걸 보니. 신 여사님 그 가디건 어디 한번 입어봅시다."

난처한 표정을 지어 보이며 신 여사가 말했다.

"이건 제 옷이 아니고 우리 환자 거예요."

"누구 거면 어때요. 한번 걸쳐나 보자고요."

그때 눈을 감은 채 내가 말했다.

"신 여사님, 저녁밥이 도착하기 전에 복도에 가서 한 차례 걸어봅시다."

별안간 헌병이 찬바람을 일으키며 자기 자리로 돌아갔다. 그때까지 이쪽을 바라보고 서 있던 백곰이 입안에 사탕이라도 물고 있는 것처럼 불룩 튀어나온 볼을 하고서 말을 툭 던졌다.

"가만히 보니 요즘 이 병실에 콧대 높은 환자가 있는 것 같은데 자네는 뭣 하러 그쪽으로 가서 무시를 당하고… 환자가 재활도 중요하고 사람들과도 어울리며 대화도 주고받아야 스트레스도 풀리고 그러지 맨날 틈만 나면 손에 책만 들고…."

그렇게 말한 후 백곰이 지팡이를 들고 병실을 나가자 헌병과 양미리가 뒤를 따랐다. 그때 내가 누워있는 침대 쪽을 올려다보며 신 여사가 말했다.

"왜 또 가만히 계세요? 저런 사람한테는 뭐라고 대응을 해줘야 해요. 안 그러면 더 무시한다니까요."

나는 신 여사가 하는 말을 못 들은 척했다. 솔직히 나 자신도 감정을 가진 사람이라 그들과 어울리고 싶었다. 아니, 그들과 놀아줄 수도 있고 그들이 하는 말에 맞장구도 쳐줄 수도 있었다. 하지만 각자 자기주장만이 옳다고 내세우는 살벌한 분위기 속에서 의미 없는 대화의 반복은 정신 에너지의 낭비일 뿐이었다. 조금 외롭고 고독할지라도 나는 혼자가 좋았다. 아니, 책 속의 세상과 함께 하는 시간은 더 없이 생산적이라고 생각했다.

솔직히 어느 땐 '나란 존재도 여기 있어.' 혹은 '나는 당신들과 달라!' 하고 외치고 싶을 때도 없지 않았다. 그러나 나는 그들을 향해 단 한 번도 맞선 적이 없었다. 될 수 있는 한 그들한테 관심을 가지지 않으려고 했을 뿐이었다. 나 자신이 그렇듯이 그들 역시 내게 관심을 가지지 말아주길 바랐다. 그러다도 어느 순간 이해할 수 없는 분위기가 연출될 때면 곧 '도대체 저 사람들은 왜 저럴까? 저 사람들은 과연 몸이 아픈 환자가 맞는 걸까?' 하는 의문이 생기기도 했다.

102호는 환자 모두에게 공통적으로 권리가 주어진 공간이지만 분명한 것은 어떤 침대가 놓인 위치나 입원 연식에 따라 환자의 권력도 달라진다는 것이다. 백곰의 침대는 겨울엔 히터가 여름엔 에어컨 혜택을 가장 많이 받게 되는 위치에 놓여 있었다. 그러나 신기할 정도로 누구도 그것에 대해 불만을 토로하는 사람은 없었다.

주말 내내 눈이 내리다가 멈추기를 반복했다. 어딜 가든 춥긴 마찬가지였다. 그나마 병실이 나은 것 같았다. 점심을 먹고 나서부터 휴게실에도 가지 않고 침대에 누워있었다. 어딘가 모르게 몸이 찌뿌둥했다. 그때 백곰 침대 옆에 놓인 라디에이터를 둘러싸고 102호 사람이 모여 앉아 있었다.

잠시 후 백곰이 말했다.

"이건 내가 102호 식구들한테 오늘 처음 고백하는 건데, 영감 죽고 났을 때 나 혼자 더 살아서 무슨 영화를 볼 것도 아니고 할 수만 있다면 혀를 깨물고 죽든지 한강에 빠져 죽든지 정말 그러고 싶었어. 그러다가 우연히 한 남자를 만나 연애하게 되었어. 같이 연극도 보러 가기도 하고 가까운 콘도에 가서 하룻밤 묵기도 했었지. 알고 보니 그 남자의 마누라가 아주 매력 없는 여자더라고. 돈만 알고 자신은 전혀 꾸미지 않는 것이야. 그래서 난 이렇게 생각했어. 그러니 저 남자가 꾸미길 좋아하는 나를 좋아하게 된 건 당연하지. 난 저 남자의 마누라보다 훨씬 세련되고 목소리도 섹시하니까. 그렇게 생각하면서 삼 년 정도 멋진 연애를 하며 행복하게 보냈어. 그런데 말이야. 뭐라고 하면 좋을까. 이를테면 남자의 마누라만이 가지고 있는 어떤 구속력이 있더라고. 내가 감히 넘볼 수 없는, 딱히 어떠하다고 한마디로 말할 수 없는 그 무엇이 말이야. 그 바람에 행복했던 시간은 겨우 삼 년 만에 막을 내리고 말았지. 솔직히 고백하면 그 충격으로 내가 이 꼴이 됐는지도 몰라. 하하하.”

눈을 동그랗게 만들고 양미라가 말했다.

“그 구속력이란 게 어떤 건데요?”

“뭐랄까. 절대 넘지 못할 벽 같은 것이라고 할까? 하하하.”

백곰이 소리 내 웃자 곁에 있던 사람들도 따라서 박장대소를 했다. 내가 보기엔 백곰이 한 말이 그렇게 박장대소까지 할 정도는 아닌 것 같아 보였는데 말이다. 분명 백곰에겐 뭔가 있어 보였다. 나도 모르게 줄곧 머릿속에서 그것이 무엇인지 파악하려 하고 있었다. 백곰이 언제나 사람들 앞에서 주절주절 이야기를 늘어놓으려고 하는 것, 그것도 다른 사람들에겐 별로 호기심을 자극할 만한 내용도 아닌, 자신이 부적절하게 살아온 이야기를 말이다. 그것이 다른 사람, 그것도 몸이 아픈 환자들에겐 관심 밖이란 사실을 아는지 모르는지.

그때 헌병이 침대에 기대고 서서 아몬드를 입에 넣고 소리 내 씹고 있었다. 나는 속으로 아몬드 씹는 소리가 저렇게 컸나 싶었다. 아니면 헌병이 아몬드를 소리 내 씹고 있을 때 잠깐 조용한 순간이었기 때문에 아몬드 씹는 소리가 유난히 크게 들리게 되었는지도 몰랐다. 그게 아니라면 아몬드 씹는 소리가 크게 들린 것은 헌병이 내적 불안감을 견뎌 내느라 일부러

힘주어 아몬드를 소리 내 씹었을 수도 있었을 것이다. 그것도 아니면 헌병의 치아가 특별나게 튼튼해서 그런 것인지도 모를 일이라고 생각했다. 아무튼 헌병의 심리 상태가 특별나게 보이는 것만은 사실이었다.

며칠 뒤 신 여사가 어디서 입수한 정보에 의하면 양미리와 작은 공주 엄마는 똑같이 형편이 어려운 탓에 병원비를 지불할 날짜가 다가오면 백곰에게 수시로 돈을 빌리곤 한다고 했다. 더군다나 양미리는 자신의 남편 사업 자금까지 백곰에게 차용하곤 한다는 것이었다. 나는 그제야 백곰이 지닌 용기와 배짱이 바로 그녀가 지닌 재력의 힘이란 사실을 알게 되었다.

그날은 한 주가 시작하는 월요일이었다. 나는 치료 시간에 맞춰 불안한 걸음으로 치료실을 향해 한 발 한 발 걸어갔다. 가까스로 치료실에 도착했을 땐 온몸이 땀에 젖어 있었다. 힘겹게 치료실에 도착했으나 치료실에는 치료사는 많았지만 신뢰할 만한 치료사를 만나기란 쉽지 않았다. 어떤 치료사는 주어진 삼십 분 동안 효과라곤 일도 없는 치료를 하느라 시간만 낭비한다든가 또 다른 치료사는 실력은 없지 않아 보이는데 치료에 집중하기보다는 사적인 수다를 떠는 데만 시간을 낭비하곤 했다.

잠시 후 담당 치료사가 찍찍거리는 슬리퍼 소리를 내며 내가 누워있는 치료 매트에 왔을 때는 이미 치료 시간이 오 분이 지나갔다. 그런데도 치료사는 아무 일도 없었던 것처럼 여유로운 표정을 짓고 있는 것이었다.

그날도 나는 받으나 마나 한 치료를 받고 102호로 돌아오면서 이런저런 생각을 하게 되었다. 가뜩이나 병원 건물도 낡고 병실 분위기마저 좋지 않은데다 담당 치료사들마저 실력도 모자라고 책임감마저 없어 보이는 이곳에서 계속 머물 필요가 있을까 싶었다. 이런 때 터놓고 의논할 상대라도 있었으면 좋으련만 아무리 생각해봐도 그럴만한 대상이 없었다.

다음날 치료실에 갔을 때 답답한 마음에 담당 치료사에게 묻게 되었다.

"선생님, 어제부터 제 등에서 심한 압박감이 느껴지는 동시에 엉덩이마저 뒤에서 누가 잡아당기는 듯한 느낌 때문에 발이 앞으로 나아가질 않아요."

그러나 치료사는 어떤 설명도 하지 않은 채 얼굴에 엷은 미소만 지어 보일 뿐이었다. 그날 밤 나는 또 한 차례 수첩에 이렇게 적었다.

'보이지 않은 손이 뒤에서 나를 잡아당기는 듯한 이 느낌의 정체는 무엇일까? 그리고 이 느낌은 언제쯤 사라질까?'

102호에 돌아오고 나서 곰곰이 생각해 보았다. 희망이 없어 보이는 이곳 S 재활병원에서 하루빨리 퇴원해야 할지, 아니면 얼마간 더 머물러야 할지에 대해. 그러나 나는 어떤 결론도 내리지 못했다. 잠시 침대에 누워있는데 불현듯 이런 말이 생각났다.

'어쩔 수 없는 일이라면 견디도록 하자.'

이 말이 세상에 나온 건 아마도 소크라테스가 재판을 받고 사형선고를 받게 되었던 기원전 399년경에 생겨난 말로 알려져 있다. 이 말이 세상에 나오게 된 건 그때나 지금이나 세상을 살아가는 모든 이들 앞에는 어쩔 수 없는 일이 생기게 마련이어서 그 자신만 고통을 겪는 것이 아니라는 사실을 일깨워 줄 필요가 있었기 때문이 아닐까 싶었다. 이제부터라도 '어쩔 수 없는 일이라면 견디도록 하자.'란 이 말을 가슴에 새기면서 견뎌내야겠다고 다짐했다. 오늘도 그렇게 생각하면서 복도를 걸어가고 있는데 갑자기 오른발에 무게가 실린 순간 나도 모르게 몸이 휘청했다. 뒤에서 따라오고 있던 신 여사가 잽싸게 내 허리를 잡아준 바람에 다행히 넘어지는 일은 없었다. 가만히 생각해 보니 치료사들이 뭉친 근육을 제대로 풀어주지 않아서 이런 일이 발생하게 된 것 같아 나도 모르게 화가 났다. 화는 좀처럼 가라앉지 않았고 어느 순간 내 입에서 이런 말이 튀어나온 것이었다.

'지금까지 다녀본 재활병원 중 제일 형편없는 곳이야. 도대체 이 병원 사람들은 양심도 없어. 재활에 대해 기본도 모르는 치료사만 모아 놓고 무슨 재활치료를 한다고…'

잠시 후 내 입에서 전혀 다른 말이 튀어나왔다.

'아무리 그래도 D 병원보다는 나아. 그래 맞아.'

그 말끝에 이어진 것은 D 병원에서 겪게 되었던 풍경이었다. 정말이지 떠올리고 싶지 않은 그림이었다. 나 자신이 이 S 재활병원에 오기 전, S 재활병원 원무과에 입원 신청을 해놓고 자리가 날 때까지 약 삼 개월 정도 D 병원에서 머물게 되었다.

지난해 어느 봄날 D 병원에 도착하자마자 일 층 원무과에서 입원 수속을 마치고 곧장 이 층 병실로 가게 되었다. 병실에 들어서면서 신 여사와 내가 동시에 "안녕하세요?" 하고 인사했다. 그러나 누구도 반응이 없었다. 오랫동안 병원 생활을 해온 탓에 환자는 물론이고 환자를 돌보는 보호자마저 지쳐 있는 모습이 역력해 보였다.

병실은 사 인실 치곤 지나치게 좁은 편이었다. 육십 대로 보이는 환자 둘은 하나같이 뇌졸중, 일명 중풍 환자였다. 출입문 쪽에 자리한 환자는 남편으로 보이는 칠십 대 남자가 보호자로 보였고 가운데 자리에 있는 환자는 육십 대로 보이는 남자가 보호자 같았다. 창가쪽 침대는 텅 비어 있었다.

수염이 덥수룩한 칠십 대 남자는 자신의 아내를 돌보느라 몹시 지쳐 있는 듯 보였다. 그 모습은 환자보다 더 환자 같아 보였다. 육십 대 남자는 얼굴도 말끔해 보인데다가 청바지와 흰색 면 티셔츠를 입고 아내 곁을 지키고 있었다. 병실 벽 한쪽에는 칠십 대 남자의 것으로 보이는 후줄근한 추리닝과 낡아빠진 가죽 벨트가 걸려 있었고 창가에는 치약과 칫솔, 돋보기, 면도기, 손거울… 잡동사니가 산처럼 쌓여 있었다.

이튿날 처음으로 엘리베이터를 타고 일 층 치료실로 내려가게 되었다. 좁은 치료실에는 환자와 보호자가 같이 돌아다니고 있어서 어수선했다. 담당 치료사라며 내 앞에 나타난 치료사는 삽십 대 중반으로 보였는데 그는 키도 크고 인상도 선해 보였다. 일주일 정도 지나고 보니 치료사 대부분이 경력은 있어 보였으나 익숙해 질만 하면 치료사가 바뀌곤 하는 것이었다. 알고 보니 환자 수에 비해 치료사가 턱없이 모자랐기 때문이었다. 그러다 보니 여기저기에서 환자와 보호자의 볼멘소리가 터져 나오곤 했다.

어느 날 아침 실장이란 사람이 치료실에 나타나서 보호자와 환자를 설득했다.

"며칠만 기다리시면 치료사가 채워지게 될 것이니 불편하시더라도…."

그러나 일주일이 지나도 치료사는 채워지지 않고 있었다. 치료사 대부분은 지쳐 있어서 환자의 몸 상태에 관심을 보이기보다는 그날그날 자신에게 배당된 환자를 무슨 상품을 다루듯이 빨리빨리 치료해 밖으로 내보내느라 정신이 없어 보였다.

열흘 정도 지나자 치료실 분위기를 어느 정도 파악할 수 있게 되었다. 치료사들은 치료 시간에도 환자나 보호자가 슬그머니 건네준 족발과 치킨, 피자 등을 받아먹는 것이었다. 그 모습은 너무도 자연스러워 보였다.

환자들은 저마다 실력있는 치료사에게 치료받기를 원했다. 하지만 주어진 치료 시간이 한정되다 보니 실력 있는 치료사에게 치료받으려면 오랜 날을 기다려야 했다. 마음이 급한 환자들은 실력 있는 치료사에게 치료를 받으려고 간식거리와 얼마의 금액을 넣은 봉투까지 치료사를 배치하는 실장에게 건네는 일은 D 병원 치료실의 문화처럼 돼 있었다.

그날도 치료실에 들어갔을 때 먹자골목에 들어온 느낌이었다. 피자 냄새, 빵 냄새, 튀긴 만두 냄새, 족발 냄새…. 비위가 약한 나는 마스크를 쓴 상태에서도 속이 메스꺼워 죽을 지경이었다.

신 여사가 불쑥 한마디 했다.

“여긴 치료실이라기보다 먹자골목에 와 있는 것 같아요. 저도 오 년 넘게 간병을 하느라 재활병원 이곳저곳 돌아다녀 봤지만 이런 분위기는 처음 봅니다.”

신 여사의 말이 끝나자 주위에 있던 보호자들이 소리 내 웃기 시작했다. 그날 나는 담당 치료사에게 치료를 받고 나서 복도로 나오고 있는데 때마침 치료실 쪽으로 걸어오고 있던 실장과 마주친 순간, “안녕하세요.” 하고 인사했다. 그러나 실장은 눈길 한번 주지 않고 등을 보이고는 치료실 안으로 사라졌다. 그 모습을 보게 된 한 남자 보호자가 큰 소리로 말했다.

“이 병원은 공정치가 않아요. 공정치가 않다구요.”

그때 지팡이에 의지한 또 다른 남자 환자도 큰소리로 맞장구를 쳤다.

“난 진작부터 알고 있었어요. 똥이 무서워서 피하나요. 그냥 이 병원에 있는 동안 눈 딱 감고 지냅시다. 약한 자여 그대의 이름은 환자이나니. 허허허. 그냥 웃자구요. 이렇게 말입니다, 허허허.”

한 달 정도 지나고 보니 치료실 분위기를 어느 정도 파악할 수 있게 되었다. 누구든지 실장에게 잘 보여야 했다. 그것이 이곳 D 병원에서 버텨내는 방법이었다. 만에 하나 실장에게 밉보이게 되는 날엔 담당 치료사를 경력이 짧은 치료사로 교체해 버릴 수 있었기 때문이었다. 로마에 가면 로마의 법을 따르란 말처럼 내키지는 않았지만 나는 큰딸에게 부탁해 피자와 현금이 든 봉투도 같이 준비해 오라고 했다.

그날 준비한 쇼핑백을 가지고 평소보다 조금 일찍 치료실로 내려가게 되었다. 때마침 치료실에는 실장 혼자 매트에 앉아서 서류철을 보고 있었다. 순간 나는 내 손에 들려 있는 종이 백에 레이저를 쏘아 보내고 있는 실장의 시선을 느끼게 되었다. 그것은 종이 백안에 들어 있는 것을 확인하지 않고도 거기에는 얼마의 금액이 담긴 봉투와 간식거리가 같이 들어 있다는 사실을 느낌으로 알 수 있는 실장의 시선이었다. 잠시 숨을 고르고 나서 실장이 앉아 있는 쪽으로 다가가 쇼핑백을 건네려 했을 때 당연하다는 듯 눈도 맞추지 않은 채 "거기에 놓고 나가세요." 하고 실장이 말하는 것이었다.

로마법을 따른 효과는 즉각 나타났다. 다음날 치료실에 갔을 때 내 앞에 나타난 치료사는 자신이 부실장이라고 말했다. 부실장은 얼굴에 미소를 머금은 채 내 몸을 점검하기 시작했다. 곧 능숙한 솜씨로 다리 근육을 늘리고 나서 한번 걸어 보자고 말했다. 나는 그제야 D 병원 치료실은 이런 식으로 돌아가고 있구나! 하고 생각하게 되었다. 거기에 더해 실장이란 사람은 환자와 보호자의 주변을 맴돌다가 마땅한 흡혈 대상을 찾게 되는 대장 모기 같은 존재란 사실도 알게 되었다.

D 병원은 치료실만 문제가 있는 것이 아니었다. 병실도 문제가 많았다. 한번은 아내를 돌보던 육십 대 남자가 어찌나 코를 고는지 트럭이 병실 바닥을 지나가는 것 같았다. 그렇다고 불평을 할 수도 없어서 병실 사람은 너나 할 것 없이 인내심을 최대한 끌어올리고 있었다. 한 달 정도 지났을 때였다. 마침내 우려하던 일이 벌어지고 말았다. 어느 순간 칠십 대 남자가 자정이 넘은 시각에 별안간 자리에서 벌떡 일어나더니 코골이

남자에게 달려가 주먹을 날리고 나서 큰 소리로 말했다.

"야! 이 새끼야. 당장 꺼져! 꺼지라고! 하루이틀도 아니고 사람이 잠을 자야 살 것 아냐!"

그러고도 분이 풀리지 않았던지 그는 주먹으로 침대 난간을 몇 차례 내리쳤다. 잠결에 주먹으로 코를 세게 얻어맞게 된 코골이 남자는 자신이 왜 얻어맞아야 했는지 영문도 모른 채 휴지로 코피만 닦고 있었다. 잠시 후 코골이 남자의 코가 부어 올라 흡사 피노키오 코를 연상케 했다. 하지만 누구도 말하는 사람이 없었다.

이튿날 코골이 남자의 딸이 병실에 나타났다. 그녀는 자신의 아버지의 부어오른 코를 보게 된 순간 놀란 나머지 눈이 둥그레지면서 큰 소리로 말했다.

"아빠! 아빠! 아빠 코가 왜 이래?"

잠시 후 자신의 친정아버지로부터 전후 사정을 듣게 된 그녀는 병실 사람들에게 머리 숙여 사과했다.

"죄송합니다. 제가 결혼해 따로 산 지가 십 년 정도 되다 보니 저의 친정아버지가 코를 심하게 고는 줄도 몰랐습니다. 정말 죄송합니다."

그녀의 태도가 어찌나 공손한지 병실 사람들은 하나같이 미소 띤 얼굴을 드러내 보이며 고개를 끄덕여 보였다. 그날 밤 병실에는 모처럼 평화가 찾아왔다. 아침에 눈을 떴을 때 코골이 남자의 코에는 가로로 된 테이프가 붙어 있는 것이었다. 그 테이프는 어제 코골이 남자의 딸이 준비해 온 코골이 방지용 이라고 했다. 코골이 방지용 테이프의 효과는 놀라웠다. 그날 밤 너무도 조용한 병실이 오히려 낯설게 느껴질 정도였다.

아침에 회진 차 의사가 병실을 다녀가고 났을 때 별안간 신 여사가 어두운 얼굴을 하고 말했다.

"아무래도 오늘 치과에 다녀와야 할 것 같아요. 임플란트 시술이 잘못된 것 같아요. 시리고 아파서 밤새 잠을 못 잤어요. 제가 사람을 구해놨어요. 불편하시더라도 이틀만 참아 주세요."

나는 흔쾌히 그렇게 하라고 했다. 대체 근무자는 키도 크고 얼굴도 남자 같아서 첫인상이 마음에 들지 않았다. 그렇더라도 이틀만 견디면 된다고 생각했다.

그날 밤 자려고 침대에 누웠는데 대체 근무자가 세탁한 환의를 철 옷걸이에 걸어 내 머리 위쪽에 걸어놓는 것이었다. 병실에는 벽과 벽 사이에 연결된 손가락 굵기의 스테인리스로 된 파이프에 환의를 널어 말릴 수 있도록 파이프는 머리 쪽과 발 쪽에 각각 하나씩 연결돼 있었다.

행여 끝이 뾰족한 철 옷걸이가 얼굴에 떨어질까 해서 내가 말했다.

"여사님, 환의를 발 쪽에다 걸어두세요. 혹시 낡은 철 옷걸이가 눈에 떨어질까 해서 불안해서요."

그러나 대체 근무자는 단칼에 내 말을 잘라버렸다.

"걱정하지 마세요. 그런 일은 절대 없을 테니까."

때마침 반대편 간병인이 빨래를 걷는 순간 별안간 빨래 대가 흔들리게 되면서 철 옷걸이가 내 눈언저리에 떨어지고 말았다.

놀란 얼굴을 하고 내가 말했다.

"여사님, 자칫했으면 낡은 철 옷걸이가 제 눈에 떨어질 뻔했잖아요."

그러나 대체 근무자는 놀라거나 미안해하기는커녕 오히려 목청을 높여 말했다.

"눈 안 빠졌잖아요. 눈 안 빠졌으면 된 거 아닌가?"

그 모습을 지켜본 앞 환자가 말했다.

"아니, 무슨 간병인이 말을 저렇게 해. 방금 환자 눈 쪽에 떨어지는 걸 나도 봤구만. 미안하다고 사과는 못 할망정. 쯔쯔쯔."

그런데도 대체 근무자는 못 들은 척하면서 휴대폰만 들여다보고 있는 것이었다.

이튿날 치료 시간에 맞춰 침대에서 내려가려다 말고 대체 근무자에게 말했다.

"여사님, 제가 지금 한 손으로 이 침대 난간을 잡고 내려갈 겁니다. 그러니 침대 난간을 재끼지 마세요."

그렇게 말하고 나서 한쪽 다리를 바닥을 향하는 동시에 한 손으로 침대 난간을 잡으려고 하는 순간 대체 근무자가 난간을 확 재껴버린 것이었다. 그 바람에 내 몸이 앞으로 꼬꾸라지고 말았다.

순간 당황한 내가 말했다.

"여사님 제가 난간을 재끼지 말라고 했는데…."

"뼈 안 부러졌잖아. 뼈 안 부러졌음 된 거 아냐."

그때 병실 사람들이 일제히 한마디씩 했다.

"어디서 저런 깡패 같은 인간이 아픈 사람을 간병 하겠다고…."

"저런 사람은 돈도 주지 말아야 해!"

그날 저녁을 먹고 났을 때 우연히 내 눈길이 경첩이 헐거워져 있어서 문짝이 기우뚱한 옷장 사이로 보이는 낡은 책에 가 있었다. 그 책을 꺼내달라고 말하자 대체 근무자가 큰 소리로 말했다.

"여기 무슨 책이 있다고 그래요? 아무것도 없구만."

잠시 후 코골이 남자의 딸이 그 책을 들어 보이며 말했다.

"이거 말인가요?"

나는 말없이 고개만 끄덕여 보였다. 책은 출판사에서 정식으로 발행한 것이 아니고 문방구 같은 데서 복사해 만든 제본이었다. 책 커버가 빛이 바래있는데도 '우파니샤드'란 글자는 단번에 알아볼 수 있었다. 병실에서 이 책을 만나게 될 줄이야. 나는 속으로 흥분하고 있었다.

『우파니샤드, Upanisad』는 'Upa_가까이, ni_아래, sad_앉다.'란 뜻으로 스승 가까이에 앉아 비밀스런 가르침을 받는다는, 즉 내적인 깨달음을 전수하는 가르침을 의미한다.

나 자신이 이 『우파니샤드』에 대해 관심을 갖게 된 것은 칼 융을 알게 되면서부터이다. 융 심리학에는 브라만(궁극적 실재)과 아트만(개별 존재의 진정한 자아)은 인도 철학에서 가져온 개념을 심리학적·상징적으로 재해석한 것을 많이 포함하고 있음을 알 수 있다. 둘은 서로 밀접하게 연결되어 있으면서도 적용되는 차원의 의미는 각기 다르다.

융 심리학에서 브라만은 개인의 자기를 넘어선 '전체성의

원형' 즉 집단 무의식의 중심이자 세계적 차원의 자기(Self)로 해석했다. 이는 개인적 자아를 넘어선 우주적·초월적 하나에 가깝다. 다시 말해 칼 융은 우파니샤드를 인간의 개성화 과정, 즉 의식적 자아가 자기와 합일되는 과정과 유사하다고 본 것이었다.

만약 이 낡은 책 주인이 나타나지 않으면 복사를 하든지 아니면 나 자신이 퇴원할 때 집으로 가져갈 생각까지 했다.

이틀 후 비어 있는 침대에는 육십 대 뇌졸중 환자가 들어왔다. 그 환자를 돌보는 간병인은 몽골 출신 교포였다.

환자의 남편은 매일 한 차례씩 병실에 들르곤 했다. 그날도 환자의 남편은 어김없이 모습을 드러냈다. 무표정한 얼굴을 한 그가 침대에 누운 환자 입가에 묻어 있는 침을 닦았다. 부드러운 손길처럼 보였지만 왠지 그의 눈빛은 냉소가 스며 있는 듯 보였다. 잠시 후 침대에 다리를 꼬고 앉은 그가 만두가 든 종이봉투를 간병인에게 건네며 말했다.

"아줌마, 이건 제 아내가 즐겨 먹는 만두입니다."

잠시 후 간병인이 은박지 접시에 만두를 담아 식판 위에 올려놓았다. 곧 그가 나무젓가락으로 만두 하나를 집어 아내 입에 밀어 넣었다. 그러나 아내는 단번에 만두를 토해냈다. 그 모습을 보게 된 간병인이 휴지로 환자의 입 주위를 닦아주려 했으나 그가 병실 안이 울릴 정도로 큰 소리로 말했다.

"아줌마! 그럴 필요 없어요. 내가 왔을 땐 이 사람은 내가 보살필 테니 아줌마는 신경 쓰지 마세요. 이 사람은 지금 자신이 환자라는 현실을 받아들일 수 없는 잠재적 불안의 위협에서 자신을 보호하기 위해… 만두를 뱉어버리는 행위를 한 겁니다. 이런 행위는 무의식의 성적 갈등 또는 쾌락 행위입니다. 말하자면 불안한 마음의 평정을 찾기 위해 일종의 방어기제를 사용한 것인데. 하긴 내가 이런 말을 해봤자 알아들을 사람도 없겠지만."

그러자 간병인이 말했다.

"예. 맞습니다. 저는 몽골에서 왔기 때문에 한국말이 서툽니다. 더군다나 방어기제가 무엇을 뜻하는 건지는 더욱…."

"아줌마, 지금부터 내가 하는 말을 잘 들어요. 방어기제란 자아가 감당하기 힘든 감정이나 현실을 받아들이기 어려울 때 무의식적으로 현실을 왜곡하거나 감정을 억누르는 방식으로 자신을 보호하는 일종의 심리적 매커니즘이라고 할 수 있어요. 내 말 알아듣겠어요?"

그 모습을 보는 순간 얼마 전 그가 자신이 전직 심리학 교수였다고 말했던 기억이 났다. 그 순간 나는 아! 이분은 프로이트 논리에 심취돼 있구나, 하는 생각을 했던 것 같았다.

그때 몽골 간병인이 손에 젓가락을 든 채 천장을 바라보고 멍하니 앉아 있었다. 그러나 그는 간병인의 표정 따위에 대해서는 아무런 관심도 없어 보였다. 그는 또다시 아내가 뱉어낸 만두 접시에서 만두 하나를 집어 아내의 입에 밀어 넣었다. 하지만 이번에도 그의 아내는 만두를 뱉고 말았다.

이때 환자의 남편이 한 모든 행위는 연민도 아니고 사랑도 아니었으며 오직 남에게 보여주기 위한 혹은 자아도취적 행동이라고 생각하게 되었다. 자아도취 상태는 이상화된 자신에 대한 자기애적 왜곡으로 심할 경우 타인 멸시 혹은 현실 감각 상실로 이어지게 되면 자기중심적 행동을 보일 수 있게 된다.

그렇게 생각하다 잠시 눈을 감았다가 뜨는 순간 잊고 있었던 B 병원 병실에서 있었던 한 풍경이 비탈을 구르는 공처럼 엄청난 가속도를 내며 눈앞에 나타나기 시작했다.

어느 날 오후 팔십 대로 보이는 할머니와 오십 대 중반으로 보이는 여자와 같이 병실에 들어와서 짐을 정리했다. 알고 보니 그들은 모녀간이었다. 그런데 할머니는 걸어서 화장실 출입도 하고 인지도 나쁘지 않아 보였다.

신 여사가 할머니 딸에게 물었다.

"할머니는 어디가 불편하셔서 오셨어요?"

그러자 그녀는 퉁명스럽게 말했다.

"우리 어머니는 특별히 어디가 아픈 건 아니고 단지 나이가 많아서 혼자 있기가 불안해서….."

신 여사가 또 물었다.

"아픈 데가 없어도 병원에서 입원을 시켜준 모양이네요."

"그럼 병원에서야 수입이 생기는데 당연히 받아주죠."

딸은 퉁명스럽게 말하고 나서 병실을 나가버렸다. 잠시 후 복도에서 목소리를 높여 말하는 소리가 들려왔다.

때마침 화장실에 다녀온 신 여사가 병실로 들어오면서 말했다.

"할머니는 인상이 저렇게 착해 보이는데 따님은… 원 세상에. 쯔즈쯔 ."

놀란 눈을 하고 신 여사에게 물었다.

“방금 복도에서 소리치던 사람이 누구예요?”

“저 할머니 딸이 복도를 걸어가면서, ‘아이고 오래 사는 것도 죄얏!’ 하고 소리친 거였어요. 그 모습을 본 순간 간호사들이 놀란 눈을 하고 서로의 얼굴을 쳐다보고 가만히 있더라고요.”

그날 오후 할머니를 돌볼 간병인이라며 키가 큰 한 여자가 병실에 들어왔다. 목소리까지 걸걸한 그녀는 자신이 조선족이라고 했다. 조용하던 병실이 갑자기 소란스럽게 느껴진 것은 그 간병인 때문이었다. 그녀는 화가 난 상태도 아닌데 마치 화가 폭발한 사람처럼 목소리에서 쇳소리가 났다.

며칠 후 식사를 잘못하는 할머니에게 의사가 죽을 처방하게 되었고 식당 종업원이 김이 무럭무럭 나는 죽 그릇을 들고 병실로 들어와서 그 간병인에게 건네며 말했다.

“여사님! 방금 막 끓인 죽이라 상당히 뜨겁습니다. 죽이 밥보다 더 뜨거운 건 잘 아시지요. 잘못하면 환자가 입 안에 화상을 입게 될지 모르니 아기에게 먹이듯 잘 식혀서 조금씩 드려야 해요.”

식당 종업원이 죽이 뜨겁다고 분명히 당부했는데도 간병인은 죽 그릇을 건네받자마자 김이 모락모락 피어나는 죽을 한 숟가락 떠서 할머니 입안으로 들이밀었다. 그 순간 할머니가 입안이 뜨거운 나머지 몸을 벌벌 떨며 죽을 뱉어냈다. 그런데도 간병인은 또다시 죽 한 숟가락을 떠서 할머니 입속으로 밀어 넣는 것이었다. 몸을 벌벌 떨며 죽을 뱉어버린 할머니의 눈에서 눈물이 줄줄 흘러내리고 있었다. 그런데도 간병인은 아무렇지도 않은 표정을 지어 보였다. 그 모습을 보는 순간 저 간병인이 과연 사람이 맞을까 싶었다. 보다 못한 내가 한마디 하게 되었다.

"여사님, 좀 전에 죽을 가져온 식당 언니가 죽이 무척 뜨겁다고 조심해서 드리라고 몇 차례 당부했는데도…."

그러나 그 간병인은 들은 척도 하지 않았다.

입 안에 화상을 크게 입게 된 할머니는 그날부터 아무것도 삼키지 못했다. 오로지 링거만 달고 있었다. 그런데 며칠이 지났는데도 할머니의 딸은 얼굴조차 비치지 않고 있었다. 물 한 모금 삼키지 못한 할머니의 얼굴은 말이 아니었다. 나중에는 암 환자에게 투여하는 의료영양식(단백질 영양보조제)을 주사로 맞으면서 근근이 버티고 있었다. 그런데도 자식이 남매나 있는데도 바쁘다는 핑계로 한 번도 찾아오지 않는 것이었다. 같은 병실에서 하루가 다르게 야위어가는 할머니의 모습을 보는 것만으로도 가슴이 미어져 왔다.

그런데 그 할머니 옆 침대 환자는 뇌경색이 살짝 온 상태인데도 얼굴 표정이 너무도 밝아 보여서 환자 같지도 않아 보였다. 환자 얼굴이 밝아보이는 데는 그만한 이유가 있어 보였다. 주말마다 두 딸이 찾아와서는 자신의 어머니가 평소 즐겨 하던 화투도 같이 치기도 하는 것이었다. 그럴때면 딸들은 환자인 어머니의 마음을 즐겁게 만들려고 일부러 화투를 잘못 쳐 자신들이 돈을 잃게 만들곤 하는 것이었다. 딸들뿐만 아니었다. 미국에 있는 아들도 매일 아침 전화를 걸어와서는, "엄마 오늘은 기분이 좀 어떠세요? 세상에서 제일 좋은 우리 엄마, 사랑하고 존경합니다.....내일 또 할게요." 하고 말하는 것이었다. 그뿐만 아니었다. 이따금 손녀 둘까지 차례로 찾아와서는 할머니의 손톱과 발톱을 깎아드리기도 하고 지난날에 있었던 할머니와의 추억담을 나누며 깔깔대곤 하는 것이었다. 그 모습을 본 병실 사람들은 하나같이, 윗물이 맑으니 당연히 아랫물도 맑을 수밖에 없는 것이라고 말하곤 했다.

할머니가 입 안에 화상을 입은 지 한 달 정도 되었을 때였다. 어느 날 치료실에서 돌아왔을 때 병실이 술렁거렸다. 알고 보니 옆자리 또 다른 할머니 환자를 돌보는 간병인이 바나나를 손가락 한 마디만큼 할머니 입 안에 넣어드렸더니 다행히 삼키셨다고 했다. 다음날도 그 간병인이 바나나를 손가락 두 마디만큼 드렸더니, "바나나가 달고 맛있다." 하고 할머니가 말씀하셨다고 했다.

내가 신 여사에게 말했다.

"이 병실에서 머무는 동안 할머니에게 바나나를 사드리고 싶어요."

그날부터 바나나를 갖다 드릴 때마다 할머니는 두 손을 이마에 올려 하트를 만들어 보이곤 했다. 할머니에게 바나나를 제공하는 일은 삼 개 월간 이어졌다. 언제부턴가 병실 사람들이 그 할머니를 가리켜 "바나나 할머니"라고 부르게 되었다.

B 병원에서 퇴원하던 날 신 여사와 나는 싱싱한 바나나 한 송이를 들고 바나나 할머니 침대로 다가갔다. 할머니의 손을 꼭 잡고 나서 돌아서는데 다른 병원으로 옮겨가게 되었다는 말은 차마 하지 못했다.

D 병원으로 옮겨 와서 정신없이 지내다 보니 한동안 그 바

나나 할머니 생각을 잊고 있었다. 어느 날 문득 바나나 할머니 생각이 나서 내가 말했다.

"여사님, 그 바나나 할머니가 어떻게 지내시는지 궁금하네요. 알 길이 없을까요?"

신 여사가 밝은 얼굴을 하고 말했다.

"알 길이 있습니다. 제 친구가 아직 B 재활병원에서 환자를 돌보고 있거든요. 제가 한번 알아볼게요."

그날 오후 차라리 듣지 말았으면 좋았을 소식을 신 여사로부터 듣게 되었다.

"할머니는 우리가 떠나온 이후 한 달 정도 더 계시다가 돌아가셨다고 하더군요."

그 할머니가 빨리 돌아가시게 된 것은 간병인이 뜨거운 죽을 억지로 먹여 입 안에 화상을 입은 탓에 오랫동안 음식물을 삼키지 못했기 때문이라고 생각하니 마음이 그렇게 짠할 수가 없었다.

세상 모든 간병인이 다 그런 건 아니었다. 그 무렵에 보게 되었던 오십 대 중반 조선족 간병인을 잊을 수가 없다. 그녀는 육십 대 중반 뇌졸중 환자를 맡아봤는데 매일 일과가 끝난 시간이면 환자를 휠체어에다 태우고 복도에 나가 환자를 구석진 곳에 세우고 서는 운동을 시키곤 했다. 다리에 힘이 빠진 환자가 서 있다 이내 주저앉곤 했는데 그때마다 그 간병인이 일으켜 세워 또다시 환자에게 조금만 더 서 있으라고 말했다. 그러면서 휴대폰을 옆에 놓아두고 평소 그 환자가 즐겨듣던 전통가요까지 틀어 놓는 것이었다. 그 모습을 보게 된 사람들의 생각은 엇갈렸다. 어떤 이는 간병인이 혈육에게 하듯이 진정성을 가지고 재활 훈련을 시키니 참으로 복 받을 거라고 말했다. 반면에 또 다른 이는 간병인이 공연히 남에게 보여주기 위해 쇼를 하는 거라고 말하기도 했다.

마침내 그 환자는 혼자의 힘으로 발을 자박자박 떼게 되어 퇴원하게 되었다. 환자가 퇴원하던 날 환자의 남편이 금목걸이와 팔찌를 간병인에게 건네며 진심으로 감사한다는 말을 남겼다. 그 광경을 보게 된 병실 사람들이 일제히 박수를 쳤다.

지금도 잊지 못하는 또 다른 광경이 있는데 그것은 장모를 간병하는 사위의 모습이었다. 팔십 대 중반의 할머니는 뇌졸중이 심한 상태였다. 할머니가 자신의 의사 표시를 잘못하는 바람에 소통이 어려웠다. 그런데다가 치매 증상마저 날로 심해져 딸도 사위도 알아보지 못했다. 그런 할머니를 돌보는 사람은 딸과 사위였다. 부부는 사흘씩 번갈아 가면서 할머니를 간병했다. 딸이 할머니를 돌보게 되는 날은 병실에 시끄러운 소리가 자주 났다. 원인은 할머니가 딸이 챙겨주는 밥도 약도 잘 받아먹으려 하지 않았기 때문이었다. 샤워장에 갈 때도 할머니는 가지 않겠다고 떼를 썼다. 기저귀를 갈 때도 딸은 번번이 소리를 질렀다. 오랫동안 실랑이를 벌이던 할머니가 끝내 엉엉 소리 내 울기까지 하는 것이었다.

그런데 신기하게도 할머니는 사위가 챙겨주는 밥과 약은 잘도 받아먹는 것이었다. 눈여겨 보니 딸은 엄마가 자신의 말을 듣지 않으면 환자가 듣기 싫어하는 소리를 하면서 짜증을 내는 것과는 달리 사위는, "아이고 우리 예쁜 어머니 오늘도 식사도 잘하시고 약도 잘 드시네요. 이제 양치만 하고 주무시면 됩니다. 아이고 착하기도 하셔라.” 라며 어린아이를 달래듯 하는 것이었다. 그뿐만 아니었다. 딸이 샤워장에 가자고 하면 버럭 화부터 내던 할머니였는데 사위가 샤워장에 가자고 할 때면 신기하게도 할머니의 얼굴에는 미소가 절로 피어나곤 하는 것이었다.

이렇듯 사위는 늘 다정한 목소리로 장모를 목욕시키고 나서 기저귀도 채워주고 환의도 갈아입혔다. 그러고는 드라이기로 머리를 말린 후 보습 크림도 발라주었다. 그러다 어느 순간 딸과 바통 터치를 하게 되는 순간이면 할머니는 이내 얼굴이 어두워지면서 입까지 삐죽이 내밀곤 하는 것이었다. 그 모습을 본 병실 사람들이 하나같이 그 사위를 가리켜 복 받을 사람이라고 말하곤 했다.

한 번은 옆자리 환자를 돌보던 간병인이 물었다.

“사위분은 참 대단하세요. 어떻게 장모님한테 이렇게 잘하실 수가 있으세요?”

한동안 눈을 지그시 감고 있던 사위가 말을 했다.

“저희 애들 둘을 낳아서부터 중학교를 졸업할 때까지 장모님이 정성껏 키워주셨어요. 그에 비하면 이건 아무것도 아니지요.”

알고 보니 그 부부는 제주도에서 각각 교수직을 가지고 있었다. 부부 모두 매주 비행기를 타고 제주도와 서울을 오갔던 것이었다.

사실 사위가 장모를 간병 하는 모습을 처음 본 건 아니었다.

K 재활병원에 있을 때도 본 적이 있긴 했다. 그러나 그때 보게 된 경우는 달랐다. 시청 공무원 신분인 자신의 아내가 일 년 휴직한 상태에서 환자인 친정어머니를 돌보아 왔기 때문에 사위는 주말만 와서 장모를 돌봤다. 그 환자는 의사소통에도 문제가 없었고 혼자 휠체어를 타고 화장실 출입도 가능했다. 단지 환자를 보조해 주는 역할만 했던 것이었다.

D 병원에 온 지 삼 개월이 되었을 때 S 재활병원에서 들어오라는 연락이 왔다. 나는 또다시 재활 난민 신세로 전락해 짐을 싸야만 했다.

11

해가 지고 날이 어두워지면 하늘을 날던 새도 자신의 둥지로 돌아가건만 나는 벌써 집을 떠나 재활병원을 전전해 온 지 삼 년이 다 되었지만 아직도 나는 자연스러운 보행은 이루어지지 않고 있었다.

S 재활병원에 온 이후부터 실력 있는 치료사를 만나지 못한 탓에 보행은 조금도 나아지지 않고 있었다. 나아지긴커녕 오히려 이곳에 오기 전보다 못해지고 있다는 느낌마저 지울 수가 없었다. 무엇보다 나를 답답하게 만든 것은 이곳 S 재활병원에는 마음을 털어놓을 만한 의사도 치료사도 없다는 사실이었다.

오늘따라 더 이상 재활의 효과를 기대할 수 없다는 생각이 나를 지배했다. 그래서인지 하루빨리 집으로 돌아가서 익숙한 침대에 지친 몸을 던지고 싶다는 생각이 간절했다. 집에 가려면 걸어야만 했다. 저녁을 먹고 나서도 또다시 복도를 걷기 시작했다. 그러나 오른쪽 다리에 비해 신경을 더 다치게 된 왼쪽 다리는 말을 잘 듣지 않았다. 이튿날도 치료실을 향해 복도를 걸어가게 되었다. 치료실에 도착했을 때 담당 치료사의 얼굴은 보이지 않았다. 매트에 앉아서 잠시 두리번거리고 있는 데 머리가 쪼개지는 듯 아파왔다. 무심코 벽면에 세워놓은 전 신 거울 속의 내 모습을 보게 된 순간 충격을 받게 되었다. 얼 굴은 창백하고 윤기 없는 입술엔 핏기라곤 찾아볼 수 없었다. 게다가 눈 주위엔 전에 없던 다크서클까지 보인데다가 눈동자 마저 불안감으로 채워져 있는 듯했다. 그래서일까. 오직 머릿 속에 떠오른 것은 '퇴원'이란 단어뿐이었다. 퇴원을 생각하게 된 것은 더 이상 이 S 재활병원에서는 희망이 없어 보였기 때 문이었다. 그렇더라도 이곳 S 재활병원에 머무는 동안은 정해 진 일정에 따를 수밖에 없었다. 오늘도 받으나 마나한 치료를 받고 병실로 돌아오게 되었다.

오늘따라 유난히 힘겹게 느껴지는 몸을 이끌고 세 시에 있게 될 치료 시간에 맞춰 또다시 치료실로 향하게 되었다. 치료실 에 도착했을 땐 치료 시간 오 분 전이었다. 그때 비어 있는 매트 에 가서 누웠다. 그런데 이상했다. 치료 시간이 다 됐는데도 치 료사의 모습이 보이지 않았다. 잠시 후 한 중년 남자가 내 쪽으 로 걸어오더니 내 이름을 확인한 후 벙긋 웃는 얼굴을 하고 말 했다.

"갑자기 담당 치료사가 어젯밤 맹장 수술을 받게 된 바람 에… 과장인 제가 오게 됐습니다."

과장이란 말에 놀란 나머지 그의 얼굴을 쳐다보게 되었다. 과장은 사십 대 중반쯤 돼 보였다. 나는 속으로 생각했다. '과 장 정도면 틀림없이 실력이 상당할 것이야.' 내 기대는 빗나가 지 않았다. 그는 다리 근육을 늘리는 것이나 약해진 발목 근육을 강화시키는 것 그리고 보행 시 똑바로 선 상태에서 먼저 나간 발이 바닥을 지그시 누른 후 반대쪽 발이 나가야만 몸의 균형을 유지하게 된다는 것에 이르기까지 과장의 실력은 타의 추종을 불허했다. 나는 과장에게 담당 치료사들에 관한 이야기를 할까 말까 망설이다가 결국 접기로 했다. 그 사실을 과장이 알았다고 해서 당장 새내기 치료사들의 실력이 달라질 것도 아니기 때문이었다.

그때 과장이 미소 띤 얼굴을 하고 말했다.

"치료받으시니까 좀 어떠십니까?"

내 입에서 엉뚱한 말이 튀어나왔다.

"솔직히 저는 얼마 전부터 퇴원을 계획하고 있었습니다."

그러자 눈을 커다랗게 만들고 나서 과장이 말했다.

"제가 알기로는 ○○○ 님은 들어오신 지 불과….."

"네. 맞습니다."

"그런데….."

"과장님을 뵙자마자 이런 말씀을 드려도 될지 모르겠는데….."

"네. 하시고 싶은 말씀이 있으면 뭐든지 편하게 하세요. 괜찮습니다."

"그렇게 말씀해 주시니 감사합니다."

잠시 후 땀에 흠뻑 젖어 있는 이마를 손등으로 훔치고 나서 과장이 또 말했다.

"편하게 말씀하시라니까요."

"네. 그럼. 제 담당 물리치료사는 하나같이 경력이 짧아 보이더라고요. 딱히 어떤 치료사라고 밝힐 수는 없지만 한 치료사는 쓸데없는 수다를 떠느라 시간을 낭비할 때가 많습니다. 물론 치료 중에도 치료사와 환자 사이에 잠깐씩 대화는 나눌 수도 있습니다. 단 치료사의 손길이 환자의 몸을 치료하면서 말입니다. 그러나 치료사는 치료에 집중하기보다는 자신이 하는 이야기에 스스로가 도취 돼 손을 완전히 놓아버린다는 겁니다. 그러니 주어진 치료 시간을 반도 못 채우고 종료 벨이 울릴 때가 허다합니다."

막상 말을 하고 나니 후련한 느낌도 들었지만 다른 한편으로 '공연히 했나?' 하는 후회도 없지 않았다.

"네. 인정합니다. 저의 병원 측에서도 경력 있는 치료사를 모집하려고 광고도 몇 차례 냈는데. 사실 저희 병원이 서울에서 좀 떨어져 있다 보니… 현재 작업치료는 어느 치료사한테 받으시나요?"

"저는 손을 자유롭게 쓸 수 있어서 작업치료는 받지 않고 있습니다. 대신에 물리치료를 한 차례 더 받고 있습니다."

"아, 그렇군요. 제가 미리 연락해놓을 테니 내일 이 시간엔 작업치료실로 찾아가 보세요."

이튿날 처음으로 작업치료실로 가게 되었다. 잠시 후 내 앞에 나타난 작업치료사는 키도 크고 인상도 선해 보였다. 나와 눈이 마주친 순간 과장님한테 연락을 받았다고 그가 먼저 말을 했다. 유니폼에 새겨진 이름은 작업치료사 J○○였다. 그는 내게 매트에 누웠다가 일어나 앉아보라고 말했다. 나는 몸을 천천히 공처럼 구르며 누웠다가 앉았다. 환하게 웃은 얼굴을 한 그가 손가락으로 자신의 코를 매만지며 말했다.

"아주 침착하게 잘하시네요."

그는 진지한 눈빛을 하고 한참 동안 내 몸을 점검하기 시작했다. 무엇보다 마음이 놓이는 것은 주어진 삼십 분을 단 일 초도 허투루 보내지 않고 오로지 치료에만 집중한다는 것이었다. 그는 다른 치료사와는 사뭇 달랐다. 그 자신이 작업치료사이면서도 물리치료까지 훌륭히 해냈다. 또 다른 장점은 환자를 대하는 태도였다. 환자의 인격을 존중하는 것은 물론이고 환자가 지닌 내면의 아픔까지도 어루만져주려고 하는 따뜻한 마음마저 느낄 수가 있었다.

그날 이후부터 마음속에는 퇴원이란 단어 대신에 J 작업치료사의 치료 시간이 기다려지곤 했다. 생각해 보니 과장에게 새내기 치료사들에 관한 이야기를 할까 말까 망설이다가 말하게 된 건 결과적으로 잘한 일 같았다. 치료가 끝나고 102호로 돌아오고 있는데 기분이 좋아서 그런지 신기하게도 안정적으로 발이 나가는 느낌이었다.

아침에 눈을 뜬 순간 나는 J 작업치료사를 만날 생각에 기분이 들떠 있었다. 들뜬 마음에 아침밥이 나오기 전에 신 여사의 보호를 받으며 복도를 걷고 있었다. 아직 이른 시간이어서 복도는 조용했다. 저만치 작업치료실이 보였다. 그때 작업치료실 문 앞에 도착한 사람은 J 작업치료사였다. 잠시 후 그가 문을 열고 안으로 들어갔다. 그쪽으로 조심조심 걸어가서 창 너머로 안을 들여다보게 되었다. 그때 그는 진지한 표정을 하고서 어제 정리해 둔 환자들의 차트를 다시 한번 훑고 치료용 매트 상태도 점검했다. 그 모습은 마치 첫 출근 한 사람의 모습 같았다.

그날 아침에도 기대에 찬 마음으로 외나무다리를 건너듯 조심조심 작업치료실을 향해 걸어가게 되었다. 십 분 일찍 도착해 매트에 누워있었다. 어느새 벙긋 웃는 얼굴을 한 그가 모습을 드러냈다. 그는 시작 벨이 울리려면 아직 오 분이 남았는데도 미리 매트에 올라와서 내 몸을 점검하기 시작했다. 잠시 후 진심 어린 미소를 지어 보이며 그가 말했다.

"오늘은 어제보다 관절이 훨씬 부드럽게 움직이네요. 아주 좋습니다."

그는 환자의 몸에서 느껴지는 작은 변화에도 관심을 기울여 주었다. 즐거운 마음으로 하루하루를 보내다가 보니 한 주가 언제 지나갔는지 몰랐다. 그렇게 지내다 보니 늘 머릿속에서 맴돌던 퇴원이란 단어도 사라지고 없었다.

월요일 오후 작업치료실에 갔을 때 어두운 표정을 드러내 보이며 내가 말했다.

"선생님, 며칠 동안 기분이 좋아서 다른 때보다 많이 걸었더니 다리가 좀 뻐근하면서 아파요."

가만히 내가 하는 말을 듣고 있던 그가 잠시 후 치료가 끝나자 다음날 내게 적용할 새로운 운동 방식을 스케치하고 있는 것이었다. 나는 한결같은 마음으로 환자가 실망하지 않도록 작은 문제점 하나라도 놓치지 않고 관심을 기울여 주는 J 작업치료사를 만나게 된 건 다행이란 생각이 들었다.

보름 정도 지났을 때였다. 그날도 작업치료실을 향해 조심

조심 걸어가는데 전에 없이 엉덩이에 둥근 공을 달고 있는 느낌이 들었다. 그것도 탁구공도 아닌 축구공을 말이다. 며칠 동안 생기가 돌았던 것과는 달리 나는 다시 풀이 죽어 있었다.

"아! 이 느낌은 뭐지?"

나도 모르게 내 입에서 튀어나온 소리였다. 엉덩이에 달라붙어 있는 가상의 축구공과 치열하게 싸우면서 걸어가야만 했다. 치료실에 도착하자마자 J 작업치료사의 얼굴을 쳐다보며 내가 말했다.

"선생님, 좀 전에 복도를 걸어오는데 갑자기 양쪽 엉덩이에 축구공을 달고 있는 듯한 느낌이 들었어요. 어째서 이렇지요?"

"아, 그런 느낌을 경험하셨군요. 제가 재활 의사가 아니라서 의학적인 판단은 할 수 없습니다. 하지만 치료사로서 제 생각을 말씀드리자면 환자마다 다친 부위가 달라서 아마도 손상된 신경이 회복되는 과정에서 나타나게 되는 변화 중 하나가 아닐까 싶습니다."

그때 머릿속을 스치고 지나가는 것이 있었다. 세계적인 신경과학자로 알려진 안토니오 다마지오의 '신체 표지 가설 somatic maker hypothsis'에 따르면 신경계에서 감지된 정보는 느낌으로 인지되며 감정은 그다음에 온다. 화가 나 숨을 거칠게 내쉬는 것이 아니라 숨을 거칠게 내 쉬는 행동을 뇌에서 화라고 해석한다는 뜻이다. 말하자면 감정이나 이성이 신체 변화에 작동 함으로써 항상성 유지와 직접적으로 관련된다는 것이다. 주위 환경이 생존에 불리한 상황이면 부정적인 느낌이, 유리한 상황이면 긍정적인 느낌이 든다.

이 논리에 따르면 최근 들어 엉덩이에 축구공이 달라붙어 있는 듯한 느낌이나 치료실이 보인 순간부터 이상하게도 다리가 뻣뻣해지는 느낌을 경험하게 된 것은 아마도 부정적인 물리치료실과 성의 없는 치료사들 때문에 받게 된 스트레스도 어느 정도 작용한 게 아닐까 싶었다.

새로운 한 주가 시작되는 월요일이었다. 작업치료실로 향하고 있는데 신기하게도 엉덩이에 달라붙어 있던 가상의 공이 사라지고 없었다. 대신에 이상하게도 몸의 균형이 잘 맞지 않아서 자꾸만 비틀거리게 되는 것이었다. 작업치료실에 도착하자마자 나는 J 작업치료사를 쳐다보며 하소연하게 되었다.

"선생님, 오늘은 신기하게도 그 가상의 축구공은 사라지고 없었어요. 그런데 이상하게도 몸의 균형은 잘 맞지 않았어요. 왜 그렇지요?"

"그래도 ○○○ 님은 이렇게 열심히 노력하시니까 곧 좋아질 겁니다. 너무 실망하지 마세요. 회복하는 과정에서 나타나는 하나의 변화일 수 있으니까요."

그는 늘 어떻게 하면 불안해하는 환자 마음에 안정감을 줄 수 있을까? 또 어떻게 하면 환자를 빨리 일상으로 복귀하게 할 것인가에 대해 고민하는 모습이 역력했다. 치료가 끝났을 때 그가 이상한 말을 했다.

"조만간 평소 신던 통굽 구두 한 켤레를 가져와 보세요."

놀란 얼굴을 하고 내가 말했다.

"방금 선생님께서 저보고 구두를 가져오라고 하셨어요?"

“네. 과거 자신이 자연스럽게 걸었던 기억을 잊어버린 환자에게 보행 감각을 일깨워주려고 구두를 신게 했더니 조금 도움이 되는 것 같았습니다. 그렇다고 당장 구두를 신고 보행을 하라는 건 아니고 단지 잃어버린 보행 감각을 되살려보자는 겁니다.”

며칠 후 나는 전에 신던 통굽 구두 한 켤레를 가지고 작업 치료실로 가게 되었다. 구두를 받아든 그가 내 발에 신겨주며 말했다.

“혹시 넘어지지나 않을까 하는 염려는 하지 마시고 편하게 한번 걸어보세요. 제가 뒤에서 든든히 지키고 있으니까요.”

신기하게도 운동화를 신었을 때보다 구두를 신고 걸으니 안정적으로 발이 떼어지는 것 같았다. 그러나 마음이 불안한 탓에 구두를 신고 오 분도 걷지 못했다. 그렇더라도 구두를 신고 걸을 수 있다는 생각에 가슴이 뜨거워지는 것을 느끼게 되었다. 이따금 치료가 끝났을 때 그와 잠깐씩 사적인 대화를 나눌 기회가 있었다. 그때마다 그가 하는 말을 듣고 있으면 그 자신이 부모 형제와 돈독한 것은 물론이고 아내와도 금슬이 상당히 좋다는 사실까지 알게 되었다. 이런 표현을 하면 듣는 이에 따라서 아직도 케케묵은 말을 진리처럼 여기는 사람이 있구나. 하고 힐책하는 사람도 있을 수 있을 것이다. 그러나 그가 살아가는 삶의 방식을 듣고 있다 보면 불현듯 머릿속에 떠오른 것은 ‘수신제가치국평천하’란 말이었다.

하필이면 마흔여덟 번째 생일을 코로나19 환자가 급증하는 시기와 맞물려 병실에서 맞게 되었다. 두 딸이 케이크와 딸기, 생일 축하 카드 등을 가지고 왔지만 코로나19로 외부인 출입이 통제된 바람에 병실에는 들어오지 못하고 수위실에 맡기고 돌아간다고 큰딸이 전화로 알려왔다.

신 여사와 나는 마스크를 쓰고 수위실로 가게 되었다. 그때 마스크를 낀 한 수위가 절룩이는 다리를 하고 상자를 들고 밖으로 나왔다. 키가 큰 수위가 눈곱 낀 눈으로 상자를 건네주며 말했다.

"방금 다녀간 자녀분들이 이걸 놓고 갔어요."

미소 짓는 얼굴을 하고 수위의 얼굴을 쳐다보며 내가 말했다.

"네, 고맙습니다."

그때 또 한 아저씨가 나타났는데 그는 등이 굽은 꼽추였다. 항간에 떠도는 소문에 의하면 이사장이 자신이 사회적 약자에게 일자리를 제공하는 선량한 사람이라는 사실을 홍보하는 차원에서 수위를 장애인으로 채용한 거라고도 했다.

병실에 돌아온 후 제일 먼저 카드부터 펼쳐봤다. 큰애와 막내가 쓴 각각의 카드에는 마흔여덟 번째 엄마 생일을 축하드린다는 문구와 빠른 회복을 기원하는 내용이 똑같이 씌어 있었다. 투명 비닐에 싸인 꽃다발은 붉은 장미꽃 사이사이로 안개꽃도 같이 섞여 있었다. 그것은 내가 제일 좋아하는 꽃이었다. 꽃다발을 코끝으로 가져가 보았다. 장미와 안개꽃 향기는 언제 맡아 봐도 기분을 좋게 했다.

신 여사가 딸기를 씻어왔을 때 잠시 생각해 보았다. 코로나19 때문에 위생에 민감한 시기라 상대방 의사를 물어보고 나서 케이크와 딸기를 나누어 먹는 것이 좋을 것 같다고 신 여사에게 말했다. 내 말이 끝나자 신 여사가 백곰과 양미리가 앉아 있는 쪽을 번갈아 쳐다보며 말했다.

“케이크와 딸기를 좀 드릴까 하는데 어떨지 모르겠네요?”

그러나 저마다 휴대폰에만 눈을 주고 있을 뿐 누구도 대답하는 사람이 없었다. 신 여사가 간호사실에 가서 물어보니 먹겠다고 해서 케이크와 딸기를 은박지 쟁반에 담아 간호사실로 갔다.

얼마 후 병실에 돌아온 신사가 말했다.

“간호사 선생님들이 잘 먹겠다고 전해달래요.”

“이 층에도 좀 가져다줘요. 전화해 놨으니 Y가 지금쯤 복도에 나와 있을 거예요.”

잠시 후 코끼리가 신 여사 뒤를 따라오면서 말했다.

“여사님, 우리는 조금만 주세요. 저는 당이 있어서 케이크와 딸기 같은 건 일절 먹지 못해요. 우리 애만 조금 주면 돼요.”

신 여사를 쳐다보며 내가 또 말했다.

“딸기 남은 거 있으면 큰 공주도 좀 줘요.”

신 여사가 큰 공주 쪽을 쳐다보며 말했다.

“큰 공주님! 이리 와서 딸기 좀 먹어요?”

“진짜요? 나 딸기 좋아하는 거 이모가 어떻게 알았지. 이모, 나 좀 데려가 줘요.”

신 여사가 그쪽으로 가서 큰 공주의 손을 잡고 나란히 걸어왔다. 가까이서 보니 큰 공주의 눈은 갈색을 띠고 있었다. 앞을 못 보는 눈치고는 너무도 매력적으로 보였다. 아무리 봐도 그녀의 눈은 시력에 문제가 없는 눈처럼 주위 분위기를 하나도 놓치지 않으려는 듯 눈동자를 자연스럽게 굴리고 있는 것이었다. 신 여사가 딸기가 담긴 은박지 쟁반을 건네자 큰 공주가 손을 뻗어 딸기가 담긴 접시를 받았다. 곧 딸기 하나를 집어 입에 넣고 나서 환한 미소를 지어 보이며 큰 공주가 말했다.

"와! 이 딸기 완전 대박!"

신 여사는 큰 공주가 딸기 먹는 모습이 귀엽다며 케이크 조각이 담긴 은박지 쟁반도 같이 내밀었다. 큰 공주는 앞을 보지 못한 상태에서도 옷에 하나 떨어뜨리지 않고 딸기와 케이크를 폭풍 흡입했다.

'꿀꺽'하는 소리가 나도록 침을 삼키고 나서 큰 공주가 또 말했다.

"이모, 이거 다 어디서 났어요? 지금 아무도 밖에 못 나가잖아요. 코로나19 때문에."

"이거 우리 환자분 따님들이 경비실에다 두고 간 걸 가져왔어요."

"아. 그런 방법이 있었구나. 이모들도 같이 먹어요."

신 여사와 큰 공주는 딸기와 케이크를 먹으면서 끊임없이 이야기를 주고받았다. 큰 공주를 보고 있으니 언젠가 치료실에서 보게 되었던 그림이 떠올랐다. 그날 나는 다른 때보다 십 분 정도 일찍 치료실에 도착하게 되었다. 그때 큰 공주가 치료 매트에 누운 상태에서 치료를 받고 있었고 나는 비어 있는 옆자리로 올라가게 되었다. 때마침 큰 공주의 팔 근육을 늘리고 있던 젊은 치료사는 치료실에서 외모가 출중한 치료사로 소문이

나 있었다. 가까이서 보니 그는 남자인데도 아름답다는 생각이 들 정도였다. 외모가 출중한 큰 공주 역시 치료실에 모습을 보일 때면 사람들의 시선이 쏠리곤 했다. 갑자기 큰 공주가 몸을 옆으로 기울인 순간 우아하기 이를 데 없는 그녀의 목선과 봉긋 솟아있는 가슴이 환의 위로 도드라져 보였다. 치료사는 자신의 몸을 구부린 상태에서 큰 공주의 한쪽 팔을 잡고 근육을 늘리고 있었다. 그때 큰 공주가 입고 있는 환의에 달린 노란색 단추 하나가 청색 매트 위에 떨어져 있는 것이 보였다. 그런데 치료사도 큰 공주도 그 사실을 모르고 있는 것 같았다. 안타까운 마음에 나는 노란색 단추에서 눈을 떼지 못하고 있었다.

갑자기 큰 공주가 이상한 말을 했다.

"선생님, 저는 요즘 이상하게도 헤어진 남자친구가 자꾸만 눈앞에서 어른거린 바람에 밤마다 잠을 설치곤 해요."

그 말을 듣게 된 순간 나는 내 귀를 의심했다. 하얀 얼굴에 감색 유니폼이 잘 어울리는 치료사 역시 어리둥절한 표정을 지어 보일 뿐 말이 없었다. 잠시 후 큰 공주가 반듯한 자세를 취한 순간 단추 하나가 떨어져 나간 환의 사이로 그녀의 하얀 가슴이 보일 듯 말 듯 했다. 그때 치료사가 조금 경직된 목소리로 말했다.

"잠깐 엎드려 보실까요? 등 근육이 많이 뭉쳐 있어서."

"쌤의 목소리는 언제 들어도 참 섹시해요. 호호호."

"아! 제 목소리가 그렇게 들렸나요? 하하하."

그렇게 말하고 나서 치료사는 얼른 눈길을 돌렸다.

"선생님은 여자 친구 없어요?"

큰 공주의 목소리가 어찌나 큰지 치료실의 모든 시선이 그쪽으로 쏠릴 정도였다. 한참이 지나서야 치료사가 대답했다.

"네. 전 아직."

큰 공주의 그런 모습을 보게 된 순간 아마도 그녀는 교통사고 당시 눈만 다친 게 아니라 정신도 같이 다친 모양이라고 생각하게 되었다.

웃는 얼굴을 드러내 보이며 큰 공주가 또 말했다.

"나 같은 스타일의 여자는 어때요?"

"젊고 아름다우시잖아요… 하지만 여자를 보고 여자로 생각하는 것도 때와 장소에 따라 다르지 않겠어요?"

그때까지 엎드린 자세를 취하고 있던 큰 공주가 모로 누웠다. 치료사도 자세를 고쳐 앉고 나서 누워있는 큰 공주의 옆구리 근육을 늘리기 시작했다. 그 동작은 지극히 치료사로서의 범주를 넘어서지 않은 태도로 보였다. 잠시 후 다시 보니 치료사는 분명 큰 공주의 아름다운 미모에 이끌리고 있는 듯 보였다. 어딘가 모르게 갈등하는 듯한 치료사의 양가감정은 그의 콧등에 송골송골 맺혀있는 땀방울이 말해주고 있었다. 그때 손등으로 콧등에 맺힌 땀방울을 훔치며 치료사가 말했다.

"자, 시간이 다 됐네요."

치료사의 말이 끝나자 큰 공주가 몸을 일으켜 앉았다. 그러곤 손으로 더듬어 환의 단추 하나가 떨어진 사실을 알게 된 큰 공주가 말했다.

"아, 단추 하나가 떨어졌네. 선생님이 단추 좀 찾아주세요."

치료사는 파란 매트에 떨어진 노란 단추를 주워 큰 공주의 하얀 손에 건네주었다. 단추를 받아든 큰 공주가 말했다.

"치료받는 일도 장난이 아니에요."

억지로 무표정한 얼굴을 드러내 보이며 치료사가 말했다.

"어제오늘의 일이 아니잖아요."

"그래도 선생님같이 멋진 치료사한테 치료받는 건 언제나 기분 좋은 일이에요. 호호호."

때마침 종료를 알리는 벨이 울림과 동시에 제일 먼저 문을 열고 들어온 사람은 헌병이었다. 그녀는 치료실 벽에 세워둔 대형 에어컨에서 뿜어 나오는 세찬 바람에 불꽃같이 붉게 염색한 머리카락을 날리며 걸어와서는 큰 공주의 손을 잡고 문 쪽으로 걸어 나갔다.

주말 오후 사람들 모두 밖으로 나가고 102호엔 큰 공주네와 우리밖에 없었다. 침대에 모로 누워있던 큰 공주가 갑자기 몸을 비틀며 말했다.

"요즘은 왜 자꾸 헤어진 남친이 보고 싶지. 아! 미치겠네."

큰 공주가 한 말이 헌병을 당황하게 만든 게 분명해 보였다. 갑자기 헌병이 소리쳤다.

"터진 입이라고 뱉으면 다 말인 줄 알아!"

그렇게 말하고 나서 헌병이 고개를 이쪽을 향해 기웃거리고 있었다. 그때 간이침대에 앉아 있던 신 여사가 엉덩이를 물리며 헌병에게 앉으라고 말했다. 헌병이 간이침대에 엉덩이를 밀어 넣으며 말했다.

"본래 우리 딸이 중학교 역사 교사를 했어요. 어느 날 출근길에 교통사고를 당했어요. 그때 머리만 다쳤다고 생각했는데 글쎄 나중에 보니 시신경도 같이 다쳤더라고요.”

신 여사가 안쓰러운 표정을 지어 보이며 물었다.

“지금 큰 공주는 사물을 전혀 못 보나요?”

“네. 전혀.”

“큰 공주님 올해 몇 살이에요?”

“서른일곱요.”

그때 지팡이를 든 백곰이 이쪽으로 걸어오면서 말했다.

“좀 전에 보니 빵과 딸기를 간호사실에 가져다준 것 같은데 우리는 사람으로 안 보였나. 자고로 개새끼는 옆에 두고 먹어도 사람 새끼는 옆에 두고 먹으면 개새끼만도 못하다고 했는데.”

언제 들어도 걸걸한 백곰의 목소리는 상대방의 심장이라도 도려낼 수 있는 것처럼 느껴졌다. 때마침 양미리가 휠체어를 굴리며 병실로 들어왔다. 그때 적대감이 묻어나는 목소리로 백곰이 또 말했다.

“애, 넌 저 집 케이크 맛 좀 봤니?”

양미리는 무표정한 얼굴을 드러내 보이며 의미 없는 웃음만 웃고 있었다.

“애. 너도 이리 와.”

백곰의 말이 떨어지자마자 양미리가 휠체어 바퀴를 이쪽으로 틀었다. 백곰의 말에 복종하는 듯한 양미리의 모습을 본 순간 내 머릿속의 상상력은 줄달음질을 쳤다. 왠지 내 눈에는 양미리가 백곰의 손아귀에서 벗어나려 했으나 백곰이 보이지 않은 억센 힘으로 양미리를 붙잡고 있는 것만 같아 보였다. 그때 케이크 상자에 눈을 주고 있던 양미리가 말했다.

“우리도 케이크 맛 좀 봅시다.”

나는 눈앞에서 벌어지는 어처구니없는 광경을 보지 않으려고 눈을 감아버렸다. 잠시 후 눈을 떠보니 신 여사가 케이크 몇 조각과 딸기 몇 개를 은박지 쟁반에 담아 건네자 백곰이 얼른 그것을 받아들고 앞에서 걸어가고 양미리가 휠체어를 밀며 뒤를 따랐다.

주말 오후, 사람들이 모두 밖으로 나간 탓에 병실은 조용했다. 나는 다 읽은 책은 박스에 넣어서 보관했으면 좋겠다고 신 여사에게 말했다. 잠시 후 신 여사가 어디서 구했는지 적당한 박스 하나를 들고 왔다. 그때 지팡이를 든 백곰과 휠체어를 탄 양미리가 이쪽으로 다가왔다.

양미리가 신 여사를 쳐다보며 말했다.

“어머! 이 책 다 여사님이 읽은 거요?”

웃는 얼굴을 하고 신 여사가 말했다.

“아니요. 우리 환자분이… 나중에 환자분 자녀들이 오면 보내려고요.”

신 여사의 말이 끝나자 놀라 하는 얼굴을 하고 양미리가 큰 소리로 말했다.

“저 책을 다 환자가 읽었다고요? 세상에 말도 안 돼.”

신 여사가 웃으며 말했다.

“우리 환자는 드시는 약도 없잖아요.”

그때까지 눈길을 이쪽으로 주고 있던 백곰이 비웃는 듯한 표정을 드러내 보이며 말했다.

“흥. 약도 한 알 안 먹는 게 무슨 환자람. 나는 이 약 저 약을 하도 먹어놔서 그런지 전에는 매일 보던 천수경도 이젠 손에 들기만 하면 잠이 쏟아지던데….”

놀란 눈을 하고 신 여사가 백곰을 쳐다보며 물었다.

“천수경은 어떤 책인가요?”

“나도 잘 몰라. 천수경의 대표적인 구절 중 하나는 ‘광대원만무애대심’이란 건데 이는 넓으면 원만하고 막힘이 없는 자비심을 뜻한다고 했던 것 같아. 그 구절 하나밖에 기억이 안 나. 하하하.”

나는 그제야 백곰이 자신의 침대 벽면에 연꽃 그림을 붙여 놓은 이유를 알 것 같았다. 그러나 내가 보기엔 백곰은 ‘광대원만무애대심’의 이론적인 측면은 이해했을지 몰라도 실제 수행에는 턱없이 부족해 보였다.

그때 양미리가 나를 쳐다보며 말했다.

“벌써부터 물어본다고 하면서 여태 못 물어봤네. 그쪽은 어떤 질병을….”

눈을 아래로 보내고 내가 말했다.

“저는 질병 환자가 아닙니다.”

“질병도 없는데 왜….”

“운동하다가 다쳤습니다.”

“세상에! 무슨 운동을….”

그때 신 여사가 양미리의 말을 가로챘다.

“거기까지만 해요. 뭐 좋은 일이라고….”

“알았어요. 미안해요. 호호. 요놈의 주둥아리가. 호호호.”

양미리는 말하는 중간 중간 짤막짤막한 웃음이 끼어들었다.

솔직히 나도 102호 식구들과 어울리고 싶었다. 꼭 사회적 위치나 처한 상황이 비슷하지 않더라도 몸이 아픈 환자끼리 공감되는 부분도 있게 마련이기 때문이었다. 그러나 102호 사람과 나 자신은 다른 별에서 온 사람 같아서 소통은 쉽지 않아 보였다. 그때까지 우두커니 서 있던 백곰이 나를 힐끗 쳐다보고 나서 야릇한 웃음을 지어 보였다. 분명 그 웃음은 나를 향한 불만의 표시라는 사실을 나는 직감할 수 있었다.

그날 저녁을 먹고 나서 신 여사가 쌓아놓은 책을 박스에 차곡차곡 담고 있었다. 그때 우연히 커튼 사이로 큰 공주가 손거울을 들고 자신의 얼굴을 보고 있는 모습을 보게 되었다. 순간 놀라기도 하고 기쁘기도 해서 가슴까지 뛰었다. 마침 헌병이 병실로 들어오는 모습을 보고 환한 얼굴을 하고 내가 말했다.

"큰 공주는 눈이 아주 안 보이는 건 아닌가 봐요?"

그때 헌병의 반응은 너무도 뜻밖이었다.

"방금 그쪽이 뭐라고 하셨어요? 지금 우리 딸 눈이 보인다는 말씀인가요?"

헌병이 어찌나 화를 내는지 나는 멈칫해 있었다.

잠시 후 나를 쏘아보며 헌병이 또 말했다.

"그쪽이 우리 딸에 대해 무얼 안다고? 알지도 못하면서 함부로 말하지 마세요. 눈이 보이면 저 혼자 걷지 왜 내 팔을 잡고 걷겠어요. 한 번만 더 우리 딸 눈이 어쩌고 하면…."

그렇게 말하는 헌병 얼굴이 순식간에 A4용지처럼 하얘졌다. 내가 보기엔 A4용지처럼 하얘진 헌병의 얼굴은 스스로 덫에 걸린 사람의 표정 같았다. 아무리 생각해봐도 헌병이 왜 자

신의 딸 눈 얘기만 나오기만 하면 저토록 발끈하는지 이해할
수 없었다.

금요일 오전 치료를 마치고 102호로 돌아왔을 때였다. 갑
자기 헌병이 트렁크를 펼쳐놓고 짐을 꾸리고 있는 것이었다.
그 모습을 보게 된 신 여사가 놀란 눈을 하고 물었다.

"어머, 짐을 싸시네요. 오늘 큰 공주님이 퇴원하나 봐요. 아
유 섭섭해서 어떡하지."

신 여사 입에서 나온 말꼬리가 긴 것과는 달리 헌병 입에서
나온 소리는 딱 한 음절이었다.

"네."

그날 오후 102호에는 큰 공주가 퇴원한 사실을 알게 된
101호 사람까지 들어와서 큰 공주네 얘기로 시끌벅적했다.
큰 공주 엄마가 보험회사와 삼 년간 법정 투쟁을 벌인 끝에 기
어이 보험금 삼십억 원 상당을 받게 된 것이 주된 화제였다.
보험 수령액이 많은 이유는 큰 공주 나이가 아직 서른일곱 살
밖에 되지 않았고 향후 삶의 질과 남은 생애 수명에 미치는 영
향, 그중에서 가장 큰 비중을 차지한 건 큰 공주가 실명이라고
하는 중대한 상해를 입었기 때문이란 것이었다. 그들 중에는
이제 겨우 큰 공주 나이가 서른일곱인 걸 감안 하면 삼십 억원
도 부족하다고 말하는 사람도 있었고 또 어떤 이는 눈이 보이
지 않아도 그 정도 돈만 있으면 얼마든지 살아갈 수 있다고 말
하는 사람도 있었다. 그제야 나는 그동안 헌병이 자신의 딸 눈
얘기만 나오면 필요 이상으로 발끈하곤 했던 이유를 알 것 같
았다.

잠시 후 큰 공주가 상해 보상금으로 받게 된 삼십억에 대해 이러쿵저러쿵 논쟁을 벌이던 사람들이 모두 돌아가자 갑자기 102호는 썰물이 빠져 나간 갯벌처럼 횡했다. 아마도 사람들이 김밥가게에 가 있을지도 모른다는 생각에 휴게실로 가려다가 갑자기 Y가 생각나서 김밥 가게로 가게 되었다. 내 예감대로 101호 환자 셋과 백곰과 헌병, 양미리까지 김밥 가게에 옹기종기 모여 앉아서 커피를 마시고 있었다. 그런데 양미리 앞에는 커피잔이 놓이지 않았다. 다시 보니 그녀의 손에는 아스피린이 들려 있었다. 잠시 후 양미리가 아스피린을 입안에 털어 넣고 나서 얼른 휠체어를 밀고 밖으로 나갔다.

내가 김밥 두 줄을 주문하자 놀란 눈을 하고 신 여사가 말했다.

"이걸 어떻게 하시려구요."

"Y에게 주려고요. Y가 몸살이 났다고 하더라고요."

"무슨 일이 있는지는 몰라도 내가 케이크와 딸기를 가지고 갔을 때 Y의 얼굴이 평소보다 풀이 죽어 보이긴 했어요. 얼른 다녀올게요."

손수 휠체어를 밀고 병실로 돌아왔을 때 이미 사람들이 먼저 와 있었다. 그때 코끼리가 이쪽으로 걸어오면서 말했다.

"화장실에서 나오다가 손가락을 문에 끼어…."

"많이 다쳤어요?"

내 말이 끝나자 코끼리가 벙긋 웃어 보이며 말했다.

"크게 다친 것도 아니에요. 껍질이 조금 벗겨져 피가 묻은 것뿐이에요. 이까짓 게 뭐 대수겠어요. 나는 우리 딸이 인지라도 좀 돌아와서 제 몸 간수라도 할 수 있었으면 좋겠어요. 휴우!"

그때 한숨을 길게 쉬고 나서 코끼리가 나를 힐끗 쳐다보며 희미한 미소를 지어 보였다. 그 미소는 순수한 미소였다. 방금 내가 한 말은 정말이다. 나는 처음으로 코끼리 아니, 작은 공주 엄마 얼굴을 똑바로 바라보게 되었다. 그 모습은 자신의 딸 건강 상태가 얼마나 기막힌지를 알고 남은 엄마의 얼굴이었다.

내가 탈지면에 소독약을 묻혀 코끼리의 손가락에 묻은 피를 닦아 주었다.

그때 코끼리가 말했다.

"저쪽 형님(코끼리와 양미리, 그리고 헌병은 모두 백곰을 형님이라고 불렀음)은 말하기를 참 좋아하는 편인데 어느 땐 화젯거리가 궁해지면 능청스럽게 거짓말까지도 한답니다. 그건 그저 102호 식구들을 즐겁게 해주기 위해서지요. 그러니 그게 나쁘다고 할 수는 없잖아요. 그렇게 생각하지 않으세요? 저는 그런 형님이 고마울 때가 많아요. 급할 때 언제든지 손을 내밀면 묻지도 따지지도 않고 돈을 빌려주니까요. 이자가 좀 비싼 편이긴 하지만. 호호호."

"맞는 말입니다. 나도 그렇게 생각합니다."

얼떨결에 나도 모르게 맞장구를 쳐 주었다. 잠시 후 코끼리가 빙그레 웃는 얼굴을 하고 자기 자리로 돌아갔다. 그 순간 내 머릿속에 떠오른 것은 코끼리는 참으로 영혼이 순수한 사람 같아 보인다는 것이었다.

나도 모르게 눈길을 양미리 쪽으로 보내게 되었다. 그때 양미리의 갸름한 얼굴이 전에 없이 창백해 보였다. 양미리는 열이 나는지 갑자기 몸이 어슬어슬 춥다고 말하더니 얼른 침대로 올라갔다. 그 모습을 본 신 여사가 수건에 싼 얼음주머니를 양미리의 이마에 올려 주고 돌아설 때 나는 소리 나지 않게 박수를 보냈다. 잠시 후 내 눈길이 슬픔의 향기를 풍기는 듯한 양미리의 물기 어린 눈에 가 있었다. 그때 양미리의 몸은 풀어진 아스피린처럼 보였다. 때마침 병실에 들어온 백곰이 놀란 얼굴을 하고 양미리가 누워있는 쪽으로 걸어갔다. 핏기없는 양미리의 얼굴을 보고 놀란 백곰이 비상벨을 누른 모양이었다. 키가 큰 간호사가 들어오더니 침대에 널브러진 양미리의 체온을 재고 빠른 걸음으로 다시 병실을 나갔다. 잠시 후 양미리의 침대 모서리에는 노란 액체가 담긴 링거병이 매달려 있었다. 노란 링거액이 반으로 줄어들 때까지도 열이 떨어지지 않았는지 양미리의 몸은 여전히 풀어진 아스피린 같은 모습을 하고 있었다.

최근 들어 기온이 점점 떨어지게 되면서 텔레비전에서 전해지는 뉴스는 코로나19와의 전쟁 얘기뿐이었다. 결국 이곳 S 재활병원도 코로나19를 비켜 가지는 못했다. 아침에 눈을 뜨자마자 코로나19 확진자가 발생했다고 알리는 원내 방송이 흘러나왔다. 맨 처음 코로나19 확진자가 발생한 곳은 B동 303호였다. 확진자는 오십 대 중반 간병인이라고 했다. 그녀는 주말을 맞아 춘천 집에 갔다가 자식들과 함께 칼국수만 먹고 돌아왔다고 했다. 그녀가 병원으로 돌아왔을 때만 해도 별다른 증상이 없었는데 이튿날 아침부터 갑자기 고열에 시달리게 되었고 검사 결과 코로나19 확진 판정을 받게 되었다고 했다.

안타깝게도 사흘 후 그 간병인은 유명을 달리하고 말았다. 그때부터 병원 전체가 비상 상태였다. 치료 시간도 시시각각 바뀌곤 했는데 알고 보니 치료사까지 하나둘씩 코로나19에 감염되었기 때문이었다. 얼마 전까지만 해도 확진자 수가 십여 명이던 것이 며칠 사이에 스무 명으로 늘어났다. 마침내 환자 수가 삼십 명에 이르게 되자 당황한 병원 측에서는 모든 환자에게 일단 집으로 돌아가라고 했다. 신 여사와 나는 급히 짐을 꾸리기 시작했다. 그날따라 어두운 병원 분위기기와는 달리 날씨는 더없이 화창했다.

집에 도착한 순간 자식들과의 대면도 자제했다. 집이 일 층이어서 거실 창 앞에 선 나와 창밖에 서 있는 두 딸은 서로의 얼굴을 바라보며 휴대전화로 목소리를 듣게 되었다. 두 딸의 손 한번 잡아보지 못했지만 유리를 통해 서로의 얼굴을 바라보는 것만으로도 감격스러웠다. 그날부터 두 딸은 엄마인 나를 코로나19로부터 보호하느라 이모 집에서 지내게 되었다.

집에 돌아온 이후에도 시시각각 텔레비전 화면에서는 S 재활병원에서 코로나19 환자가 늘어나고 있다는 뉴스가 계속 흘러나오고 있었다. 집에 와서 지내다 보니 신 여사와 내 식성이 비슷한 사실을 알게 되었다. 신 여사와 나는 고기보다 야채를 좋아했다. 둘은 찰밥과 미역국도 자주 만들어 먹곤 했는데 찰밥과 미역국은 아무리 먹어도 질리지 않았다.

집에 돌아온 지 한 달 만에 S 재활병원 측에서 들어오라는 연락을 해왔다. 짐을 싸고 있던 신 여사가 말했다.

"우리 이 전기밥솥을 병원에 가져가면 안 될까요? 남은 미역과 찹쌀도 같이요."

신 여사를 쳐다보며 내가 말했다.

"좋을 대로 하세요."

한 달 만에 다시 돌아와 보니 일 층 병동은 수리가 한창이었다. 어리둥절한 표정을 하고 간호사실로 가게 되었다. 뜻밖에도 간호사는 우리를 삼 층 302호로 안내했다.

눈을 커다랗게 만들고 신 여사가 물었다.

"여긴 암 병동 아닌가요?"

간호사가 고개를 끄덕여 보이며 말했다.

"네. 맞아요. 아마도 면역력이 떨어진 암 환자들은 당분간 집에서 지내지 않을까 싶습니다."

병실은 삼인실이었고 102호와는 달리 깨끗해 보였다. 이미 두 명의 환자가 먼저 들어와 있었다. 한 사람은 파킨슨병을 앓고 있는 칠십 대 중반으로 보였다. 그 환자를 돌보는 간병인은 오십 대 중반으로 보였는데 말이 없었다. 팔십 대 환자는 무릎 수술한 환자였는데 그녀는 간병인 없이 워크를 잡고 혼자서 조심조심 걸어 다녔다. 이 병실에서도 척수 환자는 나밖에 없었다.

다음날 한 달 만에 처음으로 작업치료실에 가게 되었다. 그때 마스크를 낀 J 작업치료사가 손을 번쩍 들어 보이며 반겨 주었다. 그는 나를 보자마자 걸어보라는 말부터 했다. 긴장된 마음으로 몇 발짝 걸어보게 되었다.

잠시 후 그가 벙긋 웃는 얼굴을 하고 말했다.

"집에 가서도 꾸준히 훈련하셨군요. 다른 환자에 비하면 상태가 아주 좋습니다."

"네. 열심히 하긴 했습니다."

"○○○ 님은 워낙 의지가 강하셔서."

치료가 끝났을 때 내가 말했다.

"선생님 저는 꽃 피는 봄에 퇴원할 생각입니다. 사계 중 봄은 추운 겨울 동안 죽은 듯이 서 있던 나뭇가지에서 파릇파릇한 새싹이 돋아나고 있는 모습을 보게 되면 다친 신경도 자연의 질서를 회복할 것 같다는 막연한 느낌이 들었어요. 제가 너무 어린애 같은 생각을 했나요? 호호호."

"아닙니다. 누구나 비슷한 생각을 할 것 같습니다. 저도 사계 중 활기에 찬 봄을 제일 좋아합니다."

주말 오후 신 여사가 말했다.

"오늘 낮에 찰밥을 좀 할까요?"

"네. 좋아요."

신 여사는 신이 났던지 콧노래를 부르며 전기밥솥을 꺼냈다. 마침 파킨슨 환자한테 전기냄비가 있어서 미역국도 동시에 끓이게 되었다. 얼마나 지났을까. 전기밥솥에는 찰밥이 뜸 드는 냄새가 나기 시작했고 전기냄비에도 미역국이 보글보글 끓고 있었다.

Y도 불렀다.

제일 먼저 Y가 말했다.

"와! 진짜 찰밥 오랜만에 먹어보네요. 근데 찰밥이 정말 맛있게 됐네요. 신 여사님 솜씨가 참 좋으신가 봐요."

Y가 하는 말을 듣게 된 신 여사의 입이 귀에 걸릴 정도로 벌어졌다.

그때 파킨슨 환자가 미소 가득한 얼굴을 하고 말했다.

"이게 얼마 만에 먹어보는 찰밥과 미역국이야. 저 환자는 베풀기를 좋아하더라고. 처음 오던 날도 떡과 맛있는 김치를 줘서 오랜만에 맛있게 잘 먹었는데."

무릎 환자도 거들었다.

"우리가 복이 있어서 이런 환자와 한 병실에 있게 된 게야. 하하하."

모두가 웃는 얼굴로 찰밥과 미역국을 나누어 먹고 있으니 오래된 사이처럼 느껴졌다. 갑자기 한의사 생각이 나서 문자를 보내게 되었다. 물론 어릴 적부터 해산물만을 주식으로 살아온 그가 찰밥을 먹겠다고 할 턱이 없겠지만 말이다.

'아우님께 찰밥을 조금 드리고 싶은데….'

한의사가 보내온 답신은 예상했던 대로였다.

"I don't like sticky rice."

문자를 다시 보내게 되었다.

"저는 지금 302호에 들어와 있습니다. 아우님은 몇 호에 계세요? 오랜만에 우리 얼굴 한번 봐야지요."

그가 보내온 답신은 뜻밖이었다.

"경기도 광주시 퇴촌면… 하하하."

그는 코로나19 때 집으로 돌아간 후 다시 S 재활병원에 들어오지 않았던 것이었다. 그 생각 끝에 이어진 것은 언젠가 그 한의사와 잠깐 휴게실에서 주고받았던 말이었다. 그날 얼굴을 마주친 순간 그가 손에 들고 있던 『정신분석학』 책을 매트에 놓으며 엉뚱한 질문을 해왔다.

"섹스란 육체적인 경험과 동시에 정신적 경험으로도 생각하는 부류도 있는 것 같은데 누님은 어떻게 생각하셔요?"

"그거야 개인에 따라 다르겠지요."

진지한 표정을 하고 그가 또 말했다.

"난 개인적으로 섹스란 정신적·육체적 경험뿐만 아니라 예술적이기도 하다고 생각합니다."

그를 쳐다보며 내가 말했다.

"그게 아우님께서 좋아하시는 바로 그 프로이트의 논립니까?"

그러나 그는 내가 한 말에 아무런 대답도 하지 않았다.

한 치료사에 의하면 그는 코로나19 때 집으로 돌아간 후 지팡이를 잡고 혼자 마당에 나갔다가 안타깝게도 넘어져 골절을 크게 입게 되어 한 대학병원에 입원한 상태라고 했다. 나는 위로의 말을 해주고 싶은 마음에 그에게 전화했다. 그러나 그의 전화는 계속 불통 상태였다.

매일 같이 찰밥과 미역국을 만들어 먹은 지 사흘째, 파킨슨 환자가 귤을 나누어주며 말했다.

"나는 별로 드릴 것도 없고 이거라도…."

무릎 환자도 주말에 딸이 다녀갔다며 인절미를 나누어 주었다. 그로테스크한 분위기로 채워져 있던 102호에서 지낼 때를 생각하면 302호는 사람 냄새가 물씬 풍겼다. 인절미를 한 입 베어 먹으면서 신 여사가 말했다.

"꼭 어릴 때 엄마가 만들어주던 그 맛 같아요. 이 인절미 진짜 맛있어요. 호호호.”

이번에는 귤껍질을 까던 손을 멈추고 무릎 환자가 말했다.

“나는 본래 귤은 잘 안 먹는데 이 귤은 나무에서 금방 땄나 봐. 싱싱해서 그런지 참 맛이 좋구먼. 허허허.”

그날도 빙 둘러앉아서 찰밥을 해서 맛있게 나누어 먹고 났을 때 신 여사가 한 손에는 전기밥솥을 또 다른 한 손에는 하얀 플라스틱 주걱을 들고 말했다.

“제 솜씨가 그래도 괜찮은가 봐요, 이미 미역국은 바닥이 났고 찰밥 역시 밥알 한 톨도 남지 않았어요. 호호호.”

신 여사의 말이 끝나자 웃음소리와 박수 소리가 302호를 채우고 있었다. 갑자기 신 여사가 허기진 짐승의 혀처럼 빨간 혀를 하얀 플라스틱 주걱에 달라붙은 밥알을 핥고 있었다. 그렇게 한창 병실 분위기가 무르익고 있는데 갑자기 병실 문이 열리더니 굳은 얼굴을 한 간호사가 들어오면서 앙칼진 목소리로 말했다.

“여사님! 전기밥솥 어딨어요? 당장 이리 내놓으세요. 병실에서 전열 기구 사용이 금지라는 사실을 알고 계셨을 텐데요.”

깜짝 놀라게 된 신 여사가 손을 입술에 가져갔다. 나 역시 놀란 나머지 눈이 휘둥그레져 있었다. 누구도 반응이 없자 이번에는 간호사의 목소리가 한 옥타브 높아졌다.

“내 말이 안 들려요!”

결국 신 여사가 고개를 숙인 채 전기밥솥을 간호사 손에 건네주게 되었다. 밥솥을 받아든 간호사가 밖으로 나갔을 때 붉어진 얼굴을 하고 신 여사가 큰 소리로 말했다.

“틀림없이 누군가가 간호사실에 신고한 것 같아요.”

며칠 뒤 밖에 나갔다가 돌아온 신 여사가 헐레벌떡 병실에 들어오면서 흥분된 목소리로 말했다.

“고발자가 누군지 알았어요.”

“무슨?”

“전기밥솥 고발자 말이에요. 바로 307호에 있는 오리궁뎅이라고 하네요.”

눈을 크게 만들어 보이며 내가 말했다.

“오리궁뎅이라뇨?”

“오리궁뎅이 자신도 오래전부터 사용해오던 전기포트를 이번에 압수당했데요. 사람들이 그러는데 오리궁뎅이가 자살골을 한 셈이래요.”

알고 보니 무릎 수술 환자가 워크를 잡고 복도에 나가 사람들 앞에서 찰밥을 맛있게 먹었다고 자랑한 것이 문제가 된 것이었다.

며칠 후 신 여사가 말했다.

“남은 찹쌀과 마른미역을 묵묵히 청소하는 아주머니에게 드리면 어떨까요?”

“좋은 생각이에요. 그렇게 하세요.”

어느새 302호에 들어온 지 한 달이 되었다.

저녁을 먹고 났을 때 신 여사가 파킨슨 환자를 돌보는 간병인과 같이 잠깐 산책하고 오겠다며 밖으로 나갔다. 무릎 환자도 워크를 잡고 병실을 나갔다. 이제 병실에는 파킨슨 환자와 나밖에 없었다. 얼마가 지났을까? 갑자기 쿵! 하는 소리가 났다. 동시에 파킨슨 환자의 신음까지 들려왔다. 급한 마음에 침대 머리맡에 있는 비상벨을 누르게 되었다. 곧 간호사 두 명이 달려왔다.

"앗! 이 피…."

한 간호사가 비명을 질렀고 또 다른 간호사는 침착한 목소리로 말했다.

"할머니 어찌 된 일예요?"

파킨슨 환자가 목 안으로 기어들어 가는 듯한 목소리로 말했다.

"아아… 나도 잘…."

얼마 후 연락을 받고 달려온 환자 아들이 자신의 어머니를 부축해 병실을 나갔다. 오 분 정도 지났을까. 그 간병인과 신 여사가 같이 깔깔대며 병실로 들어왔다. 그제야 할머니가 구급차에 실려 간 사실을 알게 된 간병인이 안절부절못했다. 간호사실에서 CCTV를 확인한 결과 할머니가 바닥에 떨어진 리모컨을 주우려고 침대에서 내려오다가 낙상한 사실을 알게 되었다.

얼굴이 새파랗게 질린 간병인이 입술을 깨물며 내가 누워 있는 침대로 다가오더니 손바닥을 싹싹 비비면서 말했다.

"제발 부탁드릴게요. 환자 아들이 돌아오면 그 순간에 제가 화장실에 갔다고 말씀 좀 해주세요."

잠깐 침묵하다 내가 말했다.

"다른 것도 아니고. 저는 그런 거짓말은 못합니다."

그때 신 여사가 끼어들었다.

"눈 딱 감고 한 번 만 그렇게 해주세요."

"신 여사까지 왜 이러세요! 필요에 따라 모든 사람이 거짓말을 한다면 우리가 사는 사회까지는 아니더라도 당장 302호 분위기가 어떻게 되겠어요. 거짓말은 절대 안 됩니다."

그렇게 말하고 나는 곧 눈을 감아버렸다. 그러곤 혼잣말을 했다. '도덕 법칙은 협상의 대상이 아니다. 만약 나 스스로가 세운 도덕이 협상의 대상으로 전락한다면 그것은 인간이길 포기하고 동물로 전락하는 행위에 불과할 것이다. 비록 내 몸은 하반신 불완전 마비 상태여서 균형을 잃어버린 상태이긴 하지만 정신만은 균형을 유지한 상태임을 감사하게 생각하게 되었다.'

밤 열 한 시경 파킨슨 할머니가 이마에 붕대를 감고 아들의 부축을 받으며 돌아왔다. 이마와 눈썹사이 피부를 서른두 바늘이나 꿰맸다고 했다. 환자 아들이 간병인을 보게 된 순간 분을 참지 못하고 간병인의 뺨을 때리며 소리쳤다.

"아줌마, 당신 뭐 하는 사람이야! 거동이 불편한 환자를 혼자 두고 어딜 돌아다니다 이제야 나타난 거얏!"

흥분한 파킨슨 환자 아들이 분을 참지 못해 병실 안을 공포의 도가니 속으로 몰아갔다. 간호사와 신 여사가 말리는 순간 간병인이 줄행랑을 치고 말았다.

다음날 낯선 여자가 트렁크를 끌고 병실로 들어왔다. 그녀는 침대 난간에 붙여놓은 이름을 확인한 후 파킨슨 환자 곁으로 다가가서 상냥한 목소리로 말했다.

"제가 오늘부터 어르신을 도와드리려고 온 간병인입니다."

알고 보니 그 간병인은 신 여사와 같은 조선족 출신이었다.

며칠 후 그 간병인이 파킨슨 환자를 모시고 병원에 다녀오겠다고 말했다.

얼마 후 파킨슨 환자를 부축해 병실로 돌아온 간병인이 말했다.

"오늘 병원에 가서 우리 환자 꿰맨 자리에 실밥을 뽑고 돌아왔어요. 그런데 꿰맨 자리가 상당히 넓더라고요."

그때 파킨슨 환자가 손으로 침대 난간을 잡고 한숨을 길게 내쉬었다. 잠시 후 벽에 걸려 있는 거울 앞으로 다가가더니 거울 속에 비치는 자신의 이마와 눈썹사이에 두른 붕대를 살짝 들어 올리고 꿰맨 자리를 물끄러미 바라보았다. 그때 거울 속에 비치는 꿰맨 자리는 누군가가 일부러 인형의 이마와 눈썹사이에 검정 펜으로 쿡쿡 찔러 놓은 것 같았다.

이튿날 다시 보니 파킨슨 환자의 얼굴은 말이 아니었다. 눈도 퀭해 보이고 입술도 창백하고 턱도 뾰족해 보였다. 멍하니 그 모습을 보고 있는데 갑자기 내 입에서 이런 말이 튀어나오고 있었다.

'모든 인간은 행복해지기 위해 살아간다. 행복은 탁월한 활동이다. 행복은 인간 특유의 기능을 탁월하게 수행할 때 얻어지는 것이다.'

이 말은 내가 한 말이 아니고 어느 책에선가 읽었던 것 같은데 이상하게도 책 제목이 생각나지 않았다. 아리스토텔레스 역시 건강은 행복의 첫 번째 조건이라고 말했던 것 같다. 또 이런 말도 생각났다. '돈을 잃으면 조금 잃는 것이고, 명예를 잃으면 많이 잃는 것이고. 건강을 잃으면 전부를 잃는 것이다.'

이 말은 모두 나 자신을 두고 한 말 같았다.

같은 조선족이라서 그런지 파킨슨 환자를 돌보는 간병인과 신 여사는 이내 친해졌다. 한번은 침대에 앉아서 밥을 먹고 있는데 우연히 파킨슨 할머니의 침대 밑에 분홍색과 흰색 알약이 각각 한 알씩 떨어져 있는 것을 발견하게 되었다.

그때 놀란 눈을 하고 내가 말했다.

"신 여사님, 저쪽 침대 아래에 떨어져 있는 약 두 알은 파킨슨 환자 약 같아 보이는 데 간병인에게 알려주세요."

"싫어요. 전 말 안 할래요."

신 여사의 뜻밖의 반응에 놀라지 않을 수 없었다. 혹시 나 자신이 한 말을 신 여사가 잘못 들은 건 아닌가 싶어 또 한 차례 말하게 되었다.

"신 여사님, 저기 보이는…."

"그냥 모른 척하세요. 우리끼리는 저런 걸 봐도 서로 모른 척하기로 했어요."

어느 분야에 종사하든 직업의식은 있게 마련이다. 더군다나 환자를 돌보는 간병 일은 환자에게 봉사 정신이 요구되는 직업이 아닌가. 그런데 의사가 환자에게 처방한 약을 간병인이 실수로 떨어뜨린 걸 보고도 서로 눈감아 주기로 했다고 하는 말을 듣게 된 순간 몸이 오싹해지는 것을 느끼게 되었다.

이튿날 화장실에 갔을 때 차례를 기다리는 사람들이 줄지어 서 있었다. 일 층 전체가 리모델링 공사에 들어간 탓에 환자 수에 비하면 화장실이 턱없이 부족했다. 내 앞에는 단발머리를 한 젊은 환자가 서 있었다. 순식간에 줄이 길게 이어졌으나 불평하는 사람은 없었다. 그때 엉덩이를 삐죽이 내민 한 중년 아주머니가 걸어와서는 말도 없이 내 앞에 끼어들었다. 그녀가 화장실 문을 두드리며 큰 소리로 말했다.

"이봐요? 얼마나 더 기다려야 해요?"

그러나 안에서는 여전히 대답이 없었다. 그때 신 여사가 내 귀에다 대고 낮게 말했다.

"여태 모르셨지요? 저 아주머니 별명이 오리궁뎅이에요."

어리둥절한 표정을 하고 내가 말했다.

"오리궁뎅이요? 그것도 신 여사가 지은 별명인가요?"

"아유, 아니에요. 제가 왜 저 여자 별명을 짓겠어요. 전기밥솥을 간호사실에 고발한 사람이 바로 저 오리궁뎅이라구요. 잘 봐보세요. 궁뎅이가 저렇게 오리궁뎅이처럼 삐죽이 나와 있잖아요. 호호호."

나는 듣기 좋게 볼기라든가 아니면 정겨운 방언을 써서 궁둥이, 엉덩이, 방둥이… 많은데 왜 하필이면 오리궁뎅이라고 할까 싶었다. 오리궁뎅이는 몹시 다급했던지 또다시 소리쳤다.

"시방 안에 있는 사람 말 좀 해봐요. 도대체 언제 나올 거요?"

그러나 안에서는 여전히 대답이 없었다. 마침내 화장실 문이 열리더니 손에 지팡이를 든 남자가 얼굴을 불쑥 내밀었다. 그때 눈을 커다랗게 만들어 보이고 오리궁뎅이가 소리쳤다.

"아니, 당신 시방 여기가 어디라고… 당신 눈이 멀었어?"

손에 지팡이를 든 남자가 이미 밖으로 나간 후였기 때문에 오리궁뎅이 소리가 묻혀버렸다. 얼마 후 내가 화장실에서 나왔을 때는 치료 시간이 빠듯할 것 같아 아침도 먹지 못한 채 치료실로 갈 수밖에 없었다.

그날 밤 나는 아침에 보게 되었던 화장실 문제에 대해 생각해 보았다. 아무리 생각해봐도 화장실 문제야말로 병원 측에 건의해야 할 중요한 사항 같다고 생각하게 되었다.

주말 오후 나는 화장실 문제에 대해 또박또박 적은 종이를 신 여사에게 복도 벽에 걸려 있는 건의함에 넣어달라고 부탁했다. 그러나 한 달이 지나도 병원 측에서는 아무런 반응이 없었다. 두 달이 되었는데도 화장실 앞에는 여전히 줄이 길게 이어져 있었다. 어느 순간 이 층엔 여자 환자 숫자보다 남자 환자 수가 훨씬 적다는 사실을 알게 되었다. 앞으로는 급한 상황이 생겼을 땐 남자 화장실을 이용하는 것도 나쁘지 않을 것 같다고 생각했다.

그날은 일요일인데도 화장실 앞에는 여전히 줄이 길게 이어져 있었다. 보통 일요일에는 환자 대부분이 집으로 돌아가기 때문에 화장실이 붐빈 적이 드물었는데 이상했다. 조금 망설이다 하는 수 없이 남자 화장실을 기웃거리게 되었다. 다행히 남자 화장실은 한산해 보였다. 얼른 안으로 들어갔다. 잠시후 밖으로 나온 순간 옆 칸에서 날카로운 여자의 목소리가 들려 왔다. 그때 나는 나 말고도 남자 화장실을 이용하는 여자가 또 있었구나, 하고 생각하게 되었다.

그때였다.

"이 X야! 당장 죽어! 죽으라고!"

그 목소리는 분명 오리궁뎅이의 목소리였다. 아마도 오리궁뎅이는 밖에 사람이 없다고 생각한 모양이었다. 잠깐 조용하나 싶었는데 철썩! 철썩! 하는 소리까지 들려왔다. 오리궁뎅이가 뇌졸중 환자인 자신의 남편 뺨을 때리는 모양이라고 신 여사가 말했다. 신 여사와 나는 오리궁뎅이와 마주치기 전에 얼른 밖으로 나와 버렸다. 때마침 지팡이를 든 남자와 화장실 앞에서 마주하게 되었다. 그때 화장실 안에서 또 한 차례 큰 소리가 들려왔다.

"이 인간아! 인간 노릇도 못 할 거면 빨리 죽기라도 해! 제발…."

그 소리는 도저히 사람이 하는 소리로 들리지 않았다. 악마의 소리처럼 들렸다. 그때 지팡이를 든 남자가 눈을 커다랗게 만들고 말했다.

"댁들은 지금 저 소리 처음 듣죠? 나는 한 병실에 있다 보니 매일 듣고 산답니다. 저 여자는요. 병실에 사람이 없으면 맨날 저렇게 악을 써요. 그러다가 누가 나타나기라도 하면 어느새 요조숙녀처럼 아니, 도깨비처럼 변한다니깐요. 허참."

신 여사가 흥미롭다는 듯 얼굴을 지팡이를 든 남자의 턱 밑으로 들이대며 물었다.

"어떻게요?"

남자는 웃지도 않고 말했다.

"아빠! 아빠! 호호호. 한답니다. 저 여편네는 하루에도 몇 번씩 천사가 되었다가 악마가 되었다가 한다니까요. 허허허."

잠시 후 오리궁뎅이가 남편이 탄 휠체어를 밀고 밖으로 나왔다. 그때 마주치게 된 오리궁뎅이의 얼굴에는 세상을 향한 온갖 증오로 채워져 있는 듯 보였다. 오리궁뎅이는 지팡이를

든 남자와는 눈도 맞추지 않은 채 휠체어를 밀고 복도를 걸어
갔다. 몇 발짝 갔을까. 갑자기 오리궁뎅이가 자신의 오리궁뎅
이를 휙 틀더니 우리 쪽을 향해 속사포처럼 말 총을 쏟아댔다.
　"어디 여자가 뻔뻔스럽게 남자 화장실을…."
　그건 분명 오리궁뎅이가 나를 향해 쏜 말 총이었다.

12

하마터면 중요한 이야기를 빠트릴 뻔했다.

나 자신이 맨 처음 통증이 시작됐을 당시 동네 병원과 한의원을 찾아다니다가 결국 H 대학 부속병원 내과 L 의사를 찾아가게 되었다. 전에도 위염 때문에 한두 차례 마주한 적이 있었던 터였다.

그날 L 의사가 내 얼굴을 쳐다보며 말했다.

"위내시경 결과 위장에 염증이 조금 있는 것 외에는 아무런 문제가 없습니다. 본래 등이 아픈 증상은 위가 약했을 때 느끼게 되는 연관통증일 뿐입니다. 피로가 누적돼 그럴 수 있으니 링거나 맞으면서 하루이틀 푹 쉬었다가 가시면 될 것 같습니다."

나는 L 의사가 시키는 대로 병실에 누워 링거를 맞으며 이틀을 보내게 되었다. 이틀째 되는 날 아침이었다. 천천히 복도를 걷고 있는데 때마침 지나가던 L 의사와 눈이 마주친 순간 내가 또 말했다.

"선생님, 아침에 일어났을 때 왼쪽 무릎에 약간씩 마비 증상이 느껴졌습니다. 살면서 이런 느낌은 처음입니다."

그러나 L 의사는 내가 하는 말은 들을 필요도 없다는 듯이 집으로 돌아가서 쉬면 된다며 끝내 퇴원을 강행하고 말았다. 하는 수 없이 퇴원 수속을 하려고 원무과 앞에 앉아 있는데 갑자기 강력한 통증이 느껴진 탓에 나도 모르게 비명을 지르고 말았다.

"앗! 아아."

때마침 원무과 앞을 걸어오고 있던 L 의사가 비명을 듣고 내 쪽을 쳐다봤다.

"저어, 쯔쯔쯔"

혀를 차며 L 의사는 그냥 지나가 버리는 것이었다.

집으로 돌아온 지 사흘 만에 마비 증상은 양쪽 다리로 퍼져 갔다. 당황한 나머지 가까이 사는 여동생에게 연락하게 되었고 마침내 동생 부부가 달려왔다. 동생 부부를 보게 된 순간 내가 말했다.

"아무래도 다리에 마비가 온 것 같아. 빨리 큰 병원으로 가 봐야 할 것 같아."

그때 여동생이 말했다.

"언니, 말도 안 되는 소리 하지 마. 언니가 너무 예민해서 그래. 언니가 왜 마비야. 혈압이 높길 해. 당뇨가 있길 해…."

옆에 있던 큰애와 막내마저 여동생과 똑같은 말만 했다.

"엄마가 왜 마비야. 이모 말이 맞아."

다음날 결국 우려 했던 일이 벌어지고 말았다. 가슴 아래부터 발끝까지 완전마비가 되고 만 것이었다. 소대변 마저 나오지 않을 뿐만 아니라 나중에는 복수까지 차오르더니 정신마저 혼미해졌다. 마침내 구급차에 실려 H 대학 부속병원 응급실로 가게 되었다. 응급실로 향하는 구급차 안에서 정신이 가물가물해오는 것을 어렴풋이 느끼게 되었다. 어느 순간 꿈속처럼 아련하게 머릿속에서 떠오른 생각은, 다른 사람들도 자신이 죽을 수 있다는 사실을 감지하게 되었을 때 이런 느낌이 드는 걸까? 머릿속은 희뿌연 안개로 채워진 듯하고 온몸은 차디찬 돌덩이처럼 딱딱한 느낌이었다.

응급실에 도착한 후 CT를 찍어 본 결과 흉추 4번이 골절된 상태임이 밝혀졌다. 병원 측에서는 지체할 시간이 없다며 당장 수술 계획부터 잡았다. 곧 인턴으로 보이는 한 남자가 침대에 누워있는 나를 내려다보며 말했다.

"수술은 내일 오후 네 시에 시행될 겁니다."

"네."

담담하게 대답했지만 사실 나는 미칠 듯이 불안했다.

이튿날 수술은 아홉 시간에 걸쳐 진행되었고 중환자실을 거쳐 곧 일반 병실로 옮기게 되었다. 그날 오후 조용히 병실 문이 열리더니 문틈 사이로 흰 가운이 먼저 들어왔다. 내가 등 통증을 그토록 호소했을 때 "과민반응"이라며 가볍게 넘겼던 바로 그 내과 L 의사였다. L 의사의 얼굴을 보게 된 순간 잊고 있었던 분노가 소환되면서 머릿속이 하얘졌다. 나는 말없이 멍하니 L 의사를 바라보고 있었으나 그를 바라보는 내 눈빛은 곱지 않았다. L 의사 역시 멍한 눈을 하고서 내 시선을 피해 노란 링거병만 바라보고 서 있었다. 그 상태로 십 분은 족히 지났을 것이다. 더는 참을 수 없어서 내가 먼저 말을 했다.

"제가 지금 어떤 상태에 이르게 되었는지 J 교수에게 들으셨겠지요?"

내 목소리는 나 자신이 들어도 얼음처럼 차갑게 느껴졌다. 그때 L 의사는 한 걸음 다가왔지만 그의 시선은 여전히 내 눈을 피하고 있었다. 한동안 침묵이 이어졌고 귓가에 들리는 소리라곤 링거 방울이 똑똑 떨어지는 소리뿐이었다. 그때 링거 바늘을 꽂아놓은 손등을 바라보던 눈을 L 의사 쪽으로 보내며 내가 또 말했다.

"그날 제가 CT라도 한번 찍어 달라며 애원하다시피 했을 때 제 등에서 느껴지는 통증이 얼마나 심각한 상태였는지 짐작이나 하셨어요? 환자가 하는 말을 의사가 그토록 무시한 대가를 왜 환자만 이토록 혹독하게 치러야만 합니까?"

내 말이 칼처럼 날아가 L 의사의 이마에 가서 박혔다. 그 순간 L 의사의 동공이 잠시 흔들리는 듯하다 이내 표정이 굳어졌다. 그 모습은 의사로서 최소한의 양심인지 철저한 방어벽인지 알 수 없었다. L 의사의 입에서는 끝내 "죄송합니다."란 말은 나오지 않았다. 오직 그가 남긴 건 공기보다 무거운 침묵뿐이었다. 순간 나는 깨닫게 되었다. 이 사람은 나를 환자가 아니라 케이스로 본 것이었다. 이를테면 실패한 증례 하나쯤으로.

그때 J 교수가 나타났다. 아마도 J 교수는 L 의사가 병실에 와 있는 사실을 알고 온 듯 보였다. 나와 L 의사의 얼굴을 번갈아 가며 쳐다보고 나서 J 교수가 평소보다 낮은 목소리로 말했다.

"어차피 일이 이렇게 된 이상 하루라도 빨리 재활치료부터 받고 건강을 회복하는 게 급선무지 않겠습니까.”

“J 교수님은 당시에 있었던 일을 잘 모르시겠지만 제가 등이 아팠을 때 내과 L 의사에게 찾아갔습니다. 그때 통증을 호소하며 제발 CT라도 한 장 찍어 보자고 애원하듯 말했어요. 그런데도 L 의사께서는 집에 가서 쉬면 된다는 말만 되풀이했습니다. 그건 의사로서 해서는 안 되는, 직무유기 아닙니까?”

내 말이 끝나자 별안간 L 의사보다 오히려 J 교수의 눈초리가 매의 눈초리로 변하는 것이었다. 그 모습을 보게 된 순간 가슴이 서늘해지는 느낌이었다. 그때까지 나는 속으로 J 의사는 인간적으로도 훌륭해 보였고 의사로서 책임감도 강한 사람이라고 생각했다. 그런데 별안간 가슴에서 서늘한 기운이 느껴짐과 동시에 내 안에서 이런 문장이 만들어지고 있었다. ‘방금 보게 된 너무도 낯설어 보이는 J 교수의 모습은 뭐지?’ 나 자신이 그렇게 생각하는 사이 이미 L 의사와 J 교수가 흰 가운 자락을 펄럭이며 병실을 나가고 있었다.

여기서 한 가지 주지해둘 사실이 있다. 평소 신경외과 J 교수는 환자가 하는 말에 귀를 기울이는 편이었다. 그에 반해 내과 L 의사는 환자의 말에 귀 기울이기는커녕 환자가 하는 말을 무시한 채 자기 말만 쏟아내곤 했다. J 교수와 L 의사는 전문 분야도 다르고 성향도 달랐다. 하지만 환자에게 돌이킬 수 없는 문제가 생겼을 때 둘은 분야는 달라도 똘똘 뭉쳐 방어벽을 치고 있다는 생각을 지울 수가 없었다. 이런 양상은 의사 개인 성향의 문제라기보다는 의료라는 직업집단의 구조와 문화에서 설명될 부분이 클 것 같다. 의사는 대표적인 전문직 집단이므로 외부(비전문가)로부터 자신들의 권위와 자율성을 지키기 위해 어느 집단보다 내부 결속력이 강해 보였다. 이는 "오늘은 저 사람이 공격을 받게 되지만 내일은 나일 수 있다." 한마디로 말해서 의료사고는 누구에게나 일어날 수 있다는 공포 때문에 전문 분야는 달라도 누군가가 공격받게 되었을 땐 내부 결속력이 강해짐을 알 수 있었다.

어느새 나는 스스로에게 타이르고 있었다. 그렇더라도 J 교수를 원망하지 말자. 그는 두 차례나 완전마비 상태가 된 나 자신의 몸을 불완전 마비로 만들어 준 사람이니까.

잠시 후 인턴이 찾아왔다. 그는 곧 수술한 등에 드레싱을 하고 나서 말했다.

"맨 처음 등이 아팠을 때 곧바로 와서 수술 받았더라면 수술 후 곧장 걸어서 나갔을 텐데."

하지만 다 지나간 일인 걸 지금에 와서 그런 말이 무슨 소용이 있겠는가. 이런 경우를 두고 사람들은 운명이라고 말하는 모양이라고 생각했다.

어느새 S 재활병원에 온 지도 구 개월째. 그런데 아직도 내 다리 근육에는 힘이 완전히 붙지 않았다. 다행히 다른 환자에 비해 근육이 부드러운 편이어서 조심조심 걸을 수 있었으나 오 초도 서 있지는 못했다. 그렇더라도 퇴원하기로 마음을 정했다. 그동안 성의를 다해준 치료사는 J 작업치료사밖에 없었다.

나는 비로소 깨닫게 되었다. 나 자신이 실수로 몸을 다치게 된 그날 이전으로 돌리는 일은 스스로의 의지에 달려 있다는 사실을 말이다. 거기에 더해 어느 책에서 읽게 되었던, 한 구절이 생각났다.

'모든 세포는 항상성을 유지하는 화학 기계란 사실과 우리 몸의 신경은 뇌에만 있는 것이 아니라 몸 구석구석까지 뻗쳐 있어서 감각 정보를 수집하고 운동 명령을 전달한다.'

반드시 이 구절을 기억하고 규칙적인 훈련을 통해 나 자신의 몸 안에서 잠시 잠자고 있는 신경 세포를 깨우는데 전력을 다해야겠다고 다짐했다.

그날 오후 원무과에 들러 이번 주 금요일에 퇴원할 거라고 말하고 돌아섰다. 그때 얼핏 어디선가 본 듯한 남자가 헐렁한 환의를 입고 워크를 잡고 힘겹게 발을 떼고 있었다. 그 모습을 보게 된 순간 과거 내 모습이 떠올라 잠시 발길을 멈추고 서 있었다. 나와 눈이 마주친 순간 남자가 먼저 고개를 끄덕여 보이며 아는 체를 했다. 다시 보니 그 남자는 D 병원에 있을 때 복도에서 몇 번 마주친 적이 있었던 것 같았다.

그 남자가 먼저 말을 걸어왔다.

"여기서도 뵙게 되네요."

엷게 웃는 얼굴을 하고 내가 말했다.

"그러게요."

저만치 놓인 의자를 가리키며 남자가 말했다.

"잠시 저 의자에 가서 좀 앉읍시다."

나도 맞은편에 놓인 의자에 가서 앉게 되었다. 잠깐 눈을 천장 쪽으로 보내고 나서 남자가 말을 하기 시작했다.

"나는 전남 광양이 집인데 일 년 전 아들이 말하더군요. '아버지 칠순 선물로 어떤 게 좋을까 생각하다가 무엇보다 아버지의 건강이 제일 중요한 것 같아 서울에 있는 한 대학병원에 종합검진을 예약해 놓았어요.' 그때 내가 말했어요. '나는 지금 아픈 데도 없는데… 예약을 취소하라고.' 그런데 아들이 부득부득 우기는 겁니다. 성화에 못 이겨 결국 종합검진을 받게 됐지요. 검사 결과 아무런 문제가 없는데 단 한 가지 허리에 협착증이 조금 있으니 일주일 정도 입원했다가 가면 된다고 의사가 말하는 거였어요. 나는 싫다고 그냥 집에 가겠다고 했지요. 그때 아들이 자꾸만 권하는 바람에 수술을 받게 됐어요. 그런데 그게 그만 신경을 잘못 건드린 바람에 이렇게 하반신이 불완전 마비가 되고 말았어요. 허참. 휴!"

그는 말을 하고 나서 한동안 숨을 헐떡거리다가 또다시 침을 튀겨가며 했던 말을 반복하곤 했다. 나는 할 말을 잊고 말았다. 그렇더라도 위로가 될 만한 말 한마디쯤은 해야겠는데 적절한 말이 떠오르지 않았다.

"그게 바로 운명입니다."

그것은 나도 모르게 내 입에서 튀어나온 소리였다.

그 환자와 헤어지고 돌아서는데 불현듯 머릿속에 떠오른 것은, 얼마 전 휴게실에서 보았던 아이돌 같아 보이던 청년과 자전거를 타다 넘어져 목뼈가 부러진 은행 지점장, 이 층 베란다에서 이불을 털다 이불과 같이 아래층으로 떨어져 척수를 다친 탓에 하반신이 마비된 중년 여성, 언니와 둘이서 높은 곳에서 바다로 뛰어내리다 바위에 부딪히게 되어 목뼈가 부러진 젊은 여성이었다. 나 자신을 포함해 이들 모두에게 불시에 일어난 거짓말 같은 사고에 대해선 운명이란 말밖에 달리 표현할 방법이 없었다.

이제 집에 돌아가게 되면 불시에 찾아온 혹독한 운명 앞에서 힘겨운 재활 훈련은 더 이상 형벌이 아니라 일상처럼 받아들이며 살아가야겠다고 다짐했다.

이제 이 302호에 머물 시간도 사흘밖에 남아 있지 않았다. 벌써부터 신 여사는 트렁크를 열어놓고 짐을 꾸리기 시작했다. 나도 침대에 앉아서 짐을 꾸리고 있는데 문득 Y와 연락이 닿지 않은 지가 일주일이 지난 것을 깨닫게 되었다. 그때 마음이 통했던지 Y한테서 전화가 먼저 걸려왔다. 휴대폰을 귀로 가져갔다.

"이모 자세한 말은 만나서 하기로 하고요. 지금 간병인 없이 이모와 단둘이서 잠깐 봤으면 하는데."

"그래. 그럼 어디서 볼까?"

"연못가에서요."

"연못이 어디에 있었더라?"

"주차장 건물을 끼고 가다가 정원 왼쪽 길로 돌아가면 나무들이 우거진 평평한 곳에 비단잉어 몇 마리가 보이는 그곳 말이에요."

"응. 어딘지 알 것 같아. 언젠가 신 여사랑 같이 그쪽으로 지나가다 졸졸거리는 물소리를 들었던 것 같아."

손수 휠체어를 밀고 병실을 나서게 되었다. 주차장 건물 모퉁이를 돌아가니 맞은편에는 기역자 형 D 병동 건물 한 채가 더 있었다. 나는 잠깐 생각했다. Y가 어째서 이 기역자 형 D

병동 건물은 말하지 않았을까 싶었다. 기역자 형 D 병동 건물
과 일자형의 주차장 건물은 거꾸로 놓인 디귿자형을 이루면서
제법 널찍한 정원을 안고 있었다. 정원을 가로지르고 있는데
갑자기 머리 위에서 헬리콥터 한 대가 톨톨톨 거리며 날고 있
었다. 그 헬리콥터는 술에 취한 듯 비틀거리는 모습을 하고 있
어서 금방이라도 곤두박질쳐 정원 한가운데 떨어지게 되면 어
쩌나, 조마조마한 탓에 내 심장에서도 톨톨톨 거리는 소리를
내고 있었다.

가까이서 보니 연못은 말이 연못이지 우물 같았다. 누가 이
곳을 연못이라고 부르기 시작했는지 알 수 없지만 환자들 사
이에서 이곳을 가리켜 연못이라고 부르고 있었다. 휠체어에
앉은 상태에서 목을 길게 빼 연못 안을 들여다보았다. 졸졸거
리는 물소리는 돌과 돌 사이에 박아놓은 이끼 긴 대나무에서
흘러내리는 물소리였다. 그때 이미 붉은 해는 연못 안에도 들
어와 앉아 있었다. 비단잉어는 수초 속으로 자신의 몸을 숨겼
다가 드러냈다가 했다. 그 모습을 보는 순간 언젠가 한의사가
했던 말이 생각났다.

“누님 그거 아세요? 다른 물고기에 비해 비단잉어는 단순
한 물고기를 넘어서 오래 함께 할 수 있는 반려동물로 여겨진
다는 사실을 말입니다.”

“전 처음 듣는 말입니다.”

“전에 우리 한의원에 다니던 환자 한 분이 그러더군요. 자
신이 잘 나가던 사업이 망한 후 세상을 등질 생각까지 하고 있
을 때 자신의 아내가 비단잉어를 사다 어항에 풀어 놓았는데

글쎄 그 비단잉어가 헤엄치는 모습을 보고 있으니 어느새 마음이 평화로워…"

그러나 나는 꽃 종류는 좋아해도 동물에 대해선 별로 관심이 없었다. 나는 Y를 기다리는 동안 휴대폰 카메라 버튼을 몇 차례 눌렀다. Y가 오면 붉은 노을이 연못 안에 들어앉아 있는 모습과 그 노을을 등지고 수초 속으로 유영하는 비단잉어의 모습이 담긴 동영상을 보여줄 참이었다.

코끼리 말에 따르면 이 병원에 근무한 지 삼십 년 만에 그만둔 경비 할아버지가 저쪽 산 밑에서 졸졸 흘러내리는 물을 끌어다 웅덩이처럼 만들어 놓고는 비단잉어 몇 마리를 풀어놓았는데 그때부터 사람들이 이곳을 가리켜 연못이라고 부르게 되었다고 했다.

그때 저만치서 Y가 한쪽으로 조금 기운 걸음을 하고 걸어왔다. 며칠 새 Y는 훌쩍 여윈 모습을 하고 눈가에는 전에 없던 가느다란 주름까지 자리하고 있었다. 긴 머리를 짧게 자른 탓에 앞머리가 들쭉날쭉 이마에 내려와 있었지만 그 헤어스타일은 Y에게 썩 잘 어울렸다. 오히려 긴 머리를 했을 때보다 더 세련돼 보이기까지 했다.

"이모, 죄송해요. 며칠 동안 일부러 휴대폰을 꺼놨어요."

가까이서 보니 Y의 눈가가 촉촉이 젖어 있었다.

"왜 무슨 일이라도 있는 거니? 혹 어머니께서…"

머리를 저으며 Y가 말했다.

"그건 아니고. 남편이 이혼을… 벌써 오래전부터 이혼 이야기를 몇 차례 꺼냈는데 제가 침묵하고 있었어요. 남편한테 여자가 생긴 것 같아요. 아, 생긴 것 같은 게 아니라 이미 여자가 생겼더라고요. 벌써 한참 됐어요.”

말을 하고 나서 Y는 자신이 한 말을 다른 사람이 듣지나 않았을까 해서 주위를 둘러보았다. 그러나 지나가는 사람들은 우리 쪽에는 관심이 없어 보였다. 놀란 표정을 하고 내가 Y를 쳐다보았다.

그때 나와 눈을 맞추게 된 Y가 또 말했다.

“한번은 남편이 술에 취한 상태에서 낯선 여자의 이름을 부르며 말하더라고요.”

“뭐라고?”

“‘내 마음을 송두리째 빼앗아버린 당신은 참 매력적인 여자야.’ 하는 소리를 제 귀로 똑똑히 듣게 되었어요. 매력적인 여자라고 하는 것은 성적으로 매력적이란 뜻이 아닐까요?”

그렇게 말하는 Y의 목소리에는 어느 때보다 무거운 감정이 묻어나 있었다. 나는 그렇다고 말할 수도 없고 아니라고 말할 수도 없어서 애매하게 말했다.

“글쎄.”

나는 Y에게 순간적인 감정에 휘말려 이혼에 동의해주지 말라고 말할 참이었다. 그렇지 않아도 갑작스럽게 찾아온 뇌졸중만으로도 감당하기 버거운데 거기에다 이혼의 아픔까지 보태게 되면 과연 Y가 버틸 수 있을까 해서였다. 그런데 Y가 먼저 말을 했다.

“남편이 지난 주말에 이혼 서류를 가지고 왔더라고요. 도장을 찍어 달라고.”

놀란 눈을 하고 내가 말했다.

"그래서?"

"단박에 도장을 꾹 찍어 줬어요."

그렇게 말하는 Y의 표정에는 아무런 감정도 없는 사람처럼 보였으나 그녀의 목소리는 가늘게 떨리고 있었다. 다시 보니 Y의 눈은 슬픔에 찬 듯 보였다. 잠시 후 슬픔에 찬 듯한 Y의 눈길이 남편이 연못 안에 들어앉아 있기라도 한 듯 넋을 잃고 연못 안에서 유유히 헤엄치는 비단잉어만을 응시하고 있었다.

너무 놀란 나머지 나는 아무 말도 하지 못했다.

"왜 그렇게 서둘렀어. 신중하지 않고."

그것은 십 초 정도 지났을 때 내 입에서 나온 소리였다. 내 말이 끝나자 Y가 냉랭한 목소리로 말했다.

"저도 잘 모르겠어요. 내가 왜 그랬는지. 솔직히 말하면 저도 남편한테 눈곱만큼도 미련이 없어요."

눈곱만큼도 미련이 없다고 말한 Y의 말이 이상하게도 내 귀에는 아직도 남편을 향한 미련이 눈곱만큼 남아 있다는 소리로 들려왔다. 그보다 '눈곱'이 나를 붙잡았다. 이제야 밝히지만 나는 처음부터 눈곱이란 말이 걸렸다. 결혼 칠 년 차 부부로 살아온 Y가 남편에게 "눈곱만큼도 미련이 없다."란 말은 눈곱을 티끌이나 먼지 같은 말로 바꿔도 마찬가지였다. 강한 부정은 긍정이란 말도 있듯이 Y가 눈곱만큼도 미련이 없다고 한 그 말이 눈곱처럼 남편의 존재가 Y의 눈에 늘 달라붙어 있는 존재란 소리로 들리기도 했다. 눈곱은 떼 내도 자고 나면 다시 눈꺼풀에 달라붙는 게 눈곱의 속성이다.

‘하나의 모래알에서도 우주를 본다.’는 말이 있듯이 눈곱이란 단어를 되새기자 ‘눈곱만큼도 미련이 없어요.’라고 말할 때 Y의 목소리는 바람에 흔들리는 백 년 된 소나무가 우는 소리처럼 들려왔다.

잠깐 침묵이 흘렀다. 침묵은 민망할 정도로 길게 느껴졌다. 잠시 후 그 침묵을 깰 말이 생각났다. Y를 쳐다보며 내가 말했다.

“지금 막 생각이 났는데 윌리엄 셰익스피어가 한 말 중에 이런 말도 있었던 것 같아. 한번 들어볼래?”

“네, 이모.”

“‘종종 운명은 피할 수 없는 흐름이지만 그것을 대하는 방식은 인간의 선택에 달려 있다.’ 꼭 셰익스피어가 한 말이 아니어도 사람은 누구나 자신 앞에 불어닥친 운명에 순응하는 법을 터득하게 돼 있어. 그러니까 너무 신경 쓰지 말고 시간을 갖고 좀 생각해 보자고. 더군다나 지금 Y의 몸은 옛날의 몸이 아니잖아. 그리고 아직 이혼이 확정된 것도 아니고.”

내가 하는 말을 듣고 있던 Y는 한동안 말을 잊어버린 사람처럼 그렇게 처연한 표정으로 연못 안에서 유유히 헤엄치는 비단잉어만을 응시하고 있었다. 잠시 후 나와 눈이 마주친 순간 Y가 희미하게 웃어 보였다. 희미한 그 웃음이야말로 Y의 심장이 녹아내린 쓰디쓴 웃음이 아닐까 싶었다. 한동안 연못 쪽에 보내고 있던 눈을 거두고 나서 Y가 또 말했다.

“제가 이혼장에 도장을 꾹 찍어 준 것도 나 자신의 운명에 순응하는 방법의 일환이라고 생각해요.”

“내가 어느 책에선가 읽었던 것 같은데 ‘사랑은 우연을 먹고 자라지만 결혼은 우연을 제거하고 예측 가능성을 선물하는 일.' 이라고 돼 있더군. 그 말이 맞는 것도 같아. 예측 가능성을 선물한다는 말은 곧 미래를 보고 살아간다는 뜻이 아니겠어."

"이모, 그것도 제 몸이 건강할 때 예측 가능성이란 말도 성립되겠지요. 지금 제 몸이 이렇게…."

Y가 태연한 척 말했지만 갈라진 듯한 목소리에는 Y의 가슴 속에 박힌 옹이가 우는 소리처럼 들려왔다. 이혼의 아픔이 남긴 흔적은 떨리는 듯한 Y의 목소리에만 담겨 있는 것이 아니었다. Y의 눈빛에도 옹이가 박혀있는 것을 느낄 수가 있었다. 내가 보기엔 Y는 분명 이혼을 두려워하는 것 같았다.

경우는 다르지만 나 역시 Y 나이 때쯤 남편을 먼저 저쪽 세상으로 떠나보내게 되었다. 처음 사고 소식을 듣게 되었을 땐 동명이인 일지 모른다고 생각했다. 그러나 사고의 당사자는 남편과 동명이인인 다른 누군가가 아니라 남편이 맞았다. 세월이 흘러 십여 년이 지난 지금도 그때를 생각하면 꿈만 같다. 아직도 남편은 살아있는 불길로서 끊임없이 타오르고 타올라도 영원히 꺼지지 않고 내 가슴 깊은 곳에 불씨로 남아 있다.

초등학교 동창인 남편과 부부로 만나 남들이 부러워할 정도로 행복한 결혼생활을 누리고 살았던 것 같다. 그러나 그런 날은 길지 않았다. 어느 날 갑자기 준비되지 않은 이별이 도둑처럼 불쑥 들이닥쳤다. 나는 아무리 생각하지 않으려고 애를 써봐도 잠들지 못하는 밤이면 남편과 함께한 추억이 머릿속에 떠올려지곤 했다. 내 안에는 남편과의 추억이 너무도 많아 조금만 틈이라도 보이면 그 틈새를 비집고 추억 조각이 하나씩 밖으로 튀어나오려고 나댔다. 틈새를 비집고 빠져나오려고 나대는 추억을 억누를 수가 없어서 어느 땐 큰 소리로 울고 싶었지만 어린 두 딸 때문에 울 수조차 없었다.

그러던 어느 날 정신이 번쩍 들었다. 하늘에서 내려다보고 있을 남편도 이런 내 모습을 원치 않을 거란 생각을 하게 되었다. 남편을 떠나보낸 지 삼 년 만에 겨우 마음을 추스르게 된 나는 대학원에 진학하게 되었고 오 년 후 심리학 박사 학위를 취득하게 되었다. 모두가 남편을 잊으려는 노력의 일환이었던 것이었다.

나는 이제까지 사람과 사람 사이의 마음, 특히나 사랑해서 결혼한 부부가 행복하게 살다가 갑자기 어느 한쪽이 병든 몸이 되었다고 해서 다른 한쪽의 마음이 변할 수 있다는 사실에 대해 동의할 수도 없었지만 믿을 수도 없었다. 어찌 그럴 수 있단 말인가? 그럴 수는 없는 것이다. 사랑이란 것이 필요에 따라 주고 안 주고 할 수 있는 성질의 것이 아니지 않는가. 더군다나 결혼 칠 년 차인 Y 부부가 그렇게 쉽게 그렇게 빨리 변할 수 있으리라곤 도저히 생각할 수도 없었고 믿을 수도 없었다. 그래서는 안 되는 것이다.

그렇게 생각하다 내 입에서 불쑥 이런 말이 튀어나왔다.

"자세한 건 모르겠지만 부부가 순간적인 감정을 억제할 수 없어 협의 이혼했을 경우 그 결정을 재고할 수 있도록 법원이 부여하는 이혼숙려기간이란 제도가 있는 걸로 알아. 아마도 그 제도는 부부가 서로 감정적 충동으로 이루어진 경솔한 이혼을 방지하기 위해 법원이 부여하는 일정 기간으로 그 기간 중 마음이 바뀌게 되면 이혼을 철회할 수 있다고 들었어."

"이모. 근데 우리 부부 경우는 달라요. 제 몸이 이렇게 되었고 저희 부부 사이에는 아직 자식도 없잖아요. 이미 남편의 마음은 온통 그 여자에게…."

말을 하다가 Y가 한 차례 소리 내 웃었다. Y가 웃고는 있었지만 그녀가 웃는 건 웃는 게 아니었다. 내 귀에는 Y의 웃는 소리가 무슨 절규처럼 들려왔다.

"이모, 어른들이 하는 말씀 중에 왜 이런 말 있잖아요. '사람은 고쳐 쓰지 못한다.' 사람은 고쳐서 쓰지는 못하지만 운명은 고쳐 쓸 수 있지 않을까요. 요즘 저는 가끔 나 자신의 운명을 리셋하고 싶다는 생각을 하게 돼요. 제가 너무 엉뚱한가요. 호호호."

Y가 웃는 모습을 또 한 차례 보게 되는 순간 나도 모르게 눈물이 그렁그렁해졌다. 애써 감정을 가라앉히고 나서 내가 또 말했다.

"지금 Y에겐 무엇보다 휴식이 필요할 것 같아. 당분간 끓어오르는 감정을 내려놓고 애써 즐거운 기억만 떠올려봐."

"이모, 솔직히 저는 지금 묵직한 어떤 것에 머리를 세게 부딪친 것처럼 멍한 상태예요."

"그럴 테지. 지금 내가 Y에게 해줄 수 있는 말은 이혼을 서둘지 말라는 말밖에 없어."

"네. 압니다."

그렇게 말한 후 Y가 연못 속으로 시선을 던졌을 때 그 슬픈 눈망울이 연못에 비쳐 나에게 올라왔다.

Y와 나 사이에 한동안 침묵이 흘렀다. 그 침묵을 깬 건 휴대폰 벨 소리였다. Y가 재빨리 휴대폰을 귀로 가져갔다. 잠시 후 핼쑥해 보이는 얼굴을 한 Y가 자리에서 일어나면서 말했다.

"이모, 저 먼저 갈게요. 신 여사님이 이모님 모시러 오는 거죠?"

Y가 급하게 왔다고는 하지만 이마에서 흐르는 땀방울은, 그녀가 급히 오느라 흘린 땀방울이라기보다는 Y의 가슴 속에 박혀있던 옹이가 쏟아낸 눈물이 아닐까 싶었다. 등을 돌린 Y가 몸이 한쪽으로 조금 쏠린 상태에서 저만치 걸어가다가 갑자기 손바닥으로 얼굴을 가린 채 잠깐 어깨를 들썩이는가 싶더니 다시 걷기 시작했다. Y가 주차장 건물을 돌아갈 때까지 연못가에 그대로 앉아 있었다. 어느 순간 Y가 남긴 말 한 조각이 머릿속에서 맴돌고 있었다.

'운명을 리셋하고 싶다고….'

운명의 리셋은 특별한 게 아닌 것 같았다. 일상에서 자신도 모르게 어느 순간 부정적인 생각이 밀고 들어올 때면 의식적으로 궁정적인 마인드셋을 유지하며 살아가는 것, 그것이 곧 운명을 리셋하는 방법이 아닐까 싶었다. 그 생각을 하다가 양 손으로 휠체어 바퀴를 굴려 연못에 빠질 듯이 바짝 다가가 다시 안을 들여다보았다. 연못 속에서 수초 속을 헤치며 유영하는 비단잉어는 예고 없이 불어닥친 운명 앞에서 자신의 운명을 어떤 방법으로 리셋하며 살아갈까 해서였다.

그때 머릿속에 떠오른 생각은 인간이 세상 밖으로 태어나는 순간부터 그 자신에겐 힘겨운 과제가 하나씩 주어지는 건 아닐까 하는 것이었다. 하나의 과제를 끝내고 나면 또 다른 과제가 기다리고 있는 것을 보면 말이다. 나 역시 남편의 죽음을 견뎌내야만 하는 과제를 어느 정도 끝내고 나니 또다시 하반신 불완전 마비라고 하는 두 번째 과제가 주어진 것이었다.

지금 Y에겐 뇌졸중이란 엄청난 과제를 미처 끝내기도 전에 이혼이란 힘겨운 과제까지 겹쳐졌으니 그녀가 얼마나 견디기 힘들까 싶었다. 연못가에 너무 오래 앉아 있어서 그런지 갑자기 수술한 등이 당기는 듯한 느낌이었다. 그것도 그냥 잡아당기는 게 아니라 밧줄 같은 것으로 사정없이 끌어당기는 듯한 그런 느낌 말이다.

나도 모르게 혼자 중얼거렸다. '하긴 멀쩡한 살을 찢고 꿰매기를 두 차례나 했으니 등은 이미 정상이 아닐 것이다. 정상이면 그게 더 이상한 거지.'

그새 서쪽 산마루에 올라앉은 태양이 마지막 남은 엷어진 붉은빛을 오롯이 뿜어내고 있었다. 어서 302호로 돌아가야겠다고 생각하는데 비단잉어 한 마리가 곡예를 하듯 공중으로 몸을 날리더니 이내 연못 속으로 사라졌다. 순간 이끼긴 돌 틈 사이에 모습을 드러낸 것은 붉은빛을 띤 한 송이의 꽃이었다. 눈여겨보니 그것은 연꽃이었다. 붉은 연꽃을 보게 된 순간 내 머릿속에 떠오른 것은 저 붉은 연꽃 한 송이가 Y의 심장이 아닐까 생각하게 되었다. 그렇게 생각하는 순간 갑자기 내 심장이 평소보다 빠르게 뛰고 있었다.

신 여사를 부를까 하다가 손수 휠체어를 밀고 연못을 떠나게 되었다.

저녁을 먹고 나서 침대에 누워 『나일강에 뜬 달』이란 제목의 소설을 읽기 시작했다. 한참을 읽다 보니 실망스러운 생각이 들었다. 그래서 얼마나 남았는지 페이지를 확인하게 되었다. 아무리 소설이 허구인 줄은 알지만 이상하게도 소설 속에 나오는 얘기가 믿겨 지지 않았다.

언제부턴가 나는 책을 읽다가 집중력이 흐트러지면 천장을 바라보는 버릇이 있었다. 책을 덮고 천장을 바라보고 있는데 불현듯 머릿속에서 Y가 했던 말이 떠올랐다.

"이모, 저도 남편을, 남편도 나를 사랑해서 결혼해 그동안 행복하게 살고 있었어요. 그런데 그 여자는 내 남편을 사랑한 게 아니고 사냥해 간 거였어요."

나는 그제야 알 것 같았다. 어린아이처럼 순수한 영혼을 가진 Y가 남편이 내민 이혼장에 단박에 도장을 꾹 찍어 준 행위는 그녀가 진심으로 이혼을 원한 게 아니란 사실을. 그것은 한 여자에게 사냥감으로 전락해버린 남편을 용서할 수 없었던 것이 아니라 용납할 수 없었던 것이다.

이제 Y에게 남은 것은 뇌졸중으로 거동이 자유롭지 못한 육신과 이혼이란 날카로운 발톱이 할퀸 상처뿐이라고 생각하니 가슴이 아려 왔다.

13

퇴원하는 날 아침이 찾아왔다. 눈이 뜨였을 때 창밖에는 봄비가 소리 없이 내리고 있었다. 병실을 나오고 나서부터 다행히 비는 그치고 붉은 해가 서서히 모습을 드러냈다. 엘리베이터를 타고 일 층으로 내려가 현관문을 열고 밖으로 나가자 벌써 택시가 와서 기다리고 있었다. 잠시 후 기사가 고개를 갸웃하더니 도저히 짐을 다 실을 수가 없다며 밴을 부르라고 말했다. 하긴 휠체어를 포함해 신 여사 짐까지 실으려면 짐이 많긴 했다. 밴을 호출하는 순간, 아침에 큰애가 차를 가지고 오겠다고 말했을 때 집에서 보자고 말한 것에 대해 잠깐 후회가 되기도 했다. 다행히 밴이 빨리 와 주었다.

퇴원은 환자가 아픈 곳이 호전되어 더 이상 치료가 필요하지 않거나 다른 병원으로 옮겨가는 경우일 것이다. 그러나 지금 내게 있어 퇴원은 애매한 것이었다. 재활 훈련을 해 온 지 삼년이 됐지만 나 자신의 몸 상태는 아직 예전의 몸으로 돌아가기란 요원해 보였다. 그런데도 퇴원을 결심하게 된 이유는 더 이상 재활 효과가 크지 않다고 판단되었기 때문이었다. 솔직히 미래에 닥쳐올 신체적 변화가 예측 불가능한 상태에서 퇴원을 결심하게 돼 마음이 편치만은 않았다. 집에 돌아가게 되면 시간표를 짜 놓고 자전거도 타고 러닝머신도 타고 걷는 연습도 하고 읽고 싶은 책도 읽고 두 딸 얼굴도 보면서 지내고 싶었다.

밴 기사가 짐을 싣고 있는 동안 신 여사의 손을 잡고 잠깐 서 있는데 불현듯 엊그제 원무과에 가서 퇴원 수속을 마치고 병실로 돌아왔을 때 파킨슨 환자가 통무 한 개를 손에 들고 베어 먹던 모습이 떠올랐다. 그때 파킨슨 환자는 눈썹도 몇 올 남아 있지 않은 얼굴에다 어금니마저 다 빠져 있어서 몇 개 남아 있는 앞니로만 통무를 베어 먹고 있었다. 언제부턴가 파킨슨 환자는 변비에 도움이 될 거라는 믿음으로 자주 통무를 베어 먹곤 했다. 그날도 파킨슨 환자는 소가 여물을 먹듯 무를 씹고 있었다. 그 모습을 보고 있으니 파킨슨 환자는 피부도 무처럼 하얗고 마음씨마저 씻어놓은 무같이 깨끗한 사람이란 생각을 하게 되었다. 어느 순간 파킨슨 환자의 손에는 무 껍질만 가득했다. 세 개밖에 없는 앞니만으로 무 껍질을 벗긴 것이었다. 언젠가 파킨슨 환자가 무를 베어 먹다 윗니 하나가 빠져 무에 박혀버린 적이 있었다. 그때부터 네 개이던 앞니는 세 개만 남게 되었다. 세 개밖에 없는 앞니로 무를 씹어야만 했던 것은 그만큼 파킨슨 환자의 변비가 심했기 때문이었다.

그날 저녁 신 여사가 깎은 무 하나를 파킨슨 환자에게 건네며 다정한 목소리로 말했다.

"할머니, 이 무 드셔 보세요. 시원하고 달아요. 저도 어릴 적 중국에서 자랄 때 겨울철이면 땅속에 묻어둔 무를 꺼내 깎아

먹기도 하고 처마 밑에다 무청을 걸어 말리기도 했는데 바람이 불면 마른 무청이 흔들리면서 서걱서걱 소리를 내곤 했지요. 호호호.”

잠시 후 내가 묻고 싶었던 말을 신 여사가 먼저 했다.

“할머니는 변비가 심하신가 보네요. 자주 통무를 드시는 걸 보면. 제가 자랄 때 우리 엄마도 변비가 있어서 자주 무를 드시곤 했어요.”

파킨슨 할머니가 엷게 웃어 보이며 말했다.

“예. 나는 늘 그래요.”

이번에는 내가 물었다.

“간병인은 어디 갔어요?”

파킨슨 환자가 힘없는 목소리로 말했다.

“욕실에 갔나 봐요.”

신 여사가 손으로 파킨슨 환자의 팔을 주무르며 또 말했다.

“할머니, 지금 많이 힘드세요? 간호사를 오라고 할까요?”

“아니요. 이 약 저 약을 하도 많이 먹어서 그런지. 어째 의사가 처방해 준 약은 그때뿐이고. 빨리 죽어야 하는데 죽지도 않고.”

마음이 아픈 나머지 내가 말했다.

“신 여사님, 냉장고에 있는 자두 주스 한 잔 드려 보세요.”

때마침 워크를 잡고 병실에 들어온 무릎 환자가 파킨슨 환자가 마시고 있는 자두 주스를 보고 말했다.

“그 자두 주스 변비에 확실히 도움이 되더군요. 며칠 전에 여사님이 주신 그 주스 한 잔 얻어먹고 효과가 있는 것 같기에 우리 딸한테 사진을 찍어서 보냈는데 바쁜지 소식이 없네요.”

파킨슨 환자가 큰 소리로 무릎 환자를 쳐다보며 물었다

“그쪽도 변비가 있나 봐요?”

“말도 마세요. 나는 벌써 십 년도 더 됐어요. 늙으니까 늘어 나는 건 약밖에 없어요. 먹는 약이 늘어나면서 변비만 더 심해 지는 것 같아요.”

나는 속으로 생각했다. 두 할머니 환자가 똑같이 변비로 고통을 겪는 이유는 여러 가지 원인이 있을 수 있겠지만 병원에서 공급되는 음식도 한몫 하는 것 같았다. 하루 세 끼 식판에 올라온 찬 네 가지 중 세 가지는 늘 고기일 때가 많았다. 그것도 수입 고기로 끓인 국과 불고기, 장조림… 더군다나 두 환자는 모두 치아도 틀니거나 빠진 이가 많은 탓에 저작운동도 쉽지 않은 상태였다.

이미 퇴원을 결심한 나 자신이 병원에서 공급되는 식단에 대해 이러쿵저러쿵 말하는 것은 부적절할 것 같았다. 하지만 몇 달간 함께 지내오면서 두 환자 모두 변비로 고생하는 모습을 보아왔기에 그 사실을 병원 측에 알릴 필요가 있어 보였다. 그렇더라도 두 분의 뜻을 물어보는 게 좋을 것 같아서 내가 물었다.

“어떠세요? 어머님들 병원 반찬이 드시기에 괜찮으세요?”

“아이고. 괜찮기는 뭐가 괜찮어. 그냥 죽지 못해 먹는 거지. 채소도 없고 맨날 고기만 먹으니 변비만 더 심해지는 것 같아.”

무릎 환자의 말이 끝나자 파킨슨 환자가 말을 보탰다.

“그것도 수입 고기로만, 이제는 냄새도 맞기 싫어.”

때마침 병실에 들어온 간호사에게 영양사 선생님을 잠깐 뵙게 해 달라고 부탁했다. 그날 오후 영양사가 병실에 들어왔다. 젊은 영양사는 얼굴도 예뻤지만 목소리는 더 예뻤다. 예쁜 목소리로 영양사가 먼저 말을 했다.

"저, 무엇을 도와드릴까요?"

영양사를 쳐다보며 내가 말했다.

"영양사 선생님! 이 병원은 유독 뇌 질환 환자가 많다고 들었습니다. 뇌 질환 환자는 대체로 혈관에 문제가 생겨서 발병하는 경우가 많다고 하더군요. 그런데 뇌 질환 환자가 끼니때마다 이렇게 혈관에 좋지 않은 육류만 먹으면 어떻게 합니까? 육류 많이 먹고 재발 되면 다시 이 병원으로 오라는 건지."

나는 말을 하다가 잠깐 웃음이 나왔다. 그러자 영양사도 웃고 신 여사도 웃고 나중에는 두 할머니까지 따라 웃게 되었다. 한바탕 웃고 나서 내가 또 말했다.

"제가 일 년 가까이 이 병원에 있어 보니 끼니때마다 찬 네 가지 중 세 가지는 고기더라고요. 물론 조리하는 입장에서야 채소보다 고기가 훨씬 쉽겠지요. 그렇더라도 환자를 생각하는 마음이 있다면…"

웃는 얼굴을 드러내 보이며 영양사가 또 말했다.

"네. 지금 주신 말씀 모두 일리 있는 말씀입니다. 하지만 병이 재발해 다시… 그건 아닌 것 같습니다."

"호호호."

"하하하."

영양사 말이 끝나자 웃음소리가 또 한 차례 병실을 채웠다.

그러나 그 웃음에는 세로토닌이나 엔도르핀 같은 호르몬이 분비돼 웃게 되는 그런 웃음이 아니었다. 울지 못해서 웃게 되는 슬픈 웃음일 뿐이었다.

그날 저녁 식판에 올라온 반찬이 조금 달라지긴 했다. 고기 삼 종 세트 중 한 가지가 빠진 대신 시금치 무침이 올라왔다. 식판을 받아든 순간 무릎 환자가 먼저 말했다.

"옆구리 찔러 절 받은 셈이군. 허허허."

그때 평소 말이 없던 파킨슨 환자도 한마디 거들었다.

"아이고 이거 시금치나물 먹어 본 지가 얼마 만이야. 어쨌든 맛은 있다. 하하하."

병실에는 또 한 차례 웃음소리로 채워졌다.

평소 같은 병실에서 파킨슨 환자와 무릎 환자 모두 변비로 고생하는 모습을 보아 왔기에 변비에 도움이 되는 자두 주스를 사 드리고 싶었다. 그날 자두 주스 네 병을 주문해놓고 파킨슨 환자를 돌보는 간병인에게 조용히 다가가서 낮게 말했다.

"여사님, 아마 주문해둔 자두 주스가 제가 퇴원한 다음 날쯤 도착하게 될 겁니다. 받으시면 두 할머니께 각각 두 병씩 나누어 드리세요. 부탁드립니다."

그때 잠이 든 줄 알았는데 갑자기 파킨슨 환자가 말했다.

"같이 지내는 동안 여러 가지로 신세 진 것도 많았는데… 그런 것까지. 맨날 신세만 지고."

그렇게 말한 파킨슨 환자가 갑자기 일어나 앉더니 내 손을 끌어당겼다. 그러곤 말없이 눈시울을 붉히셨다. 그 모습을 보는 순간 어느새 내 눈도 뜨거워지고 있었다. 하지만 곧 감정을 가라앉히고 얼굴에 엷은 미소를 지어 보이며 내가 말했다.

"무슨 말씀을요. 재활치료 열심히 받으시고 빨리 퇴원하셔야죠."

그때까지 무릎 환자는 침대에 모로 누운 채 코를 골며 잠이 들어 있었다. 그 환자는 먹성도 좋아서 무엇이든 식판에 올려 놓은 건 다 먹어 치웠다. 평소에도 그 환자는 매일 식사가 끝나고 나면 배불리 풀을 뜯어 먹고 풀밭에 누워 쉬고 있는 소처럼 아무 생각 없이 천장을 응시하다가 잠이 들곤 했다.

그날 밤, 자려고 하는데 신 여사가 다가오더니 낮은 목소리로 말했다.

"이 년 가까이 교수님과 함께 지내면서 반성도 많이 하고…."

"그 참! 교수님이란 호칭 사용하지 말라고…."

"이제 퇴원하니까 상관없잖아요. 호호호."

사실 삼 년 동안 병원 생활을 해 오면서 나를 도와준 간병인은 물론이고 누구에게도 나 자신의 신분을 밝힌 적이 없었다. 단 한 사람 한의사를 제외하곤 말이다.

신 여사가 나 자신이 교수 신분이었다는 사실을 알게 된 것은 코로나19 때 잠시 집에 가서 함께 지내게 되었을 때였다. 하루는 신 여사가 서재에 놓아둔 내 명패를 보게 된 순간 깜짝 놀라 하며 말했다.

"어머나! 교수님이시군요."

그때 내가 부탁했다. '다 지난 일이니, 다시 병원에 돌아가게 되면 누구한테도 교수란 말을 하지 말아 주세요.' 그날 신 여사에게 나 자신이 교수 신분이었던 사실을 누구에게도 말하지 말아 달라고 부탁한 이유는 두 가지었다. 한 가지는 나 자신이 교수 신분인 사실을 굳이 숨길 일도 아니지만 그렇다고 아픈 사람이 모인 병실에서 자랑할 일도 아니라고 생각했다. 또 다른 한 가지는 모든 사람이 다 그런 건 아니지만 자신보다 상대방의 신분이 우월하다고 생각되면 의도하지 않더라도 자신의 존재감에 대해 평가하게 되기 마련이고 그 평가는 무의식적으로 시기 질투의 씨앗이 될 가능성이 없지 않았기 때문이었다.

그 생각을 하다 신 여사를 돌아보며 내가 물었다.

"신 여사님, 좀 전에 많이 반성했다는 말이 무슨…?"

"얼마 전 저쪽 환자 침대 밑에 떨어진 약 말입니다. 우리 간병인끼리 서로의 잘못이나 실수를 모른 척… 생각해 보니 내가 인생을 잘못 살아왔구나 싶어서 많이 반성하고 있습니다."

"그렇게 생각하셨다면 오히려 제가 감사하죠."

"퇴원하시는 날 집에까지 모셔다드리고 싶은데…."

"그래 주시면 저야 고맙지요."

며칠 전, 담당 치료사들이 아직 나 자신이 안전한 직립보행이 불가능한 상태에서 퇴원을 강행하는 것은 무리가 아니냐고 말하곤 했다. 어떤 선택이든 결과는 예측할 수 없다. 다만 나 자신이 집에 돌아가서 더욱 열심히 재활 훈련을 할 것이지만 그 결과 또한 모르는 일이다.

어두운 밤이 지나고 아침이 찾아오면 해는 다시 뜨게 될 것이다. 내 앞에 찾아온 재활이란 어둡고 긴 이 터널 또한 언젠가는 끝이 보이게 될 거라고 믿고 싶었다.

그렇게 생각하다 시선을 앞쪽으로 보냈을 때 눈앞에 흰색 바탕에 빨간 페인트로 '동서울 요금소까지 1.5km'라고 써놓은 푯말이 나타났다. 그 푯말 위로 따사로운 오월의 햇살이 쏟아지고 있었다. 그때 기사도 면도한 매끈한 턱이 일그러질 정도로 웃는 얼굴을 하고 말했다.

"이제 늦어도 이십 분 안에 도착할 것 같습니다."

기사가 하는 말을 듣게 된 순간 집에서 기다리고 있을 동생 내외와 두 딸 생각에 벌써부터 가슴이 뛰기 시작했다. 가슴이 뛰는 순간은 잠시뿐 또다시 머릿속이 복잡해졌다. 과연 나는 집에 돌아가서 죽을 각오로 훈련하게 되면 안정된 보행이 가능할 수 있을까? 또 한 차례 그 생각을 하다가 파우치 가방 안에 들어있는 작은 수첩을 꺼내게 되었다. 거기에는 재활 훈련 동안 몸에 어떤 변화가 느껴졌을 때마다 적어 놓은 짧은 글이 적혀 있었다. 맨 뒷장에는 이런 내용이 빼곡히 적혀 있었다.

『머릿속에서 금요일에 퇴원할 생각을 하면서 복도를 걸어 가고 있는데 콕 찍어 말할 수는 없었으나 가슴 속에서 정체를 알 수 없는 두려움이 꿈틀대고 있는 것을 느끼게 되었다. 아마도 그것은 나 자신이 집으로 돌아간 후 과연 셀프 재활을 잘할 수 있을까? 하는 것과 또 그렇게 한다고 해서 과연 온전한 보행이 가능하게 될까? 하는 것이었다.

저녁을 먹고 나서 마지막으로 복도에 나가서 걷기 시작했다. 얼마를 걸었을까? 별안간 내 입에서 튀어나온 소리는 '아! 바로 이거였구나!'였다. 이제껏 나 자신이 어렵게 발을 떼긴 해도 균형 잡힌 보행은 쉽지 않았다. 이제야 원인을 찾게 되었다. 양쪽 골반이 뒤로 빠져있어서 그랬던 것이었다. 좀 전에 오른발 뒤꿈치가 땅을 지그시 누르게 된 순간 왼쪽 골반에 힘이 들어가는 동시에 잠깐 균형이 잡히는 것을 느끼게 되었다. 이제껏 왼쪽 엉덩이가 뒤로 빠져 있었던 원인은 왼쪽의 문제가 아니고 오른쪽 발뒤꿈치에 체중이 실리지 않았기 때문이었다.』

또 이런 글도 있었다.

『오늘은 같은 병실에 있던 육십 대 환자가 병실 사람의 박수를 받으며 자박자박 걸어서 퇴원했다. 그 모습을 보게 된 순간 나 자신은 언제까지 이렇게 갇혀 있어야 하나 싶었다. 그러나 곧 생각을 바꾸게 되었다. 나는 여전히 살아 숨 쉬고 있고 지난 삼 년 동안의 모든 노력은 결코 헛되지 않을 것이다. 지금 나 자신은 갇혀 있는 것이 아니라 더 멀리 가는데 필요한 에너지를 비축하고 있을 뿐이야.』

마지막 페이지를 펼쳤다.

『이 무슨 운명이란 말인가. 어떻게 같은 부위에 두 번씩이나 칼을 대야만 했는지. 그러나 나는 혹독한 재활 훈련 과정에서 소중한 것을 배우게 되었다. 운명을 바꿀 수 없다면 그 운명과 함께 숨 쉬는 법을 배우고 살아가는 수밖에 없다는 것을. 이제부터라도 나는 나 자신에게 일어나는 모든 일을 긍정하고 사랑할 것이다. 니체가 말했던 '아모르파티'란 말을 가슴에 새기면서 말이다. 칼 융 역시 고통은 피해야 할 장애물이 아니라 그 장애물을 기꺼이 통과해야 한다고 말한 바 있다. 그러고 보면 아모르파티를 외쳤던 니체나 칼 융은 모두 자신의 말에 색깔만 다르게 입혔을 뿐 결국 그들이 한 말의 맥락은 다르지 않음을 알 수 있었다.

돌아보니 평범하게 살아온 나 자신이 어느 순간에 빚어진 실수로 재활 난민 신세로 전락해 이 병원 저 병원으로 옮겨 다녀야 했던 지난 삼 년 동안의 여정은 매일 몰락하고 있었던 것 같다. 하지만 매일 몰락하는 자신을 다시 일으켜 세우는 과정에서도 나는 일상을 포기하지 않으려고 명상과 독서를 하면서 안간힘을 다했던 것 같았다. 그 과정에서 새로운 사실도 깨닫게 되었다. 고통은 피해야 할 적이 아닌 나를 가르는 칼이라는 것과 이 칼이 나를 쓰러뜨릴지 벼려낼지는 나 자신의 선택에 달려 있다는 것을.

그래서 나는 외쳤다.

"몰락은 끝이 아니라 운명이 나에게 말을 걸어오는 또 다른 방식일 뿐이야!"』

밴이 톨게이트 앞에 도착했을 땐 열두 시 이십 분경이었다. 하이패스 카드가 설치된 밴은 따로 정지할 필요도 없이 단번에 통과했다.

"자, 이제 서울로 진입합니다. 하하하."

굵직한 기사의 목소리 위로 또 하나의 가늘고 맑은 목소리가 들려왔다. 그것은 휴대폰에서 흘러나온 큰딸의 목소리였다.

"엄마, 지금 어디쯤 오고 계세요?"

바로 그 순간 밴이 롯데타워 쪽을 향해 달리고 있었다. 허리를 꼿꼿하게 세우고 앞을 바라보며 내가 말했다.

"응. 저만치 롯데타워가 보여."

휴대폰 뚜껑을 덮고 나서 속으로 다짐했다.

'이제부터 몰락한 것마저도 끌어안으며 나 자신에게 주어진 삶을 사랑 하리라.'

잠시 후 떨리는 듯한 내 목소리는 낮았지만 포물선을 그리며 차 안을 채우고 있었다.

"몰락의 아모르파티, 몰락의 아모르파티, 몰락의 아모르파티!"

몰락의 아모르파티

—

1판 1쇄   2026년 3월 2일 발행

지은이   최정원
편집   김영석
기획   도서출판카논
디자인   김동현
펴낸곳   도서출판카논
ISBN   979-11-93353-20-2   03810
가격   15,000원